走读汉江

王若冰 著

陕西新华出版传媒集团
太白文艺出版社·西安

图书在版编目（CIP）数据

走读汉江 / 王若冰著. —西安：太白文艺出版社，2022.6

ISBN 978-7-5513-1818-1

Ⅰ. ①走… Ⅱ. ①王… Ⅲ. ①散文—中国—当代 Ⅳ. ①I267

中国版本图书馆 CIP 数据核字（2022）第 093710 号

走读汉江
ZOU DU HANJIANG

作　　者	王若冰
总 策 划	党　靖
责任编辑	曹　甜　白　静
封面设计	王　洋
版式设计	张洪海
出版发行	陕西新华出版传媒集团
	太 白 文 艺 出 版 社
经　　销	新华书店
印　　刷	陕西金德佳印务有限公司
开　　本	787mm×1092mm　1/16
字　　数	317 千字
印　　张	22.25
版　　次	2022 年 6 月第 1 版
印　　次	2022 年 6 月第 1 次印刷
书　　号	ISBN 978-7-5513-1818-1
定　　价	78.00 元

版权所有　翻印必究
如有印装质量问题，可寄出版社印制部调换
联系电话：029-81206800
出版社地址：西安市曲江新区登高路 1388 号（邮编：710061）
营销中心电话：029-87277748　029-87217872

引子：为什么叫"汉江"

　　滚滚江流奔腾而过，辽阔的江面被分为两半。东边是长江，平阔、浩荡的江水一片黄浊，朝黄鹤楼矗立的蛇山涌去。与黄鹤楼隔江相望的龟山脚下，自秦岭、巴山之间奔涌而至的汉江，碧波荡漾，江水清澈。好像是为了释放1500多公里的漫漫旅程积聚的能量，汉江在挣脱汉口和汉阳的挟持、投入长江怀抱的一刹那，将浑浊的长江江水推向武昌方向。于是，蛇山与龟山对峙的辽阔江面上，清浊分明的景象出现了。万里长江第一桥——武汉长江大桥，就从这泾渭分明的江面上横跨而过。

　　2014年8月5日午后，我伫立在汉口龙王庙汉江岸，目送长途奔袭而来的汉江将一江清水注入水色浑黄的长江，怀抱武汉的江汉平原上还有众多江流从四面八方朝蜿蜒东进的汉江汇聚。更远的秦岭、巴山之间，成千上万条涓涓细流、山涧清溪也不舍昼夜、穿山越岭、源源不断地加入汉江滚滚东流的阵营。由于汉江的加入，万里长江以更加磅礴的气势踏上奔腾东进的征程，而我却要怀抱汉江融入长江的最后一朵浪花，从龙王庙逆流而上，追寻一条如万里长江一样与一个民族精神文化、情感经历息息相关的古老大江的历史。

　　早在2004年盛夏与大秦岭相遇，我就关注到了同样发源于莽莽秦岭并绵延1500多公里的两条在秦岭山脉一南一北、逶迤东行的古老江河：渭河与汉江。以西秦岭北麓余脉甘肃渭源县鸟鼠山为源头的渭河，在接纳来自北秦岭和渭北黄土高原的众多河流后从陕西潼关汇入滚滚黄河，成为黄河中上游最大的一级支流。渭河流经的区域是华夏文明曙光初照之地，也是秦帝国发展壮大的摇篮。紧贴秦岭南坡，集结秦岭、巴山浩荡江流逶迤东行的汉江，是东西横贯中国大地的万里长江流域面积最广、流经里程最长、水量最为丰沛的一级支流。汉江是秦岭、巴山共同孕育的儿子。然而，多年来让我百思不解的是，与渭河流经区域历史上拥有相对稳定的疆域、同质文化基因不同，汉江中上游两岸山高林茂，地处僻远，是众多南方少数民族部落寄身山林、各据一方、艰难求生之地，汉江下游江汉平原在荆楚崛起之前湖沼密布、雾瘴笼罩、荒无人迹，先秦以前汉江流域一直偏离中国传统文化和主流政权核心区域，人们为什么要用后来成为一个民族称谓的"汉"字命名这条江河呢？

春秋战国时期，人们已经为这条东西绵延1500多公里，流经陕西、湖北两省，流域涉及陕鄂豫三省的河流取了一个非常响亮的名字——汉。也有人说汉水之名早在夏朝就有了，不仅成书于春秋的我国第一部诗歌总集《诗经·小雅·大东》说："维天有汉，监亦有光。"《国风·周南·汉广》面对滔滔汉江更是嗟叹："汉之广矣，不可泳思。"《大雅·荡之什·江汉》也说："江汉浮浮，武夫滔滔。"可见，那时候的汉江江水浩荡，难以横渡，绝对是秦岭、巴山之间一条江水连天、气势磅礴的大江。

历史上第一个为汉江命名并确认汉江在中国江河湖海中无可替代地位的历史名人，大概应该首推战国时期大思想家、儒家学说的最重要的继承者孟子。

公元前326年，滕文公以滕国太子的身份出访楚国，途经宋国时曾两度慕名拜访当时已经名震一时的大学问家孟子。孟子，这位孔子学说的忠实继承者和发扬传播者在向滕文公讲授治国理政要诀时，免不了要回顾历史，警示世人，而且谈得最多的是尧任用大禹治水的故事。第一次谈话，孟子在介绍大禹治水的故事时，就有"禹疏九河，瀹济漯，而注诸海；决汝汉，排淮泗，而注之江"的说法。孟子这里所说"决汝汉"的"汉"，被《辞海》认为是汉江一名的最初来源。接下来，孟子还对滕文公说了这样一段话："当尧之时，水逆行，泛滥于中国，蛇龙居之，民无所定，下者为巢，上者为营窟。《书》曰：'洚水警余。'洚水者，洪水也。使禹治之。禹掘地而注之海，驱蛇龙而放之菹；水由地中行，江、淮、河、汉是也。险阻既远，鸟兽之害人者消，然后人得平土而居之。"

孟子向滕文公讲述的这段历史，发生在第四纪大冰期过后的大洪灾时期，其中的"江、淮、河、汉"分别指长江、淮河、黄河和汉江。

这个时期，在西方《圣经》里所对应的是亚当夏娃被逐出伊甸园、诺亚乘坐方舟逃生的时期。在中国，共工撞不周山、女娲补天、精卫填海和大禹治水的神话传说，正是大冰期过后气候转暖，覆盖欧亚大陆的冰雪消融，洪水泛滥，海水回流的时候，我们先祖正与肆虐的洪水进行殊死搏斗。在孟子看来，是大禹开山导流，疏浚了长江、淮河、黄河和汉江四条大江大河河道后，曾经被龙蛇野兽占据的河谷、平原又重归人类，为躲避洪水、野兽逃到高山丛林的人们才回到洪水退去、万物复苏的大地上重建家园，繁衍生息。

孟子并不是那个几乎将东西半球人类同时毁灭的大洪灾的亲历者，但在与孟子相距并不遥远的先民口口相传的记忆里，汉江和长江、黄河、淮河一样，都因大禹疏导一度被堵塞的河道，才让肆意泛滥的洪水循规蹈矩，流向大海。大禹也因此成为救先民于水深火热之中的伟大功臣。不过，根据我后来走访收集的资料，与长江、黄河、淮河相比，汉江诞生的年代似乎更为久远。著名汉水文化研究专家潘世东、王雄综合李四光等地质学家和考古学家的研究成果，结合战国时期的《禹贡》和北宋时的《禹迹图》认为，汉江形成于地球早期造山运动发轫之际，比长江、黄河早出现在中国大陆7亿年左右。潘世东先生在一篇题为《汉江"七古"》的文章中说："当汉水形成七亿年之后，长江和黄河才逐渐形成。可以设想，在乾坤奠定之时，长江当是一条小溪，或者说长江远不是当今的规模和流向，甚或它确实是汉水的一脉支流。"如果这个观点成立，那么是不是可以说汉江是中国大陆最古老的河流呢？

还有一个问题让我这些年在与汉江一次又一次的相遇中越来越迫切地渴望寻找到一个相对有根有源的结论：在孟子提及的中国古代最著名的四大河流"江淮河汉"中，既然"黄河"一名由来与它黄浊的水色有关,"长江"得名与它的江流绵长无敌有关,"淮河"之称谓来自夏商时代淮人在江淮地区建立的小国——淮夷,那么在刘邦创建大汉王朝之前,孟子和孟子之前的人们将这条流经秦巴山区、最终归入长江的河流名之曰"汉",到底出于什么缘由呢?

我们现在对"汉"字的理解,更多侧重于它的文化意味。然而在我查阅《说文解字》,再从"汉"字由金文、籀文、隶书演变轨迹追溯"汉"字历史渊源时才发现,原来"汉"字一开始就是为一条特殊的河流而创造的。金文里的"汉"字为上下结构,上面为繁体的"难"字,下面则是"水"的象形字,古人解释为流放的水域;籀文在将"汉"字简化为左右、上下结构时,不仅在右边加了一个"火"字旁,还在右上加了一个与地域的"域"字相通的"或"字,表示这条以"汉"为名的江水,是古代专门流放政治犯的地方。于是,有古文字研究者在总结"汉"字造字本意时认为,"汉"字乃因古代中原朝廷专门安置政治犯的一条江河而诞生,这条江河就是现在的汉江,古代的汉水。

如果这种说法可信,"汉"字的诞生也应该是先秦以前的事。在楚人披荆斩棘、筚路蓝缕,开拓汉江流域并成为汉江流域统治者之前,汉江流域众多少数民族部落方国,确实是被中原统治者视为尚未开化的蛮族夷人。中原统治者为了给秦岭、巴山之间这条流放者聚居的河流取一个名字,才创造了一个字——汉。

据此,我们也就不难理解公元前207年刘邦从鸿门宴死里逃生后,被项羽封为汉中王安置到汉水流经的汉中时为什么满怀悲愤与不情愿了。尽管刘邦到来前，汉江中上游已经有蜀人、巴人、庸人、濮人等众多少数民族部落拓荒生存，但在中原统治者和刘邦心目中，包括汉中在内的汉水流域仍然是一块尚待开化的蛮荒之地，汉水横流，山林莽莽，地僻人稀，交通不便。项羽将刘邦打发到巍峨秦岭阻绝的汉水一隅，不仅无异于将一只雄狮关进了笼子，还暗含了将刘邦流放、发配的意思。善于审时度势的萧何为了打消刘邦的顾虑，在劝慰刘邦时说汉中是汉水流经之地，汉水乃天汉之水，"语曰天汉，其称甚美"，最终刘邦忍气吞声，翻越秦岭，来到了他政治生涯绝处逢生之地——汉中。

现在来看，汉江流域最为美丽富饶的地方有两块，一块是位于汉江下游的江汉平原，另一块就是汉江上游的汉中盆地。萧何将汉水比喻为天汉之水的时候，赋予汉水流放政治犯水域含义的时代已成为过去，由于巴人、蜀人、庸人、楚人的苦心经营，汉江流域已经成为中原王朝政治上和经济上都越来越倚重的区域，尤其是借助汉江上游龙岗人古老的稻作农业发展起来的水作农业。楚人在汉江中游筚路蓝缕、历经数百年艰苦卓绝的奋斗所创造的社会文明与经济文明，让汉江流域成为除关中与中原之外最充满生机与活力的地方。

在我掌握的古人对汉江称谓解释的资料里，也有与萧何同样的说法。有人在解释《诗经·小雅·大东》"维天有汉，监亦有光"时说，这里的"汉"指称天汉、银汉、天河。所以人们将汉水理解为天汉之水，除了因为古时候汉水水势浩荡，流量在春秋时期占据当时人们所能认知的中国第一大江河的地位外，还有一个原因，大抵是在当时已经盛行于中国意识形态领域的天地对应的哲学观念中，既然天上有银河，那么奔涌在秦岭、巴山之间这条浩瀚的河流自然就是地上的银河——天汉之水了。

还有一种说法：汉高祖以前，汉水和发源于甘肃天水境内嶓冢山的西汉水本来源出一脉，东西两条汉水相连，皆为汉水。先秦时期，我们先祖根据仅有的地理学知识认为甘肃天水嶓冢山一带是天地之边缘，嶓冢山是日落之山。秦以前，人们就将古汉水发源地嶓冢山所在的区域叫作"天水"。既然如此，发源于天上之水（天水）的古汉水，自然就是"天汉之水"了！

无论是为了命名秦岭、巴山之间一条流放者聚集的河流才创造了"汉"字，还是我们先祖为了给一条与天上银河一样浩瀚奔流的江河命名才创造了"汉"字，在萌发于汉江之滨的大汉王朝诞生之前，"汉"也仅仅是一条江河的称谓。然而，当刘邦在汉水流经的汉中盆地忍辱负重，东山再起，创建大汉王朝后，汉江和"汉"字的含义骤然间发生了天翻地覆的变化：汉朝、汉人、汉族、汉字、汉文化……伴随众多以"汉"命名的事物的出现，更多以"汉"为词根的词语应运而生。"汉"已不单纯指一条河流，而成为一个民族精神文化的集合体和最为妥帖的指称。汉江也因此成为一个民族精神文化的象征，亘古不息，奔涌在我们精神情感的记忆里。

为了追寻隐匿在古老汉江日渐沉静的浪花里的历史秘密与文化精神，2014年，我先后两次从东西不同方向探寻汉江。第一次是在盛夏8月，我和夫人从杭州驾车返回天水的途中，我们从汉口龙王庙汉江入长江处开始逆流而上，走遍了纵横在江汉平原和神农架山区的汉江主要支流。第二次是同年11月，为了追寻汉江的古老足迹，我只身一人从古汉水源头嶓冢山出发，顺流而下，抵达丹江口。

一年之内，先后两次，我用了将近一个月时间，追随不舍昼夜滚滚东流的汉江在秦岭、巴山之间奔走，我行走的每一步，都有一个既令人沉浸迷醉、又令人心旌飞扬的声音在耳际回响，这声音就是因一条大江而诞生的一个字——汉。

目　　录

第一章　星汉之间

003　两源同流
018　在峡谷中奔跑
030　山高水长
043　云梦大泽
053　江上平原
063　百流归一
071　清洁的江水
078　江流武汉

第二章　万类生物

085　稻米的异香
092　北方的橘园
097　茶韵
104　采桑子
113　恐龙出没
121　渔歌唱晚
128　土酒与泸州老窖、茅台
136　朱鹮和野人

第三章 若有人兮

- 147 又见女娲山
- 153 牛郎织女
- 160 寻找郧县人
- 169 龙岗寺：石头揭示的秘密
- 176 与江水同行
- 185 汉家宫阙
- 192 君子如玉
- 201 搬不动的乡愁

第四章 争战与融合

- 213 氐与羌
- 220 巴与蜀
- 231 蛮子国
- 239 披荆斩棘
- 250 朝秦暮楚
- 259 绿林

第五章 涛声依旧

- 269 中华诗祖
- 274 忠与孝
- 280 茶马古道
- 286 山林里的歌者
- 294 寻找端公
- 303 鬼谷子的智慧
- 313 纤夫的背影

- 325 【附录一】考察日记
- 340 【附录二】朋友微信选
- 342 后记

第一章 星汉之间

两源同流
在峡谷中奔跑
山高水长
云梦大泽
江上平原
百流归一
清洁的江水
江流武汉

两源同流

一

2014年11月自西向东进入汉江（又称汉水），我选择了从西汉水源头、甘肃天水境内又名齐寿山的嶓冢山出发。

从天水市区出发向西南30公里，蜿蜒的山峦自西向东逶迤而去。山与山的窄缝中，曲折的蛇形公路将我引领到一座突崛而起的山峦下。引颈仰视，山并不高，也算不上雄伟，但满山纷披的松柏荆莽却将它与周围有些荒凉光秃的群山明显区分开来。丛林间蜿蜒攀升的山道铺满被秋风撕扯下来的松针，细密如芒，金灿灿的，踩在上面绵软如酥。到了山顶朝四周望去，上山路上看上去与之比肩的重峦叠嶂纷纷倒伏，把一片高远的天和

从宁强县坝火地坡到邻近宁强县城的李家梁一带的河坝地带，到处可见古汉水和东汉水分流时的地质断层

群山莽莽的地尽数让给山顶上一座寂然矗立的古庙。

已是深秋，站在高悬"三江镇岳"匾额的古庙前回首北望，萧瑟秋风已为绵延起伏的群山涂抹上一片很容易让人触景伤情的凋敝。然而几步之遥处的古庙南却秋意正酣，沿坡而下的翠绿麦田、点缀其间的碧树红叶，朝山南苍苍茫茫的群山曼延而去。

这就是《山海经》和《尚书·禹贡》不厌其烦提及的西部名山嶓冢山，古人还称之为崦嵫山，现在天水人称其为齐寿山。

莽莽大秦岭自昆仑山断层甘南临潭的白石山，逶迤东进，一路上高峰林立，山岭叠起，鸟途难通，到了天水境内朱圉山至嶓冢山一带，盈天峰岭竟突然间降低腰身，在这条横亘中国内陆腹地中央的巨大山岭间让出一条可供人马通行、南北山水交融的自然通道来。嶓冢山一带这种山势平缓、令南北交通相对便捷的自然现象，被党双忍先生称为大秦岭的"天水豁口"。嶓冢山也是天水境内最容易感受到南北地理自然差异的长江水系与黄河水系的分界岭。从嶓冢山山脊向南一步，丛林里渗出的涓涓细流汇聚成河，经嘉陵江汇入长江；而转身向北，纵横交织的沟壑流出的大小河流经由渭河，都化作黄河的朵朵浪花。

西汉水从嶓冢山（齐寿山）发源的时候，只是一线细流

中国有两座嶓冢山，一座是我现在抵达的天水嶓冢山，还有一座在它的东南方向的陕西宁强县境内。根据已知资料，两座嶓冢山都是汉水发源地，不同的是宁强境内的嶓冢山是现在汉江的发源地，天水嶓冢山是古汉水源头。

郦道元之前，可供我们认识中国境内山川水系的地理学著作，只有先秦时期的《山海经》《尚书·禹贡》。我们尚不能确定这两部著作的作者是谁，也无从判断在华夏先民尚处于混沌状态的童年和少年时代，《山海经》和《尚书·禹贡》的作者是如何获取那么详尽的中国大地山川形胜、江河地理的信息的。然而跨越2000多年，当代学者发现，这两部至今被视为中国古代地理学诞生之前的千古奇书所描述的中国山河格局，依然没有太大改变。

《山海经》和《尚书·禹贡》在记述汉水时，都将其源头指向嶓冢山。《山海经》以华山为原点，在指认汉水源头时说："又西三百二十里，曰嶓冢之山，汉水出焉，而东南流注于沔；嚣水出焉，北流注于汤水。其上多桃枝钩端，兽多犀兕熊罴，鸟多白翰赤鷩。"《尚书·禹贡》在叙说大禹疏导九州之内九条江河时也说："嶓冢导漾，东流为汉，又东，为沧浪之水，过三澨，至于大别，南入于江。东，汇泽为彭蠡，东，为北江，入于海。"

这里的沔水和漾水，都指古汉水上源。《山海经》和《尚书·禹贡》时代，东西汉水还没有分流，说古汉水发源于又名崦嵫山、齐寿山、兑山的天水嶓冢山，大概没有异议。为了实证古人的说法，有人还指出现在发源于嶓冢山的西汉水朝南进入甘肃成县和康县时叫犀牛江，这正好印证《山海经》所言嶓冢山和古汉水一带"兽多犀牛"的说法。到了东汉，《汉书·地理志》已经出现了东西汉水分流的记述。班固说，《尚书·禹贡》里所记载的嶓冢山，是西汉水发源地。西汉水从王莽时期西治（治所在今甘肃礼县红河一带）向南流入当时为广汉郡所辖的陕西略阳白水江，然后向东南即现在重庆境内的古江州汇入长江。

不知道东汉时期的班固是否沿西汉水考察过，不过其所讲述的西汉水流向，几乎与现在不差毫厘。

西汉水上游是大秦帝国创建者秦先祖的故园。先秦时，中国疆域并不辽阔，从坐拥关中的西周京畿逆渭河翻过陇山，嶓冢山所在的天水境内是西部戎狄战马驰骋的西周边陲。在当时人们对大自然仅有的认知中，又名崦嵫山的嶓冢山已经是天之尽头、地之边缘了。所以公元前11世纪末，周武王伐纣灭商后将忠于殷纣王的殷商同宗党羽秦先祖嬴姓人安排到西汉水和渭河上游天水境内替周天子守卫西部边疆，既是一种惩罚，也可以看作已经开始遵从礼仪治国的周人对曾经的殷商贵族——嬴姓人贵族颜面的保全。不过在嬴姓人举族西迁之前的帝尧时代，帝尧为制作历法，曾经向东南西北4个边疆地区派出过4位观测日升日落、天象四时变化的测日官。嬴秦先祖和仲作为派往西部的测日官员，当时已经到达过嶓冢山。大约由于和仲发现从东方升起的太阳在天空运行一天后落入嶓冢山（崦嵫山）莽莽山岭后，一天就结束了，所以先秦时代嶓冢山也被认为是日落之山。这种观点甚至在秦汉时期仍然颇为流行，因为司马迁在《史记》里也遵从了这种观念："日出东南隅，日落崦嵫山。"到了东汉，班固在解释《尚书·禹贡》所说的嶓冢山和司马迁《史记》里的崦嵫山时，也明确说嶓冢山还有一个名字叫崦嵫山。在古人的天文认识中，崦嵫山（嶓冢山）是太阳神的家园、太阳的老巢。每天清晨，太阳神羲和驾驭6条龙拉载的太阳神车从东海之滨起程，自东向西在天庭运行一天后沉入有西汉水涌出的崦嵫山，这一天也就结束了。以至于屈原在抒发其壮志未酬的遗憾时，也将古汉水发源的崦嵫山看作日落之山："欲少留此灵琐兮，日忽忽其将暮。吾令羲和弭节兮，望崦嵫而勿迫。路漫漫其修远兮，吾将上下而求索。"

这也是古人将汉水之意引申为"天汉之水"意义的又一缘由所在。

七八年前，还在《天水日报》专刊部工作时，我曾经刊发过著名历史学家、西北师范大学古籍整理研究所原所长赵逵夫的一篇题为《汉水·天汉·天水》的文章，专门论述了古汉水与嶓冢山、西汉水，以及汉水之所以被称作天汉之水的原因、天水一名的来由。赵先生首先从20世纪70年代和近年相继出土于西汉水岸边甘肃礼县永兴镇蒙张村、文家村的两件青铜器的铭文入手,发现"天水"作为地名,早在2000多年前已经确确实实地被铭刻在西汉水上游这两件秦先祖使用过的"天水家马鼎"上了。

接下来,赵逵夫先生根据包括《尚书·禹贡》在内的历代典籍得出结论:"'天水'是汉代以前汉水(今之西汉水、东汉水的合流)的发源地。'天水'之得名,同其地在汉水上游有关。"原因是,从山东半岛迁徙到天水的秦先民最早居住在嶓冢山所在的汉水上游。这个早年曾经濒临大海生活的部族在思念家乡时凝望夜空,将天空呈现的如江流涌动的银白色光带也称作"汉"。后来,"汉"或"云汉""天汉"成了银河的通称,"汉"既指天上的云汉、天汉,也指发源于嶓冢山、哺育了秦人的那条大水。人们因为"汉"也有"天汉"之意,便将汉水发源地命名为"天水"。

这种既有实物依据,又不乏合理推断的结论似乎不无道理。

如果据此想象,在秦人刚刚迁徙到西汉水上游的年代,我现在所在的嶓冢山应该有一条激流奔涌、江水浩荡的河流从嶓冢山山脚下纵横交错的沟壑涌出,然后一路开山辟路,逶迤南下,并在秦岭、巴山之间聚集起万千河流,成就了一条奔腾不息的古老江流,最起码也应该有一条清流如注的泉水或溪流。然而,时光流转,沧海桑田,物是人非,几千年后我徜徉于嶓冢山山顶,拨开草莽丛林,在天高地阔的嶓冢山山脊四处寻觅,除了阴湿泥泞的山径旁偶尔出现的依稀水迹,已无从寻找孕育一条古老江流的任何痕迹。

好在弥漫丛林的空气潮湿而清爽,恍惚间似乎还有蒙蒙的水雾在林间飘散。伫立山顶远望,嶓冢山下一道道纵横交织的沟壑朝着西汉水流经的礼县大堡子山敞开。在秦先祖背井离乡,刚刚来到嶓冢山下、西汉水上游的时代,这些敞开的山谷应该有众多清流奔涌而出。它们是西汉水的源头,也是嶓冢山孕育的古汉水的第一支清流。山溪流水日积月累地冲刷,在嶓冢山北麓开拓出道道幽深的谷壑,古老的汉水却因此获得了永不枯竭的水源。

在山顶上没有找到一条细流，从蟠冢山下来，谷壑里有一条清澈见底的山溪哗哗流淌。溪流两岸丘岗绵延，金黄的白杨林与缀满了血红柿子的柿子林色彩缤纷，这应该是西汉水的第一支汇流成河的源头之水了！

追随蟠冢山流出的细流继续西行，到了三国古战场天水关、祁山堡一带，一条河流初成气候。虽然算不上激流奔涌，但也已经集结成一条河流的西汉水信马由缰，在西秦岭山区难得的一条平坦开阔的川道里向西行进。

天水关到秦先祖陵墓所在的大堡子山一带的西汉水河谷，曾经是秦文公以前秦先民祖居之地。他们在这里牧马、征战二三百年，并在西汉水上游某个叫西犬丘的地方建立过秦国第一个都邑。2000多年前，背井离乡的秦先祖之所以能为周王室养出膘肥体健的战马而立功受奖，从被发配边关戍边的奴隶一跃进入等级森严的西周贵族行列，全仰仗于西汉水滋润出的漫山遍野丰茂的牧草。

那时候西汉水上游的平阔地带，应该是古汉水的天下，秦人牧马、生活只能在西汉水两岸的山坡地带。有资料说，春秋时期汉江流量一度超过长江、黄河，是当时中国第一大江河。如果这种说法成立，春秋时期的汉江必然包括了当时应该是浩浩汤汤的西汉水。

到了诸葛亮将军营安设在紧临西汉水的高丘——祁山堡举兵北伐的时候，东西汉水已经分流。

二

从天水蟠冢山赶到陕西宁强大安镇，是为了寻找现在汉江（也叫东汉水）的发源地——宁强境内的蟠冢山。《陕西省地图册》和我查阅的许多资料都表明，汉江另一个源头在陕西宁强县大安镇蟠冢山。东晋《华阳国志·汉中志》说："汉有二源，东源出武都氐道漾山，因名漾。《禹贡》'流漾为汉'是也。西源出陇西（西县）蟠冢山，会白水，经葭萌，入汉。

始源曰沔，故曰'汉沔'。"然而到了大安镇，街上赶场的百姓把汉江发源地不叫嶓冢山，而叫汉王山。为了核实这一信息，我到了镇政府。听过我的陈述，办公室一男子说那叫汉王山。临走，男子又补充了一句："也叫嶓冢山。"

宁强嶓冢山入口，有一个叫烈金坝的村子。村口一棵巨大的桂花树，是探寻汉江源头最好的标志。从公路北侧缀满细碎绿叶的桂花树旁进入谷口，陡峭曲折的山路依山势攀升，愈往前行，山路愈曲折陡峭。汽车在仅能容一辆车通过的山道上踽踽前行，如一只口小肚大的大瓮般的山谷渐次打开：左边是幽深的峡谷，有流水的潺潺响声自丛林掩盖的谷底隐约传来；头顶是壁立的山峰，峰峦突兀，直刺云天——这应该就是当地人叫作汉王山的嶓冢山了。

行至半山腰，循着愈来愈清晰的水声抬头望去，壁立千仞的悬崖上有一道白光闪烁的激流飞泻而下，迅疾消失在丛林覆盖的峡谷之中，只留下跌宕而下的喧响在正午空阔寂静的山谷隐隐回荡。停下汽车，沿更为陡峭的山路到了汉江第一条清流涌出的地方我才发现，奔涌在谷底的溪流来自一个并不算大的溶洞。洞内的钟乳石上布满水珠，一块酷似牛形的石头下，一股清流淙淙流出，先秦时期被人们比作银河星汉的汉江第一股流水，就从这里启程，开始了它追寻万里长江的漫漫旅程。洞旁石壁上刻有"古汉源"3个字。俯身辨认，石牛背上隐隐约约也刻有8个类似蝌蚪的文字，但那种高古神秘的文字我横竖也辨认不出一个。

上山路上碰到的两名汉王村村民告诉我，汉江源头就在这个叫作石牛洞的溶洞里。后来查资料，我发现这石牛洞竟然和大禹治水有些瓜葛。当地有一个传说，远古时代这洞里激流奔涌，居住在谷口的先民饱受洪水之苦。大禹在嶓冢山导流汉水的时候，跟随他奔走九州导流治水的青牛来到这里，用身体堵住了激流。水患消除了，青牛却一卧不起，化成钟乳石，永远留在了汉水第一股溪流流出的洞内。为表彰青牛治水的功绩，大禹在牛背上刻写下了这8个至今没有人能识别的"蝌蚪文"。

这样的传说荒诞不经，却从另一面反映出过去石牛洞涌出的水流一定非常湍急。否则，还有什么力量能够将嶓冢山主峰下面原本应该连为一体的山坡撕裂出一道深不见底的峡谷呢？

石牛洞流出的溪流流到烈金坝村口，已经水声潺潺，俨然是一条初具规模的小河了。清澈碧翠的水流捧起一簇簇细碎而明亮的浪花从绿草如茵的沟渠里带着嶓冢山上满山葱茏的花草树木的气息蹦蹦跳跳流下来，穿过有金黄的银杏、青翠的桉树、暗香浮动的桂花树环绕的烈金坝村口的一座公路桥，青翠的水色很快就被对面一片青碧的巴山脚下的绿树碧野遮盖住了。

嶓冢山下的烈金坝一带既是汉江发源地，也是古代陕西与四川之间穿越巴山的古蜀道金牛道的交通要塞。在大安镇到烈金坝的路上一个叫金牛驿的村口，一名男子告诉我，他们村在宝成铁路通车前，客商往来昼夜不息，是古代金牛道上的著名驿站。从烈金坝往东、往西、往南，通过秦岭、巴山和刚刚诞生的汉江出现的阳平关、界牌关、铁锁关、七盘关、青羊驿、黄坝驿、金牛驿这些村镇名称我们不难看出，在宝成铁路通车以前嶓冢山下这块汉江发源、嘉陵江南下、秦岭与巴山交会的三角地带，应该是历史上出川入陕最为紧要的关口。

嶓冢山半山腰石牛洞发源的汉江在烈金坝村前转身东流，进入勉县的路上，且行且接纳了一条又一条细小得无法在地图上标注的无名小河小溪，水量渐渐变大。进入勉县，随着发源于宁强、留坝、凤县交界处紫柏山南麓的沮水和发源于宁强南部巴山的玉带河的加入，一条江河的气象已经初成。

然而，在包括《华阳国志·汉中志》在内的古代典籍中，汉江在它的上源还不叫汉江，在宁强境内被叫作漾水，在勉县被称作沔水。刚刚诞生的汉江在流经宁强、勉县逶迤东进的过程中，在流出古代褒国领地并在褒谷口与另一条来自秦岭深处的河流——褒河汇合以后，以后来成为一个民族代称的"汉"字命名的伟大江流，才赫然出现在中国历史的辽阔视野中。

与发源于甘肃天水境内北秦岭嶓冢山的西汉水一开始就带着浑黄的江水跌跌撞撞奔流不同，满目苍翠的秦岭、巴山让东汉水在呱呱落地的时候不仅拥有了一江清流，也让它如一位优雅的江南女子，拥有了一种温婉迷人的气质。然而如果让时光回流到东西汉水尚未分道扬镳的时代，有了从三四百公里外南下东进的西汉水和奔涌南下的嘉陵江的加入，从宁强、勉县向东流去的古汉水，应该已经粗具一条大江巨浪翻滚、浩浩汤汤的模样了吧！

三

关于西汉水与东汉水分流的时间，至今说法不一。有人认为在汉代，有人说在南朝时期，但对于东西汉水分流地点应在宁强县阳平关与代家坝一带的看法却基本一致。

历史上最早提出汉水有东西汉水之说的，是班固的《汉书·地理志》，随后东晋常璩的《华阳国志·汉中志》也说汉水有两个源头。到了北魏时期，郦道元的《水经注》更为详尽地指出，是陕西宁强县阳平关和代家坝之间的潜溪河，让东汉水与西汉水相互沟通。但真正为古汉水东西相通提供科学考据的，还是20世纪50年代的一次发现。

1953年12月，四川境内第二条铁路干线天成铁路成都至绵阳段开工建设的第二年，铁道部宣布天成铁路更名为宝成铁路，并将该铁路起点由甘肃天水改为陕西宝鸡。随即，宝成铁路地质勘查工作全面展开。地质工作者在勘查略阳至宁强段铁路沿线地质构造时发现，从宝成铁路必经的阳平关向东、经东汉水发源地大安镇到宁强县城之间代家坝一带的地下，埋藏有大量鹅卵石、沙砾，形成卵石层和沙砾层。根据打孔勘探实物及对阳平关与代家坝之间地形地貌的观察，地质工作者得出结论：这一带是一处古河床。在并不遥远的地质年代，已经和嘉陵江挽手南下巴山、流入四川的西汉水和嘉陵江原来极有可能就是从这里向东，汇入现在的汉江的。接下来，支持古汉水两源同流，即古汉水有天水嶓冢山和宁强嶓冢山两个源头的专家，对东西汉水分流的探讨至今还在继续。

宁强嶓冢山所在的大安镇是后来修建的阳安铁路（阳平关至安康）到勉县的最后一个乡镇。令人困惑的是，从大安镇到阳平关几十公里的公路出奇的平坦开阔。北有秦岭、南有巴山的谷地不见一座隆起的丘岗，偶尔出现的土包也似人为修整过一般低矮浑圆。公路一侧平坦的谷地极目望去皆是收割后的庄稼地，却不见大一点的河流流过，路旁山体上布满断裂痕迹非常明显的断裂层。从代家坝镇往西，天地更为开阔。略阳两河口与西汉水汇合后冲出莽莽大秦岭的重围、奔涌南下的嘉陵江突然遭遇突兀崛起的大巴山和米仓山堵截，奔腾激荡、左右突围、急流回转的江水日复一日，侵袭冲刷出一片秦巴山区鲜有的辽阔空地。宝成铁路和阳安铁路交会点阳平关，就端卧在嘉陵江开拓的平坦谷地上。

离此地不远的三国时期的阳平关是一座充满悲壮与传奇色彩的古城，它的兴衰不仅与地处蜀北门户、扼制甘陕川三省交通咽喉有关，更与征战和死亡有关。两汉三国时期，企图掌控这个巴蜀进入北方中原地带交通锁钥之地的历史风云人物太多了，有张鲁、曹操、夏侯渊、张郃，还有刘备和诸葛亮。公元219年，刘备夺取阳平关后，这里一直是蜀军固守汉中的大本营。诸葛亮5次北伐，有4次从这里挥戈北上。阳平关进可攻、退可守，是诸葛亮前四次北伐失败退兵后，修整、训练军队的大后方。

自从2004年进入大秦岭后，我已经记不清自己在涛声依旧的嘉陵江岸上的这座古城徘徊、驻足过多少次了。过去是为寻觅历史的回声而来，这一次，是为探寻一条古老江河为何在今阳平关处改弦易辙，东西汉水又为什么在这里各奔东西而来。

从大散关秦岭山巅一泓清泉开始，经凤县从陕甘两省交界处径直南下的嘉陵江到了阳平关，迎面就是拔地而起、绵延不绝、重峦叠嶂的大巴山。按常理，顺势而下的江水在遭遇强大阻力后就地回流，应该选择更为开阔的平缓低洼地带开辟新河道。然而在阳平关，刚刚冲出高峰林立的秦岭山

西汉水嘉陵江交汇处

区的嘉陵江在老城北侧突然转身,抛开镇东阳平关到代家坝如张开的臂膀一样的开阔之地,向西朝地势相对较高的燕子砭而去,然后转身南下,突破大巴山重围流向四川广元。

这种有悖常理的江流转向现象,是否与东西汉水挥手作别有关呢?是什么原因、什么力量让两条原已融为一体的江河在阳平关分道扬镳的呢?

在史书上没有寻找到东西汉水分流记载的情况下,有个网友在一篇题为《自古以来,嘉陵江与汉江是否同源就存在"扯不清理还乱"的关系》的博文中做出了以下3种猜测:

1. 战争割据中人为改道流入后来的嘉陵江;
2. 地质结构中岩石浸溶凹陷发生河床改道;
3. 地震裂隙造成断流改道。

这位网友还推测,东西汉水分流的时间大约在南北朝时期。

难道为了巩固割据政权动用大量人力物力强行让一条江河改道?这样的浩大工程中国历史上有没有发生过?如果有,这种几乎与秦始皇修长城一样影响深远的重大事件史书上为何无任何记载呢?虽然南北朝时期嘉陵江、西汉水流经的甘肃陇南和陕西汉中西部一带出现过很多少数民族割据政权，但在阴平国、仇池国、武兴国这些氐羌小国中，又有哪个国家的国力能够完成如此耗资巨大的工程呢？

也许自然之力才是迫使东西汉水分流的真正原因。

我查阅到的资料中，一位叫秦州雁的作者对此分析得最为详尽。他在题为《汉水与天水、嘉陵江的古今地理关系》的文章里说，发生于西汉时期的大地震让原本与东汉水一脉相承的西汉水（包括嘉陵江）改道南下，进入四川广元，成为嘉陵江水系的一条支流。支持这种观点的，是西汉时期甘肃陇南一带曾经发生过的一次大地震。

天摇地动，山崩地裂，山川移位，江河改道。

这场在《汉书·五行志》和《汉书·高后纪》里都有记载的大地震，发生在公元前186年。《汉书》说："（高后二年）正月乙卯，地震，羌道、武都道山崩……杀七百六十人。地震至八月乃止。"《汉书·五行志》也记述说："武都道山崩，死亡七百六十人。"有关专家认为，这次武都道大地震震中在西汉水流经并与嘉陵江流经的陕西略阳接壤的甘肃成县，震级在7级以上——一场发生在2000多年前，破坏程度绝不亚于2008年"5·12"汶川大地震的超强地震，让一条本来就在至今地质运动异常活跃的秦岭断裂带中奔流的河流改道，并非不可能。

秦州雁还根据《方舆胜览》的记载和颜师古的注释，以及他掌握的考察数据写道："在古汉水上下游还未中断的西汉之前，位于宁强县阳平关镇与四川省广元市之间的朝天岭（《水经》中的'冈山'）阻挡南北水流，使流经甘肃陇南的白龙江、犀牛江、青泥河等河流与陕南阳平关镇以北的故道水（今嘉陵江上游）所有河流几乎全部汇入东流而去的古汉水河道，使关城的潜溪河河道连通东西汉水，江水在略阳县西北的河道（今嘉陵江）壅塞而形成高峡平湖的'天池大泽'。由于'天池大泽'的存在，宁强县与略阳县地势比较低的一些地段被淹没在古河道下。在古汉水流经的古明水坝今徐家坪镇地势较低的山顶，青泥沟和嘉陵江响水沟的分水岭上，汉江中源漾水与嘉陵江支流的低矮分水岭凤飞岭，以及今宁强汉王山（嶓冢山）南坡等地至今有河流冲积、搬运与沉积形成的直径3厘米—5厘米大小的卵石和堆积厚度约0.5米的卵石层、河沙层，山顶偶尔还能捡拾到水生环境下才有的贝壳。在陕西宁强烈金坝附近，水面平常宽不过10米的漾水，平坦的河滩河床竟然宽达2千米—3千米，两岸有平缓的谷坡，但没有一般河流源头应有的深邃峡谷。其支流所在的青泥沟却是一条宽阔的峡谷，并且一直延伸至嘉陵江流域的代家坝。这些事实表明这里过去曾经是一条大河的中游而不是上游，结合汉水与东西汉水的名称演变可知，这里曾经发生过河流袭夺现象，原有的汉水河道因为外力影响而中断了，原本属于汉水中游的地段变成了流程变化以后的新河道的上段。"

为了探寻东汉水贯通以前的地貌，从阳平关出来，我转向东南，从一条小道经舒家坝向宁强县城行进。

舒家坝再向南，就是群山绵延的大巴山。但阳平关、代家坝、舒家坝构成的三角地带，却谷地开阔，山丘低矮，偶尔遇到的小河不是向东流入汉江，而是向西在阳平关附近汇入嘉陵江。路边层层叠叠的岩石也呈现出受外力强烈挤压扭曲变形的形状。30多公里后，我便到了一个叫李家梁的地方，山势突然高耸起来，翻过平地崛起的山梁，宁强县城就出现在眼前。

在接下来的考察中我才发现，李家梁也是嘉陵江和汉江的分水岭之一。翻过李家梁，发源于大巴山的汉江另一个源头玉带河穿过宁强县城，闪着清亮的水波向北汇入了汉江。大安镇、烈金坝和宁强县城之间是一道自北向南、平缓低矮的丘岗。如果不是剧烈的地质运动让新崛起的高地将东西汉水分流，长江两大支流嘉陵江和汉江之间的分水岭怎么会如此低矮平缓呢？接下来行走在一望无际的汉中盆地，面对盆地中央宽阔平坦的河道里如闲庭信步般波澜不惊、缓慢流淌、清澈见底的汉江，总有一个无法解开的疑问让我不吐不快：如此清浅的汉江怎么会开拓出如此宽阔的河道呢？还有，谁都知道汉中盆地是汉江江水冲击的产物。然而现在我们看到的汉江从发源地——大安镇嶓冢山到汉中盆地西部边缘勉县不过区区几十公里,而且汉江在这一段恰似初长成的少年,要形成大江大河所拥有的"江汉浮浮,武夫滔滔"的浩然之势,尚需走更多的路、接纳更多江流才能完成。那么是什么力量在秦岭、巴山之间开拓出东西长116公里,南北宽5公里至25公里的巨大盆地的呢?

只有一种可能,那就是在更远的地质年代,由于一条自西向东滚滚而来的巨大江流经年不断的冲击,才创造了这个陕南秦巴山区唯一的平坦富庶之地。历史上,拥有如此巨大能量的河流,唯有东西汉水尚未分流之前的古汉江。

我们完全可以想象,2000多年前那场大地震发生之前,在略阳两河口接纳了嘉陵江的西汉水以更加汹涌澎湃之势滚滚南下。汹涌的激流到阳平关,被壁立的大巴山迎面拦截,转向东流,并在烈金坝接纳来自宁强汉王山的东汉水,古汉水骤然间变得浩浩汤汤、激流汹涌,并以排山倒海之势在秦岭与巴山断裂带之间滚滚东流。日复一日,年复一年,造山运动中遗留在秦岭、巴山之间的断层、裂隙、沟壑、洼地,被西汉水带来的泥沙等沉积物埋葬、填平,一块平坦肥沃的冲积平原由此诞生。

地球上所有冲积平原和盆地都是这样形成的,汉中盆地不会例外。

一条江河多个源头在世界河流史上并不罕见,更何况关于现在汉江(也就是

在陕南汉江两岸,这样的小庙随处可见

东汉水）的源头，历来就有嶓冢山、玉带河、沮水三源同流之说。直到2011年10月，在西安召开的长江水利委员会普查办河源考证座谈会上，专家才最终确定将陕西省宁强县大安镇汉王山确定为汉江源头。

　　这并不妨碍古汉水有两个源头的历史。因为考察中我还发现，在东西汉水发源地——天水和宁强两座嶓冢山附近，同时有两个叫汉源镇的地方，一个是濒临西汉水源头的甘肃省西和县县城所在地，另一个是宁强县县城所在地。

　　这不是巧合，而是古汉水留下的历史印记。

在峡谷中奔跑

2004年盛夏在秦岭南北奔走,最让我激情澎湃的自然景观,除了如奔腾巨浪般自甘南草原到南阳盆地绵延1500多公里的中国大陆腹地翻滚交错的崇山峻岭,就是莽莽南秦岭和巴山之间纵横交织、幽深荒寂、蜿蜒曲折的条条幽谷。

这些有着刀痕般沟壑的密布在秦岭南坡的峡谷,多呈南北走向,依着秦岭山脉主脊,朝南向汉江方向敞开。峡谷两面是刀削壁立的峭崖,再上面是高可擎天的峰峦。它们有的是几十万年来从来没有停止过抬升、扭曲、撕裂的大秦岭造山运动的产物,更多则是发源于秦岭南坡的万千小溪与河流奔赴与汉江约会路上以滴水穿石的力量在坚硬的岩石上开拓出的通道。

一条峡谷出现,意味着又一条河流将加入汉江古老的合唱。

行走在这样的峡谷,我虽然看不到汉江的粼粼波光,但只要静下心来,我就可以隐约听到汉江奔腾不息的涛声

11年前从汉中到宝鸡，我先从勉县褒城褒谷口逆褒河上行，到了留坝姜窝子，沿刚刚通车的姜眉公路继续北上，绕太白山脚翻过了秦岭主脊。这是一条汉中境内汉江最大支流褒河在绵延不绝的群山之间开凿出的大峡谷，峡谷走向和褒河流向与著名的秦岭古道褒斜道正好一致。

那天我是在汉中一位画家的陪同下，从褒斜道出口褒谷口逆褒河进入褒河大峡谷的。褒谷口有一座东汉时期为连接褒斜道在褒河右岸悬崖上开凿的石门，著名的东汉摩崖石刻《石门颂》就诞生在石门隧道的石壁上。

从秦岭主脊太白山下发源的褒河汇聚宝鸡、汉中两市及太白、凤县、留坝、勉县、汉台五县区秦岭山区纵横交织的36条大小河流，从褒谷口奔涌而出便被一座巍然崛起的水坝拦截，形成汉江上游第一个高峡平湖，这就是著名的石门水库。碧波荡漾的水面被两岸高耸的山岭挟持着，从褒河大峡谷谷口的石门栈道景区向北延伸，浩荡碧波，两岸青山，蜿蜒峡谷绵延10余公里，到留坝县管辖的青桥驿才告终止。

青桥驿往北，群山陡然紧收，河谷突然变窄，已经在秦岭深处汇聚了众多河流山溪的褒河河水在依托山势攀缘上升的河谷间左奔右突，跌宕前行。河岸上堆满了大小不一的石头，较小而浑圆的是被滚滚南下的激流一点一点搬运来的秦岭岩石，日复一日的激流已将它们的棱角磨平，青翠的水流跌跌撞撞扑到上面，就有团团雪白的浪花飞溅而起，一簇簇碎玉珍珠般的水珠在阳光下闪闪烁烁。顺势而下的河水在幽深曲折的峡谷间跳跃前行，夜深人静之际，激流与巨石、山崖撞击的隆隆巨响，是秦岭大峡谷最震撼人心的声音。

10多年前我沿褒河穿越这条蜿蜒在大秦岭腹地的高山峡谷时，在青桥驿、马道一带褒河河滩上，随处可见房子大小的巨石静卧激流中央或干涸的河滩。这些巨石应该是在峡谷里奔跑的激流聚集力量、拓宽河道峡谷时从两岸山崖上抢夺而来的。它们巨大的体量说明，是一场山洪暴发之际一股汹涌而下的超大洪流将它们从临河的山体上撕裂了下来。这些巨石上往往留有古代莽莽秦岭的征服者穿越褒河大峡谷的痕迹，那就是石面上依稀可见的或呈圆形、或四四方方的栈道孔。

在沟通汉江流经的秦岭南麓与渭河东去的关中之间的褒斜道、故道、傥骆道、子午道4条古道中，褒斜道虽然峡谷幽深，艰险多阻，却是从关中到汉中里程最短且最为方便快捷的一条古道，也是最早开辟的一条连接秦岭南北的通道。早在三皇时代，人们已经凭借褒河冲击开拓的这条峡谷穿越秦岭了。公元前11世纪，居住在汉水流域的蜀王就率兵通过褒河大峡谷抵达北方，参与了周武王伐纣的牧野之战。不过那时候依托悬崖、可以悬浮在水面上的栈道尚未出现，人们要穿越下游激流奔涌、上游群山绵绵的褒河大峡谷，只能选择相对平缓的山谷绕山行走。战国时期，穿越秦岭的第一条栈道——从秦岭北麓今眉县斜峪关到今褒城镇褒谷口的褒斜道出现。第一个从褒斜道获得实惠的是秦惠文王。公元前314年，秦惠文王派张仪、司马错灭蜀，数十万大军就是在这条大峡谷的掩护下通过悬架于褒河上的栈道挥戈南下，神不知鬼不觉攻入蜀国的。几百年后，诸葛亮与曹魏以秦岭为界对峙，蜀魏军队都是穿越秦岭褒斜栈道的常客。在褒河流经的太白县王家堎镇和平村红崖对面，至今还留存着三国时期诸葛亮修建的古栈道遗迹。

一条河流的出现，让一条贯通秦岭南北的大峡谷成为南北交流的大通道，也让更多河流有了绕开高山阻绝、穿越千山万水投入汉江的道路。在

从汉中盆地流出进入丹江口的旅程，汉江一路都在绵延不断的峡谷里蜿蜒奔流

曲折迂回，险途连绵的高山峡谷奔流100多公里后，集结众多河流的褒河终于冲出褒谷口，从历史上落满骂名的那位冷艳美人——褒姒的老家勉县褒城镇进入汉中盆地，然后在汉中市汉台区梧凤乡（今龙江街道）孤山村投入汉江怀抱。

从宁强县大安镇嶓冢山起步的汉江在平缓辽阔的汉中盆地刚刚展开的地方，迎来了一支从高山峡谷中奔涌而来的激流。由于山川自然变迁，更由于石门水库截流，现在流入汉江的褒河水量算不上浩大，但在接下来的旅程中，有更多来自秦岭和巴山高山峡谷的河流加入汉江东去的阵营。这些从神秘阴森的峡谷诞生，又急于挣脱荒芜寂寥的峡谷羁绊的河流，给予这条古老江河的不仅是愈往前行愈浩荡的水量，还有勇往直前的力量。

我到达宁强的第二天，一场霏霏秋雨降落汉江两岸。

从县城出发，我沿清澈如玉的玉带河追寻汉江在大巴山的另一个发源地——玉带河源头，但一出县城就走错了路。

秦岭和巴山的分界，便是在两山相望的峡谷地带逶迤东流的汉江。汉江南岸突兀崛起的山岭属大巴山系，汉江北岸逶迤奔腾的群山属秦岭山脉。宁强县城在汉江南岸，紧紧依偎矗立在陕南与川北之间的大巴山。在群山绵延的陕南行走，只有河流流淌的河谷与峡谷可供车辆行驶，一旦走错路要选择新的出路，唯一的办法就是在一条峡谷与另一条峡谷交会处调整方向。在连导航都迷失方向、难以抉择的情况下，我决定从一个叫红石梁的林场附近的出口下成勉高速，转向巴山镇进入大巴山。因为从地图上我发现有一条叫作毛坝河的河流，从群峰高矗的大巴山深处向北，流向汉江。

车从一条东西裂开的峡谷盘旋上升，到了巴山镇，山顶上竟出现了成片成片的稻田。蒙蒙雨雾中，收割后的稻田依然泛着淡淡黄晕。从巴山镇绵延不绝、一座比一座高峻的山间继续朝南，在一条大峡谷岔路口再一次迷路。我被一条悬挂在东面山腰上的乡间便道引领着一路攀升，到了路旁已经没有人居住，只有漫山草莽与丛林的一个山嘴遇上一个放牛老人。老人告诉我，又走错了路！再往前10多公里是宁强县毛坝河镇最后一个村子，那里与汉中南郑、四川广元相邻，但无路可走。他指着山下云雾缭绕的峡谷深处隐约可见的一片村镇告诉我，那里是毛坝河镇。

即便是在宁强县境内，毛坝河也算不上汉江必不可少的重要支流，然而毛坝河自南向北延绵的峡谷却是2014年我沿汉江行走时见到的最壮观，也最让人惊心动魄的汉江大峡谷之一。

从一条狭窄的山谷再次上山才发现我走上了一条不归之路：山腰上环绕上行的道路仅能容一辆车通行。左面是高可及天的山峰，右面是越往上越见幽深的峡谷。汽车行驶到有淙淙流水在紧挨山崖的路边流淌、有蓊蓊郁郁的林莽覆盖头顶的更高处，我向右一望，万丈悬崖就在脚下。悬崖的下面，一条小河在云雾散开的瞬间闪烁着明亮的水光。峡谷对面的山体如斧劈刀削，直棱棱矗立面前，浮在半山腰的雨雾云霭、山体上倒挂的树木，似乎触手可及。

飘飘洒洒的秋雨从早到晚一刻不曾停息，还没有到山崖最高处，一路追随我的云雾已经沉落到山崖深处。站在云雾之上回望，刚上山时看似一条丝带的毛坝河变成一条若有若无的细线，在山崖深处隐隐约约，刚刚看到的村镇建筑也如一块块小小积木，摆放在空荡荡的山崖深处。

与褒河大峡谷相比，毛坝河流经的峡谷更加幽深险峻。峡谷东西两面半山腰各有一块相对平缓的台地，但台地以下和以上都是壁立的峭崖，仿佛什么力量一鼓作气，将原先连为一体的山体轰然撕裂。显然，这里的峡谷应该是经过多次地质变形形成的，清浅的毛坝河应该是在巴山被撕裂、峡谷被深切后才突破高山阻隔，让原本向南流入嘉陵江的河水穿过幽深艰险的峡谷，朝北汇入汉江。

与中国大陆众多河流一样，发源于中国大陆西部的汉江在由西北向东南倾斜的地势引导下，在从以大兴安岭—太行山—巫山为界的第二台阶倾身东进的路上，因秦岭、巴山的南北对峙成为我国众多江河中在高山峡谷中流程最长、干流与支流峡谷最为密集的河流之一。

如果能够展开双翅翱翔于江水奔流的秦岭、巴山上空，我们可以看到，

古老的西汉水仍然在以一种坚忍不拔的力量在高山峡谷间奔流

从陕西宁强到湖北丹江口绵延900多公里的汉江上游，除了东西长约116公里的汉中盆地，汉江干流东进的每一步几乎都要穿山越岭，在秦岭、巴山若即若离的大峡谷中奔突潜行。这还不算古汉江上游的西汉水和嘉陵江在西秦岭南坡左右突袭开拓出的三四百里行程。

古汉水从天水嶓冢山形成河流后进入甘肃礼县转向南下，便开始了在地下的峡谷中跳跃奔流的漫漫旅途。仅容一条河流在谷底奔泻的峡谷里，悬挂在悬崖上的道路与西汉水并行。这种将天空切割成一条湛蓝飘带的幽谷，只有飞鸟偶尔飞过，如果就势冲出峡谷的江水在谷口掉头转弯时冲刷出可容几棵树、半亩庄稼生长的河滩，必然有一簇即将成熟的玉米生长，或者几棵果树在河滩碎石之间顽强站立。将峡谷里仅有的一方平地让给可以果腹充饥的果蔬后，玉米的主人只好在河对岸稍微平缓点的半山上用青石泥土垒砌出一座院落，在峡谷里奔流喧响的江水陪伴中迎送一次又一次日出日落。

汉江上游江水平静、渔歌唱晚的日子并不长久。从勉县经汉中市区到城固、洋县南部，汉江就像一位婉约文静的淑女，含情脉脉，优雅矜持地在一望无际的青山碧野之间悠闲度日。然而很快，汉江这种胜似闲庭信步的悠闲日子，在汉中的洋县、西乡与安康石泉交界处宣告结束。

好像对孕育了汉江第一滴水的大秦岭难分难舍，从宁强大安镇嶓冢山穿过汉中盆地，汉江干流一直在紧挨秦岭而远离巴山的汉中盆地北缘行进。江水流到洋县与石泉交界处，自宁陕、石泉倾身而下的秦岭南麓又一条支脉——子午岭壁立崛起，原本迈着悠闲的八字步悠悠东流的汉江被迫调整流向，并在子午岭即将收住南下脚步的西乡、洋县与石泉交界处撕开群山，重新劈开一条滚滚东流的通道，汉江干流在陕南的第一条大峡谷——洋县—石泉大峡谷出现了。

2014年11月28日，我从镇巴沿全程都深藏在大巴山深处深不见底的峡谷中流淌的汉江支流泾洋河转道西乡，从盘绕在子午岭上的山间公路，追随已经在西乡与石泉之间的大峡谷形成水波浩渺的石泉水库的汉江之水到达石泉。

西乡与石泉之间，如果没有供汉江东流的大峡谷，秦岭和巴山的分界就会十分模糊。深插地下的大峡谷不仅让秦岭、巴山有了各自的归宿，也让被莽莽群山挟持着的汉江放慢了脚步，在崇山峻岭围裹的峡谷中缓缓行进。到了石泉县城附近，高矗的水泥大坝将刚刚冲出群山重围的江水拦腰

即便是穿越群山峡谷之际，碧绿青翠的汉江依然保持着她温润柔曼的气质

从南秦岭崇山峻岭中投向汉江怀抱的汉江支流丹江

截断，一座已经有采砂船行驶的大型水库出现了，汉江被迫暂时停息南下东进的脚步。

从宁强到丹江口925公里汉江干流河道，本来就是一条东西横贯中国腹地的天然大峡谷。和矗立在汉江北岸的中国南北自然分界岭——秦岭山脉一样，东西绵亘甘肃、陕西、四川、重庆、湖北交界处的大巴山，也是第四季冰川造山运动的产物。在中国版图中心，白垩纪末期的造山运动让秦岭和巴山崛起后，这两座逶迤延伸的山岭之间的峡谷地带，就成了古汉江最初的领地。两山相距较远的开阔地带，在汉江冲刷下形成的零零星星的峡谷盆地，便是早年从汉江之外或秦岭、巴山深处来到汉江岸边的先民最初的栖身之所和渔猎耕种之地。然而在汉江干流上游流经区域，这种既有江水流淌又可供人们安家生活的平坦地带少之又少，从山林里来到河谷地带的人们只好选择远离干流的汉江支流安居乐业。所以考察过程中我掌握的资料说，最初的汉中行政治所，曾先后在安康境内汉阴、石泉及湖北竹山一带汉江支流流经的山区盆地辗转迁移，而不是首选汉中盆地。

汉江上游群山如浪，绵延的大峡谷集中在安康境内石泉、汉阴、汉滨、旬阳、紫阳、白河到湖北十堰一带。秦岭、巴山、神农架、郧西大梁纵横交织,这片在历史上被称为"秦头楚尾"的偏远之地,是中国大陆腹地山岭最为集中的地区之一。江水从西乡进入石泉,汉江闪闪烁烁的身影便藏匿在群山深处的大峡谷。既然只有激流可以穿越的峡谷无法抵达,人们只好在绵延无尽的山林和稍微平缓的峡谷迂回环绕,另辟蹊径。

进入安康、商洛和湖北十堰,我几乎成天都在与古人于群山峡谷之间踩出的秦楚古道走向大致相仿的县乡公路上蜿蜒穿行,盲目无助地追寻汉江踪迹。然而群山密集,峡谷蜿蜒,从地图上看触手可及的汉江往往在我被高山峡谷牵制的行走中一转身便擦肩而过。在高山之巅,明明看见波光闪烁的江水就在脚下,望着波光追到山下,又一条仅供江水通行的峡谷迎面逼来,不要说汽车,就是可供猿猱攀缘的山道也无处寻觅,只好转道上山。然而当绵延无尽的群山为你推开一片天高地阔的新境之际,刚刚擦肩而过的江水已经无影无踪,你的面前仍然是无始无终如巨浪翻滚的群山。在这种情况下,人和车与汉江江水并肩而行的机会并不多。一旦公路绕行到天开云阔的山顶,又一块豁然开朗的山间盆地在山下打开,那必然是从一条峡谷冲出的江水被一座更为高矗的山岭胁迫着扭曲转身、重新调整流向时在群山丛中开拓的地带。在汉江之水已经很难用"浩荡"二字形容的今天,这样的谷地和江岸的峡谷台地,便是人口密集的县城和山间小镇的安身之地。除了绵延起伏的高山峰岭,鲜有开阔平地可供置县建城,陕西安康境内的石泉、紫阳、白河等县城,几乎都选择在这样的地方安身。

从旬阳关口镇群山绵绵的大峡谷进入陕西与湖北相接的最后一个县——白河县,滚滚东进的路上又接纳了蜀河、

湖北竹山境内的秦楚古道遗迹

金钱河、岚河等来自秦岭、巴山众多支流的汉江，一路在高山对峙的峡谷里奔走。到了白河县城附近，两岸高山向一起收拢，汉江在突然变窄的峡谷之间跌宕前行。即将冲出陕西渐渐向接近江汉平原的湖北境内奔突的江水顺着西高东低的地势加快脚步，奔泻而下。北岸山体被辟开一个豁口，江水之上是一座比一座高峻的群山领地，白河县城只好从江南岸稍稍南移，在莽莽群山中另外两条汉江支流——白河与红石河交汇处的小小冲积扇上寻找它的安身之所。即便如此，试图在白河两岸极力开拓空间的白河县新城，也只能在白河峡谷间拓展出两条街道。而更多的县城老住户和乾隆年间修建的魁星楼，则选择了在白河绕县城转身向北汇入汉江的峡谷之上一块突兀的山岗上安家。

在湖北境内的郧西大峡谷和安康境内的秦巴山区，纵横交织的峡谷既是汉江干流与支流行走的水道，也是过去生活在大山深处的山民出入崇山峻岭唯一可选择的通道。与汉江北岸绵延起伏的秦岭相比，矗立在汉江南岸的大巴山由于高山林立，山体破碎，所以更显得山高谷深。进入安康，被紧紧拥抱在一起顺势南倾的大秦岭莽莽群山逼着向南迂回的汉江在临近大巴山后，人与汉江抢夺空间的争战好像自古以来就没有停息。

到了汉阴，我好奇于汉阴县城不仅远离汉江，而且地处汉江北岸，为何叫汉阴。当时还担任汉阴县委宣传部副部长兼县文联主席的王涛告诉我，在遥远的地质年代，沿现在石泉县河池镇向东进入汉阴的汉白（汉中至白河）公路旁流淌的汉江支流月河，曾经是汉江古河道。后来由于地质变化，过去径直东流的汉江干流改道南下，从汉阴县漩涡镇进入已经深处大巴山的紫阳县。

"汉阴县旧治在现在汉阴县南部汉阳镇对面的汉江南岸——这才符合水之南为阴，汉阴之所以叫汉阴的说法。"王涛说。

为了追随汉江身影，我听从王涛安排，再次转身前往石泉，进入被称为汉江三峡的汉江大峡谷，从后柳、喜河绕道进入汉阴县汉阳镇，过汉江，然后趁夜色翻越凤凰山，到达了被汉江逼迫着斜挂在汉江岸上的紫阳县城。

紫阳县城是汉江流经的秦巴山区我见到的最有特色的一座山城。从西北面穿山越岭南下的汉江，被迎面而来的大巴山截断了继续南下的道路。群山密集的汉江南岸，从山势更见高矗凌乱的大巴山深处奔涌而来的任河和堵河合流汇入汉江，更加重了汉江转向北流的冲击力。于是，刚刚从高山峡谷流出的汉江在三面合围的群山胁迫下转而北上，朝东北方向安康市区而去。

三面是浩荡江水，江水流经的是仅有江水可以通行的峡谷，紫阳县城只能选址在汉江西岸垂直而上的山坡。

2004年夏天，我第一次到达紫阳县城的时候，悬挂在汉江岸上的紫阳县城只有一条街道，宾馆饭店、商铺和政府机构都聚集在这条唯一可供车辆行驶的街面上。街后依山而上的台阶两旁，石头垒砌的老宅和削出一块平地新建的小楼密密匝匝，一家挨着一家。从街南商铺窗户望下去，汉江就在窗外的峡谷流淌。两条悬挂在城区和江边的索道交替上下。在这座几乎无一寸平地可供修筑上山道路的县城，索道是县城百姓到江边坐船出行和刚刚从船上下来的山民进城最便捷的交通工具。

那时候，紫阳东城门到汉江边上几近90度的山坡上层层叠叠的建筑，是安康境内汉江沿岸常见的石板房。这种房子的墙是石块垒砌的，屋顶是秦巴山区最容易找到的薄而平整的青石板，整座房子除了石料几乎用不了多少其他材料。那年我去的夜里下了一场大雨，早上起来从街上望下去，雨迹尚未退去的屋顶呈墨黑色，石头垒砌的屋墙泛着灰晕，穿行在黑白分明的石屋之间的青石山道明光可鉴，几丛被一夜雨水清洗得青翠欲滴的树木点缀其间，简直就是一幅精美绝伦、浓淡有致的水粉画。然而10年后，林立的高楼从江边密密麻麻挤满了整座山，临江坡面上层叠而上、石板覆顶的石板房所剩无几，从江边垂直上升，在座座有绿树红花掩映的石板房之间吱吱呀呀上下穿梭运送刚刚从船上下来的山民和准备乘船外出的县城居民的索道也锈迹斑斑，停靠在山脚。

高山围裹之下，以紫阳茶和扼制古汉江沟通汉口、重庆航运的紫阳港

整座县城斜挂在汉江岸上的陕西安康紫阳县

闻名于世的紫阳县城,就这样依偎在群山交会、江水翻滚的汉江大峡谷一角,目送古老汉江穿山越岭,曲折前行。

接下来的旅途上,还有更多高山峡谷等待汉江用它闪闪发光的浪花照亮深处亘古幽暗的黄昏和黎明。

山高水长

　　一条河流从大山深处起步,即将踏上翻山越岭、赶赴与汉江汇合的漫漫旅程。

　　这河流是汉江最长的支流丹江,它的源头在终南山南麓群山深处。

　　莽莽秦岭从天水进入关中,高峻挺拔、逶迤连绵的崇山峻岭既是八百里终南仙境的核心,也是汉江支流最集中的区域。陕西境内汉江北岸众多支流褒河、酉水河、子午河、金钱河、乾佑河、旬河、丹江的源头,都在汉中、安康、商洛环绕的大秦岭南坡的万山丛中。

　　将蓝田环绕的苍莽山岭,就是终南山。终南山是绵亘中国腹地的秦岭山脉高山密林最为集中的高地,也是渭河与汉江水域分界最明显的地方。绵延耸立的高山让中国南方与北方有了分野,发源于高山峡谷的河流也以

南秦岭余脉神农架

山岭主脊为界，依山就势，选择自己的流向。蓝田猿人老家公王岭下的九间房一带，高山丛林流出的每一滴水都顺着朝关中盆地北斜的山势，悉数流入灞河，在白鹿原下汇入渭河。但从九间房、蓝桥和唐代诗人王维隐居的辋川翻过终南山主脊，缓慢南倾的山岭引导着牧护关、黑龙口一带群山峡谷众多溪流，都选择了顺势朝南集结成古老丹水，经商洛、鄂西、豫西，跋涉440余公里，投入汉江的怀抱。

到商州黑龙口镇已经粗具规模的丹江，在它的源头——黑龙口镇梁坪村还是一条在白墙黑瓦的村子中间沟渠里哗哗流淌的小溪。沿渠水上行，才发现这渠水由村头三条敞开的沟壑流出的细流汇聚而成。从路边的指示牌可知，三条沟壑分别叫石板沟、水晶沟、正沟。踩着遍地草木落叶沿正沟流出的细流登上一座并不高峻的山梁，就有一眼清泉从山石交错的沟垴里流出——这便是丹江第一滴水流出的地方。

黑龙口一带的群山是秦岭和终南山的一部分，但当地人习惯将丹江第一滴水流出的这片群山叫凤凰山。这条小河当地人叫它闵家河，直到从梁坪村流出的闵家河与另一条同样来自凤凰山深处的河流在黑龙口附近相会之后，丹江才在群山环抱中应运而生。

诞生于秦岭深处的丹江一生都奔走在高山峡谷之间。

丹江发源的黑龙口、牧护关一线，是秦岭山脉高山峻岭最为集中的地方。如果从大秦岭主峰太白山算起，秦岭造山运动中拔地而起的太白山、鳌山、牛背梁、玉山、蟒岭、鹃岭等数十座海拔两三千米的高峰麇集于此，让中国南北自然地理分界一目了然，也让这一区域成为中国古代南北交通最为艰险的地区。库谷道、义谷道、锡谷道开通之前，从蓝关沿丹江越秦岭至商州与商於古道首尾相接的蓝关道，是关中地区进入安康和商洛的唯一通道。

由于莽莽山岭阻绝，商於古道几乎一路都行进在丹江及其支流开辟的峡谷盆地之间。在丹江粗具大江大河气象之后，与丹江干流涛声若即若离的商於古道经丹凤出武关，从商南富水镇进入河南西峡，经内乡柒於镇，可直抵湖北襄阳乃至江南和岭南。秦帝国创建后，秦始皇连续5次出巡视察，仅有的两次到南方，走的都是这条一路都能看到丹江波光闪烁的秦代国家高速公路——秦直道。

群山中跌宕南下的丹江，在商州麻街镇冲出大山重围转身东南、奔向汉江之际，一个并不开阔的山间盆地——商丹盆地的出现，让急促而来的江水有了舒展身子、调整流向的空间。尽管这个委身于南秦岭凤凰山和流岭之间，横穿商州和丹凤全境的盆地狭窄且并不绵长，却是丹江流域最大的盆地。

商丹盆地是秦岭造山运动和丹江江水不断冲击下的产物。

100万年前进入高峰期的秦岭造山运动，在秦岭板块与扬子板块相互挤压抬升的过程中，秦岭南麓留下的许多褶皱与裂隙，是众多发源于秦岭山区的汉江支流朝汉江聚集的通道，也是后来生活在大山深处的古人类理想的生存之所。然而造山运动最初留在这些褶皱与断层之间的，仅是一个又一个高低不平、岩层裸露、寸草不生的低洼谷壑，群山之间奔流而下的流水用它经年不息带来的泥沙、黄土等沉积物将谷壑填平，在高山纵横的谷壑中拓展出一片片大小不一的盆地。这样，水稻才得以在气候温暖的深谷拔节吐穗，玉米和小麦才能在波浪般隆起的丘岗生长，人类才能够在有足够的平地建房耕作的地方安身。商丹盆地的诞生也应该经历了这样漫长的变迁过程，只是在遥远的过去，挣脱群山羁绊的丹江呼啸而下，将更多沉积物带到了这个相对开阔的断裂带，加之经年不断的江水冲刷，才在秦岭南坡纵横交织的山岭之间拓展出丹江干流沿岸这块难得的开阔平坦的山间盆地。

汉江干流所流经的高山丛林地区既是众多汉江支流源头，也是古代临汉江而居的诸多少数民族的家园。在陕西汉中、安康和湖北十堰境内汉江干流一带的蜀人、巴人、羌人、庸人、楚人割据一方，和占据岭北渭河、黄河流域的华夏部族鲜有交往的夏商周时代，包括商丹盆地在内的丹江流域，已经是北方中原王朝沟通岭南的纽带。若非如此，周成王

一江清流、一叶扁舟、两岸碧翠,如此安适幽静的意境,大概只有在蜿蜒于秦岭、巴山之间的汉江三峡才能遇到

怎么会将当时的大数学家、轩辕黄帝第二十五子之昆孙商高封到商洛呢?战国时期,秦孝公又将商州到武关广大地区封给他格外倚重的改革家商鞅。秦统一六国前,被叫作商於之地的丹江中上游一直是秦楚两国拼死相争的战略要地。

有一种说法,说尧帝之前该河流不叫丹江,而叫粉青江,尧帝长子丹朱死后被葬在丹江流经的地方,人们才将这条流经陕西、河南、湖北三省最终注入汉江的河流改名为丹江。沿丹江行走,在丹江流经的河南淅川、内乡、邓州,甚至远离丹江的汉江南岸湖北房县、竹山一带,都有尧帝长子丹朱的传说和遗迹。

进入商丹盆地,丹江在两岸高山绵延、中间平缓开阔的河谷开始了一段悠闲漫流的时光。尽管这种可供清澈碧翠的江水舒缓流淌的时光并不长,但在愈来愈多的支流将丹江再度逼入崇山峻岭之前,从商州到丹凤、商南的丹江河谷不仅成为汉江流域人类最早的安身之所之一,开阔平缓的江水还让丹江在战国时期就已经樯橹往来,白帆飘飞,成为沟通汉江与秦岭的航运通道。

早年商洛的中心不是商州，而是丹凤。

2004年夏天第一次到商洛，诗人慧玮领我去的第一个地方就是历史上的丹江第一码头——丹凤县龙驹寨。他告诉我，商洛因丹凤县的商山和发源于洛南的南洛河得名，但商洛最早的繁荣却是丹江水旱码头、有着因供奉着丹江水神而俗称花庙的龙驹寨带来的。

10年前我看到的龙驹寨寨门面朝丹江，清冽的江水从金碧辉煌、华丽壮观的寨门前潺湲流过，大门前依稀可见的青石台阶告诉我，这里曾经是自汉江而来经八百里丹江北上货运船只向北行进过程中最后的码头。不过，在围绕龙驹寨丹江码头汇聚起船帮、马帮、盐帮、青器帮会馆之前，最先在丹江上游商丹盆地建起规模空前城邑的，是战国时期秦国改革家商鞅。建城地点在龙驹寨以西不远，丹凤县城郊的古城村。

公元前366年，商鞅乘前一年齐魏马陵之战魏国大败，率军发动第三次河西之战，击败魏军，俘虏魏国公子印，迫使魏国将此前魏将吴起占领的黄河以西之地归还秦国。为表彰商鞅战功，秦孝公将丹江流域商州到河南内乡15邑封给商鞅。大抵是地处商丹盆地的丹凤水陆交通便利的缘故吧，已经通过他和秦孝公大刀阔斧的改革将秦国领向触手可及的霸主地位的商鞅，在距龙驹寨不远的丹江北岸修筑了占地120余亩的商邑。

位于丹江岸边的陕西省丹凤县船帮会馆龙驹寨山门

商鞅封邑商邑遗址

那时的丹江江岸肯定比现在宽阔，水流也更加浩荡。大概是为了既符合先秦时期早已盛行的阴阳学说，又便于利用丹江舟楫之利吧，商鞅将原本可以成为自己世袭之地的行政中心——商邑，建在丹江北岸丘岗上。这座丹江岸上修筑较早的城邑建成后大概也没有繁华多久。商鞅被封为大抵相当于现在丹江流域领地所有者的第三年，鼎力支持商鞅改革的秦孝公去世，大刀阔斧的改革将秦国带上强盛之路的同时，也把商鞅逼上绝境，在众多政敌的围追堵截下他无路可逃，被迫在这里举兵抵抗，完成人生最后一搏后便人亡城废。几年前，考古人员在古城村进行考古发掘时，黄土下还埋藏着商鞅时代留下的篆书"商"字图案的空心砖。

我到商邑遗址的时候发现，上海到新疆霍尔果斯的312国道将仅存的一段城墙从中间斩断，一块应该是近些年才立起的石碑告诉我，这里就是商鞅人生的最后一站——商邑。

商鞅之后，伴随丹江涛声来到商丹盆地的是秦始皇时期的4位博士：东园公唐秉、甪里先生周术、绮里季吴实、夏黄公崔广。这4位历史上有名的隐士本来是秦朝官员，秦朝末年，为躲避乱世来到丹江南岸的商山与溪风松柏为伴、以紫芝朝露为餐，避官不就。后来，这4位高洁之士被西汉开国重臣张良费尽周折请出商山时已年届八旬，皓首白须，人称"商山四皓"。

生活在秦岭、巴山深处的人们与自然有着一种相依相存的亲情

从商鞅冒死改革到四皓隐居商山，丹江这条从莽莽秦岭群山冲出的河流在它的上游，已经开始酝酿一股激流涌动的文化巨浪。

从商邑逆丹江向西的商镇，是古商县所在地。更早的时候，位于丹江北岸的商镇是商丹盆地乃至丹江在商洛境内的中心，商洛土著至今还是习惯把商镇叫商县。2004年我到商镇时，炉火熊熊的铁匠铺、摆满街面的农具山货还在提示我，古老农耕遗风还在古街老宅之间浮荡。然而仅仅10年时间，崛起的楼房、遍地的商业文明，已经让丹江两岸延续2000多年的农业文明越来越模糊。如果没有东园公唐秉、甪里先生周术、绮里季吴实、夏黄公崔广4位高士的四皓墓，我不知道该从何处寻觅曾经弥漫这座千年古镇的儒雅之风！

商镇往西几公里，是贾平凹的老家棣花镇。

和商镇一样，棣花镇也是因商於古道享有过上千年繁华的古驿站。伴随丹江古老的涛声，经由这条古道翻山越岭往来于秦岭南北的人物有客死他乡的楚怀王、汉王刘邦，还有韩愈、李商隐、杜牧、李自成。几次到棣花镇，贾平凹老家贾塬村前一湖碧水总让我感慨贾平凹的才情智慧，然而

在陕南和鄂西，偏远山区的人们依然通过吊桥往来于汉江及其支流两岸

这次途经以商山为屏、以丹江为障的棣花镇，我发现棣花镇正在发生翻天覆地的变化：有关方面投50亿元巨资打造的商於古道文化景区已粗具规模。贾塬村前的莲湖、莲湖岸上的二郎庙、二郎庙旁一条曾经是宋金界河的小沟和贾平凹旧居，与兴建的客栈、酒楼、商号连在一起，形成一座规模空前的仿明清建筑风格的古镇。古镇上的建筑也依照贾平凹《秦腔》里清风街和古棣花镇的描述修建，古色古香，颇见匠心。然而这座试图恢复商於古道车水马龙、驿马络绎盛景的古镇，还是无法复原杜牧笔下"雉飞鹿过芳草远，牛巷鸡埘春日斜"的景象。

不过，经过在商丹盆地的短暂休整，丹江清澈温婉的江水让深居秦岭山中的商洛显露出南方的自然风貌。在商州丹凤一带，阔叶植物明显增多，虽然深山高丘仍然种植玉米、小麦，但河谷地带已有水稻出现；到了商南，富水镇、生龙寨一带绵延起伏的茶园，让这里成为我国纬度最高的产茶区。

丹江流经的陕南和豫西，正是大秦岭倾身南下，在汉江北岸与大巴山隔江相望的倾斜地带。到了丹凤龙驹寨，绵延南下的秦岭南坡迫使丹江不得不再次调整流向，朝着有众多壁立群山的丹凤南部山区而去。商於古道与丹江在龙驹寨暂时分手,但这条繁华千年的古道经武关、商南,进入河南西峡、内乡的向东行进的路线,依然走在丹江众多支流开拓的丘岗峡谷之间。

流出龙驹寨,丹江再一次被群山围困。

这些让丹江又一次收住继续南下的脚步,在无始无终的群山峡谷间奔突东进的群山,是南秦岭的一部分。高低嵯峨、绵延无尽的群山聚拢在丹江南岸,阻断了丹江奔涌南下直接与汉江相会的通道,也让丹江在千山万壑胁迫下如扭曲的麻花,在仅容一条江流的峡谷深处奔流。

从龙驹寨出来追逐丹江南下的身影时,我一直行走在头顶只有一线蓝天的峡谷之间。江水撞击山谷的喧响陪伴我到一处稍微开阔的山间盆地时,又一座高山迎面崛起,刚刚冲出高山的江水被迫再次掉转流向,在莽莽群山陪伴下转向东流。

这个因为丹江与它的支流银花河相会诞生的河谷小盆地,仅容一座小镇安身,它就是赫赫有名的竹林关镇。

竹林关是汉江北岸常见的那种山间小镇,但由于自山阳蜿蜒而来的银花河与奔腾南下的丹江相拥相抱,四周又有渐次高隆、层次分明的鹘岭和流岭的衬托,天便显得格外蓝,水也显得格外清。残存的古竹林关关墙,古风犹存的杨泗庙、城隍庙、船帮会馆、娘娘庙,以及随处可见的飒飒竹林,让这座丹江岸上的水陆码头有一种让人惬意、留恋的闲适与安静。

不过历史上的竹林关却是丹江中上游仅次于龙驹寨的繁华之地。我掌握的资料说,竹林关地处丹凤、商南、山阳交界处,俚语有"鸡叫一声听三县"的说法。过去的竹林关是汉江流域有名的水旱码头,水路可由丹江抵达汉江,陆路可通湖北郧西、郧县(今郧阳区)。明代,这里就设有以军事防守为主要职责的巡检司,清代设有千总、把总。在山大谷深、地偏人稀的明清时代,政府在这里设置这些类似于派驻部队的军事管理机构,主要目的应该是维护这个汉江流域水旱码头的社会治安吧?第二次国内革命战争时期,徐向前率领的红四方面军、贺龙率领的红三方面军,以及

1946年中原突围期间李先念部都曾经转战竹林关。1932年11月，贺龙率领红三方面军到达竹林关与毛泽东的同学、中央分局书记夏曦发生的那场剑拔弩张的反对"左"倾机会主义斗争，就在供奉丹江水神杨泗的杨泗庙。

丹江流出竹林关镇，波光粼粼的身影迅疾被四面合围的高山吞没。

丹江波光消失的地方，是陕西省商洛市商南县和河南省南阳市淅川县交界处。莽莽秦岭在鄂陕豫交界处收拢它南下的脚步，纵横交错的山岭愈显破碎而密集，横卧丹江南岸的新开岭和自北而下的伏牛山余脉，让丹江最后的旅程变得异常艰辛。高山遮住了丹江的身影，也让我追逐丹江的脚步动辄受阻于一座接一座不期而遇的高山。陕西、河南、湖北交界的丹江下游，是山与水纵横交错的世界。高峻绵延的群山永远是这里的主人，一座又一座高山相互搀扶着，毫无规则地蹲踞在丹江两岸，山与山之间的大大小小的峡谷间，必然有或大或小的河流山溪涌出。这些诞生于高山、一生都奔流在山谷之间的河流，都是丹江支流。它们短促的水流在平常季节激不起几朵浪花，被高山围困的地方也往往是人迹罕至的蛮荒世界。不过，从陕西商南梳洗楼进入丹江又一座著名水旱码头——河南淅川县荆紫关镇，诞生于崇山峻岭、奔走于万山丛中的丹江即将告别群山围困、山重水复的跌宕之旅。

清亮可鉴的江水在突然敞开胸怀的山谷间悠悠东进，江北岸一座屋檐高翘、白墙黑瓦的古镇，是河南淅川县荆紫关镇，早在盛唐时期就是丹江航运商贾云集的水旱码头。清流舒缓流过的丹江西岸，是莽莽秦岭深处有名的白浪镇。与荆紫关镇相比，这座分属陕西商南湘河镇、湖北郧县白浪镇和河南淅川荆紫关镇管辖的江岸小镇曾经拥有的繁华与名望，既得益于丹江航运，更因为一条不足百米的街上竖立的那块三省分界碑。依山临江的白浪镇只有一条南北曲折的街道，街中央一座并不高大的界碑，让同住一条街上的居民户籍及行政隶属关系不尽相同，分属于陕西、湖北、河南三省。

从荆紫关进入淅川腹地，丹江仍然要与缓慢下沉的山岭为伴，但比起一路上让江水跌宕起伏、喜怒无常的丹江中上游山区来说,丹江与另一条同样发源于秦岭高山深处、南北纵贯淅川全境的古老河流——淅水共同开拓的百里平川,已经足以让丹江江水再度舒展身子,顺势南下,并在结束440余公里穿山越岭之旅的时候终于摆脱绵延群山的羁绊,独享丹江口水库烟波浩渺、天高地阔的世界了。

现在的淅水已经是几近断流的小河,但在两三千年前的西周初年,淅川境内丹江与淅水交汇之处,也就是历史学家所说的丹淅之会地带,却是沿丹江而下的楚文化汇聚萌发之地。楚国第一个国都——丹阳也诞生在这里。

沿丹江一路走来,尧太子丹朱和楚人一直是最容易与我不期而遇,也最容易让人产生思古之幽情的意象。到了淅川,政府打出的"楚国初都"形象宣传广告和淅川县博物馆琳琅满目的青铜器、玉器告诉我,徘徊丹江两岸的日子,我其实就行走在楚人筚路蓝缕、披荆斩棘的路上。3000多年前,楚人正是在沿丹江东进南下的过程中完成了第一个创业期。

尧帝将太子丹朱封到遍地都被大山围困的丹江流域,是为了给他帝位的继承者舜留下一个安定的江山。楚人创业之初寄身于山岭纵横的丹江流域,完全出于求生的无奈。我在淅川县博物馆买到的一本《楚都丹江在淅川》的学术文集说,周成王时期生活在江汉地区的苗族后裔鬻熊重孙、楚人先祖楚子熊绎,被封到山高水长、蛮荒僻远的丹江流域。这位平日里坐着拉柴用的车子出行,穿着打满补丁的破衣服临朝理政,开辟翻越荆山通往关中的山道,跋山涉水向周天子进贡的楚国开国之君建立的楚国第一个国都——丹阳,就在淅川县老城镇杨山村,只可惜遗址已沉没丹江口水库。

对于楚国最初的国都丹阳的所在,学术界至今还有湖北枝江、秭归和河南淅川3种说法。《楚都丹江在淅川》一书中,许多楚文化研究专家和考古工作者以1977年以来淅川出土的众多楚墓为依据,试图确定楚国最早的国都丹阳在淅川,然而学术界各执一词的争论还在继续。不过,无论

丹江下游河南淅川县荆紫关镇民间脊兽

有关丹阳地望之争最后如何尘埃落定，古老丹江孕育了最初的楚国和楚文化这一点，似乎没有多少异议。

一路沿丹江走来，我看到了陕西商南过风楼，商州东龙山、陈塬遗址，河南淅川下寺遗址、西峡丹阳之战遗址等早期楚文化遗迹浩如繁星，构成一部楚人沿丹江和商於古道向南，环环相扣，逐步发展壮大的编年史。就连丹江流经的鄂、陕、豫三省交界处的饮食、方言、建筑、风俗，也都一样浸润着浓郁的荆楚之风。就连与关中只有一山之隔的商洛和河南淅川、西峡一带的民居，与湖北民居既朴素无华又精巧实用的风格也如出一辙。

在荆紫关一带摆脱群山重围，丹江再度转身南下，迅疾融入小太平洋一般水波浩渺的丹江口水库。但在丹江口水库修建以前，丹江在接纳来自河南南阳境内的老灌河后，又在湖北江汉平原与老河口和汉江相会。

从秦岭腹地一股清流到最后一朵浪花消失在丹江口水库，丹江一路上到底穿越了多少崇山峻岭，又有多少发源于大山深处的河流加入丹江千古不衰的绝唱，恐怕无法统计。不过我掌握的一份资料说，仅陕西境内，流程在25公里以上的丹江支流就有21条，长度为10公里至25公里的沟壑有79条，1公里至10公里的支沟有952条，至于只有一线细流的小沟小壑，则有34300多条。

如果不是丹江口水库让穿越千山万岭的江水有了一个归宿，丹江还要穿越多少高山峻岭，接纳多少来自高山峡谷的河流，才能涌入汉江温暖宽厚的怀抱呢？

云梦大泽

唐开元二十一年（733 年），刚刚升任丞相的大诗人张九龄收到孟浩然呈送的一首诗，这就是1000多年来被视为孟浩然代表作之一的《望洞庭湖赠张丞相》。这一年孟浩然44岁，正在筹划赴京应试。在这首干谒诗里，孟浩然以10年前游历洞庭湖时面对水天一色、涵虚空蒙的自然景物生发的感受为内容，抒发了他渴望有人提携引荐进入政界的急切心情。其中最有名的两句是"气蒸云梦泽，波撼岳阳城"。

那么，孟浩然描述的云梦泽在哪里呢？

读过这首诗的人也许会不假思索地回答：既然孟浩然写的是洞庭湖和岳阳楼，云梦泽自然在湖南，或者说云梦泽就是洞庭湖了。

其实不然，孟浩然《望洞庭湖赠张丞相》写到的云梦泽，是指早在先秦两汉时期被《尚书·禹贡》《左传》《国语》和司马相如《上林赋》反复提及的云梦大泽，也就是曾经密布于湖北省江汉平原上的古代湖泊群。这些先秦时代还星罗棋布、罕有人迹的湖泊群的分布范围，大致南以长江为界，北至湖北钟祥大洪山，向东延伸至武汉以东的大别山麓，西到汉江流经的鄂西山区。

孟浩然写出"气蒸云梦泽，波撼岳阳城"的7亿年前，长江、黄河还没有诞生，现在的长江中上游大部分地区还是古地中海的一部分。整个长江流域一片汪洋，既无河道，亦无江岸，长江与地中海连为一体，不分彼此。汉江流经的鄂西山区也是古地中海向东延伸的辽阔海湾，只不过洪波连天的古汉水已在渐次隆起的秦岭、巴山地质断层间奔流了很久。即便是在1亿年前印支造山运动引发青藏高原和昆仑山、巴颜喀拉山、横断山脉、秦岭山脉相继崛起，刚刚有江有岸、初成江河气象的长江也没有摆脱古地中海的牵制，被秦岭山脉和云贵高原之间深切的峡谷引导着，借助古汉江河道选择了与今天长江相反的流向，经云南西部，注入地中海和印度洋。这时候的汉江，则自陕南进入湖北西部后与长江江水一同汇入了因长江中游南岸次第隆起的丘岗、陆地形成的一个巨大内陆湖——云梦泽。

据此可知，在汉江与长江造就江汉平原之前，先秦时代被视为神秘水乡泽国的云梦泽，是江汉平原真正的主人。

与云梦泽同时出现在中国大陆中西部的大湖，还有四川的西昌湖和云南的滇池。但在中国大陆造山运动余响未落之前，这些湖泊的湖水，还都是古地中海的一部分。云梦泽真正成为一泓波水粼粼、水草茂盛，且有水鸟和众多水生生物生活的大湖，应该是经历了从燕山和喜马拉雅山造山运动大幕开启，直到中国大陆造山运动尘埃落定的数亿年漫长过程。

高山与高原渐次隆起，峡谷和盆地相继出现；海水渐渐退去，曾经被海水覆盖的海底成为大陆，高山崛起形成的低洼地带再度被水淹没。伴随秦岭山脉、昆仑山脉、横断山脉的崛起，大别山、巫山在长江中下游出现，与云梦泽、汉江、长江相通的古地中海开始向西退缩，更多陆地与山脉渐次出现，四处漫溢的海水、江水、河流在刚刚诞生的高山峡谷引导下，各自寻找自己的出路。

这是燕山和喜马拉雅山造山运动催生山川起伏、河流纵横的中国大陆雏形的一幕。这次由不同地质板块撞击引发的造陆运动，持续时间非常漫长，大约开始于1亿年前，结束于三百万年前第四纪冰川大幕落下前后。

漫长而持久的造山运动，让中国大陆轮廓初现。以莽莽秦岭为分界，北方的渭河、黄河，南方的汉江、长江，开始有了各自较为明晰的河道与流向。然而，如果将目光再次延伸到喜马拉雅山造山运动进入高峰期的三四千万年以前，我们会发现，这次剧烈的地质运动，让青藏高原迅速崛起，云贵高原剧烈抬升，迫使绵延到中国大陆南部的古地中海彻底退位，中国大陆西高东低格局粗具雏形，曾经从云贵高原经西藏向西流入地中海和印度洋的长江，这时候才开始掉转流向，自西向东，朝太平洋奔流而去。

根据地质学家对长江历史变迁的判断，既然四五千万年前长江是从欧亚大陆西南流入地中海的，那么在长江从青藏高原转向东流进入江汉平原之前，填充云梦泽的水除了古地中海海水外，真正形态明晰地汇入云梦泽的河流，应该只有汉江了吧。因为在此之前，作为汉江与长江分水岭的大巴山，已经在秦岭造山运动中崛起。

距今三四千万年，中国大陆轰轰烈烈的造山运动告一段落，我们现在看到的大部分山脉已经崛起。伴随青藏高原崛起，长江从青藏高原朝西南进入地中海的通道被阻塞，滚滚江水只好在青藏高原和云贵高原之间转向东流，并在穿越千山万岭来到后来成为江汉平原一部分的湖北中西部后，和早已与云梦泽融为一体的汉江汇合。既然没有河道供长江之水东流，长江便与汉江融为一体，成为从鄂西山地一直漫延到大别山麓的云梦泽共同的缔造者。

那时候，云梦泽是一个水的世界。波光粼粼、烟波浩渺的湖水一望无际，空蒙与死寂笼罩着茫茫湖水。除了汉江和长江不断涌来的江流激起的浪花，唯有明月和太阳年复一年无声起落。直到后来，南漳湖北鳄、孙氏南漳龙等水生爬行动物出现，云梦泽的亘古岑寂才被打破。

这个时期，应该已经是第四纪冰期中后期。

大规模造山运动减缓，但缓慢的海陆升降还在继续。也就是在这一过程中，积满长江与汉江江水的江汉平原渐渐下沉，一座发育成熟、辽阔无际的内陆湖逐渐形成。接下来，汉江和长江带来的泥沙滚滚而来，日积月累，云梦泽湖底陆地缓慢抬升，湖水被迫沿后来的长江水道向东外溢，流向东海。这种由汉江和长江共同完成的填湖运动，至少持续了上千万年。年复一年，日积月累的沉积物，最终将原来连为一体的云梦泽分割成大小不一、数以万计的湖泊群。后来，云梦泽湖泊群，又被汉江和长江日积月累的堆积物不断分割、分化，最终被改造成湖泊、沼泽、三角洲绵延不断的湖沼群。与之伴生的鱼类、龟甲类水生生物麇集湖泊沼泽之中，众多钟爱潮湿环境的生物和飞鸟在水草茂盛、草木葱茏的湖畔、洲汊安身栖息。在汉江北岸和丹江流经的高山丛林里，有剑齿象、恐龙悠游觅食，被茫茫湖水覆盖，荒芜亿万斯年的云梦泽迎来了万物争荣的时代。

尽管自然生态的变化正在让云梦泽经历沧海桑田的巨变，但广袤的江汉平原上弥望的泥淖、沼泽和星罗棋布的湖泊还不是早期人类可以安身的家园，亘古的洪荒还要在这个曾经水波连天的世界继续。直到距今六七十万年，处于云梦泽西北部的郧县及郧西县境内学堂梁子、神雾岭从湖底隆起，被围困在水波和泥沼之间的突兀高地上迎来栖身于汉江中上游高山洞穴的第一批古类人猿——郧县人、郧西人，这里的亘古寂寥才开始被打破。然而，滚滚而来的江水，连绵不断的湖泊群和因湖泊不断缩小、分割而出现的大片大片的泥沼，依然是人类生存的禁地。尽管继郧西人和郧县人之后，当代考古工作者在荆州市郊鸡公山上也发现了距今5万至2万年原始人类生活的遗迹，但在更为漫长的时代，人们对这个汉江与长江共同创造的水天泽国还是一无所知。

云梦泽作为一个地名被提及，最早见于成书于先秦时代的《尚书·禹贡》和《周礼·职方》，其中《尚书·禹贡》在概述大禹划分的九州之一——荆州时，有"云梦土作乂"之说。《周礼·职方》进一步解释说，荆州有"泽薮曰云梦"。可见，尽管先秦时代沉积在云梦大泽下面的江汉平原在长江与汉江日积月累的填充下已粗具雏形，但辽阔的云梦泽大部分区域仍然湖泽相连，人烟稀少。接下来的岁月里，星海般密布于后来的江汉平原的湖泊群，还将经历漫长的变迁。大湖泊被分割成小湖泊，原有的小湖泊干涸、消失，又有一些小湖泊在低洼处出现……星星点点的湖泊群让云梦泽成为人迹罕至的神秘之地，以至于后来的《尔雅》《吕氏春秋》《淮南子》，对其规模、方位的记述也众说纷纭，莫衷一是。《尔雅》说云梦泽由10个大湖泊组成，《吕氏春秋》和《淮南子》说云梦泽聚集了9个大湖，位置在荆州所属的楚地。无论古人怎么描述他们时代所了解的云梦泽，有一点大家都非常清楚，即在《吕氏春秋》《淮南子》时代，人们都知道云梦大泽是远古时代中国大陆秦岭以南一个浩渺无边的泽国。汉江、长江以及后来才各自独立的鄱阳湖、洞庭湖水波相连，融合在一块儿，还不是适宜人类生存的世界。即便是在云梦泽分化成无数大小不一的湖泊后，史书记载的江汉湖泊群还有600多个，其中水域面积在100平方公里的大湖就有21个。

汉武帝元朔四年（前125年），一位青年才俊从长安出发，开始了在大汉辽阔疆域的长途漫游。这位胸怀大志的青年在全国各地考察民风民俗、采集乡俚传说的同时，一路都在追寻大禹治水的遗迹。为此，他不仅遍游江淮、中原，足迹还到达了曾经和云梦泽连为一体的洞庭湖。

这位青年就是后来的著名史学家司马迁。

游历考察结束后，司马迁撰写了我国历史上第一部水利学通史《河渠书》，亦即《史记卷二十九·河渠书第七》，其中第一次确切记述了云梦泽的方位。司马迁在介绍春秋时期楚庄王派楚国最高执政官令尹孙叔敖修筑中国最早的运河——云梦通渠时说："于楚，西方则通渠汉水、云梦之野。"意思是说，孙叔敖修建沟通汉江和长江的云梦通渠的时候，从

陕西旬阳县蜀河镇附近的大禹洞

湖北荆州城北楚国郢都纪南城凿渠，使汉江、长江和云梦泽贯通。司马迁的记述透露出两个信息：一是司马迁当年看到的云梦泽在江陵以东的江汉平原；二是西汉时期汉江和长江分流，而且在曾经一片汪洋的云梦泽退水为田的过程中，经常发生淤积和水灾。

沿丹江和汉水壮大起来的楚人，在汉江、云梦泽和长江之间修建了我国历史上第一条运河。我们不知道这条运河是如何修建的，更无法知晓这条运河是如何将星罗棋布的云梦泽大小湖泊之水引入汉江的，但司马迁告诉我们，沟通汉江与云梦泽之间的我国最早的运河修建于公元前7世纪初的楚庄王时期，负责修筑这条运河的是楚国令尹孙叔敖。据说孙叔敖治理遍布现在江汉平原的湖泊时，首先开凿河渠，让流经汉江南岸神农架地区保康、南漳、当阳和枝江的沮漳河与江汉平原的众多大泽相互沟通，并使之流入汉江。在密集的泽国渐行渐远的同时，沿汉江最大支流丹江南下的楚人，首先选择在云梦泽湖水退去后裸露出来的丘岗高地安家，成为云梦泽的主人。只不过那时的云梦泽大部分地方依然沼泽、湿地、湖泽、丛林密布，且雾瘴弥天，荒无人迹，虎豹出没，野兽成群，楚人也只好将这些地方作为楚王游猎的皇家林苑使用。

云梦者，方九百里，其中有山焉。其山则盘纡茀郁，隆崇嵂崒；岑崟参差，日月蔽亏；交错纠纷，上干青云；罢池陂陀，下属江河。其土则丹青赭垩，雌黄白坿，锡碧金银，众色炫耀，照烂龙鳞。其石则赤玉玫瑰，琳珉琨吾，瑊玏玄厉，碝石碔砆。其东则有蕙圃：衡兰芷若，芎䕷昌蒲，茳蓠蘪芜，诸柘巴苴。其南则有平原广泽，登降陁靡，案衍坛曼。缘以大江，限以巫山。其高燥则生葳菥苞荔，薛莎青薠。其卑湿则生藏茛蒹葭，东蔷雕胡，莲藕觚卢、菴闾轩于，众物居之，不可胜图。其西则有涌泉清池，激水推移，外发芙蓉菱华，内隐钜石白沙。其中则有神龟蛟鼍，瑇瑁鳖鼋。其北则有阴林：其树梗柟豫章，桂椒木兰，蘖离朱杨，樝梨梬栗，

楚人刚刚进入江汉平原的时候，这里还是湖沼密布的云梦泽

橘柚芬芳；其上则有鹓雏孔鸾，腾远射干；其下则有白虎玄豹，
蟃蜒貙犴。

这是西汉著名辞赋家司马相如《子虚赋》中，为我们描述的云梦泽成为统治长江流域800多年的楚国皇家林苑时的情状。

2000年后，在我两度追随汉江滚滚东进的涛声漫游江汉平原、寻找云梦泽浩瀚遗迹之际，一望无际的稻田一片寂静，我只能从零星散布在汉江两岸稻田深处的星星水泊、港汊、荷塘、沼泽、湿地的波光水影里，遥想江汉平原湖泊密布的过去。如果没有孝感市所属的云梦县提示，人们已经很难将它与曾经的泽国水乡联系在一起。甚至在中国已经版图统一，南方与北方都归属于大汉帝国的汉景帝时期，众多湖泊依然在汉江与荆江交汇的江汉大地闪闪烁烁。

我不知道善于铺陈的辞赋大家司马相如是否到过云梦泽，不过在司马相如和司马迁之前，最熟悉这片湖沼云集之地的还是以这片荒芜阴湿之地为根据地，筚路蓝缕、披荆斩棘、开疆拓土的楚人。只不过楚国占据以汉江中下游为中心的云梦之地的时候，这片由一泓大泽外泄后遗留的成千上万个大小湖泊组成的泽国水乡，要比司马相如描述的云梦泽范围更大，地域和水域也更加辽阔。根据专家考证，楚人入主的云梦泽，包括了湖北中南部以及湖南、江西北部。2000多年后，我们现在在地图上看到的以蓝色斑点为标志，密布于鄂、湘、赣三省交界处的湖泊群，就是当年云梦泽的遗物。它们既包括湖北境内的洪泽湖、梁子湖，也包括江西境内的鄱阳湖和湖南境内的洞庭湖。

司马相如笔下为我们描述的云梦之地，是云梦泽消退后的陆地，并非云梦泽，总面积不足1000平方公里。根据《子虚赋》推算，云梦泽消退后最初留给楚王作狩猎、野游之用的湖中高地，东西长400多公里，南北宽250多公里。而司马相如在《子虚赋》中为我们塑造的中国历史上著名的吹牛大王子虚先生，在向齐王炫耀楚国国土辽阔、物产丰富时提及"平原广泽"的云梦之地南部，则正是战国时期尚未消退的云梦泽的核心区域。

2014年8月，我驾车从杭州经江西、湖北返回天水，顺道开始了我第一阶段的汉江之行。这次考察，我选择从汉口龙王庙汉江入长江处逆汉江西行，经仙桃、潜江、天门、京山、钟祥、沙洋、荆门、宜城进入襄阳，随后转向神农架山区的南漳、保康、房县，从十堰上高速返回。一路在平原绿野间奔走，当时尚未意识到自己穿行的汉江两岸这片大平原，在先秦时代还是湖沼弥望的泽国水乡。到了汉江北岸大洪山南麓的钟祥，面对与明显陵融为一体的莫愁湖的浩渺水波时，我才猛然意识到，在遥远的地质年代，云梦大泽的最北界，一直延伸到了汉江北岸大洪山麓的钟祥、京山一带。

从第四纪冰期结束，鄂西山地从浩瀚湖水中浮出水面，到郧县人、郧西人在汉江北岸的高地开拓家园，再到长江、汉江相拥相抱，然后选择奔流到海，云梦泽由一泓巨大的湖泊分解成成千上万个大小不一、形状各异的湖泊，云梦泽沧海桑田的变迁经历了极其漫长的过程。然而，在云梦之

在湖北京山，面对这种情景，我不禁又想起了江汉平原湖沼交错的过去

地成为楚国疆域之后，云梦泽消亡进入蜕变期，汉江中下游从水域泽国向平畴沃野变迁的脚步也进一步加快。

2014年8月6日，我们造访了在潜江市龙湾镇的楚国第一离宫章华台。顺势南下的汉江从潜江北境蜿蜒流过，那里曾经是云梦泽的核心。不过在2500多年前的春秋时期，那里已经是楚人活动的中心了。

有人估算过，云梦泽最初总面积应该在4万平方公里左右。到了司马相如大肆渲染云梦之地神秘迷人的西汉，云梦泽进入湖水锐退、三角洲迅速抬升的时期，众多湖泊开始消失，纵横交织的河流和涌水制造的三角洲、沼泽渐次出现，曾经的水乡泽国即将华丽转身。从公元208年曹操赤壁之战战败退兵华容道，曹军被遍地泥泞折磨得狼狈不堪的故事可知，一泓浩瀚大湖的消失已是不争的事实。到了唐宋时代，日渐延展的汉江三角洲让云梦泽核心区域变为陆地，曾经如翡翠碧玉般密布江汉大地的湖泊变为星罗棋布的湖沼，一泓为水波覆盖斯万年的大湖消失了。芦苇、水草和众多鸟类，成为这片新生内陆的主人。到了北宋初年，尽管朝廷开始在云梦大泽消失后出现的三角洲屯田开垦，但这片湖水退出的土地，仍然人迹罕至，一片荒芜。

公元1170年，南宋诗人陆游乘船途经曾经是云梦泽核心区域的华容道时看到，湖水退去后的湖区依然湖沼密布，虎狼出没，不禁写道："自是复无人居，两岸葭苇弥望，谓之百里荒。"到了明代，伴随越来越多零星湖泊的消失，最先裸露出的三角洲和丘陵地带，吸引了越来越多的拓荒者进入云梦之地，朝廷也开始着手云梦之地的开垦治理。伴随一条条淤塞河道被疏浚和汉江支流荆江大堤的贯通，云梦泽彻底消失了。

现在，我们在湖北境内汉江两岸看到的200多个大小不一的湖泊，正是云梦泽的最后遗迹。

江上平原

如果我说在古老的中华大地上最先诞生的河流是汉江而不是长江、黄河，十有八九的人会认为我是在胡言乱语。然而，面对江、淮、河、汉这四条曾经巨浪奔流、纵横于华夏大地的大河，近年来河水骤减，日渐衰微，唯有奔流于秦岭、巴山之间并在冲出西部高山羁绊后与长江共同冲刷出辽阔无际的江汉平原的汉江依然清流奔涌、浩浩汤汤。尤其是近现代地质学家和考古学家将一个被时光的尘埃掩埋亿万斯年的秘密公之于世后，我们不得不关注这样一个历史事实：汉江不仅是中国内陆最古老的河流，而且在长江、黄河诞生7亿年前，汉江就开始在中国大陆创造大地、孕育生命。

1976年7月6日，一支由20多名科学家、新闻记者组成的考察队从西宁出发，向江源地区进发。这支由长江流域规划办公室组织的考察队进入昆仑山、唐古拉山、巴颜喀拉山后，对长江上游大大小小十几条河流进行了仔细考察，为确定长江新源头寻找证据。1978年1月13日，新华社发布消息称："长江流域规划办公室组织查勘的结果表明：长江的源头不在巴颜喀拉山南麓，而是在唐古拉山主峰各拉丹冬雪山西南侧的沱沱河；长江全长不止5800公里，而是6300公里，比美国的密西西比河还要长，仅次于南美洲的亚马孙河和非洲的尼罗河。"第二天，美联社发了一则电讯称："长江取代了密西西比河，成了世界第三长的河流。"接下来科学家的研究结果证明，在遥远的地质年代，中国大陆最早诞生的河流是汉江，而不是长江与黄河。大约在汉江诞生7亿年后，最初源头被确定为三峡地区的长江才日渐形成。而且在青藏高原崛起之前，长江还一度借汉江河道西流青藏地区注入地中海和印度洋。

长江流域规划办公室科学考察队的结论,不仅为李四光当年提出的因为地质年代三峡地区曾发生强烈地质褶皱,使之成为中国大陆华东与华西的分水岭,迫使秦岭、巴山以南河流流向西藏的观点提供了佐证,还为《禹贡》中认为长江源头在岷山提供了一定的依据。

既然汉江比长江早诞生7亿多年,那么汉江不仅孕育了我国北方难得的一块平畴沃野——汉中平原,还应该是制造江汉平原的第一功臣。

从西汉水源头天水嶓冢山(齐寿山)追随汉江南下,浑黄的江水一路都在曲折蛇行的峡谷跌宕前行。中国大陆的高山集中在西部,古西汉水以它坚忍不拔的脚步历经几亿年,在高山之间仅可供江水仄身流淌的峡谷跌宕前行。即便到了海拔明显降低的甘肃礼县、西和、康县、成县境内,倾泻而出的江水在高山峻岭之间开拓出的一块块喇叭形河谷平地,迅疾又被奔涌而来的江水占领。所以在河谷地带很难找到一块可供人们安身的平阔之地,人们只能在临江的高山丛林寻找安身之所。然而,当西汉水即将摆脱西秦岭南坡群山围困并在陕西略阳两河口与自北而来的嘉陵江汇合后,这条一路奔涌的江流不仅变得温顺而安静,渐行渐缓的群山也为继续南流的江水拓展出更为开阔的河谷平地。到了宁强境内阳平关,一块巨大的山间盆地的出现,让由西汉水和嘉陵江合流南下的江水变得更加轻松自在。

低矮的丘陵、开阔的天空,将秦岭推向远处,围绕阳平关迂回环绕的嘉陵江在漏斗形河谷间舒缓漫流。从阳平关到代家坝、大安镇,再到宁强县城低矮的河谷山丘及初成气象的山谷平坝来看,如果不是发生在西汉高后二年(前186年)正月的那场大地震,如果不是那场大地震迫使与嘉陵江合二为一的西汉水改道南流,那么从阳平关开始,古汉水已经开始孕育、开拓更多可供人类生存的平畴沃野了。因为从阳平关往东,毫无秩序散落的零星丘岗和从烈金坝汉王山重新起步的汉江细流两岸平坦的谷地,怎么看都更像一片平原诞生的雏形。

汉江流域最为辽阔的平原有两块,一块是位于汉江上游汉中境内的汉中平原,另一块就是江汉平原。如果现代地质学家和考古学家所持的汉江诞生年代比长江、黄河早 7 亿年的观点成立的话，中国境内最早出现的平原是不是应该是汉中平原呢？因为 1.5 亿年前，长江流域大部分地区还沉没在海底，之后发生在我国南方的印支运动，才使后来的三峡地区和四川、甘肃、青海等地的海槽隆起，升出海平面，并与华南、华北已经成形的陆地连为一体，构成我国大陆雏形。而那个时候，长江才刚刚在三峡地区高山深处诞生，并被三峡地区刚刚崛起的高山胁迫着经四川、云南向西流入地中海和印度洋。

这个时候，也正是现在的江汉平原仍然被滚滚而来的汉江之水淹没并形成浩瀚无涯的云梦泽的年代。也是在这个时候，汉江携带大量泥沙等沉积物，并借助秦岭、巴山之间频繁爆发的造山运动，拉开了在现在汉中境内制造一块山间平原的序幕。

早在 2004 年，我穿行于秦岭南北的时候，每每从群山丛中出来进入汉中，我都迷惑于莽莽秦岭、巴山之间，何以会出现一片如此平坦沃饶的平原。根据基本地理常识，平原一般出现在大江大河下游，如果依照现在确定的汉江源头在汉中平原西部边缘宁强县大安镇汉王山的说法，从大安镇经勉县青羊驿蜿蜒东流的汉江才刚起步，即便是在接纳来自秦岭、巴山的玉带河、沮水、堰河后，汉江也还是"家有小女初长成"的样子。那么是什么力量让刚刚诞生的汉江在起程二三十公里后就开拓出了一片辽阔平原呢？

接下来，穿行于汉中境内汉江南北两岸的我发现，无论是在北岸的秦岭脚下，还是在南岸的巴山河谷深处，频频出现、明显受外力挤压断裂的褶皱山体似乎在提示我，在遥远的地质年代，南北对峙的秦岭、巴山出现过强烈的挤压断裂，汉中平原是在秦岭、巴山山体断裂的裂隙中形成的。

为了解除这个疑窦，我不得不再次探索中国大陆形成的前世。

40 亿年前，中国大陆和地球上绝大部分地方一样，被海水覆盖，一片汪洋。不过在海水深处，也分布有很多海槽。这些纵横交织的海槽就是后来高山和陆地诞生的"胚胎"。现在的汉中平原就是其中一条深切海底的巨大海槽。接下来的几十亿年，沧海桑田的巨变、造山运动的轮回反复，让紧紧环抱这条大海槽的秦岭、巴山高高崛起，大量海底及山体堆积物使沉积在海底的海槽亦随之缓慢上升。大约在6000万年前，汉中平原露出真容。这一时期，长江还在将发源于三峡高山地带的江水向西输送到地中海和印度洋，而汉江则已经开始孕育一块供后来的龙岗人生存的平原了。

进入江汉平原，纵横交织的河汊为汉江补充着源源不断的水源

曾经的汪洋大海即将华丽转身，但汉中平原形成的秘密在此后几千万年，才被当代地质学家解开：当代地质学家从汉中平原发现了厚度超过500米的地质堆积物，这些秦岭、巴山上升过程中遗留在海槽深处的山地风化物质，形成了汉中平原最初的可以孕育万物的土壤。1000多年前，北宋文豪文同做汉中太守时，面对无意中在南郑县龙岗遗址所在的梁山发现的众多石珊瑚百思不得其解，写下"海底初生处，扶疏苦未全。几时随铁网，流落汉江边"的诗句，抒发他的好奇之情。

即便是现在，在汉中平原及其周边，我们还是很容易找到在遥远的过去汉中平原曾沉睡在海底的实物依据。

2012年受陕西省旅游局之邀，采写那本至今未出版的纪实文学《全旅游时代》时，面对大巴山北麓的南郑黎坪国家地质公园中宝塔灰岩上裸露的中华震旦纪海洋古生物化石，以及密林深处纵横交织的海底山、海沟遗迹，我恍惚回到了汉中平原波涛汹涌、水天相连的太古时代。

6000万年前的地质变化虽然让汉中盆地从海底升起，但要让一块堆积着厚厚地质堆积物的沟槽变为可供人类生存的肥田沃野，还需要极其漫长的地质地理演变过程。200万年前，秦岭、巴山再次剧烈上升，宣告我们现在看到的汉中平原基本成形，接下来平原沃野的形成任务，将由一条古老的河流来完成。

这条河流，就是已经在秦岭、巴山之间流淌亿万斯年的汉江。

古老的汉江从时光的手里接过创造汉中平原任务的时候，东西汉水尚未分流，自北向南穿越秦岭南坡的嘉陵江与西汉水汇合之后从阳平关向东，径直奔向如一个刨开的巨大葫芦般横卧秦岭、巴山之间的汉中平原。

西汉水、嘉陵江，以及伴随地质变化应运而生的玉带河、沮水、褒河、牧马河、湑水河、酉水河、椒溪河、泾洋河，汇合来自秦岭、巴山之间的千壑万溪，沿途吸纳了成千上万条大河小溪汇聚汉中平原，一条大河气象初成。愈往东流江水愈见浩荡的古汉水后浪推前浪，朝着鄂西滚滚而去，曾经在秦岭和巴山谷溪里顺流而下的泥沙等悬浮物，却被不舍昼夜的江流不断淘汰，一层又一层，沉积在河床之下，将高低不平的河底沟槽填平，将裸露在河床下的碎石巉岩埋没，形成一片平原的母床和胚胎。大约2亿年前的燕山运动，迫使海水再次退缩，宁强、勉县、西乡、镇巴一带的山间盆地、小面积内陆湖，以及湖岸上裸露于水面的陆地相继出现，预示着由一条江流创造的平原即将诞生。

年复一年，日复一日，古汉水的这种运动就一直没有停止。应该是在七八千年前，东西方人类共同经历的那场大洪灾过后，与汉江一岭之隔的渭河大湖消失之后，中国大陆格局基本形成，古汉江也结束了在秦岭、巴山之间桀骜不驯、肆意奔腾的历史，开始将它温顺柔曼的流水收拢到自己已经开拓的河道，蜿蜒东流。

大洪灾过后，秦巴山区生机勃勃，万木葱茏，古汉水波澜不惊，潺湲流淌。曾经被江水占据的河床在江水渐次退去后，形成大小不一、形状各异的湖泊、浅滩、江渚和基本成形的平地。然而，燕山运动余声未落，陆地还在继续上升，大冰期过后突然变得炎热难熬的气候，使散落在汉中平原的湖泊相继干涸，裸露的地表也在年复一年的风雨剥蚀下改变着模样，松散肥沃的沉积层面积随之越来越大。在地壳运动、风雨剥蚀以及古汉江江流日复一日冲积的作用下，干涸的湖泊被沉积物填平，零星散在古汉水河道两岸的浅滩、江渚连为一体，一片平坦的原野出现了。这就是我们现在看到的西起勉县、东至洋县、东西长116公里、南北宽5公里至30公里的汉中平原。

汉中盆地刚刚从海底露出冰山一角的时候，最先发现这块辽阔沃饶之野的还不是人类，而是第四纪冰期过后遍布世界各地中低纬度山林、河谷、平原的脊椎类动物，有三门马、剑齿象、肿骨鹿、大熊猫、中国鬣狗等，也有各种鼠类，以及牛、羊、猪和猴、猿等灵长类动物。

在古汉水经年累月的冲击、淤积让肥沃的汉中盆地粗具形态的时候，汉江北岸紧临汉江的南郑县龙岗寺高隆的山岗上，迎来了汉中平原最早的原始居民。距今120万年的旧石器时代，这群凭借打磨器生活的人类先祖被秦岭巴山之间这块日渐开阔、繁荣的平原吸引而来后，汉江两岸亘古的岑寂才被打破。紧接着，距今7000多年又有一支已经学会加工更加精细的石质生产工具的原始人类，也在西乡县境内汉江支流牧马河冲击而成的西乡盆地李家村台地安家。及至褒国人和蜀人的身影相继出现在汉江两岸的春秋战国时期，渔耕便利、万物繁荣的汉中平原上扑面而来的稻香，已成为让莽莽秦岭遮蔽之下的北方争霸者蠢蠢欲动的富庶之地。然而，这块宜居宜业的富饶平原真正被北方统治者所正视，是在汉中被秦国收入囊中之后。

富庶的汉中平原的第一个发现者，是大汉帝国创建者、汉高祖的谋臣张良。

公元前206年鸿门宴失利后，刘邦被项羽发配汉中做汉中王。那时的汉中平原尽管物产丰富，但由于秦岭巴山隔阻，人烟稀少，尚是一块待开发的处女地，所以刘邦迟迟不肯去汉中就任。这时，丞相萧何劝刘邦说，汉中乃天汉之地，最适宜养精蓄锐，以图东山再起。果然4个月后，刘邦就从古汉水滋润的这块古老平原起步，朝着创建大汉帝国的人生巅峰走去。

仿佛是有意考验这条古老江河的膂力，在汉中平原上舒张流淌了100多公里的浩荡清流，刚刚进入洋县东部的龙亭镇和黄安镇之间，从洋县北部和佛坪绵延南下的高山峻岭和自西乡北上的大巴山将江水紧紧夹住，汉中平原亦到了边界。原本在开阔平原轻松流淌的江水，骤然间被逼到群山围困的幽深峡谷深处，蜿蜒回转，朝依然峰岭纵横、峡谷交织的安康、商洛方向流去。

安康、商洛境内许多著名的河流，如池河、任河、岚河、月河、金线河、旬河、丹江等更加丰沛的河水虽然悉数汇入奔流不息的汉江，然而秦岭和大巴山的群山犬牙交错，与汉江争抢地盘，汉江和它众多支流被挤压在山谷深处，曲折前行。既然古老的汉江没有能力在凌乱蹲踞的群山之中开拓出如汉中平原一样开阔的地盘，就只能在群山相对零散的地方冲击出一片片小而逼仄的山间盆地。我们在汉阴、汉滨区一带看到的安康盆地，四处密布着一座一座的低矮丘陵，其平坦度与开阔度，实在无法与汉中平原相提并论。

不过，从陕西安康境内的石泉到湖北荆门所辖钟祥市，于群山峡谷围追堵截中千回百转、奔袭几百公里的汉江，在与绵延不断的群山峡谷冲击搏斗中已经积攒了足够的膂力。从东有大洪山隔阻、西有荆山余脉胁迫的湖北宜城顺流而下，穿越呈阶梯状分布的平原、丘陵和山地进入钟祥，汉江即将与挣脱三峡挟持、滚滚而来的长江携手，用它奔流不息的江流创造又一片广袤无际的江上平原。

2014年8月，我从汉口追逐汉江踪影西行，一路都走在江汉平原上。弥望的稻田，宝石般镶嵌其间的湖泊，绿野环绕、黑瓦白墙的村落，在午后明澈纯净的阳光照耀下次第闪现。10年来沉迷于群峰连绵的秦岭山区的我，在如此辽阔的原野驱车奔走，面对车窗外一闪而过的碧水青湖和仿佛永远都没有尽头的广袤原野，恍惚之间竟有一种在碧水无垠的海面漂流的感觉。

从汉口逆流而上，辽阔的平原、弥望的稻田遮掩了滚滚江流。为了追寻汉江清澈飘逸、蜿蜒柔曼的身影，出汉口，我尽量避开高速公路，选择国道、省道，甚至县乡公路逆流北上。然而，从丹江口转身北下的汉江在老河口、襄阳、宜城一带进入江汉平原，没有高山，没有丘陵，蜿蜒在即将抽穗的稻田深处的江流显得更加隐秘苍茫。在汉川、仙桃、潜江、天门、沙洋、荆门一带，我一直在汉江左右环绕穿行，然而茫茫大野将汉江水波隐匿在一片苍翠的大地深处，除非在一座又一座横卧江上的跨江大桥与波光粼粼的汉江不期而遇，更多时候我只能面朝茫茫原野，循着隐约可闻的涛声，于绿野深处默默感受1000多年前大诗人李白漫游江汉大地时所描述的"山随平野尽，江入大荒流"的寥廓之境。

从汉口出来，我放弃了径直北上去孝感市所属的云梦县寻找云梦泽之梦的打算。因为我知道，现在的云梦县仅仅是一个古老的地名，我追随汉江身影时必经的江汉平原，才是云梦泽腹地。尽管远古时代曾经覆盖整个江汉平原的水世界——云梦泽已经消失，但只要俯下身来仔细辨认，一望无际的绿野深处，云梦泽沧海桑田变迁的遗迹随处可见。一片片大小不一的内陆湖、池塘、河汊，遍布汉江两岸原野深处，那应该是云梦泽的最后遗迹。我经过的大小城市，也都有一泓波光潋滟、烟波浩渺的湖，让本来就飘逸着楚风楚韵的荆楚大地更加充满柔媚迷人的风韵。

然而，如果将时光倒回到三四千万年前，我们会发现，包括武汉在内的整个江汉平原还是一片汪洋，刚刚崛起的鄂西山地南北两侧，两条滚滚而来的古老江流——汉江和长江汇聚在这里，形成烟波浩渺的云梦泽，南起长江，北到京山、钟祥的江汉平原，还覆盖在浩渺水波下面。

与汉江上游的汉中平原相比，江汉平原诞生的年代显然要晚得多。

应该是在三四千万年前，骤然隆起的青藏高原截断长江和汉江之水从西藏向西流入地中海和印度洋的通道后，中国大陆剧烈的造山运动告一段落。一方面，聚集在云梦泽的浩瀚江水被迫重新选择出路；另一方面，长江和汉江带来的大量沉积物不断淤积云梦泽湖底，迫使云梦泽湖水外溢。如此月复一月，年复一年，经过数万上亿年的海陆变迁，汉江和长江合流后有了新的出海通道。云梦泽湖水外泄后形成的星星点点、成千上万、大小不一的湖泊密布江汉大地。湖泊群之间江渚、岛屿、陆地出现，应该是在五六千年前。因为正是这一时期，汉江东岸天门市石家河和京山县屈家岭出现了长江中游人类活动的踪迹。这也是曾经一片汪洋的云梦泽最早提供的可让人类栖身的陆地。不过，那时的汉江下游湖泊、沼泽密布，而且地势低洼不平，还看不出即将成为一片辽阔平原的迹象。直到云梦泽彻底消失之后，滚滚而来的汉江和长江更加努力地将它们带来的泥沙等沉积物赏赐给干涸了的湖底和低洼地带，定期泛滥的江水年复一年、坚持不懈地用它带来的泥沙将高低不平的洼地填充、抹平。到了楚人筚路蓝缕沿汉江支流丹江顺流而下，进入江汉平原腹地潜江建起楚国最早的离宫——章华台的先秦时代，汉江带来的泥沙仍然持续不断地向东扩展，江汉平原上最早的三角洲——汉江三角洲率先形成。伴随着汉江和长江泥沙年复一年冲积，汉江三角洲和荆江三角洲不断延展，越来越多的湖泊消失，汉江三角洲和长江三角洲连为一体，江汉平原雏形基本形成。到了郦道元写作《水经注》的时代，汉江和长江共同冲积的新老三角洲渐渐再度融合，云梦泽彻底消失，一片辽阔平坦、平均海拔只有20多米的大平原，在汉江和长江共同孕育下诞生了。

然而，此后千百年来一直湖泊星罗、水网交织、河流纵横，且长期受汉江和长江江水泛滥影响的江汉平原，真正迎来众多开发者并成为闻名全国的鱼米之乡，还要等到北宋以后。北宋末年，金兵大举进犯北宋，北方难民纷纷南迁，进入江汉平原围堤造田，江汉平原迎来前所未有的开发期。南宋末年，蒙古铁骑长驱南下，又有大量南方难民迁入江汉平原。接下来元末明初江西填湖广的移民大潮，让更多干涸的湖区变成良田，江汉平原迎来万物生长、稻菽弥望的青春期。

江汉平原的诞生，不仅改变了古老汉江的命运，也让古老的华夏大地充满勃勃生机。

百流归一

在中国，如进行一次河道最为弯曲回环、称谓最为复杂多变的河流评选，毫无疑问，汉江当仁不让，绝对名列前茅。

且不说汉江在从秦巴山区流向汉口的路上经历了多少高山峡谷迂回截阻，且不说它在安康、十堰、襄阳、荆门境内千回百转的流向，单就它一路走来在不同地区拥有的不同称谓，就让人惊讶于这条古老江河的不凡身世。我们现在看到的汉江源头，被确定为陕西省宁强县大安镇汉王山的漾水。在宁强县境内，汉江还有两个源头，它们分别是发源于留坝与凤县交界处紫柏山的沮水，和从宁强县南境大巴山中奔涌而出的玉带河。然而在古代，汉江上源漾水、沮水、玉带河汇聚于勉县的时候还不叫汉江，而叫沔水。直到三流交汇，即将流出勉县，并与褒河交汇，汉江才有了一个举

满山红叶让巴山深处流向汉江的每一条河流都显得清澈而宁静

世皆知的名字：汉江，或曰汉水。

2014年8月6日，从杭州到武汉逆汉江而上，我在仙桃一份资料上看到，这里的张沟镇是当年屈原于沧浪之水问渔父的地方，遂与同行的夫人驱车寻觅沧浪之水和屈原问渔父遗迹。遍走张沟镇，不但没找到与屈原有关的旧迹，而且被称作沧浪之水的通州河也已干涸。不过寻觅沧浪之水踪迹时我又发现，汉江有一段也叫沧浪水。

根据汉江古代水文资料按图索骥，古沧浪水指的是安康到丹江口全程数百公里的汉江。流经张沟镇的一条极其渺小的汉江支流，竟也叫沧浪之水！

这种一江多名的现象，在汉江并不奇怪。

古代，汉江干流称谓本来就非常复杂，同一条江流，往往因流经地域不同，称谓也相异。在勉县境内汉江的上源叫沔水，安康与丹江口之间名叫沧浪水，再到襄阳境内称汉江为襄江、襄水……蜿蜒东流的汉江每行走一段，就会拥有一个与"汉"字毫不相关的名称。如果将已经分为东西汉水的古汉水看作一体的话，汉江拥有的名称就更加繁杂了。

古汉水上源，汉水从天水境内嶓冢山发源，流经天水、礼县、西和一段时叫西汉水。然而，当跌宕起伏的江水于秦岭南坡千山万壑间就势南下，并在西和县大桥镇仇池山下转向东流，进入康县和成县境内时，西汉水又有了一个别名——犀牛江。

东西汉水分流后，汉江上源三个源头汇聚于与宁强毗邻的勉县。人们之所以将汉水称为沔水，是因为1964年中国文字改革委员会颁布《简化字总表》以前，勉县一直称作沔县。至于在襄阳境内汉水被称为襄水、襄江，那自然与千秋名城襄阳有关了。只是原本在《禹贡》《山海经》《水经注》里早有正名的汉水，为什么一流出古汉中进入安康突然又被称作沧浪水了？汉江在安康到丹江口之间改称为沧浪水又有何含义？2014年8月从湖北仙桃张沟镇寻找沧浪之水无功而返后，我一直在探寻答案。

"沧浪之水清兮，可以濯吾缨；沧浪之水浊兮，可以濯吾足。"这首

我在汉江沿线看到的每一条大河小溪，都是这样清澈见底

楚地民歌，在屈原《渔父》和孔子周游列国的楚国故事里都出现过。不少论述者也据此得出一个结论，沧浪水是汉水在丹江口至谷城之间的别名。至于古人为什么将这段汉水改称沧浪水，还是没有答案。直到后来我看到的一条消息说，在2011年召开的十堰沧浪文化研讨会上，一位名叫凌智民的郧县金砂矿老板竭其近10年勘查研究结果得出，汉水在十堰境内之所以又称沧浪水，是因为距今2000多年汉水在郧县境内有一个叫沧浪洲的江洲，地点在郧县城西南、汉江南岸柳陂镇。这位大半生都与石头打交道的企业家兼文化学者，是根据柳陂镇汉江河道发现人工开凿的巨石，以及当地民间传说大禹治水时曾在汉江河道留下镇江石阵，得出沧浪水是指湖北郧县黄陂镇段的古汉水结论的。

如此看来，汉江在十堰境内丹江口一带叫作沧浪水，一是源于沧浪洲的古地名，二也有象声、会意的意思——这就是说，既然古汉江流经湖北郧县黄陂镇时河道底部有大量镇江石阵，汹涌江水与江底巨石冲击发出的声浪，也就成为沧浪洲和沧浪水的命名依据吧。

如果古汉水没有遭遇汉高祖二年（前205年）的大地震、东西汉水不曾分流，汉江上游还有一条河流也应该归属于汉江，那就是嘉陵江。

迫于山河移位的地质变化，西汉水在阳平关被顺势南下的嘉陵江吞没，成为嘉陵江的一条支流，南下四川。嘉陵江一名的来由，好像并没有多少人关注过。但早年写作《寻找大秦帝国》时，我就注意到礼县一位民间学者提出，嘉陵江最远的源头应该是西汉水。嘉陵江之所以以"嘉陵"命名，是因为西汉水源头在秦人第一陵——大堡子山秦先祖陵附近，"嘉陵江"的含义，也就是指源头在一座风水很好的陵园附近的一条江河。

在陕南和鄂西，汉江几乎所有支流都要穿越无数幽深的峡谷才能相会

在追随汉江归来的日子，基于我对汉江的理解与认识，我总觉得汉江之所以有那么多互不相干的名称，恐怕还与其流经地域过于复杂有关。且不说汉江自西向东奔流，一路经历的多种山形地势让它所呈现的不同姿态，单就是历史上古汉水流经区域文化形态的多样性、文化内涵的丰富性，就足以让一条一脉相承的江河呈现令人眼花缭乱的文化意蕴了。

如果返回过去我们可以看到，古汉水一路都穿行在中国大地古代文化圈最为繁复的地带。从上源流经古秦国和古巴蜀国，再到中下游的庸国、麇国、荆楚故地，每一种文化都试图在这条滚滚江流上留下印记。这恐怕也是汉江在它古老的过去拥有如此众多称谓的原因之一吧！

不过比起汉江拥有的多种多样的称谓，秦岭、巴山之间成千上万条的汉江支流无论旅途多么艰难险阻，都要穿山越岭汇聚的情景，则更让人慨叹。

2004年8月下旬，我的秦岭之行在进入十堰境内的秦岭南坡后，陷入极度的困惑与迷茫。10多年前，穿越秦岭的道路不仅险途连绵，而且可供我抵达和我试图抵达的目的地的道路与交通工具，也只能随机而遇。进入竹山，原本想去竹溪关垭子看楚国石长城遗址，长途汽车却将我抛到了神农架大山深处的田家坝镇。不承想，那座10多年后仍然经常出现在我记忆深处的古镇，竟有着3600多年的历史，而且田家坝曾经有过的庸人故都、白帆飘飞的古老与繁华，是绕镇而流的一条汉江支流——堵河带来的。

10多年前我到那里的时候，曾经是上庸古国都城的田家坝随着近代汉江航运中心的转移而显得凋敝、破败，但在已经消失的岁月里曾经肩负鄂西北与汉江商贸交通的码头还在，人去房空的古商铺还在。从大山深处汇集到堵河，然后穿越大山峡谷奔赴与汉江相汇的另外一些汉江支流——苦桃河、深河、官渡河和泗河，也还在不舍昼夜地向堵河聚拢。

我无法肯定，按流程计算汉江是不是中国境内支流最密集的河流，但有一点可以肯定，即汉江水之所以自古及今如此浩荡不息，是因为汉江拥有众多和堵河一样古老悠长的支流，还在用自己不曾枯竭的水流滋养着汉江。

从源头到汉口，到底有多少河流投入汉江怀抱，恐怕很难计算。不过围绕汉江干流，从汉中平原到江汉平原忽南忽北的奔走中，我每天都会和不计其数、大小不一的河流不期而遇。无论在群山密布的安康、豫西、鄂西北，还是一望无际的江汉平原，只要有一片亮光在远处闪现，那必然是一条怀抱清澈的河流，和我一样，在满怀激情地寻找汉江水波。这些河流流程有长有短，水量有大有小，但无论源头在哪里，它们奔流的方向，都指向汉江。

现在我们看到的汉江从宁强县起步，在陕西境内接纳的有名有姓，且流程较长、流量较大的支流，有褒河、湑水河、酉水河、金水河、子午河、月河、旬河、蜀河、冷水河、南沙河、牧马河、任河、岚河、坝河。这些源头在秦岭南坡或大巴山北麓的河流，从高山丛林跌宕而来，不仅让古老的汉江拥有了撼天动地的气势，也形成了汉江流域最为密集的河网。这些密如蛛网、环绕在汉江上游南北两岸的河流，往往都将奔腾不息的身影掩藏在秦岭、巴山密林深处，"神龙见尾不见首"。在汉中、安康境内沿汉江行走，一旦你看见奔流不息的江水有意无意地朝南偏向巴山或靠北接近秦岭，迎面壁立的峰岭之间突然敞开一道峡谷，必然会有一条河流奔涌而至，让江水更加浩荡。

这些于千山万壑中劈山为道的河流，一旦将滚滚激流呈献给汉江，生命便走向下一段旅程。然而很少有人注意到，在这些被认为是汉江江流主要输入者的河流后面，还有万千溪流在群山深处汇聚。

西乡境内的牧马河，算不上汉江上游汉中段最大支流，但来自西乡南部山区和高山环峙的镇巴境内的众多支流，让这条身处巴山北缘的河流，一年四季都碧波荡漾。尽管在环视汉江上游众多让汉江江流汹涌的支流时，我们很难注意到牧马河身后另外一条河流——泾洋河的身影，然而当我从堰口镇午子山景区敞开的峡口逆着奔泻而下的泾洋河进入镇巴才发现，四

秦岭巴山的高山峡谷里到底有多少小河溪流汇入了汉江，恐怕谁也弄不清楚

周都被高山紧紧围困的镇巴境内，成百上千的大河小溪在镇巴东面、北面和南面都无路可走。于是这些从高可及天的巴山深处历尽艰辛，来到只有一道逼仄裂隙与西乡相通的泾洋河峡谷的河流，将镇巴境内一多半流水都送给了汉江。

陕西境内汉江上游最大的支流，是在紫阳汇入汉江的任河。

2014年12月，我从紫阳县城汉江南岸沿一条幽深的峡谷向西南，试图追寻汉江在紫阳县瓦房店附近汇入汉江的任河源头。然而奔走大半天后，我最终只能在头顶依然高山擎天，脚下碧流奔涌的毛坝镇收住脚步。悬挂于任河右岸崖壁上的毛坝镇饭馆的老板告诉我，要寻访这条汉江支流源头，我须得继续在上不着天、下不着地的高山峡谷向南，进入四川和重庆。当时，我尚未意识到那涌满峡谷的幽蓝河水，是汉江上游最大支流。只是后来才从资料上知道，我如果要执意寻访这条全长211公里的汉江支流源头，还要在这样的高山峡谷穿行100多公里，进入重庆和四川。因为这条河的源头在重庆城口和巫溪，并流经四川万源。在从城口、巫溪北流汇入汉江的路上，任河一生都在大巴山深处穿行，而且它沿途所接纳的25条支流，也都诞生于莽莽大巴山。

众多河流滋养下臂力愈见充沛的汉江，在安康境内的群山峻岭中奔突前行的时候，源头在商洛境内秦岭山区的丹江，也在汉江北岸南秦岭群山深处赶往汉江的路上。在丹江口水库和南水北调工程完成前，这条经陕西、河南，在丹江口汇入汉江的河流，一直保持着汉江最大支流的地位。

进入湖北，汉江大部分时间在辽阔的江汉平原奔流，但这并不妨碍还有一些汉江的追随者从鄂西山区群山深处和遥远的南阳盆地，将它们一路汇聚的河水如数交付给汉江。其中有一条叫唐白河的汉江支流，源头在距汉江260多公里的河南方城县七峰山。好像是为了兑现某种承诺，源头在南阳盆地最北端的唐白河也一样不惜从伏牛山东麓向南穿越南阳盆地，在襄阳汇入汉江。而在汉江北岸，总面积仅有3000多平方公里的湖北京山，境内竟有500多条大小不一的河流。这些短则几公里、长也不过百余公里的河流,经由漳水、大富水、京山河、永隆河转向东南,将每一滴流水都悉数奉献给了汉江。

世界上几乎所有著名平原,都出现在大江大河中下游,那是大自然给人类的馈赠。然而对于江河而言,当它携带上游地带跌宕起伏的高山之间众多支流源源不断补充的水源,以一泻千里之势来到它用泥沙和岁月创造的平原之际,它奔腾不息的江流还将继续为生活在这片平原沃土的万千生物造福,而给它提供水源补给的支流数量,从此将大打折扣。

汉江也不例外。在湖北境内汉江上游十堰境内,汉江北岸的秦岭及其余脉伏牛山和南岸的神农架山区,依然有密如蛛网的大小河流在高山深处聚集、奔流,最终汇聚成丹江、金线河、唐白河、堵河、南河、北河、蛮河,流向即将打开一片辽阔天地的汉江。尽管从钟祥向南,继而向东,当一片辽阔平坦的大平原展现在我们面前的时候,已经没有多少可以让汉江变得更加浩荡的支流加入,然而谁又能说这片平坦辽阔、孕育万物的大平原,不是百流归一的古老汉江最富有诗意与激情的伟大创造呢?

陕西省安康市旬阳县汉江水运博物馆收藏的航标灯

清洁的江水

如果不是南水北调,恐怕没有那么多人朝一条多一半流程潜流在秦岭、巴山深处的河流投去关注的目光。

2014年12月8日,受丹江口市委宣传部副部长陈华平委托,丹江口市南水北调办公室陈主任带我登上丹江口大坝时,我内心的震撼不是来自丹江口大坝的雄伟,而是经由大坝拦截后一眼望不到边际的清流。

那天早上一见面,陈华平就告诉我国家之所以选择在丹江口截流建坝,实施南水北调工程,首先看中的是丹江的水质。尽管我对这点深信不疑,但还是不能理解这条古老江河在奔流千里之后,何以保持着如此清澈甘醇的本质。为一睹已经开始向北京和天津供水的南水北调枢纽碧波荡漾、浩瀚无边的风姿,我从丹江口转身北上,沿唐白河进入南阳后,再度从淅川

夕阳西照下的丹江口水库一角

淅川县九重镇陶岔村南水北调中线渠首

南下,抵达河南淅川九重镇南水北调中线渠首。在那里,我看到的丹江口库区依然碧水弥望、水波连天。由汉江及其支流丹江汇聚的浩瀚清流,从渠首流出库区,然后被一条蜿蜒延伸的供水槽引导着,穿过伏牛山,进入华北平原,将一江甘洌清醇的碧水送到千里之外的京津地区。

河南淅川九重镇陶岔引水渠首,是南水北调中线闸口。过去 10 年,陈华平持续追踪南水北调工程,出版的反映丹江口库区扩容移民搬迁时当地人民做出巨大牺牲的新闻作品集《中线从这里开始》,见证了丹江口水库从过去的"小太平洋"到现在南水北调枢纽变迁的历史。

离开陶岔渠首,我再次环绕已经从丹江口向北延伸到淅川中部金河、大石桥的库区朝北,追随丹江,踏上返程之路。

在淅川境内,波光粼粼的江水一路在我的眺望中若隐若现。时令已交初冬,南秦岭山区绿意即将散尽,在苍翠的青山和金橘点缀的田园映衬下,那片想甩也甩不掉的莹莹波光,让大地充满了明澈的诗意。

开车从大石桥到荆紫关,丹江就时而攀缘上升,时而冲向幽谷,在山岭之间绕流。如果行驶在悬崖高矗的岸边,午后的太阳会在满河清流上映射出耀人眼目的金光;一旦转出幽谷,豁然出现在面前的丹江立即会将飞溅的雪白浪花或碧波荡漾的清澈呈现在你面前。在江水舒缓的河谷或清流环绕的村镇，有人在江边悠闲垂钓，有人踩着河边的青石板用江水淘米洗菜。到了深藏在郧西和商南山谷里的丹江支流，临河而居的山民依然继续着千百年来先祖流传下来的生活习惯：一只水桶打来门口四季清澈的河水，洗衣做饭，一生的生活用水都在河里。

从汉中进入石泉，汉江支流悉数隐匿在大山深处，秘而不宣，只有那些纤尘不染的清流蹦跳着蹿出林莽幽谷时，你才会发现汇入汉江的所有河流谷溪，原来一样清澈。原本穿过子午岭径直东流的江水刚出石泉县城，就被东岸隆起的马岭关拦住了去路，汉江只好改道向南，朝大巴山而去。即便如此，与石泉山水相连却被南去的汉江甩在遥远的汉江北岸的汉阴盆地所有的河流，还是将每一滴流水都交付给了汉江。

汉阴盆地的汉江支流，主要有月河和池河，北有秦岭拱卫，南有巴山环绕。郁郁葱葱的秦岭、巴山让这里流入汉江的每一滴水，都透着宝石般晶莹的绿意。

进入石泉第二天，为寻访大巴山区民间神职人员端公，石泉县旅游局书记张昌斌带我来到桑田绵延、田园静美的池河镇。清澈见底的池河从村边绕过，白墙黑瓦的村落被一河清流和碧绿的菜田、嫩绿的桑田环绕着，静谧中弥漫着诱人的温情。

信步河边，几只白鹭在河中戏水，静卧河底的鹅卵石纹路清晰可见。清流转弯处，成堆成堆的黑蝌蚪在石缝间游来游去，通体透亮的小鱼在河水里穿行游弋。河下游，有人在河边捶衣清洗；河上游，有人在河里挑水洗菜。流连忘返间，一老人从临河的菜地信手采一把白菜、一簇香菜，拔起几根小葱，在河水中随手一淘洗，一转身进了临河的厨房。不一会儿，屋顶上炊烟升起，一股久违的清香便在河沿上四处弥漫。

这样的田园诗情，在汉江两岸并不罕见。

再一次到城固，是为了看修建于王莽时期的水利工程五门堰和中国最北界的橘园。那一日，汉江流域秋雨霏霏，一路穿行在秦岭南坡深山密林里的清冽河水被修建在汉江支流湑水河上的五门堰截流后，便在2000多年前建成的石坝前形成了一汪如碧玉般青翠的水面。天色向晚，守护五门堰的老人头戴斗笠、身披蓑衣，脚踩两只小巧如玩具一般的小木舟出现在水面上。不到一刻钟，船靠岸了，老人一肩就可以挑起的小木舟舱里，两只足有一二斤重的河鱼还在蹦跳挣扎。

老人告诉我，湑水河的水是发源于太白山南麓的山泉。河里不仅有鱼，还有螃蟹和娃娃鱼。河里的鱼柔嫩、新鲜，四季不绝。平日里不回家，他改善生活的资源，就在这一片清澈的水里。

湑水河从五门堰朝南，只需三四十公里就汇入和湑水河一样清澈的汉江。如果从汉中沿褒河上行，石门水库附近和从褒城到留坝的峡谷里，只要有一块可供建几间房子的平地，便必然有专卖褒河鱼、汉江鱼的鱼庄。2004年我考察秦岭到汉中，画家魏玉新就带我坐在褒河岸边吃过一顿纯正的褒河鱼。

那种鲜嫩香美，至今想起来还让人垂涎欲滴。

论身世，汉江出现在中国大陆的历史比黄河、长江要早几亿年。几亿年后，黄河、长江大多数河段河水不仅污浊不堪，曾经挤满江河的水生物

在汉江流域许多小溪里，随手可以捕到螃蟹和鱼虾

清洁的江水,让生活在汉江岸边的人们依然延续着如此古朴、恬静的生活方式

亦几近绝迹,许多地方甚至连一片可供鸬鹚栖息的芦苇、水草都难以生存。但在曾经是华夏民族最初家园的汉江流域,临水而居的人们至今有江中鲜美的鱼类可供四季品尝,又有可以直接洗菜做饭的河水让他们延续着大多数人只有在怀旧电影里才能看到的生活。这算不算是上天留给中国大地的最后诗意呢?

穿行于汉江两岸,我行走的每一步,总能在清澈的江面上泛起涟漪。驻足青山环绕、绿水漫流的江边,看得久了才发现,这一江清流的碧绿、青翠,一半来自汉江纯净质朴的神韵,另一半则是秦岭巴山爱意绵绵的赏赐。

如果从地质地理角度来看,亘古奔流的汉江之所以历经几亿年而不老,至今拥有一江令人羡慕留恋的清流,第一功臣还是自古及今把一条江流如掌上明珠般紧紧搂在怀抱的秦岭和巴山。莽莽秦岭既隔阻了北部高原滚滚南下的黄土,让秦巴山区幸免于变成中国大陆另一片黄土高坡,又用自己宽阔的肩膀遮蔽了来自蒙古高原的寒风。没有浩荡黄土覆盖,又有温润如玉的气候供万物生长,秦岭、巴山良好的生态环境孕育的成千上万条纤尘不染的涓涓清流，便是浩荡汉江永远都拥有一副清纯迷人面容的资本。

更重要的一个因素，是秦岭、巴山对一条江河的忠贞护佑：秦岭和巴山是中国大陆最早崛起的山岭之一。汉江两岸，秦岭、巴山苍茫高矗的峰岭让因争夺土地而频频发动战争的统治者、入侵者，望而生畏。更久远的历史上，汉江两岸丛林里人烟稀少，大自然在一种罕有人类干扰的状态下延续着那种自在、自适的自然状态。即便是早先的巴人、蜀人、庸人，他们也是以水为家，视清冽甘甜的汉江为上天恩赐、大地福祉，不仅迷恋这青山绿水，而且将既可供他们负舟作战，又有鱼虾养育他们生命的汉江作为感恩、礼拜对象。还有那些因战乱到秦岭、巴山安身的流民与避难者，一旦在丛林深处延续了祖宗香火，最感恩并终生依赖的，也是与他们一样历经岁枯岁荣的草木，以及在他们遥远的眺望中如有神助，穿山越岭、不舍昼夜的江流。

从略阳翻分水岭到宁强县大安镇汉江源头，我一直走在莽莽林海中。在这里，树木原本不是稀罕之物，翻过分水岭，四周被五彩缤纷的秋叶掩映的宁强县庙坝镇，漫山遍野色彩缤纷的丛林中，最引人瞩目的是黑木林村旁两株黄叶纷披的银杏。远远望去，两株银杏如两座金箔堆砌的金山，让整座山谷都弥漫着灿灿金光。近前一看，才发现那是两棵树围足有六七米的古银杏。树旁有一通道光年间石碑，讲的是劝人保护树木的故事。

碑文上说，道光年间，住在黑木林的田员外有一晚做了一个梦，梦中有两个白姓汉子跑到黑木林说有人要杀他们，求田员外救命。第二天，田员外到村外巡视，发现一伙人手执利斧，准备砍这两棵银杏树（银杏又名白果）。原来，这两棵银杏树归周氏兄弟两人所有，兄弟俩为争夺所有权发生矛盾，气急之下便要砍掉这两棵树。这时，田员外忽然想起昨晚的梦境，感觉是这两棵已有灵性的古树向他托梦求助，便花钱从周氏兄弟手中买过这两棵树充公，并立下此碑，劝诫后人怀恻隐之心，保护古树。

与丛林深处那两株古银杏树及矗立荒野的石碑告别的时候，漫山遍野的树木肃立在秋阳丽照的峡谷，寂静无声。唯有群山丛林拥抱中泛着细细

江水里的童年

涟漪、飞溅着晶莹浪花的一条山间小溪,带着淙淙水声,在峡谷深处幽幽回荡。

晚上在宾馆住下,我打开地图再一次凝视负载着一江清流悠悠东去的汉江时才发现,这条山间小河叫道林河,是汉江流域不舍昼夜地将清澈晶莹的流水输送给汉江的千千万万山间清流中极为普通的一条。

告别那两株身披金黄的古银杏,道林河还要穿越一段群山高矗的峡谷,然后在大安镇加入汉江赶赴长江的旅程。

江流武汉

> 昔人已乘黄鹤去，此地空余黄鹤楼。
> 黄鹤一去不复返，白云千载空悠悠。
> 晴川历历汉阳树，芳草萋萋鹦鹉洲。
> 日暮乡关何处是？烟波江上使人愁。

1911年10月10日中华民国政府成立前，人们对武汉的了解，恐怕大多来自唐代大诗人崔颢的这首《黄鹤楼》吧？

崔颢登上黄鹤楼的年代，距孙权在蛇山修建夏口城仅500多年，距隋炀帝在汉江北岸置汉阳县仅仅几十年。那时，江汉平原大部分地方依然湖沼密布，1000多年后才能成为华中地区大都会的武汉也刚刚进入中原统治者视野，现在汉江入江处的武汉三镇一带依然水波连天，荒寂无人。所以在一个丽日高照、芳草萋萋的午后登上黄鹤楼的崔颢，面对汉江与长江交汇处江波浩渺、空寂无人的寂寥，竟生出了"日暮乡关何处是？烟波江上使人愁"的孤寂愁绪。

尽管有考古学家证明，四五千年前，在武汉水果湖、汉口东西湖区已有人类活动，但远古人类要在洪水滔天的两江交汇地带寻找到栖息的丘岗，并非易事。因为那时候水波浩渺的云梦泽正处在由一个巨大内陆湖到湖陆交错、湖沼密布之地的蜕变期，江汉平原还在孕育、萌芽中，汉江与长江界线亦尚不明晰。滚滚而来的汉江、长江和云梦大泽星罗棋布的湖泊水流经年外溢，让现在武汉三镇一带一片汪洋。现在我们看到的武汉市区上百座大小山包，大多还淹没在江水下面，因此在中原大地被新石器时代五彩缤纷的陶器光芒笼罩的时候，能够在这里生存的人类应该是少之又少，而且生存境况非常艰难。

2014年8月5日，驾车从黄石经鄂州进入武汉市区，我一路都走在悬空环绕的大桥上。与其他大城市仅仅为了缓解交通拥堵而修建悬空架桥不同，武汉最初建桥和后来架设那么多犹如飞虹卧波般的桥梁，纯粹是为了沟通至今一片水乡泽国的武汉三镇。在或跨江而过的桥上，或临湖穿行的堤坝上，频频闪现的湖光水波，很容易让人想起这座百湖之城淹没在浩瀚水波里的过去。

到了西汉，汉江和长江已经开始各行其道，愈来愈充满生机的江汉平原渐渐替代云梦泽星罗棋布的湖泊群，武汉才有了县一级的地方政权。然而，汤汤江流和连天水波依然是这个两江交汇处的主宰。直到东汉末年，伴随江汉平原上的湖泊群大量消失，魏、蜀、吴三国在江汉地区持续展开的犬牙交错的拉锯战，才让这座成长中的江城战略地位骤然飙升。这期间，让武汉初显长江中下游平原交通、商贸和军事中心价值的标志，便是先有刘表派江夏太守黄祖进驻龟山却月城，后有孙权在蛇山修筑起夏口城。不过三国时期的武汉，还只有武昌和汉阳两个中心，而且那时候的汉江下游河汊纵横，汉江进入长江的入口不止一个，游荡不定的江水也不是从现在的汉口进入武汉，而是从龟山南面与长江相拥相抱。直到距今550多年的明成化年间，剧烈的水文变化，迫使渐渐形成统一河道的汉江选择了新的入江口，改道龟山北麓集家嘴汇入长江。

过于遥远的记忆，留在人们脑海的印迹已经十分模糊，也有可能因为汉江改道前的武汉对于北方统治者来说，政治和经济价值尚未充分显现，史料对明成化年间汉江改道的记述非常简略。不过，从当年一些地方志书和后来人们凭借散乱记忆留存的文字看，明代以前，拥有众多入江口并在江汉平原上恣肆漫流太久的汉江从汉川接近武汉，临近入江的时候，上阔下窄的河道因频频暴发的洪灾形成众多入口，从孝感、黄陂之间经龟山脚下流入长江。那时候的武汉，仅有一南一北坐落在蛇山和龟山的汉阳、武

汉口龙王庙公园

昌,隔着滚滚江流相互守望。

应该是汉江下游始终没有一个确定入江口,游荡不定的江水和频频发生的洪涝堵塞河道的原因吧,到了明成化年间,汉川以下狭窄的河道已经无法承受汉江决堤、泛滥、肆意奔流的重负,接连不断的水灾,迫使江水不得不重新选择入江河道。最终,奔涌而来的江水突破汉阳县(蔡甸区)西排沙口和郭师口之间的堤防,从龟山南麓转向龟山北麓,夺路东流,涌入长江怀抱。

这次发生在500多年前的汉江改道事件,不仅让龟山北麓一片原本与汉阳连成一体的荒洲分离,也为冷落、清寂时间太久的武汉开拓出一块孕育新的生机与文明的新天地——汉口。

2014年8月从黄石进入武汉,我唯一的目的是到汉口龙王庙一睹汉江与长江两江交汇的胜景。

从杭州动身前,已经与在《中国诗人》杂志社做编辑的天水籍女诗人朱妍约定在汉口见面。吃过午饭,朱妍夫妇先陪我们去了汉正街,然后又看了江汉路与沿江大道交会处的汉口海关大楼——也就是1861年清政府建的江汉关大楼，最后来到长江三大庙之一的汉口龙王庙。

古语里有个"泾渭分明"的成语，而且自古以来，人们对泾河与渭河到底哪条河水清澈一直争论不休，没有想到在汉江汇入长江的汉口龙王庙，也出现了"泾渭分明"的奇观。只不过在这里，清冽的汉江与浑浊的长江相拥相抱之际，一条和长江大桥平行的分水线，已经区分出了两条江水的清浊。紧依龟山奔涌而来的汉江，依然保持着从秦巴山区带来的清澈碧翠本色，然而以一道纵贯南北、清浊分明的分水线为界，东边的长江江水却一片黄浊。辽阔浩瀚的江面上，碧波荡漾的汉江水域有头戴斗笠的渔翁驾一叶扁舟钓鱼，汉口码头下面，一群操关中口音的汉子在江边游泳；此起彼伏的汽笛声里，长江大桥下江水浑黄的长江上，一艘艘客轮、货轮和运沙船往来穿梭。

由于汉江改道，从汉阳分离出来的汉口，最初还是一块荒芜之地。然而汉口出现以前，汉江连接长江的汉江航运已经是国家的经济命脉。经历了明成化年间改道，汉江结束了入江口动荡不定的历史，航道更加通畅，汉江航运也因此迎来一个"货到汉口活"的新时期。

伴随经过汉口、出入长江的船只与日俱增，与龟山隔汉江相望的荒洲上，终年往来于江汉之间的船工、商贾，越来越多地开始在临江高地栖居安身，坐地经商。随着选择在地势较高的汉江北岸安家的居民剧增，更多商户和围绕航运发展起来的第三产业闻风而动；居住在武昌、汉阳的武汉土著也纷纷迁居于此，到汉江入江口谋生。到明朝末年，原本荒草萋萋的汉口，已经聚集了逾万户居民。江面上舟船往来，彻夜不息，汉口码头货物堆积如山，南方的丝绸茶叶、北方的土特货物聚集于此，然后经由往来于汉江和长江上的船只，运往江南、关中、四川等地。一座全国性航运枢纽和中国最大的内河港诞生，年轻的汉口影响力迅速超越武昌、汉阳，成为当时与朱仙镇、景德镇、佛山镇齐名的天下四大名镇。

至此，沉寂2000多年的武汉一跃成为扼制江汉的九省通衢大都会的起点和重要支撑点。

汉口龙王庙汉江入江处，清澈的汉江和浑黄的长江形成"泾渭分明"奇观

离开汉口的时候，我以汉阳兵工厂为背景留下了在汉口的最后一张照片，却没有拜谒二七烈士纪念碑和武昌起义纪念馆，也不曾登临黄鹤楼，体味"黄鹤楼中吹玉笛，江城五月落梅花"的感觉，但在与汉江融入长江的最后一滴水作别之际，我记住了汉口龙王庙前亲水平台上一块石碑上的两句碑文："两江水府，三镇福地。"我还记住了汉口龙王庙介绍里讲述的"大水冲了龙王庙"的故事。

汉口龙王庙建于清乾隆四年（1739年）。1930年，国民政府修筑汉口马路时将原有的颓废不堪的龙王庙和牌坊拆掉，1931年一场大水将汉口淹没，33600名居民溺亡于那场持续了两个月的水灾。此后，武汉人便认为威震汉江的汉口龙王庙，是护佑武汉三镇的神祇。有人甚至还说"大水冲了龙王庙"的典故就源于此。

至于90年前那场水灾与龙王庙被拆到底有没有联系，暂且不论。不过对于综合实力仅次于上海的武汉来说，如果没有汉江，没有因汉江改道而形成的民国时期被誉为"东方芝加哥"的汉口，九省通衢的武汉将会是怎样一副面貌呢？

# 第二章 万类生物

稻米的异香

北方的橘园

茶韵

采桑子

恐龙出没

渔歌唱晚

土酒与泸州老窖、茅台

朱鹮和野人

稻米的异香

1954年，一支考古队进驻汉江中游的湖北省京山县屈家岭，开始了长江中下游最先发现的新石器时代文化遗址考古发掘工作。挖开淤积的泥土，大量聚居群和古城址的发现，让考古人员喜出望外。发掘工作持续到1956年，发现的谷粒状的碳化物质更让他们欣喜若狂。考古人员对这些形状细长、颗粒硕大的碳化颗粒进行鉴定后认为，这是与至今在长江流域广泛种植的水稻极为相似的粳米颗粒，它们是5000多年前生活在汉江中游的人类先祖留下的遗物。

河渠两岸，一片连一片的青绿铺向薄雾弥漫的远方。愈往远处，这种绿意愈加明显。到了目光所及的远处，那片稻田上方便有无边的绿晕升起，

6500多年前，已经有人类在汉江下游的湖北省天门市石家河一带繁衍生息

汉阴漩涡镇凤堰古梯田，距今已有250多年历史

朝着有白雾、烟霞的远方飘去，或者朝坐落在一片碧翠中间白墙黑瓦的村庄飘去。苍茫的绿意和雾霭被一片光亮撕开的地方，往往是一方池塘或一片波光粼粼的湖面。阳光下如一块明镜摆放在万绿丛中的湖泊、池塘，也荡漾着一圈一圈绿色的涟漪。碧波荡漾的水面上巨大的荷叶撑起盛开的荷花，更加深了湖水四周一望无际的绿意。

这是行走在汉江干流和支流最常见的田园诗意。

60年前，考古人员发现5000多年前生活在汉江流域的原始人类种植粳米的京山县屈家岭遗址，在大洪山南麓、江汉平原北端，从现在汉江流向来看，已远离汉江干流。但在更远的年代，这里也是汉江和长江汇聚形成的云梦泽的一部分。只不过由于屈家岭背依大洪山以及它由西北向东南倾斜的地势，使它成为江汉平原最早退海为陆，并且可供原始人类安身的地区之一。

从天门北上到京山的路上，我经过的平原、河川，以及让人已经能够明显感到凉意的山区，遍地生长着水稻。在京山到钟祥的大洪山区，在高隆的丘岗和山岭绵延的山间盆地，只要远远望见一片青绿，不是京山新兴起来的花木园，必然是一片秧苗整齐的稻田。

水稻，这种因水而生的植物，是引领人类告别渔猎时代、一步一步迈向农业社会的粮食作物之一。

和中国远古神话传说中神农尝百草，最终从杂草丛生的荒野里发现了后来在中国北方大地广泛种植的谷子和糜子一样，水稻这种形状、习性几乎跟稗子毫无二致的植物，也应该是原始人类最伟大的发现之一。到现在，稻米仍然是全世界近一半人餐桌上的主要食物。已知的水稻种植史研究结论说，追根溯源，世界范围内的水稻有两个族系，一个是亚洲水稻，一个是非洲水稻。在很长一段时期，人们认为亚洲水稻最初生长于印度，然而20世纪90年代的一次考古发现颠覆了这一结论。

1993年，一支由中美顶级科学家组成的联合考古队来到湖南省道县玉蟾岩，对一处新发现的新石器时代文化遗址进行考古发掘。历时3年的考古发掘，最让参与这次考古活动的美国哈佛大学人类学终身教授巴尔·约瑟夫和中国农业大学水稻史专家张文绪等中外科学家震惊的就是在这处新石器时代的洞穴里，发现了距今18000年至14000年古人类人工种植水稻的遗存。尽管这些水稻遗存尚处在由野生稻向籼稻、粳稻进化的阶段，但当考古人员将此发现公之于世后，汉江流经的中国长江流域，便毫无悬念地跻身亚洲人工种植水稻最古老的地域行列。

司马迁在《史记》中说，大禹命令曾经和他并肩治理水患的伯益，将水稻种子分发给各部落，让他们在水田里种植，并命令农业官后稷负责给各个部落分配稻米。1973年，考古人员在浙江余姚河姆渡遗址发现距今6700年长江流域人工种植水稻的实物证据后欣喜若狂。

然而，在汉江流域，比河姆渡人和屈家岭人更早掌握水稻种植技术的古人类遗址不止一处。2014年我走访过的汉江流域古文化遗址中，包括屈家岭、石家河、何家湾、李家村遗址，都发现过古人类种植水稻、食用水稻的遗物。湖北汽车工业学院徐永安先生在一篇题为《从中华文明的多元生成性看汉江文化的地位》的文章中指出："目前见于报道的在汉江流域发现种植水稻的遗存共有 16 处,其中上游地区 7 处,下游地区 9 处。其中时间最早的是陕西西乡县李家村遗址、何家湾遗址,距今 7000 年左右。"一位叫武陵老君的博友在论及中国稻作起源问题时认为,中国稻作起源于长江中游地区。他说:"全新世中期,长江中游的地理环境、气候特点不仅适合水稻的栽培,而且在这一地区广泛分布着野生稻。长江中游地区包括湖北、湖南、江西全境和陕西汉中、安康、商洛三个地区与河南南阳地区。"

野生稻是人工稻的母体,据此可知,纬度相对高于河姆渡的汉江流域,种植水稻的历史一点都不比河姆渡短,甚至可能更长一些。

西乡是汉江支流牧马河流经的山间盆地,2014 年,我从城固五堵镇进入西乡,西乡盆地中央碧绿的稻田和山丘地带一片葱茏的茶园,就让我仿佛置身于一个绿意盎然的世界,而坐落在牧马河南岸台地上的李家村遗址和何家湾遗址,则将我对这里的想象拉得更远、更长。20 世纪 50 年代,考古人员在我国第一个仰韶文化早期文化遗址里,发现了距今 7000 多年远古人类在汉江流域人工种植、加工并食用水稻的遗存。这些远古遗存,

这已经是我第二次站在汉江支流牧马河岸边的李家村,遥想几千年前李家村人的生活场景了

汉江南岸大巴山顶上收割后的稻田

包括在何家湾遗址红烧土中发现的与稻谷十分相似的种子遗迹及其植物根茎遗存。其后20多年，前后3次的考古发掘研究报告一段落后，考古人员得出结论：早在7000多年前，生活在汉江南岸、西乡境内牧马河流域的远古人类，已经开始种植水稻。

2004年7月我到西乡的时候，牧马河两岸一片碧翠，仅有一方石碑可以辨认的李家村遗址和何家湾遗址台塬，淹没在稻田中。10年后的深秋，到牧马河源头骆家坝镇寻找巴人悬棺遗迹空手而归，我再一次来到李家村遗址。那天下午，水稻收割后的李家村遗址周围水清天蓝，我依然无法从静默的黄土下寻觅到7000多年前李家村人和何家湾人在牧马河插秧收获的点滴印记，但有了考古学揭开的7000多年前我们先祖在汉江支流生活的秘密，我们完全可以凭借想象，复原李家村人和何家湾人借助牧马河之水栽种、收获水稻的情景。

李家村人和何家湾人隔着汉江支流牧马河开始插秧播种的时期，父系氏族的大幕尚未开启，女人还是那个时代各个部落的领导者。然而，从汉江上游低洼地带丛生的野生稻驯化而来的、人类可以年复一年栽种的水稻，已经在这群面临牧马河、背靠巴山支脉米仓山的原始人类开拓的田地上，生长了一茬又一茬。当时，人类尚未完全从渔猎生活过渡到以水稻为主要作物的农业种植生活，但在捕猎的兽类和河水中捕捞的鱼虾不足以养活越来越多的部落成员的时候，这些被他们春天插在积满河水的台地上的秧苗，经过了盛夏烈日照晒、金秋干燥秋风吹拂后压弯枝头的沉甸甸的稻谷，已是李家村人和何家湾人必不可少的果腹之物。稻米走上李家村人和何家湾人的餐桌，不仅丰富了他们的食谱，也让过去仅凭运气打猎、钓鱼的原始人类，有了更有保障的生活来源。在有了足够的稻米可以食用的时候，李家村人和何家湾人开始对稻米进行精加工，并因此拥有了更加精致的生活。

在陕西历史博物馆一号展厅，我看到过李家村出土的文物，其中有石斧、石铲、砥砺器、刮削器，也有陶罐、陶碗、陶鼎、平顶钵等。这些7000多年前的生产生活用具，应该与水稻的种植、加工、食用有关。

据此我们完全可以做出这样一种想象：7000多年前，流经汉中盆地的汉江江水浩荡，但稍稍偏离汉江主河道的牧马河下游的西乡盆地却河水平静。秋天的雨季过后，掠过山林的秋风一天比一天清爽干燥。冬天到来，漫山遍野的植物渐渐枯黄，手执石斧、石铲和骨器的原始人类砍倒树木和遍地荒草，一把火烧出一块平地，为种植水稻做准备。第二年春天，牧马河两岸万山披绿，居住在李家村和何家湾的古人类在女首领的带领下，从陶罐里取出贮藏了一个冬天的稻种，来到积满温暖河水的稻田，把寄托了他们美好希望的种子撒在水田里。用不了多久，一片新绿从水田冒出，荒芜寂静的台地被这由他们创造的绿色装扮得更加迷人了。秋天来临，水稻成熟了，牧马河两岸便弥漫着令人垂涎的稻谷清香。根据考古发掘的大量谷物研磨器遗存可以断定，7000多年前，李家村人和何家湾人不仅拥有相对成熟的水稻栽种技术，而且已经掌握了稻谷研磨脱壳技术。

没多久，这种稻米的香味飘到了汉江中下游的屈家岭、石家河，并扩散到整个汉江流域。在原始人类告别茹毛饮血时代的关口，汉江两岸，星星点点、相继点亮的"稻米之光"和长江下游已经起步的稻作文明遥相辉映，让广袤的华夏大地笼罩在愈来愈浓郁的稻米清香之中。

北方的橘园

一片缀满金黄果实的橘林出现在群山环抱的山谷。在墨绿苍翠的叶片的衬托下,挂满枝头的金橘如挤满山谷的小太阳,让浸泡在绵绵秋雨里的山野林田有了些许暖意。

我赶到汉中城固县看中国境内海拔最高、地处最北的橘园的那天,汉江两岸笼罩在2014年深秋一场迷迷蒙蒙、如丝如绢飘荡的霏霏秋雨里。从博望镇逆湑水河往北,过宝山镇,已有挂满金橘的橘园闪现。到了原公镇、桔园镇,连片的橘园沿湑水河河谷向东西绵延,郁郁葱葱的橘林里缀满枝头的橘子金灿灿的,一直延伸到被雨雾笼罩的群山脚下。沿途经过的村镇,成堆成堆刚刚采摘下来的橘子堆在路旁,如座座黄金堆砌的小山包。

秋雨中的橘园

临街库房里,妇女、老人坐在金黄的柑橘堆里挑选装箱。还带着雨水的橘子顶着一两片翠绿叶子,或者干脆全身金黄,如一簇簇火苗在他们灵巧的手中跳跃。一会儿,便有成箱成箱的橘子被装上路边等候的大货车。

30多年前,中国物流还不像现在发达,各种物资供应也不及现在充足,我在秦岭北麓品尝酸甜可口的橘子时,卖橘人老夸赞城固橘子如何如何好。那时候,我对秦岭和汉江的认识还十分模糊,总觉得这个盛产柑橘的城固非常遥远,最起码应该在淮河以南。因为此前,我已经知道了"橘生淮南则为橘,生于淮北则为枳"的典故。如果城固不在淮河以南,怎么能够出产和南方橘子品质不相上下的橘子呢?

"橘生淮南则为橘,生于淮北则为枳"的典故,其实是讲环境与人的关系,但由于晏婴以橘子为例打的比方太具体,给人的印象太深刻,在一般人的常识中,橘子只出产在淮河以南的江南地区。然而,沿汉江一路走下去,动不动就会与挂满金黄果实的橘园相遇,这彻底颠覆了晏子使楚的故事留给我的印象。因为从严格地理意义上讲,汉中城固算不上江南,汉江北岸许多汉江支流流经且产橘子的地方,也都处在与淮河大体相当,甚至局部地方的纬度还高于秦岭淮河自然地理分界线的纬度。

按照植物学分类,橘子属于芸香科植物,其生长地一般在北纬16度到北纬37度的热带、亚热带地区。汉江流经地区在北纬30度和北纬35度之间,正在适宜柑橘生长纬度最北界。根据我掌握的资料,城固已经是我国适宜橘子生长的最北界了。但在汉江北岸,在秦岭深处的陕西商洛、安康和河南淅川,那种金黄如阳光的橘子,依然在汉江众多支流河谷地带生长繁殖。

后皇嘉树,橘徕服兮。
受命不迁,生南国兮。
深固难徙,更壹志兮。
绿叶素荣,纷其可喜兮。

曾枝剡棘，圆果抟兮。

青黄杂糅，文章烂兮。

精色内白，类任道兮。

纷缊宜修，姱而不丑兮。

……

　　这首在屈原一生作品中难得充满亮丽色彩的《橘颂》，据说创作于屈原青少年时代。传统观点认为屈原出生于湖北秭归，但近年来越来越多的学者根据最新考古发掘和历史资料进行研究，对屈原生于秭归的这一观点提出越来越多的质疑。

　　伴随屈原生于秭归说频遭质疑，一个新的屈原出生地浮出水面。中国屈原学会前副会长姚小鸥、中国屈原学会前秘书长黄振云先生都认为，包括河南西峡、淅川在内的丹江流域，是楚人故地和屈原的出生地。在西峡回车镇，我不仅拜谒了据说是屈原勒马死谏楚怀王勿去武关与秦王会盟的屈原岗，还在淅川县博物馆看到了众多证明位于丹江下游的淅川是楚国最早首都丹阳的考古发掘的证据。在古淅水和丹水汇流的丹淅之会，亦即西峡、淅川丹江流域的河谷地带，到处都能看到阳光下金灿灿的橘园。

　　如果屈原出生于汉江北岸丹江下游的观点成立的话，那么就可以断定《橘颂》中"曾枝剡棘，圆果抟兮。青黄杂糅，文章烂兮"所赞美的应该是生长在汉江北岸丹江下游的橘林。屈原时代，汉江流域出产的酸甜可口的橘子，已经是依汉江发展壮大的楚国足以向世人炫耀的特产了。

　　满眼青翠中，突然出现的一片橘园，带给我的不仅

陕西城固是我国柑橘产地的最北界

是扑鼻而来的清香，还有怦然而至的惊喜与激动。

10多年前穿行于汉江北岸的秦岭山谷，越过秦岭主脊，只要有三五棵橘树出现，我就知道我匆忙的脚步已

2014年11月第二次考察汉江时，我行走的陕西、河南汉江流域两岸正是橘子收获的季节

经靠近汉江。2014年行走在汉江北岸，一座山口朝南或丘岗背风的山坡，层层叠叠缘山岗而上的梯田上，橘子如一盏盏金光四溢的灯笼，挂满山坡，这是汉江北岸橘园最常见的景致。如果到了河谷地带，金黄的橘子往往会把平坦肥沃的土地让给水稻、小麦和蔬菜，临水的沟渠河堤旁或村头院落边，橘树或零星分布，或三五成群地挤在一块儿。

与屈原创作《橘颂》的时间相近，苏秦在向赵王兜售他的合纵之术孤立秦国时，就以楚国柑橘诱惑赵王。苏秦说，假如合纵成功，"燕必致旃裘狗马之地，齐必致鱼盐之海，楚必致橘柚之园"。可见，在烽火连天的2000多年前，生长于汉江流域的楚国柑橘，已经被苏秦看作和渔业、盐业一样，事关国家命脉的战略物资了。

金黄的果实，既是村庄和田野的装点，也是抚慰祖祖辈辈已经习惯了橘子那种酸得酣畅、甜得甘醇的味觉的佳品。如果跨过汉江，进入汉江南岸的巴山之中，安康境内紫阳、平利、旬阳、白河一线，以及汉江在大巴山深处四川、重庆境内的支流两岸，遍地出产柑橘和稻米，已不是什么新鲜事了。而且早在2000多年前，汉江沿岸城固和湖北境内汉江中下游的橘子，已是贡品。

据说中国种植橘子的历史，可以追溯到4000年前，中国是世界上最早种植橘子的国家。最初，橘子也和其他自生自灭的野果一样，橘树混杂

在丛林里的其他树种之中，任凭花开花落，无人问津。应该是和神农尝百草一样，先民从野生果实类植物中，发现并驯化了这种果树，造就了后来传遍世界各地的水果。中国古代最早提到橘柑的典籍是《尚书·禹贡》。其中的"厥土惟涂泥"几个字，被认为古代典籍里最艰涩难懂的字。也就是这几个在《从百草园到三味书屋》里被鲁迅恨之入骨的文字，为我们保留了我国古代种植柑橘的最早记忆。

然而，生活在西方的欧洲人就没有我们先祖幸运。在包括汉江流域在内的江南大地飘起橘子诱人清香的2500多年后，葡萄牙的里斯本，才从中国引进了橘子苗。居住在佛罗里达州的居民成为最早品尝到这种来自中国的奇异水果的美国人，这也是在1665年以后。

中国柑橘广泛种植于长江中下游及江南地区，这当然包括长江支流的汉江流域。只不过从柑橘生长习性来说，汉江北岸城固、淅川一带，是中国内陆柑橘生长的最北界。走在南秦岭山谷深处，一旦与金灿灿的橘林相遇，我总感觉这种本来应该在炎热潮湿的江南生长的果品之所以在汉江两岸依然保持了橘子的品质和风味，应该得益于莽莽秦岭高大身躯抵挡住了北方的严寒，形成了温暖湿润的气候吧？而亘古奔流的汉江源源不断输送给秦巴山区的水汽，让汉江两岸拥有和江南一样的空气湿度，也是让这里有大片大片金黄诱人橘园的关键因素。

2014年12月11日，我从淅川县城再度南下到九重镇陶岔渠首，绵延起伏的丘岗上是金灿灿的橘园，路边摆满了刚刚从树上摘下的橘子。返回路上，我花10元从一对农夫那里买的12斤淅川金橘，不仅成为我北上途中解渴充饥佳品，也将飘在汉江两岸的橘香，一路带回了天水。

茶韵

随着古筝演奏的《高山流水》幽幽响起，一位身着汉服的雅丽女子把壶持盏，飘飞登场，一壶清水扬起，带着晨露、刚刚从树上采摘的茶叶在杯中旋转浮沉，转瞬间，一股茶香向四周飘散。

这是2016年5月1日，我在汉江穿城而过的陕西石泉县参加"云雾山之春"主题旅游活动时看到的一幕。

石泉是一座地道的秦巴山城，县城北面和西面为南秦岭绵延起伏的群山，南面有莽莽巴山守护相望。从汉中盆地奔涌而来的汉江将古子午道经过的子午岭撕开一道裂缝，滚滚江流突然被一座两山之间崛起的大坝截住了去路，汉江上游一座大型水电站——石泉水电站建成了。和汉中、安康境内许多横跨汉江两岸的县一样，石泉境内绵延起伏的大山一半延伸到秦

我不知道这是不是"陕青茶"，但我知道，汉江南岸的大巴山悠久的产茶历史，也让沿汉江而上的陕甘茶马古道自古以来就飘荡着迷人的茶香

岭主脊附近，另一半则是大巴山北麓众多支脉中的一条。石泉境内的茶园，主要分布在汉江以南的大巴山区，北部秦岭山区只有少数气候温润的河谷丘岗才具备茶叶生长的环境。就产量和面积而言，石泉算不上汉江流域茶叶主产区，但这里产的灵雀毛峰和汉水晨雾，依然是秦巴山区品相与口味别具一格的精品茶叶。

石泉产茶的历史可以追溯到2000多年前的鬼谷子时代。在据说是战国时纵横家鼻祖、苏秦和张仪的老师鬼谷子隐居修行之地的云雾山鬼谷岭，有两棵古茶树，其中一棵胸径一米多、足够两个成年人张臂合围，另一棵小的也有几百年树龄，而且至今生长茂盛。

两次陪我登鬼谷岭的石泉县旅游局书记张昌斌告诉我，在几年前召开的鬼谷子文化学术讨论会上，一位来自台湾的学者面对生长在鬼谷岭舍身岩上那两棵不着一簇泥土的茶树惊异万分。他说西双版纳有两棵胸径一米多的古茶树，据测算树龄在1700年左右。鬼谷岭的这棵大茶树比它小一点，但如果将这棵生长在石头上的古茶树的生长环境和纬度与西双版纳的茶树王进行对比的话，鬼谷岭这棵茶树的树龄起码也有1000多年，完全可以跻身中国茶树王之列，最起码可以成为长江以北的茶树王。临下山，这位台湾专家还捡了一把落在地上的茶树叶子，并将它们带回了台湾。

在仅有的史料里，神龙见首不见尾的鬼谷子本身就是位奇人和神人，众多有关鬼谷子的传说中，就有鬼谷子与云雾茶的传说。汉江北岸云雾山中这棵古茶树，会不会是石泉茶或云雾茶的先祖呢？

在汉江流域，茶园并不是稀罕之物。从现在汉江的源头开始，碧绿苍翠的茶园一垄一垄，出现在避风向阳的坡地或起伏的丘岗上，这是汉中、安康一带最常见的景观。葱茏的群山环抱之下，行行整齐、垄垄青翠的茶园，往往出现在古汉水干流或支流退去后，高峰环峙的丘壑峡谷间绵绵不断的丘岗地带。这种地貌往往在江水畅流的汉江岸边，或紧依着群山，地势不高不低，环境不干不湿、不冷不热，而且通风向阳。已经采摘经年的老茶树老枝遒劲，缀满了青茶叶片，新栽植的茶树则青枝嫩叶，将一片泛

西乡茶镇茶园

着翠光的嫩芽铺满山岗。

2004年,我是从冯家湾进入镇巴的。翻过高矗的群山,到了镇巴平安镇、麻柳滩乡一带,公路两旁依山而下、一直延伸到县城边上的茶园带给我的震撼与惊异,让我至今记忆犹新。时隔10年,我从西乡堰口镇进入泾洋河峡谷,然后沿泾洋河北岸崖壁高悬的公路再次向镇巴行进时,峡谷两岸的群山只留出一条狭窄的裂缝供泾洋河和公路前行。高山割断了西乡与镇巴之间茶园的联系。然而,到了西乡县罗镇附近,豁然敞开的峡谷中央,一座高隆茶山的出现,让自行走在汉江岸边就一直追随我的茶香再次迎面扑来。

抵达罗镇的时候,愈行愈高的山道将峡谷口弥漫的烟雨甩到了山下,一轮初升的朝阳让青山环抱的峡谷明亮。阳光下,层层叠叠、缘山而上的茶园中的每一片青翠的叶子上,都跳跃着晶莹的光斑。太阳渐次升高,一层一层如一条条绿色飘带般将整座山紧紧缠绕的茶树让茶园的轮廓愈见清晰。整齐有序的茶林、青翠欲滴的茶叶,让整座山谷都变得绿意盎然。清芬迷人的茶香,在泾洋河峡谷间飘荡着。

茶树是古代中国南方长江流域独有的一种佳木。最初，茶被我们先祖作为药用植物使用，所以茶在《神农本草经》中被称为"荼草"，而且早期有巴人和蜀人居住的汉江流域、巴蜀地区，是我国最重要的茶产区之一。有一种说法认为，古代居住在汉水上游的古巴人是茶叶最早的发现者和种植者。据《华阳国志》记载，公元前11世纪，古巴国给周天子的贡品，就是一种"形似月亮，紧压成团"，名曰"西乡月团"的贡茶。

据此，我们似乎可以断定，汉江流域的秦巴山区是中国茶叶的故乡。3000多年前，汉水流域尚处在十分闭塞的蛮荒之中，依水而居的巴人在政治、军事和文化方面还无力与中原民族抗衡，然而，有了汉水巴山孕育的茶叶，他们不仅能够获得周天子的荫庇，也让产自巴山汉水间的茶叶，将一种清新淡雅的茶文化之风，吹遍南方与北方。我至今犹记得，小时候我的父亲和村上老人每天早上下地干活之前要做的第一件事，不是洗脸吃饭，而是斜躺在炕头，生起家家户户必备的小火炉，烟熏火燎地熬罐罐茶。

北方乡下喝早茶，一般是在薄暮将尽的黎明。这时候村巷寂静，天色微明，家家户户依然门窗紧闭，赖床的小孩和年轻人还在酣梦中沉醉。如果低矮的屋檐下有一缕青烟升起，那必然是早起的老人开始煮罐罐茶了。先是一家，随后是两家、三家，一缕缕炊烟弥漫村道的时候，天色也已大亮，紧闭的门户相继打开，每家每户溢出的茶香，也就将北方乡村特有的乡土味、牛羊粪味暂时冲淡了。

我老家天水一带流行的罐罐茶，要用一种陶土烧制的小茶罐架到熊熊燃烧的炉火上烧煮。熬罐罐茶的茶叶讲究"背罐"，也就是耐煮耐熬，不求茶精细，但求经得住反复熬煮，所以村上老一辈尤其喜欢口味粗重的陕青茶和云南茶。后来才知道，小时候我品到的茶，原来就来自这些年行走秦岭、汉江期间让我沉迷不已的陕南西乡、镇巴、紫阳一带的茶园。在中国茶饮之风盛行的盛唐，包括现在汉中、安康汉江流域的梁州茶叶，已经名满天下了。

陕南茶园，以汉江以南的巴山山区最为集中。汉中市南郑与汉台区在行政区域上以一座汉江大桥为界：桥西是汉台区，属秦岭南麓；桥东是南郑，纵横交织的山水都深深依偎在巴山北麓。一江之隔，南郑茶园的分布较为密集，与汉台区、勉县、宁强境内只分布在丘岗、谷溪地带更为温润的小气候环境的情况，形成鲜明对比。从南郑县城往南，进入大巴山支脉米仓山区，只要有一块通风向阳的丘岗，一行行茶树林立，人工修剪过似的茶园一片一片，从长满丛林藤蔓的林边或背山面水的村后蔓延下来，山谷间便茶香四溢。

2014年10月，我在著名作家王蓬先生家里偶遇南郑县县委宣传部部长贾连友，他告诉我，南郑算不上汉中产茶大县，但以牟家坝、法镇、红庙、青树、福成等乡镇为核心的米仓山茶产区，仍然让南郑保持着陕南重要茶叶产区的地位。早在唐代，茶圣陆羽就将南郑列为全国八大产茶区之一，南郑所产茶叶被陆羽称为山南茶。陆羽所说的山南茶，就是指秦岭以南包括陕南和河南、湖北汉水流域及甘肃南部，以及四川、重庆嘉陵江以东、长江以北产茶区出产的茶叶。

从西乡、镇巴沿汉江向东进入安康，行走在石泉、汉阴、紫阳的汉江两岸的丘岗河谷中，绵延起伏的茶园如一片一片绿云停泊在山坡、村口、路边，成为最容易让来自北方的旅行者驻足的景观。如果是烈日炙烤的午后，从散居茶园、桑田之间的农家门口经过，有热情纯朴的山里人招呼你到屋里歇息，一落座，就有一杯嫩叶翻飞、碧绿澄亮的清茶递到面前。水是清澈甜美的汉江水，茶是经年被汉江两岸的山雾滋润的汉江茶。伴随着腾腾水雾从杯中升起，片片绿叶旋转着沉落杯底，沁人心脾的茶香扑鼻而来，喝一口下肚，奔走的劳累与焦渴便一扫而光。即便是在百叶凋敝的秋冬季节，汉江流域人们茶杯里漂浮的茶叶，仍然仿佛刚从门前屋后茶园里采摘下来一般鲜嫩如初。

大抵是因为秦巴山水滋润的缘故吧，历史上汉江流域的山南茶一直是地方官员敬献朝廷皇室的必备贡品。2014年12月1日在汉阴，县文联主

炒茶姑娘

席王涛，在月河南岸新城区的一家茶庄为我沏了一杯根根如绿针立在杯中的汉阴银针，说："汉阴产茶历史悠久，到现在，汉阴茶品还非常丰富，有三河梁晒青、平梁镇炒青、阮家坝烘青。"并向我介绍面前清香四溢的银针叫天宝贡茗，是唐天宝年间的朝廷贡茶，主产地在凤凰山南麓、汉江南岸的漩涡镇。

告别王涛，再度返往石泉，经汉阳镇到漩涡镇寻访凤堰古梯田时，我一路追随群山深处幽幽奔流的汉江，在峡谷里穿行。遥远的地质年代，汉江原本是从石泉县城流出后径直向东，经现在汉阴县城继续东进的。地质考察者发现，流经汉阴县城的月河是汉江古河道。南宋绍兴二年（1132年）以前的汉阴城，在汉江南岸漩涡镇附近的汉阳镇，这就是现在汉阴县城在汉江之阳却叫汉阴的原因。

时令已交初冬，采茶季节早已错过，车窗外频频闪现的茶园的颜色也变为岁寒将至的墨绿与苍劲，我依然能从愈加凉爽的山风里嗅到阵阵沁人心脾的茶香，这种让人神清气爽的茶香，陪伴我穿山越岭，进入汉江已经可以舒展开身子肆意畅流的江汉平原。

然而，带着一路茶香经竹溪、竹山、房县、京山从神农架和汉江北岸大洪山麓出来，到了辽阔平坦的江汉平原，却很少有茶园出现，甚至连茶圣陆羽故里天门市，也是近几年才开始种茶的。2013年12月19日《湖北日报》一篇题为《天门市将改写江汉平原不种茶历史》的新闻报道说，陆羽写出《茶经》1200多年后，汉江从其南境蜿蜒而过的古竟陵——天门市才开始规划建设万亩茶园。

采桑子

张骞开通通往西域的丝绸之路前,汉江秦岭之间已经有一条丝绸之路,将汉江上游和巴蜀出产的丝绸源源不断运往秦汉都城咸阳和长安。

石泉县旅游局书记、地方文史学者张昌斌告诉我这条中国最早的丝绸之路,指的就是穿越秦岭的古道——子午道。早在秦汉时期,子午道上不仅行走过帮助周武王剪灭殷纣王的巴国、蜀国、庸国军队,也行走过将产自汉水上游和巴蜀的丝绸,运送到咸阳和长安的商队。绵绵子午道上丝绸的光芒闪烁几百年后,张骞才从大汉都城长安出发,将依然从穿越秦岭的褒斜道、子午道、傥骆道运送到长安城的丝绸,带到了遥远的西域。

为了证实石泉不仅是我国最早的蚕桑主产区,还是中原古丝绸之路必经之地,2014年11月底我到石泉的第二天,张昌斌陪我登上子午岭,寻

汉江北岸子午岭上的子午古道遗迹

访饶峰关子午古道。

石泉县老城,是一座汉江环绕、群山拥抱的山城。出县城朝西北一转,便有座座高峰出现。绵延群山之间,发源于子午岭、云雾山一线的饶峰河,将壁垒森严的群山撕开一条弯曲狭窄的峡谷,夺路向汉江而去。曲折逼仄的河谷两岸坡地上、田埂上,长满行行整齐的桑树,虽然低矮屈曲,却嫩叶纷披,一片青翠。但从饶峰镇进入丛林莽莽的子午岭,愈往上行,隆冬将至的景象便愈加明显。到了山顶,莽莽群山枯叶遍野、衰草连天的景象,与随后我们去寻访出土过汉代鎏金蚕的池河镇谭家湾看到的桑叶满目、碧水青川形成明显对比。

饶峰关是子午古道上最为重要的关隘,紧扼北通长安、南下巴蜀、西达汉中、东到安康的子午道咽喉。公元1133年,宋金最惨烈的三大战役之一——吴玠击败金国开国功臣完颜杲10万大军的饶峰关之战,就发生在这里。

到了饶峰关,我看到的是一堆被荆莽掩埋的关楼遗迹。从群峰倒伏的关口下到谷底,一座巨石垒砌、雕龙吸水的古石桥提示我们,这条穿越秦岭、连接汉江的古道上,走过为杨贵妃运送鲜荔枝的快马,也走过将产自汉江两岸和巴蜀之地的丝绸运往长安的商队。

中国养蚕缫丝的历史最早可以追溯到

汉江北岸子午古道上的古代石拱桥

五六千年前的新石器时代。商周时期，丝织品已是王公贵族彰显身份的名贵衣料，桑树种植也十分广泛，《诗经》里就有不少描写农桑的诗歌。其中以《豳风·七月》描写春天来临、姑娘们提着篮子去桑田采桑的句子最为有名："七月流火，九月授衣。春日载阳，有鸣仓庚。女执懿筐，遵彼微行，爰求柔桑。春日迟迟，采蘩祁祁。"到了西汉张骞开通丝绸之路后，西方世界对中国丝绸的需求与日俱增，丝绸供不应求，以至于到了汉章帝时期，政府明令可以用丝绸充当田赋。这时候，种桑养蚕、盛产丝绸的汉江流域，不仅迎来蚕桑产业的第一个高峰，包括子午道、褒斜道在内的秦岭古道和古蜀道金牛道，还担负起了为丝绸之路起点、全国丝绸集散地长安运送产自巴蜀、汉中、安康及江南的丝绸的任务。

从饶峰关下来，去池河镇谭家湾寻访国家一级文物鎏金蚕出土地的路上，愈来愈凉的风频频掠过愈显安静空寂的池河两岸，树木从苍翠葱茏变得枯萎，等待又一个万物复苏的季节来临的稻田怀抱一地泛着白光干枯的稻茬，无悲无喜地裸露在高远的蓝天下面，唯有一片又一片枝叶青翠的桑田向我提示：我正行走在北方的寒风很难抵达的汉江岸上。

谭家湾村是静卧在汉江支流池河臂弯里的一座安静而闲适的小村，依山傍水。与我走访过的石泉其他村庄不同的是，谭家湾村村前村后，最多见的是桑田。河岸上、山坡上，一片又一片的桑田随山势铺陈开来，让这座桑田环绕的山村浮荡着一种让人恍惚如梦的绿意。

这里的桑树，和我在饶峰关、云雾山镇山地上看到的那种树身低矮、老枝苍劲不同。大抵是新栽植的桑园的缘故吧，谭家湾村村后成片成片的桑树一律树干纤细、树身颀长，尚不见几根杈枝的桑树上长满嫩绿青翠的桑叶。我去的时候不是采桑叶的季节，但徜徉在桑叶青绿的池河岸上，我能想象到如果到了春天，漫山遍野的桑田被镀上一层新翠，有三两位身着蓝底碎花衫的采桑女点缀其间，那该是一幅多么令人痴迷的田园桑麻图呀！如果将时光往一两千年前追溯，我们完全可以想象：当时的池河两岸桑田弥望，家家户户机杼之声不绝于耳。直谷口（池河古称直河，故名）通往子午道官道上，驮运丝绸的商队昼夜不息，原本地处僻远的石泉因此成为丝绸商人纷至沓来的地方。这一点，是谭家湾鎏金蚕出土后，有人从这仅4厘米长的国宝级文物上解读到的石泉蚕桑发展史。

30多年前，池河镇谭家湾村一位农民是在池河采砂时发现这只迄今国内绝无仅有的镏金蚕的。然而，从专家鉴定这只金蚕是汉代政府鼓励桑农多养蚕、养好蚕的奖品的结论可知，丝绸之路开通后的汉江流域，已经是汉代对外贸易的支柱产业——蚕桑业的重要区域。不过，由于秦岭、巴山隔阻，汉江流域蚕桑产业很长一段时期只能向长安城里东织室和西织室供应原材料、借助汉江航运及秦岭古道向长安运送江南、巴蜀的丝织品。

这种情况，直到清代才有所改变。

明朝末年的战争，大概是历史上对中国人生存影响最大的战争之一。待到女真人将自汉江中游谷城起事的李自成搅和的乱局收拾好的时候，相对闭塞、安静的汉江两岸秦巴山区的老林里，已经见缝插针地挤满了逆汉江而上躲避战乱的湖广流民。这些从长江中下游逃难而来的流民进入秦巴山区，披荆斩棘、烧山拓荒，并在生存问题解决后也开始像当地土著一样一边耕种，一边养蚕绩麻，汉江流域蚕桑业的繁荣期正在酝酿。然而，尽

冬天即将来临，汉江岸边桑田依然一片翠绿

管江南移民也将南方先进的蚕桑技术带到了汉江中上游，但大多数地方蚕丝产业仍旧只限于扶桑养蚕，养蚕技术几乎依然沿袭着两三千年前巴人和蜀人时代的传统。

清乾隆三十年（1765年），同样生产蚕桑的汉阴，迎来了一位来自山东高密的新县令郝敬修。这位原本就出生在蚕桑之乡的县令到任后，面临的第一个问题是如何安置蜂拥而至的流民。尽管古老的汉江养育了古代巴人、蜀人、庸人这些在漫长中国历史上留下惊世绝响的民族，但秦巴山区毕竟山高林深，可供骤然增加的大量流民耕种的土地十分有限。愁眉不展时，郝敬修发现，汉江两岸不仅桑树成林，还有随处可见的柞树，而当地人只知道用桑叶养蚕，却不知道秦巴山区漫山遍野、随处可见的柞树同样可以养殖柞蚕。这一发现不仅让郝敬修喜出望外，也让曾经养育了因擅长兴桑养蚕而成为蜀国开国君王蚕丛的汉江中上游的蚕桑业，获得了一个千载难逢的新机遇。

郝敬修振兴陕南蚕桑业所做的第一件事，是令人将他从山东老家带来的山蚕养殖技术读本《山养蚕说》抄录成册，分发各乡。接下来，他又亲自撰写了柞蚕养殖知识读本《教养山蚕序》和《教养山蚕图说》，并刊印传播。该图本以图文并茂的方式从选种、配蛾、产子、饲生、放牧、治场、秋贮、整茧、织机等方面进行详解，向蚕农普及柞蚕养殖技术。《汉阴县志》记载，郝敬修推广柞蚕养殖技术两年颇有成效，在他的劝导下，汉阴不仅兴桑养蚕规模扩大，还发展起了缫丝织绸业："橺绸乃橺叶饲成之，茧大如卵，知县郝敬修携种教民养之，取丝织绸。"

汉阴扶桑兴蚕之风，很快吹遍汉江中上游安康、汉中诸县。紧随郝敬修的脚步，汉阴通判钱鹤年、宁羌州牧刘玺、汉中知府滕天绶、陕西巡抚陈宏谋皆大力扶桑兴蚕。汉中知府滕天绶还用通俗易懂的语言编写《劝民栽桑示并歌》，告谕乡民，广兴蚕桑。乾隆二十二年（1757年），陕西巡抚陈宏谋下令汉中、兴安、商州各地"境内凡有橺树之处，官为勘明，砍伐杂树，修理蚕场，可养山蚕"。为鼓励陕南蚕桑业发展，滕天绶不仅在西安设置了蚕桑馆,还在石泉、汉阴各县设立蚕桑局,专门管理蚕桑业。

滕天绶大兴蚕桑谕令一经颁布,汉中、兴安(今安康)、商州官府百姓闻风而动,各地大兴蚕场,兴办缫丝厂和织绸厂,唯独兴安府行动迟缓,滕天绶核查后痛斥兴安知州叶世卓:"兴安一州,界临川楚,地候原非寒冷,山河水涯,自多可以种桑之处。现在紧邻之洋县、城固两县,种桑养蚕,丝利最多,何以兴安独不相宜?"受到上级严厉斥责的兴安知州叶世卓再也坐不住了,立即赶往石泉、汉阴、安康、旬阳等地劝导民众扶桑养蚕。他还将《豳风广义》中"树桑、饲养、缫丝、织绸"之法选其精华要务,编成《蚕桑须知》刊行,责令各县县令在各地集市、庙会上宣讲普及。在《蚕桑须知序》中,叶世卓写道:"古人蚕桑之教起于西北,今则其利尽归东南。秦人知农而不知桑,一遇旱潦则饥馑随之。不知蚕桑之利倍于农,而其功且半于农。"在官府督促劝导下,乡民扶桑养蚕积极性空前高涨,汉江上游的陕南境内缫丝、织绸产业也迅速发展。根据我掌握的资料,到了清朝中后期,紫阳、汉阴、石泉等地生丝生产量大幅上升,不仅让安康成为汉江中上游牵一发而动全身的生丝生产之地,而且城固马场生产的绢、宁羌的缣、西乡的锦绸、洋县的洋绸,西北地区妇孺皆知。

这时候汉江中上游的秦巴山区,已经不是山林与河流占据的蛮荒之地。汉江及其支流两岸可以建屋安身的坪坝,住满了见缝插针的湖广移民。临河向阳的山林被开辟为桑园,浅林区的柞树林里,也能看见蚕农劳碌的身影。每年桑叶成熟、春蚕产卵的季节,以祭蚕神为开端,一年一度的蚕事宣告开始。

中国最有名的蚕神,是轩辕黄帝元妃嫘祖。但我在安康看到的画像砖上,却有三位蚕神,他们分别是怀抱春蚕的嫘祖、手摇纺车捻丝的蜀王蚕丛和人首马头的马头娘娘蚕马。大抵是从远古时代的蜀人、巴人开始,蚕桑业已经成为生活在汉水流域的古代先民赖以生存的技能的缘故吧,这块画像砖上还刻有华夏始祖伏羲、女娲,蚕神和他们被雕刻在同一画面上。

今天,我们已经很难看到传统的祭祀蚕神仪式。但在历史上,祭拜蚕

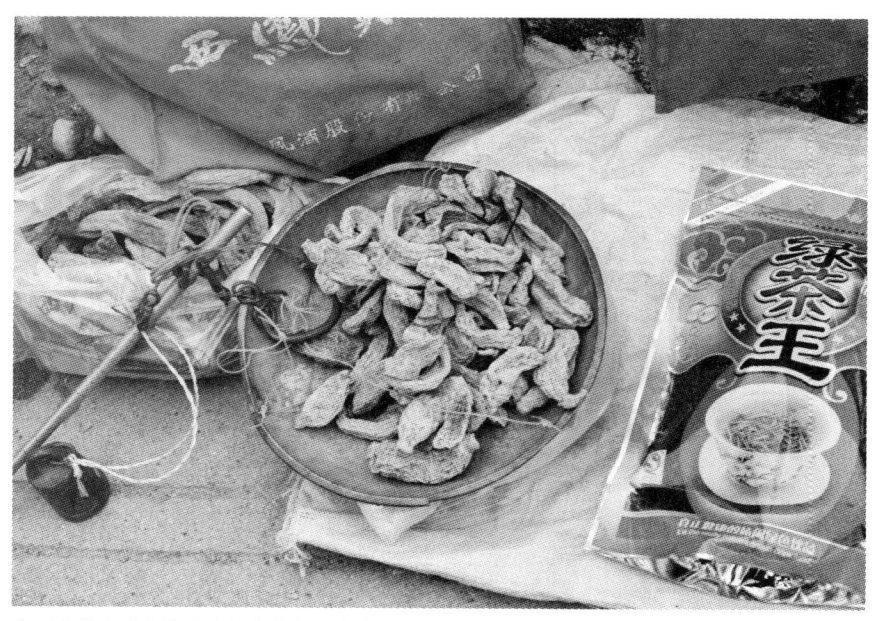

去西乡最南端乡镇骆家坝的路上,我在一个山间集市上把这些采自米仓山深处的野生天麻都买下了

神是汉江流域蚕农最为神圣的民间祭祀活动之一,各个季节的祭拜方式也各有不同。春天催情产卵要祭,冬天盘点一年的收获时也要祭拜蚕神。《石泉县志》记载,明清时蚕农在关蚕门、开蚕门、制种植桑、缫丝制绸前,要斋戒沐浴,祭拜蚕神,但祭拜蚕神的高潮在每年腊月。据说腊月十二是"蚕花娘娘"的生日,所以进入腊月,蚕农们便焚香燃烛,将鸡鸭鱼肉献祭于蚕神神位前。祭拜仪式一般由家中的蚕妇先行祭祀,祭祀者焚香化表,祈求蚕神保佑来年蚕桑丰收。接下来,一家老小从大到小,轮流着祭拜。每逢岁末祭祀,蚕桑大户和绸缎商人还要请民间艺人唱一种叫《花蚕》的民间歌谣和演皮影戏,宴请八方宾客。

蚕事开始后,祭蚕神纯属秦巴山区的民间信仰,但每年腊月祭蚕神活动,更像辛苦一年的蚕农自娱自乐、庆贺丰收的狂欢。也有人认为,过去汉中、安康一带代代相守的关蚕门、开蚕门的习俗,既包含了人们对冥冥之中掌控蚕桑丰收的蚕神的感谢,也透露出长期的养蚕的蚕农总结出的某些科学道理。

据张昌斌介绍,所谓"关蚕门",就是每年春季蚕事开始,蚕农和亲友之间暂时停止一切交往,关起门来专心饲蚕,待蚕茧下蔟后方恢复交往。我看到的志书上也说:蚕事开始,蚕农"家家闭户,以芦帘围绕屋外,杜绝往来,官府停征收,里闾庆吊皆罢"。其实,关蚕门除了劝告蚕农在这一事关一年收成的关键时候减少应酬,集中精力养蚕外,更重要的目的还是为了避免人们互相走动传播病菌,以自然隔离的方式预防病害。这样的闭户劳作,一般要持续一个月左右。蚕卵生成后,"关蚕门"即宣告结束,可供蚕农放松的"开蚕门"便可开始。

蚕茧生成了,在蚕房里与蚕宝宝朝夕相处一个月的蚕农纷纷走出家门,走亲访友,互致问候,打探蚕的收成,这就是过去蚕农中流行的"望蚕讯"。短暂的休整结束后,乡村集镇上的缫丝房便冒起腾腾热气,一堆一堆雪白的蚕茧在缫丝姑娘的手中变成一捆一捆的丝线。接着,古老的机杼声昼夜不息地在汉江两岸响起。汉江水浇灌的桑树、柞树,秦巴山养育的蚕蛹,即将变成五彩缤纷的绫罗彩缎,伴随悠悠流淌的江水走向山外。

2014年5月,我跟随陕西省旅游局"秦岭黄河对话"汉江取水小分队到石泉,在子午银滩乘竹筏泛舟听张昌斌唱石泉民歌《坡上一片好桑园》时,我脑海中浮现出这样一幅画面:一片片碧翠欲滴的桑叶在接受阳春三月的阳光普照、春雨清洗之后,叶片更加鲜嫩清新。在一个翠鸟鸣叫的清晨,身穿水红衣衫的女子成群结队,来到桑田,片片嫩绿的桑叶也摇曳着轻盈的身姿,被摘下来放到村姑的篮子里。这些告别树枝的桑叶,即将走进暖意融融的蚕房。那些沉醉在鲜嫩桑叶里的蚕宝宝,在一天天长大。不久,就有一筐一筐雪白的蚕茧被送进热气腾腾的缫丝房。用不了多久,伴随织机房彻夜不息的机杼声,便有一匹匹或赤橙黄蓝,或团龙画凤的丝绸织出来。

《坡上一片好桑园》这样唱道:

上了坎坎过了河,

我牵着妹娃子上山坡。
坡上一片好桑园,
妹娃子树下叫哥哥。
妹娃子躲在桑杈上,
咔嚓一声折断了。
上前抱着纤纤腰,
妹娃子呀!
桑杈原是个嫩条条儿。

恐龙出没

自从1993年美国科幻冒险电影《侏罗纪公园》上映以来,一种曾经统治世界东西方陆地超过一亿年的脊椎动物——恐龙,成为当今人类世界妇孺皆知,却又无法穷尽它复杂纷纭的种属、明确其神秘灭绝原委的史前动物。然而,10多年沿秦岭汉江行走过程中,我能够感觉到,这种在三维动画电影中被描绘得可亲而又恐怖的庞然大物的身影,时不时就会在我身旁闪现。面对汉江流域两岸秦巴山区众多恐龙时代遗留的神秘遗迹,我不得不承认在6500多万年前全球生物大灭绝事件发生之前,汉江流域两岸的高山丛林,是恐龙的领地。

2014年12月5日,我披着一身艳丽晚霞,到了湖北郧县青龙山地质

湖北郧县青龙山地质公园出土的恐龙蛋化石

公园。

此前，为了追寻隐没在鄂西山区深处的汉江支流，我一直在长江与汉江的分水岭——神农架山区的竹山、竹溪、房县的大山深处穿行。此后，从鲍峡镇绕到出土过大量恐龙蛋化石的柳陂镇青龙山国家地质公园。兀立在汉江岸边的青龙山并不高耸，但在摆脱绵延不断的高山峡谷胁迫的江水即将进入江汉平原的缓冲地带，青龙山面江而立的形象，也足以引人注目。不过，在裸露地表的2000多枚恐龙蛋化石群被发现之前，这座临江而立、介于十堰市区和郧县县城之间的山岭，不仅是孤寂的，而且由于遍布红色沙砾岩的特殊地貌，这里也不是树木和庄稼生长的乐园。

最早发现青龙山有恐龙蛋化石的不是考古人员，也不是湖北郧县当地人，而是贩柑橘的河南人。

2004年在十堰，我就听说了郧县恐龙蛋化石被发现的传奇故事。

1994年橘子成熟的季节，一位河南商贩到郧县收购柑橘。恰逢汉江流域秋雨绵绵，汽车行驶到柳陂镇青龙山时陷入泥泞之中。商贩请当地村民帮助垫路救援时，农民搬来垫路的一块石头引起了他的注意。这是一块由两枚直径10厘米左右的鸟蛋形石头粘连在一块儿的板结石块，形状怪异，颜色也与众不同。这位商贩立即被这形似鸟蛋的石头吸引住了。此前的1993年5月，同属汉江流域的河南西峡县发现恐龙蛋化石的消息，一度让世界震惊，眼前这鸟蛋形石头会不会是前些年西峡、淅川、内乡民间疯狂盗挖、从黑市高价转卖到国外的金蛋蛋——恐龙蛋呢？

这一发现，让这位商贩喜出望外。他悄悄在四周搜寻，又在地埂上发现了几枚模样相同的石头，便悄悄放到车上。接下来，他在收购橘子的时候不仅从当地居民口中得知这里田地里、山洼里、稻场边随处可见这种形似鸟蛋的石头，还亲眼看到当地农民用这种极有可能就是恐龙蛋化石的怪石筑房基、建猪圈。精明的商贩佯装心不在焉，收了一车橘子匆匆返回河南。不久，这位商贩又来到青龙山一带，只不过这次他不是来收购橘子的，而是直奔这种鸟蛋形石头而来。几天后，商贩以每枚五毛的价格收购了一车恐龙蛋，运回河南。

河南客商花钱收购石疙瘩的消息不胫而走，引起郧县有关部门的注意。县上委托当时中国地质大学下派到郧县县政府挂职副县长的郭湘芬同志带上在当地找到的石头标本，到中国地质大学鉴定。经中国地质大学、国家地质博物馆、中科院古脊椎动物研究所等有关专家考察鉴定后，一个震惊世界科学界的消息很快就被公之于世：这位河南商贩在郧县青龙山发现的化石，系中生代白垩纪晚期的恐龙蛋化石，距今13500万年至6700万年。这就是说，在距今六七千万年生物大灭绝之前，汉江北岸的青龙山生活着一群数量庞大的恐龙种群！

接下来，地质专家在以青龙山为核心的卧龙山、红寨子、土庙岭、磨石沟、庄档沟等地，又发现了大量成堆成窝的恐龙蛋化石。与郧县相邻的郧西县汉江岸边高山丘陵地带，也有发现恐龙蛋化石的消息不断传出。郧县和郧西县频频发生哄抢、盗挖恐龙蛋事件，恐龙蛋黑市交易十分混乱。据当年《十堰晚报》报道，最初，郧县柳陂镇附近农民将盗挖的恐龙蛋以200元一枚的价格公开出售，到后来当地地下秘密交易市场恐龙蛋化石的交易价格飙升到每枚1000元至1500元。这只是当年国内黑市恐龙蛋交易价，据2008年《大河报》介绍，当时美国的恐龙蛋市场价为每枚七八千美元，也就是一枚恐龙蛋可以换一辆进口汽车。

在郧县梅铺镇杜家沟龙骨洞的郧县人和郧西县神雾岭白龙洞的郧西人出现之前的史前时代，十堰境内的汉江两岸是恐龙出没的神秘世界。伴随更多恐龙蛋化石被发现，一个种群庞大的恐龙王国在郧县一带生存的历史迷雾，被专家一步步揭开。2002年2月26日，中新社一条题为《湖北郧县一窝恐龙蛋化石多达六十一枚》的文章这样写道：

中新社武汉二月二十六日电（袁源）湖北省十堰市所辖郧县青龙山，近日发现一窝恐龙蛋化石，竟多达六十一枚。

湖北省国土资源厅地质信息研究所所长李正启等专家亲临

湖北郧西青龙山地质公园复原的恐龙骨架化石

现场察看。这是郧县青龙山恐龙蛋化石群被列为国家级地质遗迹自然保护区后暨郧阳地质公园目前发现最多的一窝,也是迄今为止世界上发现恐龙蛋化石最多的一窝。

郧县青龙山恐龙蛋化石群自一九九五年初被发现以来,经中国地质大学(武汉)、国家地质博物馆、中科院古脊椎动物研究所等有关专家考察鉴定,确认该化石系中生代白垩纪晚期的恐龙蛋化石,距今一万三千五百万年至六千七百万年,是迄今为止世界上恐龙蛋化石种类最多、分布最集中、数量最多、保存最完整、规模最大的化石群落,实属世界罕见,亦是不可再生的地质遗产。

经专家考察论证,郧县青龙山恐龙蛋化石群分布面积为四点二平方公里,其中土庙岭和贺家沟村一组民宅附近恐龙蛋化石最为富集,可见到六个产蛋层、五个不同品种的恐龙蛋。而目前国际报道发现的八个恐龙蛋科中,在该地区发现的就有五个,同一窝间距一般为三米至五米,每窝一般有恐龙蛋十枚左右,基本上保持了恐龙蛋化石的原始状态。

一九九七年七月下旬，距青龙山五十五公里的郧县梅铺镇李家沟村又发现了距今七千万年左右、晚白垩纪时期的三具鸟脚类恐龙骨骼化石，经新闻媒体披露后再次引起国内外轰动。

据有关地质专家勘察，郧县青龙山一带，仅地表就分布有两千多枚恐龙蛋化石。

从已经被围墙、护栏保护起来的青龙山下来，远处泼洒在汉江水波上的晚霞愈来愈淡。然而，陈列着10多年来汉江岸边发现的众多恐龙蛋化石实物和复原的恐龙模型的青龙山地质公园呈现的恐龙世界，却将我带到了汉水浩荡、丛林莽莽的白垩纪时代。那个时候，临江而居的郧西人还没有出现，整个世界的东方与西方还处在一片蛮荒、沉寂、混沌之中，众多我们现在已经很难寻觅踪影的史前海洋生物、哺乳动物等，让这个混沌未开的世界显得丰富多彩。只不过那时这世界的真正主宰，是或展开巨大翅翼遮云蔽日、翱翔大地之上，或扭动巨大躯体出没于高山丛林之中的另一种非哺乳类动物——恐龙。

从陕西旬阳、白河进入湖北郧西、郧县，滚滚汉江即将告别群山挟持、河道扭曲的旅程，包括郧西大梁、神农架山区的出现，证明在恐龙主宰世界的年代，湖北境内汉江流域可供恐龙生存的区域，应该仅有神农架高山地带和鄂西山区是已经从一片汪洋中露出水面的高丘山地。顺着郧西发现大量恐龙蛋化石群的线索，科学家不仅在郧西、郧县境内发现了大量恐龙蛋化石群，还在后来发现郧西人家族成员梅铺人生活的梅铺镇，发现了两具分别长6米和8米的恐龙骨骼。

以我有限的远古生物知识，我无法断定六七千万年前生活在郧县、郧西一带高山丛林的恐龙，与曾经生活在我国其他地区的恐龙之间到底有没有种属联系。但令人惊奇的是，对照中国地图，我惊异地发现，茫茫中国大地，鄂西山区和豫西山地是中国大陆生物大灭绝时代名副其实的恐龙王国。从20世纪90年代开始,湖北的郧县、郧西,河南的西峡、淅川、内乡频频发现的恐龙蛋化石群,让我每每行走在南秦岭峰岭纵横、汉江干流和支流曲折交错的林莽山谷之际,总觉得一种神秘而神奇的巨型食草动物的身影在林莽和河谷深处隐约闪现。它庞大而强悍的身躯,让山林风起,也让宁静的山谷卷起阵阵令人心悸的水浪。这种频频出现在令我恍惚而又转瞬即逝的想象中的动物,就是恐龙。

2004年初秋结束南秦岭之行,我准备从河南内乡穿越伏牛山北上那天,南阳盆地迎来一场绵绵不断的秋雨,我没有时间去内乡县夏馆镇寻访20世纪70年代古生物专家发现过16枚恐龙蛋化石和恐龙三趾足印的遗迹,然而此前我掌握的资料表明,秦岭、汉江之间最早发现的恐龙生存证据,是在南阳盆地。

民国二十一年(1932年),官府征召当地百姓到内乡县夏馆镇挖防洪沟,挖到一丈多深时,地下赫然出现的一具巨型动物骸骨,引起一阵轩然大波。那时候,普通人意识中尚无恐龙的概念。当有人指认那就是传说中的龙的骨架后,历来对神龙敬畏有加的当地人立即将它回填。此前,附近人都知道内乡夏馆镇石胆窝和赤眉镇石胆沟,遍地都是"龙骨",也就是后来被科学界认定的恐龙蛋化石。在这些被当地人视为异物的恐龙蛋化石未被科学家发现之前,当地百姓已经发现了这些怪异之物的神奇功用。当地人患了眼疾、脚气,无须求医问药,只要到这里捡几块与别的石头形状大相径庭的石块,也就是恐龙蛋,用其熬水熏洗,便会痊愈。时隔40多年,中国科学院古生物所两位专家赵资奎、孙文书,从内乡频频发现"龙骨"的消息预感到,那应该是六七千万年前的恐龙遗迹。1975年,两位科学家一到内乡,就与曾经让他俩昼思夜想的恐龙相遇:他们不仅发现了一窝16枚的连体恐龙蛋化石,还在这化石上面发现了极其罕见的恐龙三趾脚印。

与此同时,河南淅川、西峡,也纷纷发现规模巨大、数量惊人的恐龙蛋化石。

汉江流域大规模恐龙蛋化石最初出现在河南西峡县的紧临丹江、且与内乡接壤的阳城镇。1992年，阳城乡赵营村一位农民修路时无意间挖出一窝20枚，形似鸭蛋、褐色光滑的石蛋，出于好奇，便带了几枚回家赏玩。同村一位在地质队上班的工人发现后感觉这石蛋不同寻常，问清来路后，他跑到这位农民发现石蛋的地方，将剩余几枚石蛋带回地质队化验。化验结论让大家异常震惊，这石蛋竟是几千万年以前从地球上消失的恐龙蛋的化石！

河南西峡县发现恐龙蛋化石的消息尚未得到科研单位证实，就有来自全国各地的偷盗者、贩卖者和博物馆标本收购者蜂拥而至，以阳城为核心，辐射到包括马岗、桑坪在内的淅川境内，到处都有盗挖恐龙蛋化石者的身影。小小的西峡县城仅有的几间宾馆、招待所人满为患，国内恐龙蛋化石走私也愈演愈烈。据有关部门统计，当年流落民间和被走私到国外的恐龙蛋化石，不下5000枚。

一边疯狂盗挖，一边以链条形式向外贩卖，西峡恐龙蛋化石贩卖价格也从最初的一枚5毛，一路走高，涨至几元乃至几十元，而往境外贩卖者获利则是收购价的几十倍乃至上百倍。疯狂盗挖倒卖西峡恐龙蛋化石现象，伴随1993年2月南京禄口国际机场查获一起台湾游客准备带出境的恐龙蛋化石案而告一段落。

伴随有关方面着手打击盗挖倒卖恐龙蛋化石之风，国家文物局、中国科学院的文物、地质及古生物专家来到西峡，展开大范围调查。调查结论令世人震惊：此前，全世界发现的恐龙蛋化石总共1000枚，见诸报道的只有500枚。然而在打击疯狂盗挖的过程中，包括西峡、淅川、内乡在内的西峡盆地，三县文物部门收缴的恐龙蛋化石已经超过5000枚，如果加上1993年夏天以前已经倒卖出售的，专家估计这一地区已经发现的恐龙蛋化石超过1万枚。这一消息通过媒体传出后，被国内外媒体称为"震惊全世界的科学发现"，并被评为"93年世界十大科技新闻"。接下来的调查更让人震惊，科学家在包括西峡、淅川、内乡在内的西峡盆地的3个县 15 个乡镇 1000 多平方公里范围内的地下，发现了大量成堆成窝的恐龙蛋化石群及恐龙活动遗迹。科学家在这一区域已查明恐龙蛋化石有 8 科 12 属 25 种，占世界已知恐龙蛋化石种类总数的一半。

　　面对丹江流经的河南西峡、淅川、内乡和与之毗邻的汉江之滨湖北郧县、郧西频频出现的恐龙蛋化石群，科学家看到的是 1 亿年以前，大秦岭南坡成群结队的恐龙群出没水滨丛林的自然生态。每每回味起在郧县、西峡看到的恐龙蛋化石标本和复原了的各种恐龙骨骼标本，我的思绪也会回到汉水滔滔、天荒地老的过去。那个时代，现在雄踞汉江南北的秦岭、巴山还在继续向上崛起，鄂西山地以东的江汉大地还是一片汪洋。临近江岸高隆的山地，汉江最大支流丹江流经的伏牛山区南麓丛林草甸之间，赤翼遮日的翼龙在天空翱翔、兴风作浪的游龙在汉江丹水出没，更多身躯庞大的食肉龙和食草龙，也在莽莽丛林中出没。

　　这种至今人类只知其形，却难以详尽描述其状的动物，让洪水滔滔的汉江两岸显现出一种令人恍惚而又神秘的热闹与繁华。

渔歌唱晚

一张猩红几案放到河岸，冒着热气的猪头、羊头和一盘盘时令水果摆上案头，身着长袍的司仪点燃香蜡纸符。主祭人随即登场，神情肃穆地面朝苍茫暮色中波光粼粼的中坝河深鞠三躬后，开始用陕南口音恭读祭文。主祭人抑扬顿挫的朗读声刚落，锣鼓声、鞭炮声骤然响起，头戴面具、穿戴五彩服饰的水手踩着鼓点、舞着旱龙环江狂舞。愈来愈浓的暮色中，身影朦胧的山峦、河岸上跃动的烛火、震彻山谷的锣鼓声，让一场表演性质的龙舟赛开始前的祭祀河神仪式笼罩在一种神秘神圣的氛围中。

这是2014年5月跟随"秦岭黄河对话"汉江取水小分队行走汉江时，我在陕西省石泉县后柳镇看到的当地民间祭祀水神的仪式。

安康境内的河流无论如何千回百转，每一滴水都流入了汉江。背靠秦岭、南依巴山的石泉群山起伏、河流纵横，总面积只有1525平方公里，却有329条大小河流从秦岭、巴山之间奔涌而出，将它们或多或少的流水以各自不同的方式和路径，汇入汉江。

那天晚上，我们迎着暮色狂欢泛舟的中坝河，就是石泉境内22条注入汉江的一级支流中的一条。中坝河流程并不长，从安康石泉与汉中西乡交界处的木竹山，穿越峰峦拥堵的山间峡谷，经中坝流到依偎在汉江岸上的后柳镇，只有区区22公里。但自镇西峡谷口涌出的清冽河水和汉江交汇，让后柳镇呈现出一派江流潆绕、山水映照的江南韵味。

那天晚上，当地政府为我们组织的龙舟表演赛，就在中坝河汇入汉江的江口进行。此前，我跟随陕西省旅游局2014年"秦岭黄河对话"汉江取水小分队沿古子午道翻过秦岭，已经跨越了流经宁陕、石泉，最终都要汇入汉江的汶水河、子午河、池河、饶峰河、中坝河、富水河,并且领略了安康境内秦岭、巴山之间山水纵横、河网如织的美景。

那天晚上,我们就住在镇东汉江沿中坝大峡谷悠悠南下的后柳古镇。

星星点点的灯光映照下,盈盈水波在四周闪烁。第二天起来,我才发现这是一座三面环水、水韵悠长的古镇。从石泉县城附近转身南下的汉江,被曲折迂回的中坝大峡谷挟持着,不紧不慢地自镇北而来。一江碧水到了这座满街都是清代和民国时期古建筑的镇子前,自西而来的中坝河和汉江在峡谷共同拓展出一块平缓开阔的天地,一座三面环水的古镇便赫然出现在汉江右岸。清冽缠绵的汉江舒展腰身,从过去有南来北往的货船停靠出入的码头漫过来,与刚刚摆脱大山挟制、变得舒缓开阔的中坝河相拥相抱。满镇白墙灰瓦的阁楼、风火墙如楚人峨冠高高耸起的民居,临河坡地上碧翠的菜畦,甚至长满苔藓的屋顶上袅袅升起的炊烟——倒映在水波轻盈的江面上,如诗如画,亦如歌似梦。沿青石板铺的街道漫步到镇东临江码头,就有早起的船翁撑一叶扁舟,借清爽的晨风行驶在江面,开始撒网打鱼了。一声悠长的汽笛传来,一艘早航的运输船披着一身霞光,从江上驶来。

汉江两岸的5月,已经是万物繁荣、生机勃勃的季节。潮湿清朗的微

人和羊,都是临江而居

清江碧水一叶舟

风在紧紧依在汉江和中坝河岸上的古镇吹拂，临江的稻田青翠欲滴，盛开的荷花在池塘里摇曳。站在镇子最高处朝四周望去，盈盈水波是这座古镇的灵魂和主题。因此，当地人习惯将后柳镇称作后柳水乡。

现在的后柳镇不仅有一块又一块明净如镜的荷塘水田，还是因水而兴起的北方难得一见的水乡旅游景点。在汉江上摆渡体验汉江三峡——中坝大峡谷山重水复的山水幽境、在中坝河口祭水神划龙舟、租一只渔船到江面上垂钓捕鱼，或者就徜徉在江水悠然、池塘明净的小镇感受北方水乡轻盈婉约的迷人风韵，是来自秦岭北麓的关中人最喜爱的旅游项目。然而，在汉江航运繁荣的清代和民国时期，这里原本就是汉江岸上的一个航运繁忙、客商云集的水旱码头。镇上住满了来自四川、湖北、湖南等地的客商，借助连接汉口的汉江航运，人们将陕南的茶叶、桐油、生漆、木耳等特产运往各地，后柳也因环绕四周的粼粼水波延续了近千年的繁华。

按照严格的地理分界，汉江流域大部分地方尚不属于真正意义上的江南，然而由于汉江，汉江流经的陕南总是洋溢着很容易让人产生缠绵悱恻之情的江南清韵。

10多年前沿古褒斜道南下汉中，追随从太白山麓起步、千回百转穿行在莽莽秦岭群山之间的褒河大峡谷到了留坝青桥驿，高山平湖让在嘈杂颠簸而又闷热难熬的长途汽车上昏昏欲睡的我突然醒过神来：四周高山刺天、满山苍翠，山与山之间一片碧翠的河水，平缓而安静地向山谷下面延伸而去。

那是我平生在北方所见最为清澈的水面，也是汉江上游第一座大型人工水库——褒河石门水库。

沿着316国道从青桥驿过了褒河，一路行走在紧临石门水库左岸崖壁之间，库区的水一直紧紧跟随着我，最初在朝北、朝西敞开的山谷间恣肆流淌，伴随山谷朝向勉县褒河镇和汉台区河东店镇愈敞愈开，绵延10余公里的库区水面愈来愈开阔。到了曾经刻有中国历史上著名书法名帖《石门颂》的石门附近，一座大坝在两山之间崛起，让建安二十四年（219年）曹孟德站在褒谷口看到的褒河激浪飞雪的"衮雪"胜景成为过去，但高峡的出现，却让褒河在即将投入汉江怀抱之际呈现出一种平静如镜的绮丽景观。

从青桥驿绕石门水库库区南下那天，正值夕阳西斜、晚霞初起，夕阳映照的水面一片明净。翠绿的青山、碧翠的湖水，驻足在西天霞光愈来愈艳丽的山谷之间，天地万物都因身处这种山水相依的人间胜境陶醉，就在我沉醉于这片水色山光给我火热的内心带来的清爽与惬意之际，一叶扁舟出现了！

那是早年在绘画本《唐诗宋词选》中看到过的那种扁舟，简朴轻盈，就像一片漂浮在水面的芭蕉叶子，无声无息地在水面飘浮。看不清撑船者是老是少，也不见其身穿蓑衣，但撑船者不紧不慢，悠闲划动的船桨，还是古人划船时常用的那种木桨。已经坠入莽莽群山的夕阳，用它最后的光照将山间水波的轮廓描绘得清晰而具体。坐在绕山而行的长途车上临窗凝望，我甚至能够清晰地感觉到与我同向而行的捕鱼者轻松而愉快的心情：船桨一摇一晃，小木船伴着摇桨的节奏轻盈而敏捷地在水面前行，一片细

这种小船至今依然是生活在汉江上游秦岭巴山之间的山民重要的交通工具

微悠长的水波旋即在船尾绽开。一片一片、一圈一圈的水波在掺和了晚霞粉黛之色的天光照耀下如一片片五彩霓虹灯，在水面上闪出几簇迷人的光亮之后，旋即消失得无影无踪。如果撑船者停下划动的船桨，直起身来左右开弓，那不是在收网，就是在将细细的丝网撒入水中。

船在水面轻捷滑行的样子，让我想起了在江南水乡凌波滑翔的乳燕，也让我想起了唐宋诗词里经常出现的幽古意境。如果那天真的能够下一场微雨，撑船者身披一件蓑衣、头戴一顶斗笠，我还真以为自己已经身处江南了呢。

有了发源于太白山麓的褒河加入，汉江江水愈加浩荡。从汉中开始，汉江两岸绵延不断的稻田、茶园，漫山遍野四季常青的阔叶林，以及江面上时不时划过的一叶扁舟，让秦巴山区深处的汉江仿佛身处婉约温润的江南情调中。

穿行在秦岭、巴山之间的陆路开通之前，渡船依然是临江而居的汉江两岸居民最重要的交通工具。10多年前在秦岭南坡行走，在汉中、安康，甚至有金钱河和乾佑河流经的商洛山区,许多地方的河岸上停靠着废弃了的大木船和钢铁驳船。在一些偏远的河谷地带,小木船依然是山民出行的重要交通工具。柞水、石泉、汉阴、紫阳一带,但凡是汉江干流或支流转弯处,只要有一块山水环绕的山间盆地,那必然是居于大山深处的土著最初选择的安身之地。门前屋后潆绕的河水,为他们开拓出种植水稻、果蔬的平地,江河转弯处平静的河湾聚集的鱼虾,是他们触手可及的食材。温热潮润的山风吹进敞开的门扉,让他们享有如江南水乡般闲适宁静的生活。下田劳作时,他们的身影倒映在明净的水田里;泛舟捕鱼时,他们眼睛里是一片碧翠荡漾的江水;渡船出行时,那种充满柔情的歌声也将如汉江流水一般缠绵悱恻的情意,洒在碧水畅流的江面上。

　　叫声干妹子你听言——
　　我有话儿对你谈,喜欢不喜欢?
　　山中石多难寻玉,世上人多君子稀。
　　那日从你门前过,你在门口纳鞋底。
　　我在外面咳嗽一声,你转身就往屋里走。

汉江边上的造船工

自从那天看见你，落下病根在心里，
白天想你懒睡觉，夜里想你懒脱衣。
干妹子，请你发慈悲！
……

2014年5月，跟随"秦岭黄河对话"汉江取水小分队参观石泉县熨斗镇富水河岸边的燕翔洞时，我们一路泛舟水上。返程路上，石泉县旅游局书记张昌斌一边教撑船、一边为我们演唱陕南花鼓调《干妹子》的时候，也是一个晚霞铺满碧波荡漾的河面的黄昏。面对两岸青山、一江碧水，我面前浮现出江火明灭、渔舟穿梭的江南幻境。

土酒与泸州老窖、茅台

这是我在略阳时,作家周吉灵给我讲述的故事:

清顺治十四年(1657年),驻守陕西略阳的四川泸州舒姓武举人公干期满,要解甲归田、告老还乡了。长期居住在羌汉杂居的秦岭深处的舒举人,已经完全融入了嘉陵江边上的当地生活。在舒举人所有喜爱的当地炊饮中,最让他难以拒绝的是略阳苞谷酒。这种土酒以高粱、苞谷、小麦为原料,用当地特制酒曲酿制而成,酒质甘醇,酒香浓郁。在任这些年,舒举人每天都要喝几杯。久而久之,略阳苞谷酒被他视为天下第一佳酿,一日不饮,便感到浑身乏力、嘴干舌燥;无论在公堂操持公务,还是在家里休闲度日,只要几杯苞谷酒下肚,便顿觉神清气爽、精力充沛。所以卸职回泸州老家前,舒举人舍弃了一切可能给他穿山越岭、长途跋涉带来负担的物件,唯独醇香的略阳土酒,他权衡再三,还是无法舍弃。于是在为卸任做准备的日子里,他不仅差家奴悉心学习略阳苞谷酒的酿制工艺,并且动身时带了几坛子略阳苞谷酒,还特意向略阳城最有名的酿酒坊讨要了些窖泥和酒曲,带回了泸州。

古汉水岸边的窖泥和酒曲的到来,为原本默默无闻的泸州酿酒业发展和变革,带来一场革命。

据周吉灵介绍,此前泸州酿酒普遍以糯米、杂粮为原料,小曲酿酒,高温发酵,发酵时间仅有春秋两季,度数低,不宜久藏。而舒举人带去的酒曲,是以略阳小麦粉高温制成的大曲,酿酒原料以高粱、苞谷为主,浓度高,低温发酵,发酵时间从当年秋天到次年夏天均可,窖藏时间长,而且越久越香,是典型的醇香型白酒。略阳酒曲和酿造工艺到了泸州后,舒家随即按照舒举人意愿，对祖传舒聚源酒坊酿酒工艺进行调整。果然，这一改良让舒聚源酿造的老窖特曲一时间名震泸州城，长盛不衰。据说1915年巴拿马万国博览会上获得金奖的泸州老窖特曲，就是舒聚源的产品。

这个故事，被记载在1807年立的泸州舒聚源《重修龙泉井碑》上和《中国酒文化通典》中。

周吉灵还说，如果再往深里追究，茅台酒也是受了略阳土酒酿酒工艺影响的。他查到的《遵义府志》说，太平天国之后到1941年期间，茅台镇酿酒所用的酒曲，主要为陕西商人贩运到黔北的略阳大曲。后来，当地人对来自古汉水岸上的略阳大曲进行改进，才有了茅台镇特有的酱香型白酒茅台曲酒。

周吉灵给我讲这个故事之前，我已经领略过汉江流域乡村集镇随处可见的当地土酒——苞谷酒那厚重、浓烈的酒香。

2004年盛夏，从丹江流过的商州到山阳后，商洛诗人慧玮领我拜见的第一个人，是山阳县文化馆作家周知。一进门，周知递给我的饮品不是清茶，也不是白开水，而是一杯有一股浓重老烧锅味道的山阳苞谷酒。一路都在炎炎烈日下奔走，浑身燥热得几乎无力行走的我，一杯苞谷酒下肚，一身热汗淋漓而出后，竟感觉清爽惬意了许多。不过，那种纯粮食酿造的土酒酒劲特大，周知给我的一杯酒，在我体内燃烧沸腾，持续了整整一个下午。

由于地处中国内陆南北自然过渡地带，汉江流域既北又南的地理、气候条件，让汉江中上游成为我国大陆物产最为丰富的地区。就农作物而言，陕南、十堰高山和半高山地带，既是玉米、小麦的世界，也是北方各种果蔬生长的乐园；到了汉江干流星罗棋布的大小盆地，生机勃勃的水稻、茶叶、柑橘让人感到的却是江南的富足。丰富的物产，让这里的人们有足够的余粮酿制香醇迷人的粮食酒。再加上在过去，汉江流域更多的居民居住在山大林密的秦巴山区，潮热的生活环境，需要一种有足够热量的饮品驱潮御寒；漫漫长夜，需要一种可以点燃内心激情的物质抵御独居丛林的孤寂、恐惧与愁苦。这大抵是汉江两岸民间家家户户都会酿酒的缘由吧？

我不熟悉民间土酒酿造工艺，但在汉江两岸大街小巷，随处可见出售当地土酒的店铺招牌。行走在深山小镇或乡间路旁，只要闻到一股酒糟味扑面而来，附近必有卖土酒的店铺，或附近的街坊邻居正在酿制苞谷酒。有些酒坊前店后铺，坊中的大酒缸里是后院酿制的白酒。不贵，一般几元一斤，买不买，先品尝。临街店铺的老板也不招呼你来买酒，即使你走进酒坊，老板也不问你是不是要买酒，站起身来，揭开缸盖，一只酒提或一只瓷缸随意舀上一些，任你品尝。酒缸打开时，扑鼻而来的酒香已经让你按捺不住，于是品尝过后，花一二十块钱，一塑料壶苞谷、高粱和水的化合物幻化出的醉人酒香，也就成了一个人旅行中温暖的伴侣。

我也曾经造访过几户苞谷酒制酒作坊，空荡荡一尘不染的屋里，只有几口大酒缸。有的捂得严严实实，不见有酒流出；有的酒缸下部的小酒嘴已经打开，酒嘴下接一个桶子，散发着浓郁酒香的酒液汩汩流出。这样酿出的酒，酒色往往泛着微黄，也不似工业化生产出的白酒那样清冽，但从

汉江两岸的秦巴山区，随处可见这种老百姓自己用汉江之水就地取材酿制的各种各样的土酒

汉江土酒那种醇厚迷人的酒香里，我能嗅到五谷的香味，以及汉江两岸万千生物的气息。在紫阳，一位每年只酿一二百斤酒供自己饮的老人告诉我，巴山土酒之所以醇香醉人，是因为他们使用的酒曲里还要添加从山上采的中药材。

2012年夏天，受陕西省旅游局邀请，为采写一本纪实文学《全旅游时代》，我跑遍了陕西全省几乎所有有些影响的旅游景区。从商南到南郑黎坪景区的路上，这次采风活动的策划者、西北旅游协作区秘书长王晓民打电话提醒我，到了黎坪，要小心那里的"甜蜜蜜"。我问"甜蜜蜜"为何物，王晓民哈哈一笑，卖关子道：去了就知道了。

黎坪地处大巴山、米仓山深处，群山莽莽、重峦叠嶂，是南郑西南最后一个乡镇。那里的山水美景和第四纪冰川期遗留的海底生物、自然奇观，是在原南郑县黎坪林场禁采禁伐转型过程中才被发现的。我们到那里的时候，正是酷热难耐的8月盛夏。有条叫八道河的小河从米仓山深处向北经勉县流入汉江。刚刚下过一场转瞬即逝的骤雨，清澈的河水、晶莹的丛林，被阳光照射得一片澄明。人在太阳下，那种难以抵挡的燠热与潮湿，让人透不过气来。进了房间，被褥潮乎乎的，好像刚刚被雨水浸泡过似的。为了驱赶潮气，我们到来之前服务员已经为我们的房间打开了电热毯。

接待我们的是黎坪镇党委书记兼黎坪景区管委会主任的杨波，这位曾经在黎坪林场最艰难的时期带领职工开发自然生态旅游的老林业人，长得温文尔雅，酒量却非同一般。晚饭饭桌上，摆的尽是林区自产的各种野生食材制作的美味佳肴。开席前，杨波微微一笑，说王秘书长已经嘱咐过他，一定要让我尝尝当地的美酒。

说罢，杨波举起一只没有标签的葫芦瓶子，咕嘟咕嘟，给每个人斟满一高脚杯。酒一入杯，立即有一股掺和了蜂蜜味和酒味的异香弥漫开来。瞅着酒杯里泛黄透亮的液体，我好奇地问这是不是"甜蜜蜜"，杨波微微一笑，点头说是。紧接着，杨波又追加了一句："陕南各地都有自己的土酒，这'甜蜜蜜'可是我们黎坪的独创！"

第一杯入口，那种厚重的烧锅味被蜂蜜的香甜遮盖，香甜润口的口感，一下子让我把王晓民秘书长的警告忘到了九霄云外。蜂蜜的香甜、土酒的醇香，让我完全忘记了土酒的酒精度数一般都在50度以上。不知不觉，我们几个人就喝空了七八个酒瓶。待酒意醺醺进入梦乡时，那种香甜可口的酒味，还在我梦境萦绕。

第二天，杨波告诉我，昨晚喝的"甜蜜蜜"就是陕南汉江流域老百姓家家会做、逢年过节款待亲友、劳动之余抿几口暖身子的苞谷酒。"甜蜜蜜"香甜醉人，全因加了秦岭、巴山里老百姓家里自己产的土蜂蜜。其制作工艺，就是在酿好的苞谷酒里加入当地土蜂蜜重新熬制。纯粮食土酒和纯天然蜂蜜结合，原酒经二次熬制挥发，度数也比原酒有所降低，所以喝起来香甜爽口，口味迷人。不过，蜂蜜的香甜并不改变秦巴山区自产土酒酒味厚重、回味绵长的本质，一旦喝醉，醒酒时间很长，所以有人给"甜蜜蜜"起了一个外号——温柔的杀手。

几年前，我在《渭河传》里写杜康无意间发明酿酒术时说，酒是诗歌出现之前唯一能够让人获得诗意并产生遁入仙境般飘飘欲仙感觉的物质。这十几年在秦巴山区、汉江两岸行走，我常常沉迷于大山深处、山间路旁的动人场景：上了年岁的老人摆一盘腊肉、几个小菜，打一壶自家坛子里经年不断的土酒，坐在家门口，一边悠然自得地品饮，一边神态自若地看一条清溪从屋前流过。如果有一阵清爽的山风徐徐吹来，我能从面对满山青翠、几朵白云的深山饮者微酡的脸上突然出现的笑容里，感受到一条古老江流孕育万物带给他们的那种平静、安适、悠然、沉迷的内心。

汉江流域弥漫的酒香，原本就是这片山环水绕的土地所蕴含的多彩诗意与古老生活的结晶。所以这里古老的酿酒传统，不仅渗透了背靠莽莽丛林、面江而居的汉江百姓与生俱来的硬朗厚重的品格，也是汉江流域绚丽多姿的大自然给这块土地的恩赐。

如果说汉江上游出产的土酒苞谷酒、高粱酒，曾经为泸州老窖和茅台成为世界知名的酒类品牌起到过画龙点睛作用的话，那么以产自秦巴山区的各种野果为原料酿制的果酒、用汉江流域特有的糯米酿制的黄酒，则是汉江流域古老深厚、丰富多彩生活的另一种呈现方式。

2004年8月到十堰，十堰日报社同人招待我们时，用的是房县自产的黄酒。那种香气浓郁的口味，和早先喝过的绍兴黄酒完全是两码事。面对我小盏换小碗、沉迷不已的样子，十堰日报社朋友告诉我，房县黄酒是正宗的大唐皇宫御酒。

写作《走进大秦岭》时查阅资料，果然发现有包括堵河、北河、南河、官山河在内1261条大小河流注入汉江的房县的黄酒源头的历史，可以上溯到春秋时期的周宣王时期。有资料记载，公元前827年，楚王派后来的《诗经》首位编撰者、房陵（房县古称房陵）人尹吉甫出使周王室时，送给周宣王的见面礼就是一坛房县出产的黄酒——白茅。据说尹吉甫带着房县黄酒一进大殿，满室酒香醉人，周宣王品尝后当即封其为"封疆御酒"，要求楚国年年进贡。如此说来，湖北房县黄酒名扬天下的历史，比公元前492年越王勾践时出现的绍兴黄酒，早了300多年。

不过，十堰日报社同人向我推荐房县黄酒时，重点强调的是房县黄酒制作工艺，沿袭了盛唐宫廷的黄酒酿造技术。

房县地处汉江南岸神农架深处，山高林密，地僻人稀，自古以来就是朝廷流放罪臣、圈禁逆臣之地。唐嗣圣元年（684年），武则天僭位揽政，继尧太子丹朱后，房县迎来又一位朝廷要人——被武则天废黜的唐中宗李显。失去皇权的李显被贬为庐陵王，被发配到天荒地远的房县。毕竟是一朝天子，李显离开长安时被允许带领700名宫廷御用工匠，伺候他的生活。李显带到房县的这700名工匠中，就有宫廷黄酒酿酒师。这些宫廷酿酒师的到来，让房县黄酒酿造业再度辉煌，民间酿酒、饮酒之风日趋兴盛。房县黄酒成为李显给母后武则天敬献的朝廷贡酒。据清乾隆年间《房县志》记载，明清时期房县人皆爱喝黄酒，一人喝十几碗不算稀奇。大多数人喝酒后皆不食饭，有从晚上喝到天明者。地方史料记述说，20世纪30年代，房县西关有一条黄酒街，家家户户酿造黄酒，门口摆一口大酒缸，里头装满了房县人日日不离的黄酒。酒缸上蒙着纱布，压一块木板，扣一只瓷碗，往来路人冷了、饿了，无须问价，自己从缸里舀一碗仰头饮下，放几个铜钱即可自行离去。

如此豪卖豪饮的场面，现代社会已经很难看到。不过，2014年逆唐白河再次到河南内乡，我发现内乡老县衙附近一条街上，挤满了出售内乡黄酒和果酒的店铺。出内乡县城去淅川的路边，一家连一家的店铺门口垒成高墙的五颜六色的塑料桶十分惹人眼目，近前一看，一律是卖黄酒和果酒的店面。阵阵袭人的酒香中，老板争相介绍这是猕猴桃酒，那是黄酒，还有山茱萸酒。一位中年妇女说，内乡地处南水北调渠首，这里产的水果无公害、无污染，酿的果酒品质非常好，劝我带几斤。虽然汽车后备厢已经有一桶路上在汉中买的谢村黄酒，但我还是没有抵御住店主人的热情和酒香的诱惑，又买了一小桶内乡黄酒。

陕西洋县是汉江北岸一座历史悠久的古县，那里不仅有纪念中国造纸术发明者蔡伦的蔡伦墓祠，谢村镇出产的谢村黄酒也非常有名。最初知道谢村黄酒，是从唐德宗李适和苏轼的诗里。作为大唐皇帝，唐德宗李适应该是尝遍人间美酒佳肴了。然而品尝谢村黄酒后，这位金口玉言的大唐皇帝盛赞谢村黄酒说："此酒只应皇家有，瑶池天宫量也无。"

冲着谢村黄酒的名声，2014年11月下旬从城固去西乡途中，我一转向，就到了可以隐约望到汉江波光的谢村镇。

和全国各地名震一时的古镇一样，谢村镇也与时俱进，满街看不到一丝千年古镇的痕迹。不过一进谢村镇，淡淡的酒香就迎面扑来。街面上，到处都是谢村黄酒的招牌。路边上、店铺里，塑料桶装的谢村黄酒堆积如山。这些年闯州过县，吃过不少买假货、挨宰的苦头，面对满街叫卖的谢村黄酒，为慎重起见，我选择了一位刚从地里除草回来的妇女，到她家里打酒。

那妇人家住在街北，院子后面便是稻田。我是在面对满街黄酒无所适从时碰到她的。当时，妇人拉了一车猪草，我问哪里有自家酿的黄酒时，她说她家就有。跟她进入村里，就有酒香迎面扑来。那妇人告诉我，谢村家家户户酿黄酒。有的人家以酿酒为生，但大多数人家和她家一样，一年酿一两千斤粮食的黄酒，农闲时到街上出售，更多的还是自家饮用、赠送外地亲友。她家仅有的两缸酒是去年酿的，现在仅剩一缸了。

随妇人进入偏房，一股掺和着中草药味的酒香扑鼻而来。妇人告诉我，谢村黄酒酒质取决于酿酒佐料。她们家的酒里有十几种中药材，经常喝这种黄酒不仅解渴解乏，还可强身健体。揭开酒缸盖，果然上面漂浮着许多草药叶片。妇人用瓢子荡开漂浮物，舀起半瓢黄酒让我品尝。我轻轻呷了一口，一股醇香的酒味和淡淡的药香清爽下肚，顿觉神清气爽，暖意在胸。

妇人找来一个10公斤装的塑料桶，给我打了满满一桶酒，并且告诉我，这酒存放时间越长，酒味越醇。喝的时候如果加上熬制的冰糖，味道更好。

从那天起，那桶谢村黄酒散发的诱人酒香，陪我走完了汉江两岸的漫漫旅程。

在洋县谢村镇，我到这位农妇家里买了一塑料桶用十几种中药材当佐料的谢村黄酒

朱鹮和野人

一前一后，两只朱鹮不期而至，立即打破了我瞩望一河清流、两岸青翠的安谧与宁静。这两只形体几乎是同样大小的朱鹮从满目青翠的群山上空俯冲下来的时候，已经选中以挤满嫩绿秧苗的稻田为落脚地。注满清水的稻田一片明亮，朱鹮朱红色的足落到水面，便有细细的涟漪在秧苗间泛开。朱鹮通体洁白的羽毛映衬得水中的秧苗更加翠绿，朱红的双足和赤红的面部让它如雪的羽毛更加洁白醒目。从空中落到稻田，这两只朱鹮先是张开双翅，整理了一下雪白的羽毛，接着便昂首挺胸，抬起通红的脑袋向四周环顾一周后俯下身子，然后舞动细长而弯曲的黑喙，开始在稻田觅食。

这是10多年前我在洋县华阳镇第一次近距离与朱鹮相遇的一幕。

华阳镇是傥骆道经太白山南麓通往汉中和四川的著名古驿站。这里虽不是20世纪80年代让世界鸟类研究界轰动的"中国朱鹮重现洋县"新闻的发生地，但华阳镇四周群山起伏、碧水清流、鲜有人迹的自然环境，却使其成为20世纪90年代成立的以保护朱鹮、大熊猫、羚牛为主要目的的长青自然保护区所在地。

那天午后，我坐在环绕华阳镇流过的酉水河岸边，遥想盛唐时期傥骆道亭驿林立、商贾络绎的盛景时，那两只朱鹮以令人心动的优雅姿势，落到了河对岸的稻田里。朱鹮雪白的身子在一片碧翠的稻田里忽隐忽现，酉水河举着细碎而明亮的浪花一路跌跌撞撞，从我面前流过。这条从秦岭深处昏人坪丛林流出的河流在到达华阳镇前，清澈闪亮的水波一直隐没在人迹罕至的莽莽丛林深处。在华阳镇，酉水河才刚刚形成，水量也不大，但漫山遍野的密林修竹、河谷地带与山林河水融为一体的稻田，这些都是秦

能在如此清澈的河水中觅食，这些鸭子是幸福的

岭许多珍稀动物栖身的乐园。华阳镇身后山林里不仅有熊猫、羚牛出没，而且从华阳镇往东南经茅坪、八里关、酉水到黄金峡，酉水河汇入汉江的酉水河谷地，还是朱鹮古老的家园。

朱鹮，这种和大熊猫一样被列入《华盛顿公约》CITES（《濒危野生动植物种国际贸易会约》）I级保护动物的鸟类，对生存环境和大熊猫一样挑剔，曾一度广泛分布于亚洲东部。大熊猫生存离不开密林和竹子，而与水、河流有关的稻田、池塘、河滩、溪流、沼泽，则是朱鹮生存的必需环境。如果不是从20世纪60年代到80年代相继在俄罗斯、朝鲜和日本绝迹，朱鹮这种在中国民间被视为吉祥之鸟、在日本被誉为国鸟的鸟类，还不会享有"东方宝石"的美誉并被列入《世界自然保护联盟濒危物种红色名录》，1981年洋县发现7只野生朱鹮的消息，也不会在世界动物界引起轩然大波。

洋县发现的这7只朱鹮，最早现身于酉水河中游的八里关镇姚家沟。

20世纪70年代末，以朱鹮为国鸟的日本本土最后一只野生朱鹮死亡，动物园人工饲养的6只朱鹮也丧失繁殖能力。此前，朱鹮的身影从俄罗斯、韩国、朝鲜消失的消息，已经让鸟类学家有了不祥的预感。在日本最后一只野生朱鹮死亡的消息被确认后，世界鸟类保护组织意识到，朱鹮这种在人类诞生前、距今6000多万年的始新世就生活在亚洲大陆东部的古老鸟类，已经灭绝。世界鸟类保护组织的这一结论，引起鸟类学者重视。

野生朱鹮在国外绝迹，那么一度是朱鹮主要栖息地的中国，现状如何呢？中国鸟类学家清晰地记得，1958年，甘肃师范大学生物系学生在甘肃康县采到过朱鹮标本，有人还在洮河上游的临洮看见过野生朱鹮。中国科学院动物所立即组成一支考察队，在史书上记载的曾经有朱鹮活动的16个省200多个区域展开拉网式寻查，寻找朱鹮的踪迹。

这支由中科院动物所鸟类专家刘荫增带领的调查队，跑遍了包括大兴安岭、燕山、吕梁山、中条山、大别山及长江下游的江苏、浙江、湖北、江西等朱鹮历史分布点，行程达5万余公里，仍然一无所获。

历时三年的调查陷入困境时，考察队将目光投到1964年曾经发现过3只朱鹮标本的甘肃天水、徽县、康县、文县的秦岭山区，以及嘉陵江、西汉水、白龙江流域。1980年5月调查队到达嘉陵江上游徽县，当地一个工厂工人提供的5根朱鹮羽毛，让调查队喜出望外。据朱鹮羽毛提供者讲述，几年前他们打猎时，在附近山脚水田里发现了3只浑身洁白、头和爪子呈红色的水鸟，两只大些的飞走了，他们用猎枪打到的是一只小鸟。根据对方描述的形状和眼前的羽毛，刘荫增断定，在古代与汉江相通的嘉陵江、西汉水到汉江流域，肯定还有存活的野生朱鹮。调查队当即决定沿嘉陵江、汉江向东，进入汉中境内汉江北岸的秦岭南麓调查。

朱鹮是鸟类中的贵族，它需要的生活环境不仅要有水田、沼泽可供觅食，还要有高大树木可供筑巢栖息，而且环境要幽美安静、空气要洁净、生活区域没有天敌。朱鹮钟爱的食物以水田、池塘、沼泽、河滩、溪流为核心，伴水而生，以绝无污染的蝗虫、青蛙、小鱼、田螺、泥鳅为最佳。事实上，野生朱鹮在世界范围内相继灭绝的直接原因，是20世纪以来朱鹮生存环境的急剧恶化及天敌威胁的增强：可供朱鹮栖息的高大乔木纷纷被砍伐，大量水田改为旱田，尤其是全球农药在水田、旱田广泛使用，让朱鹮既无栖身之处，也很难找到洁净、无污染的食物维系生命，种群灭绝在所难免。然而，20世纪六七十年代，秦岭山区、汉江流域依然是中国大陆交通和农业生产条件落后、封闭的地区，这种跟不上时代发展步伐的落后与封闭，恰巧为中国朱鹮的幸存提供了珍贵的空间。

1981年5月底，调查队从甘肃徽县向东，沿嘉陵江和汉江北岸辗转来到洋县时，当地农民提供的线索，终于让刘荫增寻找朱鹮的漫漫旅程峰回路转。据当年调查队成员回忆，1981年5月，他们第三次到汉江岸上的洋县展开调查。调查一开始，他们就预感到几千年来不仅古代文献中记载汉江流域有朱鹮生活，而且那里的青山绿水、稻田池塘，是朱鹮生存的天赐息壤，极有可能还有朱鹮在这里生活。然而，前两次到洋县，他们都是空手而归。这一次，他们在为农民播放朱鹮幻灯片时，两位纸坊乡农民说他们在金家河山上砍柴时，看到过幻灯片上那种鸟。第二天，调查队在那两位农民的带领下钻入丛林茂密的秦岭深处，刚到金家河，就发现了几根朱鹮羽毛。第三天黄昏，调查队又在至今尚有傥骆道古栈道遗迹与华阳镇沟通的马道梁，发现有两只浑身雪白的鸟儿从他们头顶飞过。夕阳余晖下，优雅飞翔的鸟儿洁白的羽毛、朱红的双爪，让刘荫增和他的队友激动不已。

大家预感到，一个改写历史的时刻到来了。

刘荫增和队友们追随朱鹮飞行的方向翻过一座山，终于在酉水河右岸八里关镇姚家沟一片青冈林的鸟巢里，发现了3只朱鹮幼鸟和两对成年朱鹮。第二天，陕西洋县发现7只中国朱鹮的消息，成为1981年世界动物界最引人关注的新闻。

3年后，国务院在洋县汉江北岸的秦岭山区和汉江支流流域建立起朱鹮自然保护区。30多年后，中国已经拥有朱鹮2000余只。一种原本已经被宣布从地球消亡的鸟类，因汉江江水滋养、秦岭山林荫庇，再度家丁兴旺。

有了 2004 年在华阳镇与朱鹮的一面之交，10 年后在陕南汉江北岸行走，只要看见稻田里、河面上觅食飞翔、羽毛洁白的水鸟，我的第一直觉就会提醒我：那会不会是秦岭、汉江养育的古老精灵朱鹮呢？然而，朱鹮、大熊猫、羚牛、金丝猴，这些出没于汉江北岸莽莽秦岭的高山河谷的神奇生物的身影尚未从我大脑退去，奔腾的江流和苍茫起伏的山岭，又将一种至今仍让全世界好奇的探寻者和研究者难以断定其存在与否的神秘生物——神农架野人，推到我的视野中。

10 年前探访秦岭，之所以将考察的区域拓展到神农架，完全是受了媒体上频频出现的神农架发现野人踪迹的新闻诱惑。但 2004 年进入神农架山区后，艰险难行的交通条件，以及动不动就将我困堵在大山深处的绵绵不绝的秋雨，我便只能在房县、竹山一带丛林深处徘徊一圈。面对蛇行在更加偏远破碎的大山深处的汉江支流感叹一番后，我便匆匆撤离那时候依然笼罩在神秘恐惧之中的神农架林区。

然而，时至今日，接连不断的神农架野人传闻，依然让汉江流域这块丛林莽莽、群山绵延的汉江与长江分水岭，笼罩在神秘的烟云中。

在现代，最早记录目击神农架野人事件的，是地处神农架北部边缘、

湖北房县神农架野人谷

有堵河及其众多支流流入汉江的房县流传的一个神奇传说。这个女野人劫走房县一男子的故事，发生在民国十四年（1925年）。传说房县一位叫王老中的男子一天进山打猎，被一身高2米、浑身长满红色毛发、胸前有两只大葫芦般大奶子的女野人抢走，封堵在女野人居住的山洞里10多年。10多年后，王老中在他和女野人生下的小野人的帮助下搬开封堵洞口的巨石，才得以逃回家。

自此之后，有人在神农架遭遇野人的消息风传一时，其中影响最广的，是2004年中央电视台科教频道《走近科学》播出的系列节目《神农架野人之谜》中列举的5起目击或遭遇神农架野人事件。这5起事件包括：1976年5月6日，神农架林区人大常委会主任佘传勤、司机蔡先志等5名工作人员在房县椿树垭公路上与野人相遇事件；1993年9月，铁道部谷城桥梁厂一行10人在神农架与3个野人狭路相逢事件；1999年8月，房县青峰镇猎人王开明两次遇到野人事件（事后，科考人员在王开明遭遇野人现场发现疑似野人足迹，以及野人坐在地上吃玉米时留下的巨大屁股印）；2003年6月29日下午，神农架林区第一中学的周江等4名学生目击野人事件；2007年，自驾游爱好者和神农架林区向导王东一行5人与一高一矮两个浑身长满毛发的巨人擦肩而过事件。

尽管科学界至今也不能根据这些离奇事件做出神农架是否存在野人的最后结论，但科学家通过对有关方面先后于1977年和1980年组织的寻找神农架灵异动物考察活动获取的野人毛发、足印、粪便，以及深山老林里被当地人指认为野人居住的竹屋断定，汉江南岸神农架林区，确实有我们至今难以判别其类型的灵长类奇异动物存在。根据近年来神农架地区几十个野人目击者的描述和史料记载，这种奇异动物基本特征为：身高2米左右，浑身长满红色毛发，形状如人，力大无比，见人就笑。清同治年间湖北郧阳府地方志《房志稿》中记述房县发现的野人形象时说："房山高险幽远，石洞如房，多毛人，长丈余，遍体生毛，时出山啮人鸡犬。拒者必遭攫搏，以炮枪击之，铅子落地，不能伤。"《房志稿》中的"房"，就是神农架北部山区的房县。我在房县遇到的老人讲，野人抓人时先是抓住人的胳膊怪声大笑，直到将自己笑到昏过去醒来后，才将人咬死吃掉。所以老一辈当地人上山打猎砍柴，左右胳膊要戴两个竹筒，为的是防止野人袭击——一旦被野人抓住两条胳膊，可以趁野人笑晕过去时甩掉竹筒，脱身逃生。

至今尚无结论的神农架野人之谜，早在2000多年前就引起了人们的关注。成书于先秦时期的古代地理学著作《山海经》描述的"枭阳"，可能就是我们后来谈论的野人。《山海经》中的野人形象和神农架野人目击者描述的野人形象毫无二致："其为人，人面，长唇，黑身有毛，反踵，见人笑亦笑。"1976年，考古人员在房县发现的汉墓群中，一件铜铸九子灯残片引起考古人员关注。这件铜铸九子灯残片上，有一个坐在树上的似人似猿的图案，造型非常逼真而怪异。对此，有人发问：如此写实的图案描述，会不会就是2000多年前人们看到的野人呢？

更惊人的发现是，神农架不断有野人出没的消息传出后，有人对大诗人屈原的《九歌·山鬼》进行重新解读。

> 若有人兮山之阿，被薜荔兮带女萝。既含睇兮又宜笑，子慕予兮善窈窕。乘赤豹兮从文狸，辛夷车兮结桂旗。被石兰兮带杜衡，折芳馨兮遗所思。余处幽篁兮终不见天，路险难兮独后来。表独立兮山之上，云容容兮而在下。杳冥冥兮羌昼晦，东风飘兮神灵雨。留灵修兮憺忘归，岁既晏兮孰华予。采三秀兮于山间，石磊磊兮葛蔓蔓。怨公子兮怅忘归，君思我兮不得闲。山中人兮芳杜若，饮石泉兮荫松柏，君思我兮然疑作。雷填填兮雨冥冥，猿啾啾兮狖夜鸣。风飒飒兮木萧萧，思公子兮徒离忧。

根据传统解读方式，屈原作品里的"山鬼"是一位美貌动人的女性山神，《山鬼》描述的是独居山林的山神山鬼对爱情的向往。但专注于神农架野人研究的学者，却从这位被诗人描写得貌若天仙的山鬼离群索居、以高山林莽为家的生活环境中发现了与神农架野人相似的生活痕迹，并提出这位与赤豹狐狸为伴的山林独居者身上，有被诗人美化、神化了的神农架野人的影子。这位"山鬼"的创作原型，应该是作者所见或听别人给他讲述过的神农架野人。

这种推断看似荒谬，然而我们尝试从创作心理学的角度来考察：如果自己没有见过或没有别人的详尽描述，屈原能够将山鬼的生活状态描述得如此生动吗？更何况，很多人认为屈原老家是湖北秭归，秭归在神农架南缘。屈原一生的活动区域，都在距离神农架不远的汉江流域，对神农架野人传说，不可能不曾耳闻。

那么屈原笔下的山鬼和神农架野人之间，到底有什么隐秘关系？这一切也许只能等神农架野人之谜完全揭开之后才能真相大白。但一个无可争辩的事实是，如果神农架真的还有野人存在的话，那么它们和朱鹮一样，也是汉江流域的生命精灵。因为在神农架林区，由170余条大小溪流汇聚成的南河、堵河两条河流，至今仍不舍昼夜地穿过莽莽森林，汇入汉江。

2014年8月，我和夫人从武汉出发逆汉江西上，从襄阳进入神农架山区南漳、保康、房县时，莽莽群山之间的荒寂与苍茫，总让我感觉在林莽密集的高山上，还有我们尚未认知的生命与我并肩而行。然而，第二天从房县去神农架腹地，一场大雨将我们挡在209国道去神农架的十道弯上，能见度不足两米的大雾，使盘绕在高山上的鬼见愁之路令人胆战心惊。我们战战兢兢地将车开到被大雾包裹得严严实实的一个农家乐，然后掉头下山，在野人谷景区入口处巨大的野人塑像前拍照后返回。

野人谷景区一带的山林，也是当地传说中野人出没的地方。

第三章　若有人兮

又见女娲山

牛郎织女

寻找郧县人

龙岗寺：石头揭示的秘密

与江水同行

汉家宫阙

君子如玉

搬不动的乡愁

又见女娲山

从安康到十堰，汉江南岸有两座女娲山，一座在安康平利，一座在十堰竹山。

2014年12月4日从汉江南岸进入湖北，我没有去平利，而是从白河县构扒镇沿一条叫不上名字的河流进入峡谷，再从卡子镇翻过矗立在白河与竹山之间的界岭垭口，进入湖北竹山。从汉中起步，已经接纳了来自汉中、商洛、安康秦巴山区众多支流准备进入湖北十堰的汉江到了旬阳、白河一带，滚滚江流再次陷入重重叠叠的群山围裹之中，河道变得幽深狭窄，江水在峡谷深处奔流。如果冲出聚集在湖北西部的莽莽山岭，迎接它的将是肆意畅流的江汉平原。但在陕西旬阳、白河和湖北竹山、郧西之间，高峰林立的天堂山、圣母山、界岭山、野人山如一道道隔天绝地的屏障，绵

2014年12月考察汉江时，我在汉江南岸走过的蜿蜒在崇山峻岭之间的乡村公路

延高矗,让这一带成为古代秦楚两国反复争夺的战略要塞。战国时期,早上被秦国占领、晚上又被楚国收复的"朝秦暮楚"争夺战,天天都在这仅有的几个高山垭口上演。翻越界岭的路上,我看见当年曾经战事不断的秦楚两国分界墙的残迹,还矗立于界岭垭口秦国一侧的绝壁悬崖上,四周长满荆棘。不过从地图上看,山岭纵横的竹山境内几乎所有河流在大山深处东奔西走之后,最终还是流入堵河,汇入了汉江。

从白河到竹山的316国道已经废弃,遍地坑洼的公路在峡谷高山迂回盘绕,只有我的一辆车颠簸行进。但过了与野人山并肩而立的界岭山垭口,一阵热风吹来,界岭垭口陕西一侧高山地带枯黄的山林,便被竹山境内的满山苍翠代替。

太阳西斜,从界岭山下来,到了得胜镇,一片平坦开阔的山间盆地展现在面前。平坦的田野长满碧翠的果蔬,一些迟迟不肯谢去花朵的花树将它依然娇艳欲滴的花枝舒展在艳丽的霞光里,分外醒目。竹山地处鄂西山区与神农架林区过渡地带,纵横交织的破碎山体让忽高忽低的高山低丘与零星分布的山间盆地混杂在一起,让人总觉得这是一块刚形成的年轻陆地。不过,从得胜镇到宝丰镇、麻家渡镇一带,平坦开阔的盆地,很快就让我将大半天在高山峡谷间以时速仅二三十公里行驶的惊险与惶恐丢到了脑后。

漫天霞光,一川青翠。刚过宝丰镇,一座突兀而起的高山赫然出现在左前方。太阳正在向西坠落,平地而起的山体在耀眼的夕阳映照下非常醒目。这里四周并无山丘起伏,这座好像从天上掉下来或者突然间从地平线上冒出来的高山孤零零地兀立在夕阳余晖下,仿佛人工堆砌而成,又仿佛一位孤身挺立的壮士,漫天夕照让它轮廓清晰,酷似金字塔的造型下阔上尖、棱角分明。

夕阳夕照下一座孤山拔地而起。就在我沐浴一身血红的晚霞停车伫立时,突然想起,这不就是竹山女娲山吗?

2004年,在堵河边上的田家坝,一位在堵河上撑船的艄公指着眼前莽莽群山告诉我，眼前这座山叫方城山，是上庸古国都城，上面有两三千年前的城墙遗址。如果翻过方城山再往西北，到了宝丰镇，还有一座山叫女娲山，传说是女娲炼石补天的地方。老人说，方城山盛产一种美玉——绿松石，女娲娘娘就是用这种在缅甸一带被视为圣物的玉石补天的。在堵河北岸老人家里，我看到一堆绿松石堆放在院子里，绿光莹莹。当时，玉石身价还没有炒到今天这样炙手可热，那堆青绿色的石头被老人随意堆放在没有院墙，也没有栅栏的院子里，并没有什么奇特之处。但竹山人深信，女娲娘娘就是用产自竹山的绿松石补住天河狂泻不止的天空，结束了那场带走了很多人生命的大洪灾。前一天晚上，竹山县文联主席华赋桂也告诉我，竹山是先秦神话传说中女娲补天的地方。不仅宝丰镇有女娲山、得胜镇有圣母山，在官渡镇伏羲传经洞里，还发现了古代《伏羲女娲日月双修图谱》。

2014年12月，在宝丰镇遥望夕阳映衬下的女娲山背影时，我已经确定了下一个目标，是去麻家渡镇镇北桂花村施家湾寻访1923年京汉铁路工人大罢工领导者施洋烈士的故居，所以没有时间登临被漫天霞光镶上一层耀眼金边的女娲山。不过，我后来看到的图片上，女娲山顶部一尊黄铜制作的女娲像，正是女娲炼石补天的造型。树叶围腰的女娲披发挺胸，呈腾飞状遥望西天，双手高举的一块绿色巨石，应该就是出产于竹山的绿松石了。

当地学者认为竹山一带是远古女娲补天之地。20世纪80年代经神农架文化馆干部胡崇峻整理出版后被学术界誉为汉民族神话史诗的《黑暗传》，里面也有大量文字讲述女娲补天的故事。在神农架，当地人介绍说，《黑暗传》收录的民歌，其实是当地人死后唱的丧鼓歌，亦即汉水流域广泛流传的丧歌。其内容基本为说古唱史，告慰亡灵，教化后人。《黑暗传》第四章用500多行文字，叙述了女娲坐葫芦逃生，伏羲女娲兄妹成婚，女娲炼石补天、抟土造人的故事：

共工撞倒不周山，上方倒了擎天柱，下方裂了地与井，洪

夕阳西照下的湖北竹山县女娲山

水泛滥又混沌。好个女娲有手段,忙炼彩石去补天。一把彩石手中拿,口水喷在彩石上,一把一把补天漏,又吹冷气冰固凝。

女娲是中国远古创世神话中的人物,也是古代华夏民族尊崇的三皇之一。从人类学角度来看,东西方神话故事绝非空穴来风,而是在一定程度上反映了没有文字记载时代人类发展的历史。伏羲女娲作为几千年来中华历史上口口相传的华夏始祖,其传说和遗迹在黄河流域、长江流域分布很广。我老家天水市秦安县陇城镇,就有始建于汉代的女娲庙,周边还有据传与女娲生活相关的女娲洞、风台、风沟、风茔。同样在陇城镇,有人对20世纪70年代发现的黄河中上游最古老的新石器史前文化遗址——大地湾遗址研究后认为:大地湾考古发现历史年代正好与神话传说中的伏羲女娲时代相吻合,完全可以佐证伏羲女娲传说的真实性。尽管甘肃秦安女娲遗迹在渭河流域,但我们不能排除女娲时期,有一支女娲部落从渭河上游翻越秦岭,然后沿汉水东进南下,寻找并开拓人类新家园的可能性。这也是学术界有人建议将甘肃秦安女娲遗迹与汉江流域陕西平利、湖北竹山女娲遗迹综合起来进行考察研究的原因。

与神农架地区朝南延伸余脉不同，虽然同属秦岭，但地处汉江南岸的陕西平利一大半区域已经嵌入大巴山，所以2004年到安康时我没有到平利。这次从白河进入竹山，受了矗立在陕西和湖北之间的界岭山、圣母山、野人山一线高山的诱惑，我又一次与平利女娲山失之交臂。不过从我掌握的影像资料看，相对于竹山女娲山的孤峰高矗，矗立在万山丛中的平利女娲山，山域则更为壮阔一些。

莽莽苍苍、就势南下的秦岭余脉在汉江北岸收住脚步后，处于秦岭褶皱带的平利伴随地势下落，旋即又被南面的大巴山推向高处。于是，地处秦岭结束、汉江东流、大巴山崛起交会地带的平利，在一条潜藏于地下的地质断裂带的作用下，众多山地、川坝、丘陵、高山交织在一起，形成错综复杂的地质形态。大巴山在将平利南部山区抬高的同时，也让流经平利的岚河、黄羊河、坝河、吉河，选择了由南向北汇入汉江。女娲山在群山起伏的平利，算不上巍峨高峻，然而根据历代典籍和当地民间传说，这座又叫中皇山的山，便成了陕鄂渝交界处的一座千古名山。

平利和竹山同在汉水之南，东西相距不过50公里，在山水苍茫的竹山和平利同时出现两座女娲山，而且当地志书、历代史料和民间传说，都记述了两座山与女娲的关系，恐怕绝非空穴来风。

女娲生活的时代，正是母系氏族向父系氏族过渡的时期，逐水草而居的原始先民，大多数情况下尚处在居无定所的状态。特别是以女娲为首领的女娲部族发展壮大后，部落氏族有了许多分支，另辟新的生存之地成为必然，这就是在中国18个省有20处女娲遗迹的原因。不过，一个令人困惑的现象是，在目前全国已知20处女娲遗迹中，有18处分布在汉江流域以北的西北和华北地区，而在汉江流域以南广大地区，仅有陕西平利和湖北竹山两个地方有女娲遗迹。这是不是由于女娲部族生活的时代，鄂西以东、以南的广大地区还是一片不适宜人居住的水乡泽国呢？如果这种推断成立的话，那么我们就可以得出这样的判断：最初生活在渭河上游甘肃秦安葫芦河、清水河流域的女娲部族发展壮大后在沿秦岭渭河向东推进关中、中原过程中，有一个分支从古汉水上游某个地方翻过秦岭，进入了汉江流域。女娲氏族进入汉江上游向东推进的时代，汉江中下游及其以南地区绝大部分地方还是一片水世界，他们只好在鄂西山地、秦巴山区和神农架高山地区安身。

这大概就是平利和竹山各有一座女娲山、同时都盛传是女娲炼石补天之地的缘由吧？

在汉江南岸行走时，我也注意到有学者为调解甘肃秦安、陕西平利、湖北竹山"女娲之争"，提出秦安可将侧重点放在女娲故里上，打女娲出生地牌；宋代《路史》记载，陕西平利是女娲被立为女皇氏的地方，所以平利应重点突出女娲治所；而湖北竹山，则可以看作是女娲补天之地。这种看似公允的劝架式见解，其实忽略了一个道理，即尽管我们承认远古神话所映现的历史真实，但神话毕竟不是历史。比如女娲传说实际上反映的是母系氏族时期华夏先民生活的历史现状，比如人类遭遇大洪荒、伏羲女娲兄妹坐葫芦逃生，甚至伏羲女娲在只知其母不知其父的走婚时代兄妹成婚，繁衍人类，这些都反映了一定的历史事实。至于抟土造人、炼石补天的故事，我们只能确认其中所映现的是女娲带领部族战胜大洪灾，并带领部族在一个新天地安居乐业、繁衍生息的历史，而绝非女娲用五彩石补住了一度让整个华夏遍地洪水的天空、用泥土创造了人类。

平利和竹山两座女娲山之间的距离实在是太近了，我甚至认为平利和竹山的女娲传说，应该是女娲部族在汉江流域南岸同一区域繁衍、创造同一历史的两个版本。因为在陕西平利、旬阳、白河与湖北竹山、竹溪之间，远在春秋战国时期，就有一条隐藏在高山峡谷之中的秦楚古道可供其相互沟通。已经从渭河上游来到汉江南岸的女娲部族，往来于相距只有几十公里的平利、竹山一带，对于一生都生活在高山丛林的远古人类来说，应该不是一件难事。

那天晚上，我从施家湾施洋故居出来时，已经暮色四合，大地苍茫，但淡淡天光下，女娲山轮廓依然清晰可辨。

牛郎织女

在鄂西北，郧西算不上山水最俊美的地方，却是汉江冲出陕西进入湖北后最依依不舍的温情浪漫之地。

汉江从陕西旬阳县仙河口进入湖北，并没有径直东流，而是被绵延起伏的山岭挟持着穿山越岭，从与湖北郧县相接的西南越境而过，但这并没有影响古老汉江给郧西带来的清丽柔曼韵致。因为在郧西北部，还有两条河流由北向南流入汉江，它们分别是共同发源于陕西境内秦岭南坡的金钱河和天河。

2004年，经郧西到十堰，后来又沿金钱河从陕西山阳漫川关到郧西上津古镇，我一直没有意识到这座坐落在汉江流域的县城与牛郎织女有什么瓜葛。2014年12月7日一进郧西县城，我就被天河广场、七夕广场和众多以牛郎织女命名的道路迷惑了：郧西也是牛郎织女的世界？因为在我出发的西汉水上游甘肃西和县，一年一度的乞巧文化节正搞得如火如荼。每年农历七月七日，县上不仅要举行以坐巧、迎巧、祭巧、拜巧、娱巧、卜巧、送巧为环节的乞巧民俗展演，还聘请各地学者专家聚首，论证西和与乞巧文化的渊源。2007年，中国民间文艺家协会还将"中国乞巧之乡"的荣誉颁给了西和县。在秦岭北麓，西安市长安区斗门镇和马王镇之间有汉昆明池遗址，因为发现了汉武帝元狩三年（前120年）开凿昆明池时竖立的两尊巨型牛郎织女石雕像，该遗址被许多专家指证为牛郎织女传说起源地。

西汉水上游的西和县也被称为乞巧文化之乡，在古汉水即将挣脱秦岭、巴山羁绊流入江汉平原的湖北郧西县城，遍地都是与牛郎织女有关的乞巧文化符号，这一切难道纯属偶然？

我到郧西县的前一年，郧西县城天河广场已经立起一块大石碑，上面刻的是作家王剑冰的散文《天河》。王剑冰因此被授予郧西荣誉市民称号，他在《天河》里写道："一群日本人沿着汉水艰难地跋涉。七夕传说也在他们心中久存，多年的研究使他们觉得牛郎织女的故事就产生于天汉相汇处。"这里所说的"天汉"，是指流经郧西的汉水和天河。中国最古老的爱情故事——牛郎与织女的传说，的确源自"天汉""天河"和银河，只不过《诗经》时代的天汉是汉水的专称，而非指别的河流。

牛郎、织女原本是浩渺星空银河东西两岸两颗著名的星星——牛郎星（也叫牵牛星）和织女星的名字，最早出现于古代文献《诗经·小雅·大东》里。后来，由于汉乐府《古诗十九首》中的一首《迢迢牵牛星》和南北朝时文人的演绎，《诗经》里的两颗星宿"牵牛"和"织女"，渐渐被牛郎和织女这样一对纯情恋人所代替，并最终演化成一个充满幽怨的爱情故事。《诗经·小雅·大东》这样写道："维天有汉，监亦有光。跂彼织女，终日七襄，虽则七襄，不成报章。睆彼牵牛，不以服箱。……"

尽管《诗经》时代的"牵牛""织女"，指的是天上隔银河相望的两颗星星，还不具备神话传说故事里牛郎和织女的人格化倾向，却为后人加工演绎牛郎织女的爱情故事，确定了特定环境——"天汉"，亦即天上的银河。

牵牛星也就是牛郎星，是亮度排名第十二的恒星，织女星即北极星，是夏夜里最亮的星星之一。天文学家辨认牛郎星和织女星的参照物，是夏夜浩渺星空里自北向南纵贯天宇的银河。牛郎星和织女星的位置，分别处于滔滔银河东西两岸。古人之所以将两颗隔银河相望的星宿演绎成一个男女双方虽然深深爱着对方，却由于银河阻隔一年只能见一次面的爱情故事，完全是受了自然天象启示：每年农历七月初七，月亮运行到银河附近，月亮的光辉遮蔽了银河。站在地球上遥望，人们以为天河消失了，或者一群同情牛郎织女遭遇的喜鹊展开翅膀，为在银河两岸苦苦思念的恋人搭起了跨越银河的鹊桥。

可见，如果没有"天汉"，也就是银河，牛郎织女的故事也就缺少了哀怨悱恻、令人唏嘘浩叹的前提。而古人之所以将横贯华夏大陆腹地、在秦岭、巴山之间亘古东流的这条河流命名为汉水，也正是受了先秦时期广泛流行于华夏部族的象天法地、天人合一思想的影响。先秦时期，居住在中原的华夏族认为，西部高原是天尽头，那里绵延的高山与天庭相连，是每天自东向西巡游天庭的太阳神的最后归宿，所以用天上的银河做比喻，将曾经源头在西秦岭支脉甘肃天水境内嶓冢山的河流命名为汉水。

一条古老江流亘古不息从古老华夏大地中央向东奔流，然后就有了生灵万物在汉江流域两岸繁衍生长。

郧西在汉江流域北岸，被当地人指认为是牛郎织女故事发生地的天河，从县北境向南直接流经郧西县城，让这座鄂西北最偏远的县城映照在盈盈水波中。当地百姓介绍，七夕乞巧风俗在郧西民间至今没有中断过。自从2010年举办"中国（郧西）天河乞巧文化旅游节"以来，节会期间不仅有情歌大赛，还有乞巧才艺表演。一篇报道说："家住郧西城关镇吴家巷的马阿姨从孩提时代就在大人的带领下过七夕节。如今她已65岁，每年在七夕节前就开始带领自己的孩子'赛巧''乞巧'。他们围坐在院子里的葡萄架下，面前摆满了'针头线脑'。每人手拿一针一线，有的绣花，有的做绣球，有的做鞋垫……到了七夕节晚上，他们把平时绣好的枕头、鞋帽、饰品都拿出来晒晒，看谁做的花样多，看谁的针脚细密，看谁穿针引线最快，就说明谁'得巧'成功了。"七夕这天晚上，男人们还要在天河岸上举办祈愿五谷丰登的"青苗会"。2006年，郧西乞巧习俗被列为国家非物质文化遗产。

在古汉水源头甘肃西和县，由于一年一度的乞巧文化节被重新捡拾起来的乞巧习俗，则更加复杂。

早年在天水、陇南一带流行的乞巧民俗大同小异，分准备阶段和乞巧实施阶段两个部分。过去，准备阶段一般在一两个月前开始，每年不同的乞巧选址工作结束后，联络、筹资、练歌、备装、生巧芽、请巧、造巧等准备工作有序展开，以织女为原型的巧娘娘被迎请到位后，准备工作宣告就绪。农历六月三十日太阳落山、星星升起，随着跪迎巧娘娘仪式开始，打着灯笼、身穿盛装的女孩子，在早已选定的临河乞巧点唱起一曲代代相传的《迎巧歌》。对于未婚女孩子来说，一生中弥足珍贵的神圣时刻随即到来，以村为单元、历时七天七夜的乞巧活动拉开序幕。接下来的几天，无论大村小庄，打扮得花枝招展的姑娘们，不仅要到各自的乞巧点载歌载舞，相互交流，互致问候，还要依次参加包括迎巧、祭巧、唱巧、跳麻姐姐、相互拜巧、祈神迎水、针线卜巧、巧饭会餐、照瓣卜巧、送巧等在内的乞巧活动。到了农历七月七日，乞巧活动达到高潮，各村乞巧队伍要到山泉边、水井旁，一边跳舞一边唱《迎水歌》，并由主祭人主持祭祀水神活动。这天晚上，闪闪烁烁的星星挂满天空的时候，伴随婉转悱恻的《送巧歌》，经历了七天七夜狂欢后的姑娘们将给她们带来快乐与憧憬的巧娘娘送到河边，焚纸化掉，双眼含泪，目送一簇火焰在茫茫夜色中愈漂愈远，默默祝福巧娘娘在今夜跨过鹊桥，与心上人牛郎相会。

这样的仪式，既有敬神之意，也不乏娱乐的意思。

牛郎织女的故事，在俗世间不乏其例，但两颗天上的星宿因银河而一年只能见一次面的事情，绝对是作家们的艺术想象。不过，在封建社会，有了这样一个人神相通的爱情故事，有了七夕节假借牛郎织女之名举行的爱情盛典，一年四季都被紧锁在封建礼教深闺中、情窦初开的少女们，也就有了光明正大地展示自己才貌、袒露自己情爱理想的机会。这大抵是牛郎织女故事广泛流传于全国各地的真正原因吧。

西汉高后二年（前186年）正月，阳平关发生大地震，迫使西汉水和嘉陵江改道流入四川，在此之前，西汉水和东汉水是同一条河流，流传至今的牛郎织女故事在甘肃西和县和湖北郧西也如出一辙，而且两地乞巧习俗里都有一个不能回避的媒介——水。

这水，就是指汉江。

为此,一路上只要想起牛郎与织女的故事,我倒觉得牛郎织女缠绵悱恻、充满幽怨的爱情故事与汉江产生纠葛,是自然而然的事。且不说一进入汉江流域,清澈柔曼的一江清水与满山青翠的秦岭、巴山所蕴含的那种清丽婉约之美,常常让人莫名其妙地想起《红楼梦》里那句"女人是水做的",单就是翻过秦岭,沿汉江两岸往东,无论大城小镇,甚至深藏山林的偏乡僻壤,随处可见的柳眉杏眼、体态窈窕、说话细声细语的女子,都会让人不得不由衷慨叹上天竟如此偏心,将天地万物之中最温婉迷人的事物,都给了这条古老的江河。我在郧西看到的地方史料记载,郧西自古出美女,十堰一带至今流传着"要找美女到郧西,要吃大米到竹溪"的民谚。郧西境内有一条汉江支流,就叫美女河。

古代传说中的女子,必然貌若天仙。牛郎织女故事里,不仅主人公织女心地善良、美貌动人,与她一起的仙女,也个个是美女。能够产生牛郎织女唯美爱情故事这样千古绝唱的地方,必然遍地美人,秀色可餐。中国历史上最有名的冷艳美人,当属那位烽火戏诸侯中的褒姒了。其实,汉江流域因才貌名留千古的美人,何止褒姒一人?因两座女娲山,陕西平利和

一对新人牵手从大山深处的清流碧溪上走过的时候,他们所拥有的幸福肯定比我看到的更多

湖北竹山都说他们那里是女娲故里。传说中的女娲娘娘，也是美貌惊人。殷纣王就因为游女娲庙时惊叹于容貌端丽的女娲圣像，写下一首淫诗惹怒女娲娘娘，女娲娘娘才打发妲己下凡，协助周武王灭了商朝。还有，前两年被电视剧《芈月传》炒得沸沸扬扬的芈月，以及屈原笔下美艳迷人的山鬼，都是汉江流域的楚国美女。

> 天下之佳人莫若楚国，楚国之丽者莫若臣里，臣里之美者莫若臣东家之子。东家之子，增之一分则太长，减之一分则太短；著粉则太白，施朱则太赤；眉如翠羽，肌如白雪；腰如束素，齿如含贝；嫣然一笑，惑阳城，迷下蔡。

公元前3世纪，楚国辞赋家宋玉，在别人诬陷他是好色之徒时，向楚王辩解，他对被汉水哺育大的楚国美女的描述，至今都是人们评判美女的标准。

一条温婉缠绵的江流，处处溢荡着神秘气息，也让牛郎织女的传说充满了凄迷动人的人间情意。而这一切，也正是古汉水自古以来就弥漫着一种绮丽迷人的阴柔之美的缘由所在吧！

2014年12月，沿汉江流域南北穿行，到了河南南阳我又发现，2008年，南阳"牛郎织女传说"入选河南省首批非物质文化遗产。南阳申报非遗的理由有：南阳市宛城区溧河乡有一个传统村落叫牛郎庄；环绕南阳市区，注入汉江的支流白河是"天汉中的白水"，形似天汉、河汉、银河；白河西岸白滩汉墓出土过牛郎织女星的画像砖；南阳和汉江流域大多数地方一样，也是历史上著名的柞蚕之乡。

南阳境内的白河，是汉江支流唐白河支流，发源于河南嵩县攻离山，经南阳，进入湖北襄阳后与另一条来自南阳的河流唐河汇合后成为唐白河，在襄州区东津镇张家湾汇入了汉江。

如果沿着汉江干流继续向东，有一个与古汉水纠葛最深的地方云梦泽。

古汉水形成的云梦大泽消失后，这里成为江汉平原上最早有人类居住的陆地之一。1975年，考古人员在湖北孝感市云梦县睡虎地秦墓中发现了大量竹简。这些战国晚期到秦始皇时期的竹简，记述内容涉及法律制度、行政文书、医学、占卜等方面，其中占卜书简《日书甲种》，就有涉及牛郎织女的条目。这也是我国古代文献继《诗经》后第二次出现牛郎织女的内容。与《诗经》一样，《日书甲种》中的牛郎织女仍然是星星，只不过这时以牛郎织女为占卜对象的卦辞，已经有了性别倾向。历史上最早把牛郎和织女具象为有鼻子有眼的人的形象，还是汉武帝开凿昆明池时所雕刻的牛郎织女石雕像。这两尊石像至今供奉在汉昆明池遗址石婆婆庙和石爷爷庙里，经专家鉴定，确是西汉实物，是陕西省第一批保护文物。专家据此认为，汉武帝所建昆明池是牛郎织女传说和"七夕"文化发源地。

从牛郎织女由单纯的天上的两颗星星，到具备了人形、赋予两颗星星人格化感情等演变过程来看，公元前120年汉武帝在昆明池为牛郎织女造像，是促成牛郎织女从浩瀚星空降落人间的关键。在汉武帝时期刻画出牛郎织女的具体形象以后，牛郎织女神话故事迅速演化，并经历代文人不断加工，创作完成，最终成为最能打动少男少女情感的我国四大民间爱情故事之一。不过根据史料记载，汉武帝在昆明池为牛郎织女造像，是为了让世人明白，他建的昆明池，就是地上的天汉银河："昆明池中有二石人，立牵牛、织女于池之东西，以象天河。"

据此，我们是不是可以说，由于"天汉之水"古汉水与天上银河之间的对应关系，才启发了人们对隔银河相望的牛郎星（牵牛星）和织女星的认识，后来又由于昆明池和矗立于昆明池两岸的牛郎织女石雕像的出现，最终促成了牛郎织女神话传说故事的诞生呢？

寻找郧县人

1991年,备受国内外考古界关注的上年度中国十大考古发现揭晓,发掘阶段就引起热切瞩目的"湖北郧县人头骨化石"无可争议地稳居1990年中国十大考古发现之首。考古界同时宣布:100万年前,在汉江北岸郧县境内生活着一群已经开始从直立人向智人进化的古人类,他们不仅是中国人的先祖,同时也是亚洲最古老的人类。这些原始人类与此前在渭河与汉江分水岭秦岭主脊陕西蓝田县公王岭发现的蓝田猿人生活年代相当,但比北京猿人早了40万年。

2014年12月6日一大早,参观完郧阳博物馆,我便赶往发现郧县人头骨的青曲镇弥陀寺村学堂梁子,然后到丹江北岸的龙骨洞,

发现郧县人头骨化石的湖北省十堰市郧阳区青曲镇弥陀寺村学堂梁子。村后,汉江水波隐约可见

寻访梅铺猿人遗址。当天下午赶到青曲镇，已临近黄昏。从青曲镇汉江边上上山，在汉江岸边的山岭一路盘绕，到了弥陀寺村，又一道算不上高峻却逶迤绵延的山梁出现在村后。山梁顶上，孤零零兀立着一尊石雕原始人坐像。

这就是被当地人称作"野人"的郧县人雕像。雕像赤身裸体、颧骨高隆、嘴唇紧抿，端坐水泥基座上，一只手紧握两根兽骨，另一只手握一块原始人狩猎用的石器，面朝粼粼波光的汉江。

雕像已经有些破损，面部也很难看出早上在博物馆看到的考古人员复原的郧县人棱角分明的样子。与郧县人雕像并肩伫立，我向远处望去，山梁下江面辽阔、波澜不兴。雕像肃立的学堂梁子一侧，漫山遍野的荆棘丛林有的叶子已经干枯，有的还泛着金黄和火红。山间谷地和林木稀疏的坡地上，麦苗青翠，菜田碧绿。麦田与菜田之间，有村民依然用我童年时代所熟悉的耕作方式在劳作，有人在用铁锹翻地，有人在用石头垒砌地埂，有人用手推车运土平整梯田。然而，在100万年前，生活在这里的亚洲人的先祖，已经在这块背山临水的台地上，开始以直立行走的方式开创新生活了。

20多年前，学堂梁子发现两块100万年前的原始人头骨化石事件，至今在国内外考古界和新闻界余音未息。2012年3月21日，《湖北日报》一篇题为《100万年前"郧县人"改写亚洲人类起源历史》的报道，记述了郧县人头骨的发现和在人类学考古史上的意义：

【第一档案】

"郧县人"即"郧县人"头骨的化石，由我国著名的考古学家和古人类专家贾兰坡命名。

1989年和1990年，考古专家先后在郧县发现的这两件古人类头骨化石，改变了人类起源于非洲的传说，并向世界宣称：古老的汉江是汉民族文化的摇篮。

【第一解读】

小村里的惊人发现

1975年，在郧县发现古人类牙齿化石，就引起了广泛关注。经过14年沉寂后，新的考古发现轰动了世界古人类考古学界——

1989年5月，十堰市组织全市文物普查。郧阳博物馆和郧西县文管所组成的普查小组在郧县曲远河口学堂梁子（属青由镇弥陀寺村）发现第一件头骨化石。次年5月，省考古所联合十堰和郧阳博物馆，又发现第二件头骨化石。此外，在"郧县人"出土地，还获取大量伴生动物化石和数百件石器。

两件"郧县人"头骨化石保存完好。随着对化石材料的修复与揭示，两件头骨化石既有直立人的原始性，又有智人的进化特征，被确认为100万年前的远古人类化石。

这一发现，证明了中国是早期人类的发祥地之一，给人类发展史研究，提供了珍贵的实物证据，填补了亚洲古人类发展缺环。

郧县人头骨化石

2010年6月,中科院院士吴新智、中科院古脊椎所副所长高星、中国地域文化研究会主任傅广典等44名中外专家发布《关于人类起源与演化遗产保护的共识》宣言:以郧县为中心,汉江中上游是中国人类演化研究的重要区域,人类起源与演化遗产地是世界人民的共同财富。

这篇文章里,有两个信息凸显了汉江流域远古文明对于中国人类演化史的价值和意义,这就是郧县人所具有的"直立人"和"智人"进化特征,以及100万年的年代概念。此前,20世纪20年代,中外考古学家相继在北京周口店发现了北京猿人头盖骨化石,被命名为北京人;1963年,考古人员又在与汉江仅一山之隔的陕西蓝田县公王岭发现了距今100万年左右的蓝田猿人头骨、上下颌及牙齿化石,也被考古界命名为旧石器早期直立人。然而,就在中国考古界为北京人和蓝田人的发现欢呼雀跃之际,秦岭—淮河以南的江南地区远古原始人类生活遗迹的缺失,也让试图从根本上推翻西方考古界"中国没有经历旧石器时代"论调的中国考古学界困惑不解。在这种背景下,郧县人头骨的发现,将100万年前中国南方与北方同时有我们先祖在高山丛林生活、创造的壮丽画面,真真切切展现在望眼欲穿的中国考古界人的面前,自然是件令人激动不已的大事。揭开100万年前郧县人在毗邻汉水的学堂梁子的生活场景,让中国考古界更为振奋的,不仅仅是郧县人的历史比北京人早了整整40万年的历史年限。考古人员在对郧县青曲镇弥陀寺学堂梁子发现的两具原始人头骨进行比较研究后得出结论,郧县人与蓝田猿人是处于同一时期的古人类,已经显示出早期智人特征。也就是说,100万年前,生活在汉江边上的这群原始人类,已经开始向更高一级人类进化。他们是一群已经知道更多地用大脑思考、创造,生活形态也更为丰富多彩,绽放出迷人理性光芒的原始人类——早期智人。

在郧县,我没有机会寻访当地学者,了解更多考古界研究郧县人头骨化石的信息。但我查到的资料在解释早期智人——考古学所说的"古人"

特征时介绍说，相对于刚刚从古猿经历了非洲南方古猿和能人，进化到可以直立行走的直立人，郧县人已具备了早期智人的许多特征，比如打制的石器种类更多、更精细，郧县人还创造出了有多种用途的复合工具。他们不但会用天然火，还发明了人工取火、生火技术。郧县人不仅开始以兽皮为衣，御寒遮羞，还有了埋葬死者的意识，并有了原始的婚嫁观念。

1989年五六月，不到一个月时间，考古人员在郧县青曲镇弥陀寺村学堂梁子相继发现了两具基本完好的原始人头骨化石。

根据当年媒体报道，1989年5月18日，当第一具埋藏在汉江岸边学堂梁子百万年的原始人头骨化石被发现时，为寻找我国南方古人类踪迹踏遍十堰境内汉江两岸山山水水的湖北省文物普查队考古人员就预感到，他们可能触及了一个震惊世界的考古发现，但却不敢贸然宣布。因为此前，世界考古界一直深信达尔文《进化论》里的观点：人类起源于非洲。包括亚洲和欧洲在内的人类先祖的最初家园，都在非洲大陆。然而，时隔20多天，当另外一具更为完整的头骨化石在同一地点被发现时，参与考古发掘的考古人员再也按捺不住内心的激动了。他们将这两具头骨化石秘密送往北京。经中国科学院古脊椎动物与古人类研究所专家修复测量、研究得出结论，这正是中国、亚洲，乃至一些对达尔文观点持怀疑态度的国际考古专家苦苦寻觅的南方类人猿头骨化石。这两具头骨的发现，填补了亚洲古人类发展环节的缺失，证明中国和亚洲也是早期人类发现地之一。接下来，国内及美国、英国、法国、日本各种报刊在刊发这一

复原后的郧县人头像

惊人考古发现时指出，郧县人头骨化石的发现，颠覆了人类起源于非洲及亚洲人是从非洲迁徙而来的传统观念。

郧县人生活的时期，大体相当于母系氏族社会早期。

临近大江大河的台地，是人类最初的家园。这天早上，我在郧阳博物馆看到的描绘郧县人生活场景的画面上，学堂梁子涌动着郧县人魁梧、高大的身影。他们在巨浪滔天的汉江岸边直起身来追逐猎物、用原始石器狩猎捕鱼。在他们身后，还有10多种哺乳类动物与他们共同生活在这片为莽莽丛林覆盖的山野里。这些动物有桑氏硕鬣狗、小猪和剑齿象等。在郧县境内还有一群原始人也在汉江边的河谷台地生活。这就是生活在汉江支流丹江西岸的梅铺人。

汉江从湖北郧西和陕西白河进入郧县后，即将与来自北岸秦岭山区的最大支流丹江汇合。然而丹江口水库建成后，这两条江流相拥相抱的景观被南水北调一望无际的库区淹没。汉江北岸绵延起伏的群山，也让郧县境内的汉江支流依照地势，选择了或直接流入汉江、或就势汇入丹江的不同流向。

第二天早上我从郧县县城向北，一出县城，便进入绵延不断、高低起伏的山区。10多年来一直行走在秦岭山区，我已经习惯了在群山交织、峡谷纵横的大山深处行走，但在赶往已经很接近河南淅川的丹江左岸梅铺镇的道路上，我还是一次又一次丧失了判断方位的能力。直到饥肠辘辘的午后，在梅铺镇西寺沟村村头寻找到梅铺猿人生活过的龙骨洞，我才发现自己已经身处距离郧县县城东北几十公里的秦岭深处。

梅铺镇正在修路，我跟几个修路男子解释了几遍，有人才恍然大悟，抬手指着身后一个村子说："你说的是龙骨洞啊！在那边，就在你刚刚经过的桥那头，村头。"

被当地人称作龙骨洞的梅铺猿人洞，在西寺沟村附近一个叫杜家沟的自然村村北石崖下面。拨开荒草荆棘，爬上半山腰，一个黑洞洞的岩洞赫然出现在悬崖下面。

湖北郧县梅铺镇梅铺猿人遗址龙骨洞

这是一处石灰岩结构的溶洞,坐东朝西,原本敞开的洞口安上了钢筋门栏。透过门栏望进去,虽然光线幽暗,但我隐约感到这应该是一个在汉江流域并不罕见的喀斯特溶洞。洞口开阔,洞里光线幽暗,难辨深浅。由于这里仅出土过3颗猿人牙骨化石,在2013年被国务院公布为国家重点文保单位后,只是被作为古遗址保护地保护了起来,所以除了一方新修的石碑和洞开的岩洞外,没有什么可供观赏的实物。站在洞口望去,这个叫杜家沟的村子下面,一条河水清澈的山间河流蜿蜒而过。河两岸是树林和庄稼地,河水流到村北头,形成一潭波光粼粼的湖泊。有人在湖面泛舟,也有人在湖边清洗衣物。可以想象,在南秦岭大多数地方还被林莽覆盖的远古时期,人们凭借这个溶洞躲避风雨、抵御猛兽,依靠面前这条河流里游弋的鱼虾和身后莽莽丛林里的野兽野果,维系他们朝不保夕的生活。

从洞口下来,村头一个年轻人告诉我,这条河叫吴家河,是汉江支流滔河的支流。由于梅铺镇一带地处群山深处,西南高,东北低,这条曾经养育了梅铺猿人的河流汇入滔河后,选择了向东进入20多公里外的河南淅川,汇入丹江,然后才与汉江融为一体。

梅铺猿人洞是又一处汉江流域发现的比北京周口店人更古老的原始人生活遗迹的遗址。梅铺猿人牙骨化石的发现，和当年一度在湖北郧县、郧西和河南淅川、西峡盛极一时的挖龙骨事件有关。

我掌握的资料记述，1976年，海关在一批从河南出口日本的中药材里，发现了一枚原始人牙骨化石。此事惊动了国务院，国务院立即指令中国科学院古脊椎动物与古人类研究所组织专家，赴河南西部调查。这次大海捞针一般的调查整整持续了半年时间。就在考古人员感到绝望之际，从到县上交龙骨的一个河南淅川农民那里获得了一布袋古生物化石和一颗猿人牙骨化石。接着，考古人员从供销社收购站了解到，这些化石是与淅川相邻的湖北郧县梅铺公社西寺沟大队社员交来的。在那个上交龙骨社员带领下，考古人员发现了这座被当地人叫作龙骨洞的原始人居住洞穴，并在对洞内遗迹进行清理时，又发现了两枚原始人牙骨化石。考古人员对这3颗牙骨化石进行研究后得出结论，这是一群比北京周口店人更古老的人类先祖，他们在梅铺镇龙骨洞生活的历史年代，距今100万年到50万年。

依照考古发现时间顺序，最早出现在秦岭南麓、汉江北岸的原始人头骨化石，还不是郧县青曲镇弥陀寺村学堂梁子的郧县人头骨。几乎在郧县梅铺猿人牙骨化石被发现的同时，与郧县接壤的郧西县，也发现了3颗原始人牙骨化石。

2014年12月，我从郧县西行寻找郧西白龙洞遗址，因迷失于环绕在郧西大梁之间的县乡公路未能如愿。不过，从此前已掌握的资料里我知道，五六十万年前，郧西也是原始人类生活的乐土。1976年，考古人员在郧西县神雾岭一处几乎与梅铺镇龙骨洞毫无二致的溶洞——白龙洞里，同时发现了3颗原始人牙骨化石，同时还发现了包括熊、大熊猫、剑齿象、剑齿虎等20多种动物的牙齿、头角、骨骼、粪便化石，接下来的发掘中，发现的原始人牙骨化石达到8枚。经专家鉴定，这是一群生活在60万年前的原始人类。进入21世纪，考古人员在郧西与陕西山阳县漫川关接壤的香口乡黄云铺村一个叫黄龙洞的石洞里，又发现了4颗距今10万年至

4万年的古人类牙齿化石和一批骨制品、石器等遗物。

在同一区域，连续发现大量距今100万年到10万年的古人类化石，让我国考古界振奋不已，也让汉江流域是中华文明发祥地之一的论题真真切切地浮现在了世人面前。1977年，郧县和郧西县接二连三发现古人类化石后，我国考古界最权威的刊物《考古》刊登文章指出："郧县和郧西县是继北京猿人、陕西蓝田猿人和云南元谋人之后，重要的猿人化石发现地。这一重要发现，扩大了我国猿人化石分布地点的研究范围，为研究人类的起源，特别是研究我国古人类的起源和发展，提供了更多的可靠资料。而且对我国第四纪动物群的划分、第四纪地层和地层运动的研究，具有重大的科学价值。"后来，有人根据汉江流域郧县青曲镇学堂梁子、梅铺龙骨洞、郧西县白龙洞和黄龙洞等4处已发现的古人类化石得出结论，汉江流域是远古人类及其文化演化的主要地区之一。理由是我们不仅从这些化石中看到了距今100万年，到90万年、75万年和10万年至4万年，原始人类在汉江两岸生生不息的身影，这些考古发现也清晰地勾勒出了远古人类依靠汉江，不断创造、进化的生命轨迹。

离开郧县和郧西后，我还将继续追寻汉江的波光。但每当一天奔走后归于或群山环抱，或江水环绕的山乡安静而昏暗的旅馆之际，我面前总会浮现出我们的先祖在学堂梁子、龙骨洞、白龙洞、黄龙洞生活、创造的场景。

龙岗寺：石头揭示的秘密

1983年春，汉中市汉江南岸南郑县（今南郑区）一座高隆的丘岗上的梁山龙岗寺，迎来了西安矿业学院的师生。

3月的汉江两岸桃红柳绿，可谓是春意盎然、春和景明。然而，这些一路从勉县沿汉江寻寻觅觅而来的师生，却置新春美景于不顾，每到一个地方，就在一位老师带领下，不是俯身观察地质地貌，用洛阳铲刨土，就是用手中的小铁锤在崖壁上敲敲打打。这位带队老师是西安矿业学院地质系教授阎嘉祺。阎嘉祺教授不是第一个关注龙岗寺与众不同的地质地貌和古老神秘身世的专家，他自己也不是第一次到龙岗寺。但从前几次在这里零星发现的旧石器残片和远古哺乳类动物化石中，阎嘉祺教授预感到，汉江南岸这块地处汉江和濂水河夹角地带的台地丘岗之间，有可能还埋藏着鲜为人知的史前秘密。所以这次调查工作，他和他的学生都格外仔细。

地处汉中市区和南郑县夹角地带汉江南岸的梁山，属巴山山系。沿平缓坡地缓慢上升之后，突然崛起的山岗在临近汉中盆地的南岸虽然也显得有些突兀，但相比对岸绵延起伏的秦岭，这只能算是一座丘岗。不过，有了紧擦山脚而过的汉江及其支流濂水河流过，巴山北麓这块台地，也就占尽了依山傍水的地利之便。

阎嘉祺教授来到龙岗寺不久，便有了令人震惊的发现。当一批埋藏在泥土中的石质打磨器和哺乳类动物化石重见天日之际，阎嘉祺和他的学生的内心充满了喜悦。几年来，阎嘉祺和他的学生在龙岗寺周围30公里范围内，已经发现了上千件原始人打磨的石器和第四纪哺乳类动物化石。伴随着考古调查步步深入，他愈来愈坚定地相信，我国秦岭以南地区一个为数不多的旧石器早期原始人类聚居群落的秘密，即将浮出水面。此后不久，当阎嘉祺教授将他的考古发现公之于世后，龙岗寺也成为国内外考古界、古生物界和地质界共同关注的焦点。

10年前，在秦岭南北穿行时，我曾在汉江奔流的南郑县大河坎，遥望过薄雾笼罩的龙岗寺。那时候我就知道，数十万年前，在巴山北麓的汉江岸上，有一群远古人类在这里连续生活了几十万年。但由于那次行程我关注的对象是秦岭，所以便与龙岗寺遗址擦肩而过。这一次到南郑，我在汉中作家王蓬先生家中认识的作家、南郑县委宣传部部长的贾连友，为了让我更深入了解龙岗寺和南郑的历史文化，专门让县民协主席吴元贵先生一路陪同。我们在协税镇拜访了民间歌手，到濂水河上游黄官镇拜访了民间草编艺人，又到南郑县剧团看了南郑桄桄剧后才到龙岗寺，天色已近黄昏。

龙岗寺笼罩在蒙蒙雨雾中，四周一片青翠。

贾连友部长介绍说，龙岗寺是一座佛教寺院，始建于公元6世纪初的南朝梁天监年间，盛唐时期这里的香火非常旺盛。这里也是1931年陕南地下党举行中共陕南特委第一次代表大会的地方。现存的3座建筑是在原有庙宇基础上修复重建的。龙岗寺下面便是汉江古渡。

连续几天的雨，让裸露的黄土路遍地泥泞，早年的发掘现场被掩埋在寺院周围的田野里，无法投足。不过，在陈列馆我看到的曾经沉睡地下几千年、几万年乃至几十上百万年的文物，不仅有旧石器时代的砍砸器、尖状器、刮削器，新石器时代的陶器、骨器、石器、玉器，还有大熊猫、剑齿象、羚羊等第四纪哺乳动物化石。尤其令人困惑不解的是，考古人员竟在这里发现了汉水流域极为罕见的粮食作物——粟的碳化颗粒，它的历史年代距今7400多年。

"龙岗寺是一座埋藏着远古时代华夏先民劳动创造的秘密宝藏，我们看到的考古发现和目前学术界的考古研究所揭示的，仅仅是龙岗文化的冰山一角。"从龙岗寺出来，贾连友部长告诉我，"根据已经得出的考古结

龙岗寺考古发掘证明，早在120多万年前就有一群古人类在汉江南岸、现汉中市南郑区梁山一带高岗上繁衍生息

论，120多万年前，以龙岗寺为核心的梁山一带，就有古人类繁衍生息。这个历史年代，比蓝田猿人遗址还要古老。更为重要的是，龙岗遗址不像别的远古遗址只反映一个时期的文化内涵。考古人员在龙岗寺不仅发现了旧石器时代的文化层和粗制打磨器，还发现了新石器时代的大量文物。而且在同一探测坑内，旧石器和新石器时代文化层相互叠压，这在我国已经发掘的古人类文化遗址中极为罕见。"

暮色愈来愈浓，龙岗寺和它四周的田野丘岗、村庄池水，完全被笼罩在潇潇细雨的暮色之中。

这天晚上，我就住在汉江岸上靠近龙岗寺的一家宾馆里。潇潇细雨不紧不慢，在汉江两岸飘落。茫茫夜雨中，我看不见龙岗寺的身影，但只要眼睛一闭，就有一件又一件形状各异的石器、陶器和古生物化石，在眼前交替浮现。其中有用于砍击树木或实物的砍砸器，有用于狩猎打击的石球，有用于切割的尖状器。这些粗糙、简单、鲜有人工打磨加工痕迹的石器，是距今120万年生活在龙岗寺一带的远古人类狩猎、生活的日常用器。而有明显经过人为打磨加工痕迹，更接近我们现在劳动工具的石斧、石铲、石刀、石磨盘、渔网坠、玉箭镞、玉刀和陶质生活器皿，则是人类经历了数以百万年计的旧石器时代后进入渔猎和原始农耕时代的新石器时代产物。这些形状各异、年代不同的器物，在将我的思绪引向天地混沌、万物沉寂的远古的同时，也将至今尚不为更多人熟知的中华文明另一个源头的历史现状推到了我面前。

西方考古学认为，人类的进化史经历了极其漫长的石器时代，其中以简单粗糙的原始打制石器为主要生产生活工具的旧石器时代，开始于300多万年前，而以有意识打磨制造更加实用又精细的石器为生产生活用具的新石器时代，则开始于1万年前。龙岗寺遗址被发现以前，我国境内发现的最古老的原始人文化遗迹，是位于陕西蓝田县公王岭的蓝田猿人遗址，时间上限在距今100万年左右。1964年，中国科学院院长郭沫若在得知蓝田发现距今五六十万年的蓝田猿人头骨化石消息后，兴奋不已。同年的5月31日，郭沫若在北京举行的蓝田猿人报告会上指出，蓝田猿人头盖骨的发现，是我国科学家对研究人类起源的又一重要贡献。与蓝田猿人相比，生活在龙岗寺的原始人类，整整比公王岭的先祖早了20万年。我不知道如果郭沫若在世，又将如何评价龙岗寺的考古发现。

在20世纪80年代阎嘉祺教授的考古发现引起广泛关注前，直觉敏锐的地质学家和考古学家感觉到，在梁山这座几乎与汉中盆地同时诞生的丘岗上，有可能埋藏着鲜为人知的历史秘密。只不过一开始引起科学家注意的是龙岗寺所在的梁山一带的地质地貌。第一个来到龙岗寺所在的梁山进行科学考察的，是中国地质研究所原成员赵亚增和黄汲清，时间是1929年。他们想弄清在平坦开阔的汉中盆地，何以突兀地出现了一座海拔近千米，并且山体上随处可见只有海洋里才能见到的石灰岩沉积物和石燕、蚌、贝等海洋生物化石。然而，让赵亚增和黄汲清不曾想到的是，他们单纯的地质考察无果而终，走的时候却带回了一批原始人使用过的旧石器。1943年，西北联大历史系教授陆懋德带领学生在龙岗寺考察时，第一次揭开了龙岗寺遗址的神秘面纱。他发表的《汉中区的史前文化》一文，立即吸引了地质、考古、古生物界专家的目光。此后，慕名到龙岗寺考察的专家络绎不绝。1951年，西北大学郁士元教授来到龙岗寺，一次就采集到100多件旧石器标本。20世纪80年代，阎嘉祺教授的到来和陕西省考古研究所主持的两次考古发掘工作，清理出的石器数量更为惊人。他们发现的430多座墓葬、200多具骨架、3000多件各类文物，终于将距今120万年一群我们至今仍然未知其详的古人类在汉江岸上繁衍生息的秘密公之于世。

汉中盆地原本是一片水乡泽国。大约在距今6000万年，汉中盆地才从海底缓慢成长为可以供陆上生物生存的陆地。龙岗寺所在的梁山，就是这时从海平面升起的，并伴随秦岭、巴山漫长而活跃的地质运动，成长为一座高出汉中盆地500多米、海拔近千米的山岭。不过，在200万年前龙岗人尚未出现时，梁山龙岗寺一带还是一块被丛林和草原覆盖的荒寂之地。距今120万年左右，当龙岗寺所在的丛林里传来清脆的撞击声时，汉江两岸的岑寂才开始被打破。由于年代过于久远，考古人员在龙岗寺至今尚未发现当时人的人骨化石。因此，我们至今无法知道120万年前，生活在汉江南岸这座高岗上的我们先祖到底长什么模样，也无法想象他们使用如此原始、简陋的石器，与洪水猛兽争夺生存权的场景。但有一点是可以肯定的，这就是他们之所以选择以龙岗寺为核心的梁山作为他们延续上百万年的家园，除了这里温润通风的地利外，大概还因为山脚下古老汉水和濂水河里的鱼虾，以及身后巴山丛林里的野兽野果，可以保障他们的生活供给吧。即便如此，我还是不能为龙岗寺古人类选择以这里为家园，连续120万年不离不弃的真相寻找到可以让大家都心服口服的答案。

从龙岗寺考古发掘图册资料里，我看到这样一幅记录挖掘现场的图片：一个长方形挖掘坑呈两个长方体错层叠压状态。对照文字说明才知道，上面一个长方体是距今1万年至7500年新石器时代的探坑；错层被压在下面是120万年前旧石器时代的探坑。

120万年前，我们的先祖在这里继续生活、创造的原因是什么，不得而知。不过，许多专家在对龙岗寺遗址进行研究后已经形成共识：龙岗寺遗址在时间上仅次于云南元谋猿人遗址，是中国排名第二的旧石器时代遗址，在规模上是位居亚洲第三的旧石器时代遗址。与龙岗寺十分相似的旧石器时代遗址，还出现在汉江流经的汉中盆地的勉县、城固、洋县等地。据此，我们是不是可以得出远古时期原始人首先选择了汉江，然后才将龙岗寺作为他们世代延续的家园的结论呢？多少年来，我们将黄河中上游与长江中上游视为中华民族的发祥地，那么120万年前生活在长江最大支流汉江上游的这些原始先民，到底来自何方？

有专家根据龙岗寺考古发现提出，龙岗寺旧石器时代文化是我国华北和华南旧石器时代文化过渡带，石器制作集合了华北和华南制作风格。1992年2月10日，《人民日报》在题为《一批旧石器在南郑出土》的文章中也说，龙岗寺出土的这批旧石器"距今至少120万年，早于蓝田猿人遗址。从石器打制技术上看，当时的人类极为笨拙，表现了从猿到人的原始性和蒙昧程度，这是旧石器时代猿人由南向北迁徙生活与生存的又一证据"。中科院教授黄尉文在对龙岗寺出土的石器进行比较研究时发现，这些120万年前出现在汉江流域的石器，在打制技术、类型和尺寸上，竟与朝鲜半岛的金谷里文化十分相似，与东非奥杜韦峡谷的奥杜韦文化也有诸多相似之处。

专家的观点和结论越多、越新奇，我们对120万年前选择在汉江南岸台地生活的这群原始人，便愈来愈感到迷惑。但有一个事实应该是确定的，这就是在蓝田猿人选择大秦岭山脊公王岭安家之前，在汉江南岸的巴山支脉，已经有一群可以使用原始石器的古人类依托汉水巴山繁衍生息了。在此后的100万年间，他们固守在汉江之滨，一步一步，创造了属于他们自己的生活，并且凭借他们打制的石器、制作的彩陶、种植的作物，养活了一代又一代的人。同时，他们也用劳动和创造，照亮了100多万年前汉江流域昏暗、混沌的大地。

离开南郑的前一天晚上，贾部长和吴元贵老师陪我拜访南郑县民协会刊《笔友》主编何高风先生时，这位退休前曾在汉中市文联工作多年的老编辑说："我是关中人，但我有一个观点，就是我们的学术界、考古界受中原中心论影响，对秦岭以南，特别是汉水文化研究重视程度很不够。从龙岗寺遗址初步考古研究成果来看，汉水流域也是中华文明发源地之一，而且是一个很重要的源头。我们的先祖不仅在这里经历了长达120万年的旧石器时代，还在以南郑龙岗寺和西乡李家村为核心地带创造了辉煌灿烂的新石器时代文明。龙岗寺不仅发现了7000多年前的大豆和粟的种子，还发现了规模空前的制陶作坊。那么，在黄河流域和长江流域其他地方尚未发现比龙岗寺更古老的原始人聚居群落之前，我们需要弄清的问题是，为什么在120万年前，华夏大地一片沉寂，唯独汉江上游龙岗寺出现了继元谋猿人之后最为辉煌的旧石器时代文化？这些文化的源头和这些原始先民到底从哪里来？只有将这些问题彻底厘清，我们才有可能对中华文明的起源、发展，做出真正科学、正确的结论。"

与江水同行

汉江从龙岗寺下继续东流,穿过城固进入洋县后,即将收尾的汉中平原再度呈喇叭口状敞开,将一块平坦而开阔的平地铺陈在汉江两岸。有了足够开阔的空间,汉江也再度闲庭信步,尽量拓展开它的江面,到了盛唐时期就因盛产黄酒闻名天下的谢村镇和东汉龙亭侯蔡伦的封地龙亭镇一线,浩荡江水竟呈现出水天一色的景象。

然而,流经龙亭镇、槐树关镇到了金水镇,一路流淌在平坦开阔的汉中平原中央的汉江,即将进入绵延山岭的挟制围困之中,开始它跌宕奔流的艰难旅程。好像是上苍有意要为汉江接下来的劈山奔流补充体力,在城固、洋县和西乡,又有数十条大河小溪,以各自的方式带着它们从秦岭、巴山深处聚集的水流,争先恐后加入亘古奔流的汉江。这些河流中,水量最丰沛的要数发源于西乡南部大巴山支脉米仓山深处的牧马河。到达西乡的第二天,我用一整天时间沿牧马河进入米仓山深处,到隐藏在群山深处、

地处秦岭、巴山深处,陕西旬阳县蜀河镇临江而建的移民新村,至今还延续着吊脚楼的建筑遗风

已经很接近四川通江的骆家坝镇，寻找牧马河源头。

牧马河没有来得及流出县境，便在石泉被筑坝截流进入石泉水库。在这之前，牧马河是汉中平原东部直接流入汉江的重要支流。

西乡因是三国时期西乡侯张飞的封地而得名。不过，在夏商时代，这里属褒国管辖的同时，还是巴国的附庸。如此看来，与现在想起来遥远得有些模糊不清的褒国、巴国有瓜葛的地方，自然是有文化韵味的地方。10年前跑秦岭，我就是受了西乡这个名字来由和清澈的牧马河诱惑，冒着酷暑，一脚拐进了大巴山麓的西乡。不过，让我意想不到的是，10年前到那里，我并非一无所获。其中最大的收获，就是在牧马河南岸台地上看到了一处距今7000多年的、被考古界誉为中国新石器早期文化标志的李家村遗址。

和许多埋藏地下数千年的古文化遗址发现经历一样，李家村古文化遗址的线索，也是一个农民翻地时发现的，时间是1958年。

这年春天，李家村一个农民翻地时挖出几块陶罐碎片。这个农民感到这陶片非同一般，便上交给生产大队，大队书记也觉得这些陶片有可能是文物，又上报到县里，最后又层层上报至陕西省文物局。此前，汉中地区虽然有零星新石器时代彩陶出现，但李家村出土的这些彩陶碎片引起了考古人员的重视。1959年春，陕西省考古研究所组建的汉水流域考古队赶往西乡，对包括汉中、安康的汉江流域历史文化遗存展开全面调查。接下来，开始于20世纪60年代、由陕西省考古研究所主持的发掘工作，让一处令中国考古界振奋的母系氏族早期古文化遗址的神秘面纱被揭开。

据当年参与该遗址挖掘工作的陕西省考古研究所专家魏京武回忆，1960年，试挖掘时发现的一些陶器形制和仰韶文化、龙山文化陶器不完全一样，特别是包括一种三足罐在内的三种陶器，在此前仰韶文化中比较少见。时任陕西省考古研究所所长的石兴邦，立即将这一情况向当时担任中国科学院考古研究所所长的夏鼐进行了汇报。夏鼐是我国现代考古学奠基者，听取汇报后他敏锐地感觉到，李家村遗址发现的陶器很特殊，比半坡遗址还要早，极有可能是仰韶文化前的另一种文化，当即指示陕西进一步做好发掘工作。1964 年，夏鼐先生在发表的《我国近五年来的考古新收获》一文中指出："这次李家村的发现，才是探索仰韶文化前身的一个较可靠的线索。"

夏鼐的判断、石兴邦和魏京武的直觉，都将李家村遗址的历史年代指向超越半坡遗址的距今 6800 年的上限，而且就李家村遗址出土的陶器而言，考古人员几乎可以毫不迟疑地断定，这些陶器绝对出自距今至少 7000 年居住在汉江南岸的原始先民之手。然而在此之前，我国考古界公认的中国新石器时代，最早是距今 6000 年左右的仰韶文化。20 世纪 20 年代，瑞典科学家安特森曾经断言，中国没有自己的新石器时代，就连距今 6000 年左右的仰韶文化，也是从西亚传过来的。更何况第一次和第二次挖掘，考古人员在李家村遗址没有采集到木炭标本，无法通过碳 14 测定年代。所以，在考古人员将这种有别于半坡的文化遗存命名为李家村文化之初，还不能向世界考古界宣布该遗址的名字。与此同时，魏京武他们在夏鼐的鼓励下，继续寻找可以佐证李家村遗址独立性的证据。

魏京武在汉江南岸西乡县境内的这种探求寻觅工作，一直持续到 20 世纪 80 年代。1982 年，魏京武在西乡县城附近发现了一处与李家村遗址文化遗存毫无二致的何家湾遗址后，突然感到 20 年前对李家村遗址的挖掘清理有可能并不彻底。同年 10 月，他再次到李家村遗址，在 1961 年开挖探方附近再次布下 7 个点向下开挖，很快就有了令人惊喜的发现。魏京武不仅发现了灰坑，还采集到了期待已久的上下两层两个木炭标本。魏京武迅速将这两个标本送到中国科学院考古研究所碳 14 实验室进行碳 14 测定。测定结果与 20 多年前夏鼐先生的判断以及他自己的直觉高度吻合。对两个标本进行碳 14 测定后得出的测定数据为：上层木炭标本的年代为距今 6895 年，正负年代差 125 年；下层标本测定年代为距今 6995 年，正负年代差 115 年。这就从科学探测数据上确定了李家村遗址早于半坡遗址，存在年代最早可以上溯到距今 7000 年左右。与此同时，他们还在李家村遗址发现了与这些木炭标本处于同一时期、距今 7000 多年的水稻碳化物。

时隔多年，2006年魏京武接受《新京报》记者采访时，回忆起李家村遗址发掘经历。最让他感慨的是，他和队友们的共同努力，不仅还原了李家村遗址的历史真相，还推翻了安特森"中国彩陶来自西方"的论断。

在最终确认李家村遗址历史年代的补充挖掘中，考古人员还发现了代表黄河中下游新石器晚期的龙山文化层。专家因此断定，李家村文化是连接黄河和长江中下游新石器早期文化的纽带。

2004年盛夏，我第一次到牧马河南岸寻找到淹没在一片青翠的稻田里的李家村遗址石碑时，李家村遗址年代确认工作才刚刚结束，但李家村遗址已是省级文保单位。这一次从骆家坝返回，再一次寻访李家村遗址时，当年发现众多陶器的田地已被划为遗址保护区，2006年其被列为国家级文保单位。

离开龙岗寺和李家村，我追随汉江的脚步继续东进。一会儿清流奔涌、一会儿又在绵延山岭中销声匿迹的江水，也如沿途和我不期而遇的历史遗迹一样。这让我每每面对一座山间古寺、几间斑驳老宅，都试图从这些残梁断柱、荒草瓦砾中辨认并倾听一条古老江流曾经激荡不息的历史回声。因为此前沉迷于秦岭、渭河至今回声荡漾的历史余韵，在刚投入秦岭、巴山之间这条古老江流怀抱之际，我还没有来得及做好与它负载的丰富而古老的历史身心交融的准备，就被龙岗寺和李家村引向一条江流古老而悠久的过去。

在考古人员俯身龙岗寺、李家村、何家湾遗址发掘研究的同时，也有人沿着江水东流的路径，继续寻找这条古老江流在汉江上游陕南大地孕育的远古文明遗迹。这种寻觅的结果是，在汉江蜿蜒东流途中，一种以龙岗寺为起点、以李家村为根据地的文化，似乎一直围绕着汉江干流和支流不断向东拓展，形成一个新石器遗址群密布、文化形态丰富多彩、文化内涵相互关联的新石器文化走廊。根据华南师范大学旅游管理学院博士2003年发表在《经济地理》上的《陕南汉江走廊新石器时期考古聚落研究》一文，仅陕南汉江上游汉中、安康两市紧临汉江干流和支流的台地上，考古人员已发现的新石器时期古群落遗址有30处之多，而且年代从李家村的距今7000多年，到大溪文化时期的距今4000年左右一直绵延不断。这还不包括整个陕南汉江流域和河南、湖北境内汉江中下游数量众多的屈家岭文化、石家河文化等。

离开汉中的那天中午，著名作家李汉荣为我饯行时，邀请的汉水文化研究专家、陕西理工大学文化与旅游学院院长梁中效教授告诉我，尽管汉江文化研究在国内一直未得到足够重视，但根据几十年来的考古发现，我们不得不承认，汉江文明是中华文明极为重要的一部分。梁教授说："如果从汉中一直走到武汉你就会知道，汉水、淮河一线，不仅是中国南北文化变化的轴心，也是中华远古文明发轫、萌芽的核心地带之一。"

从丹江口继续东行，渐次辽阔的江汉平原替代了群山绵延的峡谷，汉江在这里肆意奔流。在汉江上游的龙岗寺回荡着120多万年前我们先祖打制粗糙原始石器的声音，在李家村人制造出造型和图案日渐丰富的陶器的7000多年前，这里依然湖泊密布、遍地沼泽。然而，由于一条大江的到来，为汉江中下游点燃了文明薪火。

在汉江中下游，我到访的第一个古文化遗址，是位于湖北省天门市石河镇的石家河遗址。

跑完秦岭、走过渭河后，我一直渴望有时间完成一次追随汉江的行走。但汉江流域面积广、流程长，再加上我俗事缠身，很难有集中的时间实现这一计划。2014年《渭河传》完成后，一推再推的汉江之行，成为我心里一块搁不下的石头，我只好分两段时间实现我感觉不能再拖的夙愿。这就有了2014年8月到杭州看女儿返程中，和夫人驾车从武汉逆江而上的第一次汉江之行和同年12月我一个人驾车顺流而下的再度寻访。

由武汉向西进入古云梦泽，辽阔的平原让汉江失去了在上游群山峡谷奔流的气势，可供江水肆意穿行的江汉平原，让原野深处的江流变得轻盈而飘逸。然而，一望无际的原野动辄就将汉江的身影淹没，只有到了邻近城市和村镇的地方，我才能与从原野深处突然蹿出的江流相遇。

这样的情形往往是一座桥梁将我引到江岸，江两岸是一望无际的绿色原野，蜿蜒隆起的防洪堤将江水与绿色原野分割开来，江水在横陈江面的桥梁下一转身，就又消失在茫茫旷野之中。尽管多条河流的加入让江水更加浩荡，却由于从鄂西山区进入江汉平原后，深厚的泥土堆积层替代了绵延的石质山体，所以我在天门、潜江一带看到的汉江水，已远不如它的上游清澈。从地图上看，原本一路东行的汉江过了十堰在襄阳掉头南下，其东有大洪山，西有与神农架呈连体状绵延南下的荆山胁迫，汉江在荆门与京山之间经宜城、钟祥、沙洋顺势南下，然后以沙洋为拐角，在潜江和天门之间再度转向东流。所以汉江几乎可以视为天门与潜江的界河，从沙洋转向后，汉江绕天门南境东流。

从潜江到天门、沙洋、钟祥，我行走在古荆州地带。楚国最早的离宫章华台龙湾遗址到石家河遗址公路两旁，河汊交织、湖池相连，一望无际的稻田和棉田让我有一种置身江南水乡的恍惚感。路边不断闪现的熊口农场、后湖农场、蒋湖农场、五三农场一类的路牌提示我，这块楚人最早开发、经营之地，也是"文革"期间全国著名的大型劳改农场——沙洋"五七干校"的核心地带。

1966年5月7日，中共中央主席毛泽东在给时任军委副主席林彪的一封信中提出，各行各业都要办成亦工亦农、亦文亦武的革命化大学校，这就是著名的"五七指示"。"五七指示"发表后，全国各地创办以"五七干校"命名的机关农场一时成风。这些农场一般选择在有土地可供开垦、富有开发潜能的地区。1952年已经被开发为湖北省沙洋五三农场的汉江两岸的潜江、天门、京山、钟祥、沙洋一带，成为"五七干校"首选之地，并很快跻身全国著名大型"五七干校"之列，先后有费孝通、乔冠华、章含之、冰心、冯亦代、周韶华等政坛要员、文学巨匠、社会名流，被下放到这里进行劳动改造。

到了石河镇石家河遗址才发现，古人和今人在选择宜居宜业自然环境上，竟惊人地不谋而合。自北向南延伸的大洪山到了京山南部和天门北部，绵延的山岭已经下降为起伏度并不大的丘陵和高岗，丘岗之间是被当地人称为"山冲"的山间平地，纵横天门全境的两条引汉灌渠——天南长渠和天北长渠让这里成为稻谷飘香的良田沃野。

2014年8月我们赶到石家河时，距这座埋藏地下的长江中游、汉江下游迄今发现面积最大、保存最完整的新石器聚落遗址被发现，已经过去了整整50年。不过，经考古工作者多次挖掘清理，古城遗址还在，石河镇镇南遗址保护区石家河遗址文化墙上的介绍文字和当年出土的造型各异的陶器、玉器、黄金面具图案，以及几十种神秘的陶符、神徽、刻画符号告诉我，6300年前，这里已有人类居住生活，在距今4300年左右进入鼎盛期。专家认为这个聚落的居民，以勤劳勇敢的奋斗精神和变革图强的聪明才智，创造了非常发达的石家河文化。石家河文化以其丰富先进的内涵，成为长江中游新石器时代文化的重要组成部分。石家河遗址及由它命名的石家河文化代表了长江中游地区史前文化发展的最高水平，在中华民族文明起源与发展史上占有十分重要的地位。

在石家河遗址文化广场，一位退休老师告诉我，天门市境内现存史前文化遗址远不止石家河遗址一处。石家河遗址附近还有雷八家遗址、徐家场遗址。在石河镇东北的皂市镇，有风城遗址和笑城遗址，仅以石家河为核心8平方公里范围内，就有40多处与之息息相关的遗址群。为探寻汉江中游这些遗址埋藏的历史秘密，从1987年到1991年，北京大学考古系、荆州市博物馆、湖北省博物馆、湖北省文物考古研究所等单位组织人员，对石家河遗址群先后进行了8次发掘。一次又一次的考古发掘，伴随总面积120万平方米、可容纳3万至5万人居住的城址，众多精美的实用石器，以及制作各种生活用器和工艺品的制陶作坊、大量用于祭祀的玉器和祭祀场所的出现，埋藏在汉江中游北岸一处堪与良渚、大汶口、红山、大地湾、陶寺文化媲美的新石器文化遗址，赫然出现在世人面前。

2001年，石家河遗址被评为20世纪中国十大考古发现之一。

从天门市继续北行,便是地处大洪山南麓的京山。

渐次抬高的地势让这里丘陵、岗地和山冲密布,也让京山成为江汉平原最早开垦出大片良田的地方。尽管自北向南延伸的大洪山将汉江干流逼迫到京山西境的钟祥一带,但京山境内纵横交织的500多条大小河流和相对高隆的地势,让这里山水互映。与石家河遗址一脉相承的屈家岭遗址,就在五三农场场部所在的屈家岭。

从遗址规模、文化形态和出土文物的丰富性、多样性上,屈家岭遗址都不可与汉江上游的龙岗寺、李家村和相邻的石家河遗址同日而语,但从屈家岭出土的色彩鲜艳的彩陶和造型各异的玉器上,我还是能感受到屈家岭与石家河一脉相承的文化气息。我看到的这座新石器时期村落遗址,现在只有一方立在稻田中央的石碑供人触摸、遐想。考古界是这样认定屈家岭遗址的考古价值的:"屈家岭文化是分布于中国长江中游地区的江汉平原的新石器时代文化,因最早在湖北京山屈家岭遗址发掘而得名。该文化影响范围较广,东到湖北东部的黄冈、鄂城,西至三峡地区,北到河南南阳,南至洞庭湖滨,西北延伸至陕西南部的丹江流域。距今约5000年。"具体到我曾经徘徊、畅想过的五三农场场部一带的屈家岭遗址来说,它的独特之处在于它是汉江文化和大溪文化的交合点。因为从他们制作的尚显粗糙简陋,却不同于来自巴蜀地区的大溪文化和我们熟悉的汉江上游的仰韶文化的生产、生活及祭祀用品里,我能够感受到一条江流蜿蜒悠长的流淌,让一种全新的文化在它的怀抱里萌芽、生长。

在屈家岭,我没有看到当年考古发掘的任何资料,但从后来找到的相关资料里看到,屈家岭挖掘出的造型奇异的陶器、玉器,尤其是一头肥硕可爱的陶质小猪时,我能想象到一种充满智慧的生活,曾经为我们先祖带来的安适与快乐。

伴随滚滚江流一路东进,生活在汉江两岸的我们的先祖,在从120多万年前的龙岗寺到屈家岭、石家河的漫漫长途中,到底经历了哪些艰辛与磨难,创造了多少至今尚不为我们所知的历史与文化,恐怕永远都是一个谜。

不过,据陕西人民出版社2013年出版的《汉水文化史》统计,在汉江干流流经的陕西、湖北、河南三省,已经发现的古文化遗址达232处,其中旧石器文化遗址109处、新石器文化遗址123处。

汉家宫阙

我总觉得汉江和大汉帝国之间有一种神秘的好似注定的关系。

公元前207年八月，刘邦率10万大军沿秦楚古道翻越秦岭，率先攻进秦国都城咸阳的关键性战役——武关之战就发生在汉江支流丹江北岸的武关城。第二年，刘邦鸿门宴上死里逃生，被项羽流放到在刘邦看来尚为蛮荒之地的汉中时，本已心灰意冷，感觉政治生涯已经走到尽头。然而，让刘邦和项羽都没有料到的是，秦岭护卫、汉水环绕的汉中却成了刘邦东山再起的福地，成了大汉帝国诞生的摇篮。

原本，鸿门宴上项羽留刘邦一条性命，一是为了表现自己的宽宏大量，二是试图将刘邦圈禁在莽莽秦岭隔阻的汉水之滨，彻底断了他称王称霸的念头。然而连刘邦自己都没有料到的是，这次因祸得福的贬谪流放，竟成为他人生的重大拐点。

奉楚怀王之命率兵西征灭秦之前，刘邦对汉中、汉水知之甚少。然而，作为秦末战绩卓越的战略家，刘邦的军事才华和领袖风范，在西征之战转向秦楚古道后步步为营的战斗中，已经凸显出来了。

公元前208年十月，刘邦受命发起的西征之战一开始并不顺利。从徐州举起西征灭秦大旗，西征军先是两攻昌邑不克，接着进攻开封、洛阳又连连受挫，刘邦由函谷关挺进关中的希望化为泡影。无奈之下，刘邦不得不听从张良的建议，掉头南下入南阳，再图他谋。调整战略方向后，刘邦的西征之战在一夜之间变得顺风顺水，先是在河南平顶山附近大败守卫南阳的秦军，占领南阳，随后又未损一兵一卒，降取宛城，取得西征开始以来罕有的全胜战绩。接下来，刘邦率领的10万西征大军逆汉江支流丹江而上，一路从南阳、淅川、内乡、西峡、武关挥师北上，再从蓝田越秦岭，挺进关中，不费吹灰之力，攻陷秦国都城咸阳。

面对这段历史，我总在想，自刘邦听从陈恢谏言，招降南阳郡守、攻克南阳后，刘邦入关灭秦之战之所以无敌不败、无城不克，除了其知人善任、善于纳谏外，丹江流域秦楚古道山重水复、防守空虚的地利优势，会不会也是刘邦一路凯歌的原因之一呢？

公元前206年，被逼无奈就任汉中王的刘邦，在汉中待的时间并不长，从暮春四月到早秋八月，仅4个月而已。在《史记》里我们看到，刘邦在汉中这4个月，只做了三件事：一是听从张良建议，烧毁关中越秦岭到汉中最便捷的通道褒斜道500里栈道；二是拜韩信为大将军；三就是刘邦又一次充满风险的豪赌——明修栈道，暗度陈仓。

然而，就是这短短4个月，有秦岭和巴山南北护卫、有滔滔汉水奔流而过的汉中作为粮仓，不仅给了刘邦疗伤的机会，也让刘邦和他的幕僚有足够时间审视时局变化，为东山再起做准备。待到公元前206年八月，刘邦采纳韩信意见，一面派人修复4个月前被他烧毁的褒斜栈道，一面率兵从古道经大散关再度攻入关中。刘邦与汉水为伴4个月的所作所为，以及汉中、汉水与呼之欲出的大汉帝国之间的神秘关系，注定成为此后几千年刘邦和大汉帝国研究者无法绕开的话题。

刘邦率军挺进关中后，再没有回过汉中。楚汉战争结束后，刘邦不假思索地以陪伴他度过4个月人生低谷的汉中、汉水命名自己创建的王朝。可以看出，汉中、汉水在他内心留下的印记太过深刻了。不仅如此，刘邦称帝后，先将排除异己的利刃砍向异姓王，随后又为巩固刘姓江山，将全国39个郡封给刘姓藩王，仅有15个郡由中央统治，西汉"帝业所兴"之地汉中便是这15个中央直属郡之一。对于大汉的发祥地的汉中、汉江，西汉历代帝王也视之为大汉江山至尊无上的护佑者。此前，秦始皇登泰山，举行封禅大典，当时叫作沔水的汉江，已经被列入政府每年必须主持祭祀的名山大川之一。汉文帝即位后，下诏再次提升黄河、湫渊和汉江的祭祀规格，要求祭祀用品在原有规格上再增加一对玉璧，祭祀汉江的地点仍在汉中。

汉江和汉中在西汉统治者心中的地位，由此可见一斑。

我不知道刘邦在汉中时是否有时间大兴土木，为自己修建过宫馆。但在汉中，人们众口一词地指认现在汉中市博物馆所在的古汉台，是刘邦当年做汉王时的行宫。不过，刘邦率军从大散关挺进关中时，将萧何留在汉中专门负责为军队筹集粮饷倒是不争的事实。《史记》记载："（高祖元年）春，沛公为汉王，之南郑，秋，还定雍，丞相萧何守汉中。"那时候的汉中郡政府所在地在南郑，而且经过秦代开发，汉中已经是物阜民丰的地方，这使包括汉中在内的巴蜀之地成为刘邦的大后方。史料记述，刘邦率军西征时汉江上"蜀汉之粟万船而下"，可以看出，汉江、汉中不仅是刘邦创建大汉江山的起点，也是他创建西汉帝国最可靠的大本营。

从汉中向东，汉江两岸随处可见刘邦、刘秀、刘备这三位与刘汉江山起落沉浮息息相关的遗迹。公元前201年，刘邦登上皇位的第二年，开始论功行赏，分封功臣。这次纷争频发的封赏活动，持续6年之久，直到公元前195年才尘埃落定。刘邦共分封了137位为创建西汉王朝立下功勋的功臣，其中有84位是汉中本土将士，他们不是刘邦虎落平川时追随他进入汉中的患难臣子，就是刘邦在汉中起事时与其并肩战斗、为建立西汉帝国立过奇功的将士。

初始元年（8年）十二月汉平帝死后，已经代替两岁的太子刘婴处理朝政的王莽，撕下最后一块遮羞布，逼迫汉成帝刘骜的生母王政君交出玉玺，以刘婴禅让帝位的方式篡窃皇位，改国号为新，被胡适称为1900年以前第一位社会主义皇帝。至此，自汉高祖刘邦即位后享国210年、历经12位皇帝的西汉王朝，皇权旁落，大厦倾覆。

然而，仿佛是一种宿命。就在王莽窃取皇位、改朝换代，并试图恢复周朝制度，推行新政时，一条涌动不息的暗流，正在汉江中游悄然酝酿。

这暗流的策动者，正是刘汉王室遗脉、西汉长沙定王刘发后裔、南阳郡刘縯和刘秀兄弟，他们借助绿林军举旗起义的唯一目的，就是推翻王莽政权，光复汉室。

后来成为东汉开国皇帝的刘秀，在唐白河入汉江处的湖北枣阳骑牛起事时，仗义疏财的兄长刘縯，已经为他笼络了一支以南阳刘氏子弟为骨干的舂陵军。尽管刘秀兄弟光复汉室的大业，一开始还不得不借助绿林军的势力，甚至在最艰难的时候刘秀不得不以牛为马，骑着耕牛上战场作战。然而，如同220多年前刘邦被贬汉中，于山穷水尽之际涅槃重生一样，仍旧是以汉江为起点，刘秀带领舂陵军与绿林军并肩战斗，仅用了两年时间，就让新朝土崩瓦解，刘汉政权绝处逢生。

到了东汉末年，在经后世小说家罗贯中演绎，中国人家喻户晓的群雄争霸中，自诩为汉景帝皇孙、刘汉皇室后裔的刘备能够独霸一方、重树刘汉江山大旗的优势，一开始并不明显。然而，建安二十四年（219年），刘备从阳平关退守定军山，彻底击溃曹军，结束了刘备和曹操之间持续将近两年的汉中之战。之后刘备不仅全面控制了汉中，还乘胜出击，派刘封、孟达顺江东下，攻下包括今陕西安康，湖北竹山、房县在内的魏兴、上庸、新城东三郡，整个汉水上游地区，悉归刘备。以汉中为根据地的蜀汉政权粗具雏形。也是这一年，59岁的刘备在今勉县勉阳镇旧州铺村"设坛场，陈兵列众，群臣陪位，读奏讫，御王冠于先主"，自立为汉中王，古老的汉江再一次延续了刘汉江山的最后一支血脉。

从丹江口紧贴武当山进入老河口、谷城，低矮的丘陵、岗地和山冲代替了绵延起伏的群山和纵横交织的峡谷，江面渐趋开阔，江水也放缓了脚步，一路上被高山峡谷挟制的汉江，即将开始在辽阔的江汉平原上信马由缰的旅程。

丹江口水库的截流并没有减缓汉江的浩荡之势。自河南南阳南下的唐白河、从陕西安康大巴山而来的堵河和发源于湖北保康、房县、神农架的南河、北河、蛮河携带众多细流，在老河口、谷城一带，汇入汉江。当密集的阔叶林和一片片稻田出现的时候，汉江与一座至今古风悠扬的千古名城——襄阳相遇。

2014年8月7日，我从杭州到武汉逆汉江而上，经天门、京山、钟祥、宜城到襄阳，已临近黄昏。从河南南阳南下的唐白河与自老河口、谷城滚滚东流的汉江，在一度改为襄樊的襄阳古城相汇。清澈的江水环绕襄阳古城流淌，将一座城垣高矗、城垛森然的千年古城的背影，倒映在波澜不兴的江面上。

汉江穿城而过的襄阳城，是汉江流域最古老的城市之一。战国时期，扼制汉江天堑的襄阳，是楚国北部军政重邑；三国时期，归属古荆州的襄阳，更是魏、蜀、吴争夺之地。三面临江的地理优势，让城池坚固、攻守兼备的襄阳城坚不可摧，也成就了"铁打的襄阳城"的美名。从汉献帝初平三年（192年）孙坚攻襄阳中矢身亡，到魏正始二年（241年）魏、蜀、吴先后进攻襄阳城，均是损兵折将，无一成功。其中最为著名的是建安二十四年（219年）的那一战，关羽率兵进攻襄阳和樊城，不仅全军覆没，他自己作为蜀汉一代战将、忠勇之士的楷模也身死汉水之滨，在历史上留下了一出悲天恸地的"夜走麦城"的悲剧。

在汉江中游，有两处与刘备重振汉室、创建蜀汉政权有着密切关系的历史遗迹，它们分别是卧龙岗和古隆中，都与蜀汉丞相诸葛亮有关。卧龙岗在汉江北岸、河南省南阳市西唐白河的支流白河之滨；古隆中则是在汉江南岸、今湖北省襄阳市襄城区一处山峦叠翠、溪水潺流、林篁幽邃、蔚然深秀的幽雅之地。由于诸葛亮出山前隐居田园、躬耕陇亩，汉献帝建安十二年（207年）十月，刘备三顾茅庐，才促成诸葛亮出山，以毕生之精力辅佐他，创建蜀汉政权，刘备与诸葛亮三次谈话内容可从《隆中对》窥见一二。诸葛亮当年躬耕陇亩之地到底是在南阳卧龙岗，还是在襄阳古隆中的争论，至今余音未止。

2004年和2014年我先后两次到过南阳卧龙岗。2014年8月9日清早，我从樊城区穿过汉江大桥，拜访了襄阳城西群山环拱中的古隆中。

湖北襄阳古隆中

古隆中拥有如《三国演义》所描述的"山不高而秀雅；水不深而澄清；地不广而平坦，林不大而茂盛；鹤相亲，松篁交"的山，当地人称之为西山。穿过古木苍翠的山林往北，没有走多远，就是汉江流域；往南，可以从南漳进入神农架密林深处。古隆中幽雅深秀，河南南阳卧龙岗山水相依、岗峦起伏、迂回曲折，这两处的自然景观让我觉得，两个地方都不愧为古代高士离群隐居的绝佳之地。所以，在当天的考察日记里，我写下了这样的文字："襄阳古隆中和南阳卧龙岗相去不远，而且紧临汉江，或许诸葛亮当年曾在这两个地方都躬耕隐居过。"

且不说襄阳和南阳有关诸葛亮躬耕陇亩的争论最终结果如何，有一个事实是毋庸置疑的：1800多年前，刘备和诸葛亮在汉江之滨的相遇，标志着汉灵帝驾崩后华夏大地持续多年的豪强割据、军阀混战、民不聊生的局面即将结束，以《隆中对》诞生和诸葛亮加入刘备阵营为标志，蜀汉政权也在亘古奔流的汉水涛声里开始孕育破土。建安二十四年（219年），曹操与刘备争夺汉中的较量以曹操溃败而告终，刘备在今勉县称汉中王的时候，包括湖北竹山在内的汉江上游大部分地区，已经成为他创建蜀汉政权的根据地。直到后来，蜀汉政权中心选在成都，诸葛亮拼死一搏的五次北伐运兵路线，有四次选择了古汉水上游故道，从天水、陇南翻秦岭北上。

　　从汉中追随汉江涛声顺流而下，你会惊异地发现，在这条以"汉"为名的江流中上游，到处都有刘邦创建大汉江山、刘备重续刘汉江山的身影。在这或血光冲天、尸横遍野，或智慧与权谋交错的历史映照下，诸如汉中、南阳、襄阳、荆州这些与汉王朝息息相关之地，至今还回荡着与这条大江同名的伟大王朝荡气回肠的历史声响。

陕西勉县诸葛亮墓

君子如玉

"沧浪之水清兮，可以濯吾缨。沧浪之水浊兮，可以濯吾足。"

这首著名的《沧浪歌》，在春秋战国时期广泛流传于汉江北岸和楚国北部，是地道的楚国民歌，孔子和孟子都提及了这首楚国民歌。然而，让《沧浪歌》流传百世，至今为世人所知，还是由于屈原在沧浪水与一个渔翁相遇的故事，以及屈原那首著名的辞赋《渔父》。

屈原在沧浪水与渔父相遇，应该是在他第二次被流放的时候。

屈原这次被流放的时间是周赧王二十一年（前294年），距上一次被流放丹江流域的河南西峡、淅川一带，刚好时隔10年。这一次，屈原从郢都（今湖北江陵）出发，被流放到当时天荒地僻的江南，一路朝着他生命的最后归宿地——汨罗江而去。

2014年8月5日，我在湖北仙桃看到当地史料介绍，仙桃市张沟镇就是当年屈原遇见渔父的地方，还说镇上的沧浪馆就是屈原死后150年，汉景帝时期当地人为缅怀屈原所建沧浪亭的地方。第二天一早，我和妻子便驾车朝南，去张沟镇寻访屈原遇见渔父的故地。

张沟镇地处汉江南岸、江汉平原南部，已经很接近河湖交织的洪湖市。穿过满是商贩的街道，几经打听，才在镇西北竹林荒草处找到一座小庙宇。

庙宇是新建的，红顶白墙，叫作"沧浪观"，山门脊兽上有"姜尚在此"的字样。走进沧浪观，才知道供的是《封神榜》里的姜子牙，并非屈原。庙里有一个道士和修理电器的男子。和道人聊起屈原和渔父的故事，两人一脸茫然。问起这里是否有条河叫沧浪水，他们也浑然不知，只说他们这里是道观，镇上还有一座庙叫"沧浪庙"，是寺庙。

从沧浪观出来，我茫然地在镇子里徘徊时，和一条穿镇而过的河流相遇。河面并不开阔、河水也不湍急，河水无声无息穿过满街都是现代建筑的张沟镇，朝镇子北面的汉江流去。如果没有沧浪观和沧浪庙，人们已经很难将这里和屈原联系到一起了。

后来通过获得的史料我才知道，张沟镇过去叫沧浪镇，是古云梦泽的一部分。穿镇而过的河流现在叫通州河，就是过去的沧浪水。屈原第二次被流放时，在这里和渔父相遇。两个人面对滔滔沧浪水，遥望茫茫原野，你一言我一语，进行了那次流传千古、极具哲思的人生观和价值观的讨论。据传，汉唐时期纪念屈原的遗迹，在现在已成为农贸市场和乡村俱乐部的张沟小学旁边。屈原之后，与这个江汉平原南部小镇有关的大事件还有：大革命时期，曾经作为张沟小学的沧浪观是革命烈士邓赤中组建的农民夜校；洪湖赤卫队转战洪湖攻打仙桃时，也在此驻扎过。不过让张沟镇人民最咬牙切齿的，是抗日战争时期，日本鬼子在沧浪观前杀害数千抗日勇士和平民，并在沧浪观后留下一个让人睹之心惊的万人坑。

对于沧浪之水到底指哪条河流，好像至今没有定论。由于《禹贡》有"嶓冢导漾，东流为汉，又东为沧浪之水"的说法，不少人认为沧浪之水是汉水的别称，或者就是指汉江。《水经注》又认为，沧浪是一个地名，在今湖北丹江口的均县镇境内，因此汉水流经此地时叫沧浪之水。还有一种说法，说沧浪之水就是古夏水，有人甚至怀疑流经张沟镇的通州河是古夏水的前身。因此仙桃张沟镇人坚持认为，2300多年前，屈原就是在张沟镇和那个胜似圣人的老渔翁相遇的。

公元前294年，屈原第二次被流放的时候，楚国大厦将倾之势已经明显了。公元前280年，秦将司马错进攻楚国，楚国将上庸和汉江北岸大片土地割让给秦国以求和，这就等于楚顷襄王将其先祖创业立国的根据地拱手交给了秦国。包括陕西商洛，河南西峡、淅川、内乡在内的丹江流域，不仅是楚人披荆斩棘、创业立身之地，是楚文化源头，也是屈原第一次被流放之地和为官时执政管理过的地方。河南西峡回车镇，至

位于河南省淅川县回车镇的屈原岗，据说是当年屈原扣马谏王——劝谏楚怀王不要到武关与秦王会盟的地方

今还有屈原扣马谏王的屈原岗遗迹。作为一位忧国忧民的诗人和胸怀大志的政治家，污泥横流、小人当道、忠奸不分的社会现实，与他灵魂高蹈、守身如玉、宁为玉碎不为瓦全的人格理想之间的矛盾，让他不得不选择以死抗争。

顷襄王二十一年（前278年），楚国都城沦陷，忧愤交加、在流放路上奔走的楚国三闾大夫屈原身心彻底崩溃，在汉江南岸、沧浪之水与一个渔父相遇。曾经身为掌管楚国王族屈、景、昭三姓事务的三闾大夫屈原，这时披头散发，形容枯槁，满怀忧愤，在与这个近似哲人的渔父完成《渔父》中所描述的穿越时空的对话后，他继续向南，于这一年五月五日在汨罗江怀抱巨石，投江自杀，与那个遍地污浊的世道作别，保全了他一生所追求的守身如玉的人格。

这一年，屈原62岁。

屈原死后2000多年，那么多屈原研究者和追崇者将其推崇为中国浪漫主义文学鼻祖。然而，从他所处的那个在贾谊看来"鸾凤伏窜兮，鸱枭翱翔。阘茸尊显兮，谗谀得志。贤圣逆曳兮，方正倒植"的时代，以及屈原塑造的香草美人、天神鬼怪的文学形象来看，我倒觉得屈原作品里所呈现的屈原形象，更像一位中国历史上完美无缺、皎洁如玉的美政思想的追求者。因为屈原的社会理想和精神情感追求与现实水火不相容，这迫使原本深陷理想幻灭泥淖的屈原，不得不以喷发而出的激情为武器，与那个让他死不瞑目的时代抗争、对峙、对决。屈原那些至今读来令人激情勃发、沉迷其境的辞赋作品，说穿了是屈原保全其理想人格的武器。屈原辞赋里许多意象要么绚丽迷人，要么光彩照人，但归根结底这些读之令人心明似镜、精神高蹈的意象后面所隐含的，则是屈原对一种纯洁如玉的理想人格的坚守与呼唤："登昆仑兮食玉英，与天地兮比寿，与日月兮齐光。"所以在我看来，"折琼枝以为羞兮，精琼靡以为粻；为余驾飞龙兮，杂瑶象以为车"的美玉，就是屈原高洁人格的化身。

在远古时代，玉石作为人神之间的通灵者被赋予沟通人神的神性；到了周，玉石成为王权和贵族身份的象征。然而，真正赋予玉石以人格精神的人，我以为当首推屈原。因为在屈原的《离骚》《九歌》等许多作品里，美玉的光华与品性都是让他情迷神醉的诗歌意象。在屈原看来，拥有可与日月同辉、天地同寿的美玉品格的人，才是真正的君子。

辞书上说，宋玉出生在汉江自北朝南穿境而过的宜城。但钟祥人认为，钟祥也是宋玉故里。

现在的宜城、钟祥、荆门不是湖北经济和文化的中心区域，但在楚人从汉江北岸刚刚兴起的时代，它们却是楚文化萌发壮大的核心地带。2014年8月，我从武汉逆汉江而上，离开仙桃西行时阴差阳错竟与章华台相遇了。

章华台是近年被发现并重建的楚灵王离宫遗址，在汉江下游潜江市龙湾镇。新建的章华台规模虽说已经足以令人震撼了，但仍远不及当年楚人"举国营之，数年乃成"的天下第一台章华台。据史料记述，当年的章华台台基高10丈，从台基下面走到顶部，即便是体魄健壮的男子，也得中间休息三次。至于其豪华程度，现在已经很难想象。考古人员发现的一条宽2.4米、长10米，用紫贝砌的通道，印证了曾经目睹章华台豪华的屈原在《九歌》里"鱼鳞屋兮龙堂，紫贝阙兮朱宫"的描写。只不过那时的

位于湖北潜江市龙湾的"天下第一台"——楚离宫章华台

楚国,已经是独霸汉江中下游的春秋霸主。

离开钟祥,原本想到宜城看宋玉墓,路上发现宜城东南汉江西岸的郑集镇有座楚皇城,便从高速转道郑集镇。

这是一处面积达38万平方米的楚国都城遗址,历史比龙湾的章华台、荆沙的南纪城都要早。楚皇城遗址在汉江西岸,汉江与蛮河交汇地带一座并不高的丘岗上。经历2700多年风雨,城墙仍在,荒草中横陈着宫殿残留的石柱。我在遍地荒草的遗迹里徘徊,在这里放牛的老人告诉我,这村子叫皇城村,镇北也有同样的建筑遗迹。然而,暮色已经朝着江汉平原聚拢,我没有来得及看另一处楚皇城遗址,便匆匆离去。

从楚庄王到屈原时代,古汉水养育的楚国一步步由盛而衰。但楚人于披荆斩棘、筚路蓝缕创业立国过程中所创造的特立独行、名士作为的文化光芒,不仅没有衰败,反而由于楚文化与中原文化的冲突与融合,以及屈原、宋玉辞赋作品的传播,影响力越来越大。

宋玉是中国历史上与潘安、兰陵王、卫玠齐名的中国古代四大美男之一。我看到的宋玉画像，都是前几年中国流行的眉清目秀的奶油小生形象。我不知道这样一位最初因美貌讨人喜欢的少年，是如何被屈原收为徒弟的。不过，从宋玉10岁就被屈原带到楚国都城郢可以推断，在辞赋方面，宋玉绝对是当时罕有的少年天才。得志的时候，宋玉经常陪楚顷襄王到云梦台游山玩水。有一次，宋玉指着云梦台美景告诉楚顷襄王说，先王（楚怀王）到此地游玩时梦见一个绝世美女，她自称是巫山之女，愿意献出自己的枕头供楚王享用。梦中的楚怀王一听，觉得此话有弦外之音，非常高兴，就宠幸了巫山之女。告别之际，巫山之女对楚怀王依依不舍地说，如果楚王想她的话，就到巫山来找她。到时候，"且为朝云，暮为行雨，朝朝暮暮，阳台之下"。这故事被宋玉写在《高唐赋》和《神女赋》里，这也是"巫山云雨"的出处。

宋玉在其政治生涯上也屡遭坎坷，30岁左右就被流放到云梦泽，过起了"无衣裘以御冬兮"的日子。不过，凭借一手绝世文采和从师父屈原那里继承下来的守身如玉的品格，宋玉虽然一生过得艰辛，但比屈原过得平顺、安稳得多。他不仅因为《高唐赋》《神女赋》《登徒子好色赋》《对楚王问》等一大批绝佳的辞赋，成为中国文学史上楚辞向汉赋转变的承前启后性人物，就是其享年76岁，在同时代文人雅士中，也首屈一指。

公元前222年，楚王被俘、楚国灭亡的第二年，宋玉溘然离世。

宋玉一生虽不曾像师父屈原那样壮怀激烈地与当局对决，却也一直在追随并坚守屈原所倡导的守身如玉的君子品格。

屈原和宋玉以玉喻人，在汉江两岸标榜并张扬的是一种高洁如玉的人格品行。历史上还有一块让历朝历代君王垂涎欲滴，后来离奇消失的玉石，也出现在汉江流域。这块玉石就是赫赫有名的和氏璧，它的发现者是楚国卞和（又名和氏）。

从襄阳转道南漳、保康，我就是为寻访卞和当年发现和氏璧的故地。

查阅第二天考察沿线资料时，有资料说南漳县巡检镇是卞和发现和氏璧的地方。光明网有图片报道说，湖北保康发现了荆山玉。报道说：

2014年3月14日，在湖北省保康县荆山玉文化研发中心荆山玉展示厅拍摄的荆山玉。

当日，荆山所在地湖北省保康县荆山玉文化研发中心正式对外发布：历经30多年的探寻，该县终于发现了玉矿。荆山玉又称金玉、金镶玉。荆山有玉，这在《史记》《韩非子》《水经注》等文献中均有记载，但"荆山一带多金玉"的说法，始终缺乏有力的佐证。保康地处荆山主脉，全境皆山。为找到玉石，从1983年开始，该县就有民间力量，对荆山山脉及周边地区进行地质考察、勘探，一些企业找矿范围覆盖了神农架、十堰房县、襄阳南漳等地，勘探地下深达五六百米，甚至近千米。现已勘探出金玉、荆山绿宝、战国红、木纹玉等8种荆山玉。湖北省地质局鄂西实验室出具的鉴定报告显示：毛家沟岩矿为泥晶砾屑硅质岩，主要成分为石英，其成分、构造及色泽，具有玉石特质。国土部武汉矿产资源监督检测中心等单位的检测报告显示：荆山玉硬度很高，一般在8至10度之间；有的含有贵重金属和微量元素，如黄金、针铁等。

最早见于《韩非子》的和氏璧故事说卞和是在荆山发现那块后来成为历代帝王争抢对象的璞玉的。

自从和氏璧被发现后，围绕卞和敬献的璞玉真伪，以及后来和氏璧的去留、占有、争抢，发生的悲欢故事、血腥残杀、阴谋算计，直到唐五代和氏璧神秘消失前，从来没有停息。这中间家喻户晓的故事，是战国时期赵秦争璧，最后以蔺相如一手导演的"完璧归赵"为结尾的事件。公元前221年，六王毕，四海一，和氏璧自然归千古一帝秦始皇所有。为了昭示大秦帝国千秋万代、昌盛永续的愿望，秦始皇命宰相李斯撰文"受命于天，既寿永昌"8字,刻于其上。此后,和氏璧作为"皇权神授,正统合法"的象征,成为历代帝王争抢的对象。大秦帝国大厦倾覆后,伴随华夏大地每一次皇权的交替更迭,和氏璧也在一场又一场战争中,在历代帝王手中传来传去,直到1600年后神秘消失。

卞和舍弃双足,敬献楚王和周厉王的目的,应该是希望他在汉江岸上发现的这块稀世珍宝,能够被世人所识。然而,伴随和氏璧命运所发生的人间悲喜剧,却让一块璞玉,承受了千百年中国社会变迁的诸多繁复情感。自从和氏璧被周厉王发现后,卞和与和氏璧的命运经历,让和氏璧的文化象征意义及其所拥有的历史情感,远远超越了一块绝世美玉自身的价值。因为我们能够从和氏璧颠沛流离的命运中,看到各式各样的人物。对于如屈原、宋玉、蔺相如一样守节如玉者来说,他们终其一生苦苦追求的只是纯洁如玉的人格品性,高洁如玉的人生理想,而非别的。

一尘不染的汉江,仿佛一条荡涤人间灵魂的圣水。如果沿汉江追寻,我们还可以看到在屈原、宋玉、蔺相如之后,还有商山四皓、张良、诸葛亮,也在汉江江水的映照下,创造了一个又一个属于他们的高蹈人格和纯

陕西省丹凤县商镇"四皓墓",埋葬的是秦朝末年四位信奉黄老之学的博士东园公、夏黄公、绮里季、甪里先生

粹无瑕的精神世界。

2014年8月，我从郧县暂时告别汉江，踏上返回天水的路途，朝阳照耀下的汉江波光闪烁，一尘不染，恰似温润晶莹的碧玉，在天地间闪烁。

搬不动的乡愁

这是我第二次到汉阴，也是第二次拜访汉阴三沈纪念馆。

2004年盛夏到汉阴，县委宣传部主持县文联工作的作家王涛带我去看正在修建中的三沈纪念馆。尽管一路上有村便有宗祠，不少人家还保留着记录几百年前自己先祖沿汉江迁徙的家谱，我还是没有想到，辛亥革命后名震一时的"沈氏三贤"沈士远、沈尹默、沈兼士三兄弟，竟也是伴随明清移民大潮来到陕南的江南移民。

王涛告诉我，汉阴沈氏三兄弟祖父是清朝解元，随左宗棠从浙江湖州老家来陕西任汉中府定远厅（今镇巴）同知时，举家迁至汉阴。

"尽管沈氏三兄弟学习生活到20岁左右离开汉阴，一直没有回来，但他父亲两度在汉阴做官，一家三代在汉阴生活了40多年。"10年后，王涛指着亭廊通幽、花木掩映的三沈纪念馆说："陕南乃至整个汉江流域

2004年考察秦岭时，供职于汉阴县文联的王涛正在着手修复新文化运动先驱、北大著名教授、国学大师沈士远、沈尹默、沈兼士三兄弟的纪念馆。10年后他再一次带我到"三沈纪念馆"，缅怀曾经在汉阴度过童年和青年时代的沈氏三兄弟

的居民，大都是湖广移民。为了让儿孙后代不要忘了老家在哪里、他们的先祖是谁、做了些什么，几乎每个家族都有祠堂和家谱。沈氏三兄弟是新文化运动旗手，也是我国现代教育事业的先行者。原先，汉阴也有沈氏祠堂，后来毁了。我们修建这座祠堂，就是为了安慰他们一生都在为民族教育事业奔波的灵魂。"

10年前，王涛是县文联主席，10年后是县委宣传部副部长兼文联主席。谈到工作，作家兼诗人的王涛苦苦一笑，说本来有几次提拔的机会，为了建三沈纪念馆，他都放弃了。

汉阴县城明明在汉江北岸，照惯例应该叫汉阳才对，怎么成了汉阴？问起这，王涛说："汉阴县治原在现在汉阳镇附近的汉江南岸，南宋时期才迁到这里。"在送我跨过月河去汉阳和漩涡镇的路上，王涛指着一天前我在石泉考察过的月河说："现在的月河，在地质年代是汉江故道。"

这就是说，在遥远的地质年代，汉江不仅西连西汉水，还从石泉径直向东，经汉阴才流向安康的。然而沧海桑田，现在的汉江从石泉县城东转身向南，经石泉的后柳、喜河和汉阴的汉阳、漩涡，于连绵的群山中劈开一条通道，从汉王镇进入紫阳。

汉江上游陕西安康石泉县熨斗古镇

从石泉县城到后柳，清澈碧绿的江水被两岸高耸的群山紧紧挟裹着，江流湍急、峡谷幽深。峡谷开阔处，只要有一点空地，就有人安家，或被开辟成一块田地，种植玉米水稻。到了后柳，自中坝峡谷涌来的中坝河与汉江汇合之后拓展出的三角洲，造就了长江以北罕有的河汊交错、渔歌唱晚的江南水乡——石泉后柳水乡。然而到了汉阳镇，两山挟制的江水将临江而居的人家，悉数逼到了逼仄的江岸上。

曾经被称作小汉口的汉阳镇，只有一条街道，拥挤不堪。曾经航船进出的汉江码头早已消失，但满街来来往往的行人，依旧操着四川话、湖北话、陕南话、关中话，交织在一起，很难分清哪些人才是这座曾经的汉江码头真正的主人。

受王涛委托接待我的潘镇长告诉我，由于地处秦岭、巴山之间的汉江码头核心，汉阳镇人口构成非常复杂。历史上，这里的移民以逆汉江而来的做船运生意的湖广人居多。他们至今身在汉阳，还想着老家。早年，镇子上有吴、伊、邹、王四大姓，他们都有自己的家祠，供着从山外跋涉而来的先祖牌位。过去，汉阳镇"一里三座庙（药王庙、太白庙、土地庙），三湾一宝塔，三十二口井"，就是丰富的移民产物。

"你听过湖广填陕南这句话吗？我家就是清朝乾隆年间从安徽肥西迁到这里的。"听王涛说我想了解汉江流域移民情况，潘镇长专门找来移民后裔伊发源，给我介绍汉阳镇历史。

伊发源告诉我，汉阳镇老住户，十有八九是沿汉江而来的江南移民。伊家刚来到汉阳时住在店里，生意发达后不仅在镇上修了宅院，清光绪年间还在江边的长岭山上修建了庄园。来自安徽肥西的伊家，也因此在汉江两岸繁衍生息，后辈儿孙遍及陕西宁陕、四川广元等地。"我们伊家来汉阳已经12代，光汉阳镇就有400多口人。"伊发源说，他曾经到肥西寻访过先祖根脉。在陕南分支家谱里，按辈分有20个字，他这一代属"发"字辈。

在镇政府吃过午饭已是下午3点多，伊发源又带我爬上江岸上的长岭，寻访他家的老宅。

上山的公路在江岸边盘旋着。原以为如此高峻的山上没有人烟，哪知到了山顶，竟是绵延无尽的田野和村庄。汉江南岸的冬天来得迟，橘树上橘子金灿灿的，田野里一片青翠。在山下仰首不见山顶的高山上，竟有清

这座老宅位于陕西汉阴县汉阳镇北岸高山之上。从已经搬到汉阳镇居住的冯氏房主人那里我了解到，他的爷爷因汉江航运发家而修建的这座房子

澈的河水汩汩流淌。高山河流浇灌下的稻田已经收割完毕，田地里泛着金黄的光晕。

树木掩映中，伊发源家的老宅院出现了。

进入安康，汉江两岸的古民居，一般都是白墙黑瓦、风火墙高耸，房脊两头高翘，犹如楚人峨冠，荆楚建筑风格十足。伊发源家的老宅也是这种风格，只不过那时候伊家已经是镇上大户，实力雄厚，房子也建得更加高大结实。历经多年，伊发源家老宅依然不显老态。以清光绪年间所建老宅为核心，后来兴建的三面房子和老宅围拢在一起，形成墙高院深、攻防兼备的四合院。

伊发源说，汉阳是水旱码头，商贸发达，当地人又都是远徙而来的外省人，要在这个地方扎根，很容易。早年，远在太白山的土匪王三春和汉中宁强的魏辅唐，经常到汉江边上抢掠财物。他指着老宅门槛上刀斧砍过的痕迹说，民国时，他爷爷做过汉阳乡约。后来，他爷爷看到时局动荡，辞掉了乡约。新乡约委任状尚未发下来，继任者便在街上横行无忌，他爷爷好心劝阻，却与那人结下冤仇。为报复他爷爷，这个乡约散布谣言，说他爷爷与其老婆有染。一天，新乡约喝醉酒后把自己老婆拉到伊家堂屋，按倒在门槛上，用斧子砍死了。

"如果不是日子过不下去，老先人怎么会背井离乡，流落异乡啊！"伊发源说："不知怎么回事，离开安徽老家几百年了，家里日子过得也不错，这些年老是管不住自己的腿和心，一有闲时间就四处跑，或在 QQ 上到处寻找生活在他乡的伊姓同胞。"

不仅伊发源，从 2004 年开始在秦岭、巴山间行走，我遇到的汉江两岸生活了几百年的移民，许多人与伊发源一样，对老家至今还有怀恋与伤感。

乡土文化是中国文化的基本基因，乡土情感和血缘关系是西周以来维系中国社会的基本元素。自从有了乡土意识，除非实在活不下去，我们的先祖是绝对不会抛弃埋葬在故土的亲人、放弃代表着一个家族生生不息的血脉的宗祠，流落他乡的。安史之乱爆发后，生活在北方的中原人大量南迁。安史之乱后，甚至连大诗人元结，也不得不举家南迁汉水流域。有资料显示，唐朝末年，因北人南迁，引发汉江流域人口激增，其中荆州人口增加了 10 倍、襄州净增 1.2 倍、鄂州也增加了 1 倍。

抛家弃舍、远徙而来的湖广移民和中国历史上几次人口大迁徙一样，先是由于战乱灾荒，流民为求生才被迫背井离乡，战乱结束后，为了填补旷日持久的战乱给一些地方带来的人口严重空缺，政府也不得不组织大规模、有计划的迁徙。在汉江流域、秦巴山区行走，我看到的墓碑、宗祠记事碑和家谱上，大多数湖广移民迁徙来到汉江两岸的时间是明清两代。

宋以后，中国人口的低值期出现在元末明初和明末清初两个时期。特别是经历了明末清初战争和清军入关持续不断的战乱，中国人口总量降到历史低谷。有资料统计，顺治十八年（1661 年），全国人口总量仅 1913 万，跌至 2000 多年前春秋战国时期的水平。这一时期，遭遇战乱、灾荒、瘟疫最为严重，人口锐减最严重的是四川和陕南。资料显示，张献忠入川后见人就杀，几乎将川人杀绝。陕南汉江流域也十室九空，土地荒芜，罕见人迹。地处汉江与秦巴山区交通要道的石泉县，明朝末年全县尚有人口10500 户 43000 人，然而到了康熙二十一年（1682 年），仅有 700 余户 2100 余人。

为了求生存，政府开始大规模移民前，已有大量不堪忍受战乱和灾荒折磨的流民，沿汉江进入陕南和鄂西。明朝初年，朱元璋实施的持续时间长达 50 多年的大移民，让更多的人口拥入汉江两岸，一度荒芜的田地又长出了庄稼，废弃了的村庄再度鸡犬相闻。由政府指导的明朝大移民集中地点，在山西洪洞县大槐树下，所以我看到的陕南许多人家谱籍上说，自己先祖是山西大槐树人。明清两代迁入汉江流域的移民以湖南和湖北籍最多，所以才有了"湖广填陕南"之说。

2014 年 11 月，顺汉江而下到石泉、汉阴前在汉中市西乡县，我又一次寻访了著名教育家、北京大学原副校长、兰州大学原校长江隆基的老家。

和汉阴沈氏三兄弟一样，江隆基也是南方人，根据江氏祖坟 2013 年所立《重建江氏总碑文》记述，江氏原籍为湖北麻城、黄州。唐末，为躲避战乱，他们西迁四川。同治八年（1869 年），又从四川辗转陕南，在西乡县柳树镇白杨沟安家。100 多年间，江氏在西乡已经壮大为 131 户492 人，其中以基字辈为名的江隆基兄弟最为有名。老大江裕基（字伯约），2004 年考察秦岭时我到他家采访过，当时他已经 92 岁了，他 1923 年考取了日本东京明治大学官费生，后获法学学士学位。因曾经担任国民党定边县和长安县（今西安市长安区）县长，在"文革"中受到冲击，后担任西乡县政协副主席，享年 102 岁。老二江隆基，1931 年在杨虎城资助下赴德国柏林大学经济系学习。1936 年 9 月，江隆基以旅德中华救亡会代表的身份，出席了在布鲁塞尔举行的国际反法西斯联盟第一次世界和平大会。老三江肇基，曾任远征军战地记者。老四江弘基是陕西师范大学教授，2007 年去世，享年 95 岁。

白杨沟全村人都姓江，江隆基四兄弟的墓冢也在白杨沟。路上，碰到的江隆基的晚辈指着村口山坡上古木苍苍的地方说，那里原来是江氏家祠所在地，祠堂被毁后成为江氏共有墓地，江裕基死后就葬在那里。

爬到山坡上，在树木翁郁的墓区，我还看到一块江隆基的墓碑。带路的江氏后人说，那是衣冠冢，江隆基自杀后没有人知道他被葬在什么地方。江家人立这块碑，只是希望他能魂归故里。

地处汉江南岸的漩涡镇，山势更加奇峻高耸，但和江北一样只要有一块平地、一层薄土，就可以长出绿油油的油菜和茶叶来。离开县城时，王涛送了我一盒茶叶，告诉我茶叶产地是漩涡镇，漩涡镇产的茶品质优良，唐代就被列为朝廷贡品，被叫作"天宝贡茶"。不过我到漩涡镇，是为了一睹已有250多年历史的凤堰古梯田的风采。

陪同我到茨沟看古梯田的镇武装部的小伙子姓尹。他告诉我，漩涡镇土著居民大多也是湖广移民，他们大多是明清两代从湖北、湖南迁徙而来。凤堰古梯田的创始人是清代从长沙高桥坝坊迁居汉阴的一个吴姓人和同样来自湖南的沈氏。应该是为了躲避天灾人祸吧，最早来到人烟稀少、遍地山石的漩涡镇黄龙、堰坪、茨沟后，吴氏发现这里虽然土地贫瘠，但高山上清水四溢，如果平整山坡的山石，修成层层叠叠的梯田，不是照样可以长庄稼吗？修建梯田时，吴家人又发现这里也可以生长水稻，于是从老家引进稻种，开始在漫漫山坡开山造田、垒石围埂、种植水稻。

从山顶向下流淌的山溪让漫山遍野的水稻的收成一年比一年喜人。从长沙来到大山深处的吴家和沈家，把从长沙带来的先祖牌位安顿好，便在这里安下了家。

从谷口进去，呈喇叭状敞开的山谷豁然开朗，层层叠叠、缘山而上的梯田从山下延伸至山顶。时值初冬，水稻早已收割，为第二年春天凤堰古梯田油菜花节种植的油菜一片翠绿，如一条条绿色丝带，层层环绕，轻盈飘逸。

小尹指着山窝平地上正在修建的古建筑说，吴家凭借漫山遍野的梯田,日子越来越殷实,在这里修建了当时漩涡镇规模最为宏大、装饰最为豪华的宅院。下面正在维修的是冯家当年建造的集居住与防御于一体的庄园——冯家堡子。

暮色降临的时候,我谢绝小尹住在漩涡镇的邀请,连夜翻越凤凰山,赶往紫阳。分手时,小尹再三邀我明年春天油菜花盛开的季节,到漩涡镇观赏凤堰古梯田漫山遍野的油菜花。

"王老师您是诗人,您想象一下,站在层层叠叠、总面积达1.2万亩的油菜花海里,那该是怎样的一种诗情画意啊!"顿了顿,小尹若有所思地说,"吴氏、沈氏先人恐怕永远不会想到,他们的这一创举,竟为漩涡镇留下了如此伟大的人间奇观!"

从紫阳到襄阳,我一路都在汉江两岸匆匆奔走,汉江两岸俯拾皆是的历史人文遗迹,一度让我淡忘了"移民"这个词。然而,从襄阳转身北上,进入河南邓州,一个习营村的地名和襄阳看到的一个叫习家池的地方,让我再一次想起了"迁徙""移民""血脉"这些记录中华民族融合发展史的词汇。

汉江支流唐白河自北向南贯穿南阳全境,历史上南阳本是藏龙卧虎之地。2014年12月9日,我第二次考察汉江,从老河口经新野到南阳,原本是为了寻找三国故事里"火烧新野"的遗迹。进入新野却发现,北周文学家、曾经撰写《秦州天水郡麦积崖佛龛铭并序》的庾信也是新野人。一路上想看的新野故城无迹可寻,在新野城郊庾信老家上港乡老宅子村徘徊时,一老者告诉我,早年村里还有一通石碑,说老宅子村是大文学家庾信故乡,但后来石碑不见了,村子里也没有一户庾姓人家。

南阳因地处秦岭余脉伏牛山以南、汉江以北而得名。这里民富物丰,是西汉时期六大都会之一,人口密集,县与县之间距离不远。到了邓州,老同学刘莉夫妇带我参观范仲淹创办的花洲书院时我才知道,一路上路牌所指的中国最美乡村习营村,是习仲勋先祖的家乡。

中国以姓氏为标志的血脉,往往都有一个源头。习姓的历史源头可以追溯到距今 3000 多年的夏代。夏代，陕西商洛丹凤县有一个小国，叫少习国。少习国治所在现丹凤县武关镇一带（武关原名少习关），是炎帝神农时期一个小诸侯国，春秋时为楚国所灭。随后，少习国王室后裔散落各地，其中一部分为纪念自己的国家，便以国为姓，习姓由此诞生。

在襄阳我看到，习家池是东汉襄阳侯习郁的私家园林，也是习氏的根脉所在。第二天，我在邓州市十林镇习营村习氏宗祠所看到的邓州习氏，则是明洪武年间从江西新余北迁而来的。

从新余迁到邓州的习氏先祖叫习思敬。从当地史料来看，习思敬和他的族人应该也是明代初年大规模人口迁徙队伍中的一支。明朝初年，长期战乱使人口稠密、经济发达的南阳仅剩两万多人，邓州全境只有四五百人。习思敬作为明代初年填补南阳人口空缺的第一代移民，被邓州习氏尊为"习氏尊祖"。习思敬带领族人披荆斩棘、开荒种田，很快就成为邓州的名门望族。根据邓州习氏宗祠资料介绍，仅现在居住在邓州十林、张村两镇的习氏后裔就有 2600 多人。

邓州习氏宗祠享殿的习思敬塑像长髯齐胸、头裹头巾、面容和蔼，一身劳动者装束。塑像后高悬的匾额上，是习思敬给习家提出的家训，仅四个字：崇德尚贤。享殿后院，还有习思敬和其夫人的合葬墓，以及 10 多通清代、民国时期当地政府、地方贤达和习氏后裔歌颂习思敬、赞美习氏家族的石碑。

第四章 争战与融合

氐与羌
巴与蜀
蛮子国
披荆斩棘
朝秦暮楚
绿林

氐与羌

氐与羌同源，都是远古时期生活在西北高原的游牧民族。古汉水上游陕甘交界地带，是羌人南迁四川、云贵的必经之路。

2014年11月，追随在甘肃康县境内被称作犀牛江的西汉水一到陕西略阳，作家周吉灵带我去的第一个地方是嘉陵江边的江神庙，同行的还有略阳县羌文化研究中心徐宁中主任。

略阳江神庙建于清道光二十年（1840年），也就是鸦片战争爆发那一年，是往来于嘉陵江上的船工、把头祭祀江神、休闲娱乐的船帮会馆。这样的会馆，在汉江上游丹江岸上的丹凤、汉江，以及蜀河交汇处的蜀河镇、山阳境内汉江支流金钱河北岸的漫川关我也看到过，其中以丹凤龙驹寨花庙船帮会馆最为华丽壮观。

从2004年考察秦岭开始，我已经第五次到略阳、第三次到略阳江神庙。

和龙驹寨花庙花脊、飞檐上以龙为主体的雕饰不同，遍布略阳的江神庙的木雕彩绘多以熊、野猪、飞猴、兽头及服饰与汉人相异的人物为主题。

徐宁中告诉我，历史上略阳土著以氐、羌为主，所以略阳江神庙的木雕彩绘体现的是当年盛行于略阳的氐羌文化。

2004年到略阳，我从路边叫卖的加有清油，以茴香、藿香、生姜、食盐、核桃、肉丁、鸡蛋花等为佐料的罐罐茶里，就品尝出了氐羌游牧民族的遗风。

氐羌族是我国历史上一个非常古老的民族，也是3000多年前商代甲骨文里记述的最早的唯一一个远古民族。最初的羌是对生活在我国西部的游牧民族族群的总称，后来才专指以牧羊为生、以羊为图腾的一支游牧民族。而氐族，则是羌族分化出的一个分支，也以羊为族徽。《说文·羊部》

说："羌，西戎牧羊人也，从人从羊，羊亦声。"羌族作为一个独立成熟的族群出现，甚至早于华夏族。由于炎帝姓姜，被认为有羌族血统。在距今5000年左右（也有人说应该是在公元前2698到公元前2598年），以游牧与农耕两种文明为标志的炎黄部族征服战在中原展开。这场以炎帝部族失败、黄帝部族胜利而告终的涿鹿之战结束后，炎黄部族的通婚，使得炎帝羌人与黄帝夏族血脉日益普遍地融合，久而久之，古老的羌族血统便无一例外地融入了所有华夏民族——后来的汉民族。所以从一定意义上说，今天中国人血脉里都流淌着古老西部牧羊人羌族的血。

最初的氐族和羌族是一个民族，只是在后来从西部高原向四面八方分支迁徙过程中，才逐渐有了各自部族的区分，但在宗教信仰、生活习俗上，氐、羌两个民族没有严格的分野，所以人们谈论起羌族和氐族，一直氐羌不分。

对于原本生活在西部的牧羊人迁徙中原乃至包括四川在内的西南的目的，史学界一直没有定论。至于古羌人东进南下的时间，有人认为开始于七八千年前的母系氏族社会。此后，从春秋战国到秦汉，羌族人从西部向四面八方迁徙的脚步，从来没有停息。

从古汉水上游的西汉水到略阳、宁强，只要稍加留意，你就会发现这些地方依然有着浓郁的氐羌遗风。

2004年考察秦岭，在康县南部山区，我发现一口棺木放在路边石崖下面，棺盖封死，落满山石尘土，当地人却视而不见，习以为常。向当地百姓求教才知道，那是西汉水（犀牛江）南岸康南山区流行的一种特殊丧葬习俗，谓之"阙坟"。在康县南部山区，人死后如无黄道吉日，三天后就要将死人连同棺木移至村外，等待适宜的日子下葬，这就是"阙坟"。

"阙坟"等待时间长短，完全依据风水先生根据死者去世时间、亲属生辰八字和埋葬死者地方的山川地势决定。有的人死后一两年即可入土为安，有些家境不好、拿不出埋葬亲人开销的贫苦人家，十年八年也不一定让死者入土，只好就这样暴棺郊野。为避免日晒雨淋，防止棺木腐烂，家属就将死者暂时寄放在村子附近干燥的石崖下，等候葬期。只要初一、十五、逢年过节到棺木前点几炷香、烧几张纸、磕几个头也算尽了孝心。这种葬俗，很容易让人联想起《后汉书》里"羌人死，燔而扬其灰"的记述。生活在古汉水支流白龙江流域的白马藏，至今还保留着羌族古老的生活习俗。

与略阳江神庙一墙之隔的羌寨碉楼虽然是新建的，但沿西汉水、白龙江、嘉陵江到陕西的略阳、宁强一线，的确是古羌人翻越秦岭，向川西北和云贵高原迁徙的重要通道。

到略阳的前一天，我正是从两晋时期氐族杨氏建立的仇池国国都所在的仇池山下进入康县的。

从略阳到宁强，中国先秦史学会顾问、西北大学原博士生导师刘宝才教授，从微信上看到我在沿早年羌人南迁路线行走，发微信给我说："真羡慕！羌族迁徙史是中华民族古史的重要部分，可惜历来不甚清楚。我多年前写了《后汉书西羌传笺注》后，一直神往这条路线，后到广东见到西江，又感叹西江之浩大。但估计，我没有机会走这条路了。若冰兄有此行甚幸，有此文甚幸！"

从仇池山上望见的西汉水

略阳本是西晋时期治所在甘肃秦安陇城略阳郡的旧称。现略阳地方史料说，南北朝时期，生活在今甘肃秦安陇城的氐羌人不堪战乱，举族南迁至此，也将老家略阳的地名带到了这里。不过根据已有历史看，早在先秦时期，这里已有氐羌人生活。所以2008年"5·12"大地震后，当国家采纳冯骥才的建议，准备在全国范围内建立羌文化保护区时，从户籍上已经很难找到几户羌族的略阳和宁强，还是被国家确定为羌文化保护区。在汉江上游和嘉陵江流域，与略阳、宁强一起被列为羌文化保护区的，还有当年因提出群众自愿恢复羌族身份而被媒体炒得沸沸扬扬的凤县。

应该是一方面出于依托羌文化发展旅游业，一方面也有对自己原有民族身份、地域文化重新确认的缘故，略阳不仅成立了羌文化研究会、创办了羌文化研究刊物，还依托江神庙、紫云观，以及浸染了浓厚古代氐羌文化色彩的民风民俗，举办氐羌文化节，开发略阳羌宴。

对于这一点，略阳县羌文化研究中心徐宁中主任告诉我，略阳、宁强、凤县所处的嘉陵江、西汉水流域和汉江上游，是古氐羌人翻秦岭南迁的必经之地。由于战争、迁徙，以及历史上中原王朝对游牧民族的歧视、打击，历史上羌人为躲避政治灾难纷纷改羌为汉，再加上民族大融合过程中羌、汉通婚等因素，现在略阳已经很难找到真正的羌族。但历史上有一支氐羌人不仅长期居住在略阳，还在略阳建立过自己的国家。

从藏有汉隶三颂摩崖石刻之一的《郙阁颂》的灵崖寺下来，周吉灵带我考察了南北朝时氐羌人建立的武兴国国都遗址。

略阳城四面环山、三面临水，武兴国都城就建在城北、嘉陵江支流玉带河和嘉陵江交汇处。整座城池呈月牙形，绵延一公里，背依群山，面临嘉陵江。遍地荆棘荒草中，巨石垒砌的城墙和城垛依稀可辨，城墙外还有依稀可辨的城濠。

南北朝时，来自甘肃秦安的氐族杨氏，先后在古汉水上游、甘陕川交会处的西汉水和嘉陵江流域，建立了包括仇池国、武都国、阴平国在内的地方割据政权。武兴国创建者杨文弘，是仇池国和武都国君王杨文度的弟弟，武兴国建国时间在公元478年。

相对于仇池国前后100多年的历史，仇池国创建者杨茂搜后裔杨文弘创建的武兴国，断断续续只存在了50年。然而，在天下纷争不断、各种势力兴衰无常的特殊环境下，杨氏带领氐族前赴后继，占据古汉水上游广大地区，建立自己的政权、繁衍自己的后代、延续自己的文化，让羌族与氐族开始分野，并在羌族撤退西南后，让氐羌家园和氐羌文化得以延续。这不仅保留了弥足珍贵的氐羌民族血统，氐羌割据政权的存在，也在一定意义上影响，甚至在一定程度上改变了当时中原和北方的政治格局。

为探寻一度湮没在历史烟云中的武兴国历史，历经艰辛出版了《武兴国志》的周吉灵说，包括凤县、宁强在内，羌文化余脉之所以至今还遗留在古汉水上游，与南北朝群雄争霸的政治乱局中，氐族杨氏建立的包括略阳武兴国在内的氐羌少数民族政权有相当大的关系。周吉灵还告诉我，我看到的武兴国都城最早不是武兴国的创建者杨文弘所建，而是三国时刘备在略阳设置武兴都时所建。

2008年12月，与略阳山水相依的陕西凤县的民族宗教局、公安局下发了《关于恢复和变更凤县部分羌族群众民族成分的相关通知》，一经发出，便引起媒体哗然。《通知》指出："在当地居住三代以上或能证明自己有羌族基因的凤县汉族居民，可以申请更改民族成分为羌族。"尽管从内容上看，这不是一个强制性的文件，许多媒体还是把矛头指向当地政府，迫使该《通知》发出后不久便被撤销。与此同时，僻处嘉陵江上游、秦岭南麓大山深处的凤县人造星星、月亮，请四川阿坝的羌舞老师普及羌族舞蹈，动员干部职工晚上上街跳羌舞吸引游客的报道，也在各媒体引起一片争议。

没有人知道，当年凤县的这些举动是不是一次有意为之的旅游营销策划宣传。不过几年之后，据说户籍上只有百余户羌族居民的凤县，靠组织全民跳羌舞、建羌文化园、为游客演出《凤飞羌舞》，让10年前还名不见经传、默默无闻的凤县，一跃成为陕西省旅游十强县。

这算不算早已远去的氐羌先辈,对曾经养育过他们的故土的另一种回报呢?

从炎黄时代开始,氐羌人的血早已融入每一个华夏子孙的血脉。但作为已经习惯了逐水草而居的牧羊人,那些从来没有放弃自己民族身份的迁徙者,越过秦岭,往南迁徙的脚步,大概也就终止于古汉水上游的凤县、略阳、宁强一带了吧?因为再往南走,就是莽莽大巴山。那里的密林深处,至今仍是虽然改了民族,却依旧保持着古老民族传统的氐羌人世代守护的家园,也是另一部分不想停止向南迁徙脚步的羌人进入川西北和云贵高原的必经之地。而出了略阳和宁强,氐羌人的身影也就愈来愈模糊难辨了。

由于汉高祖初年阳平关一带发生的一场大地震,宁强县大安镇汉王山以西的河流向西倒流,汇入了嘉陵江。以大安镇烈金坝为界,从汉王山汉江源头流出的一泓溪流掉头向东,和来自秦岭、巴山的另外一些河流汇成东汉水源头。

从略阳赶到宁强羌文化博览园那天下午,细雨飘洒,暮色即将降临。高耸的碉楼、呼啦啦迎风招展的旗幡和以羌寨为创意的博物馆展示的羌文化实物,很快就让人沉浸在一种古老神秘的情境之中。

大约是靠近大巴山的缘故吧,东周以前,宁强是氐羌人的领地。即便是在东周以后很长的一段时间,宁强也是后氐羌人进入四川、南下云贵的必经之地,这里聚集了更多的氐羌部族,所以宁强旧称"宁羌"。宋代,为了防止氐羌叛乱,中央政府将时称三泉县的宁强,划归京师直接管辖,宁强一度成为我国历史上最早的中央直辖县。1941年冬,于右任途经此地题写"安宁强固"后,才将原来的"宁羌"改为现在的"宁强"。然而和略阳一样,2008年申报羌文化保护区时,从宁强县户籍上,已找不出一户以羌族注册的居民。

到宁强的第二天,我到县文化馆去了解宁强羌族历史,馆长周和平告诉我,汉人与羌人历史上冲突不断。即便是羌人南迁到汉水上游秦巴山区后,中原政府仍然对他们严加防范,甚至动辄屠杀镇压,这是原来生活在宁强、略阳、凤县和甘肃陇南的氐羌人不断减少，甚至匿迹的根本原因。

"他们隐瞒民族身份，只要有可能就往四川羌族聚居区迁徙，或逃进大巴山，这是宁强氐羌人消失的主要原因。"周馆长告诉我，"解放初，宁强户籍上还有羌族，'文革'后一个都没有了。要找羌人，你得去南山，到大巴山寻找。山里会法术、会跳神、会演傩戏的端公，肯定是羌族后裔。"

后来，我看到的资料说："明洪武年间羌民田九成揭竿起义，明太祖朱元璋派兵镇压，大肆屠杀搜捕羌人，并将设在甘肃徽州的宁羌卫迁来羊鹿坪（即今天的宁强县城），专门镇压羌人，致使部分羌人被杀，部分被遣送走或管制，部分不愿离开故土的，便隐瞒羌人身份，隐居在南山一带的深山老林，也就是现今这一带居民的先祖。"

这些逃离的羌人，至今生活在后来我寻访过的宁强县巴山镇、毛坝河、青木川一带的深山密林里。

巴与蜀

一提起巴蜀，可能不少人认为巴和蜀是一个民族。然而历史的真相是，巴和蜀不仅是截然不同的两个民族，而且他们最初生活的地方不是四川，而是汉江中上游，他们是夏商周时期汉江流域众多方国中两个不同出身、不同文化背景的古方国。

蜀人先祖有两位，一位是善于养蚕的蚕丛，另一位是善于捕鱼的鱼凫。在蜀人立国的神话传说中，蜀国开国先王蚕丛有羌族血统。蚕丛及其部族最初生活在岷山一带，南迁四川时曾一度进入汉水流域，并在湖北郧西，河南南阳，陕西城固、南郑等地生活。在四川盆地立国前，一支生活在北方的蜀人，还参与过周武王伐纣的牧野之战。这支为建立周王朝建立过功勋的蜀人，也为散居汉水流域的蜀人带来了好运。

应该是在西周建立后，蜀人才在成都建立了自己的国家。然而，生活在汉江上游、已经在蚕丛教导下脱离游牧，凭借汉江流域丰富的桑树资源学会养蚕的另外一支蜀人，也成为蜀王蚕丛和鱼凫的子民。此前，汉水上游的汉江南岸是蜀国和褒国的北方军事重镇。殷墟卜辞记载，汉江流经的陕南的广大地区，在商代还是蜀人居住的核心。为争夺地盘，蜀王和商王在汉江一带发生过多次战争。

正如三星堆文化，很难说是土生土长的巴文化，还是传说中长着格外夸张的纵目的蚕丛部族创造的古代蜀文化一样，历代史书对于先秦时代汉江流域包括褒国、曾国、绞国等，多如牛毛的小方国实在无暇记载。因此，我们也只能从这些或转瞬即逝，或神秘消失的少数民族留在浩渺历史缝隙间星星点点的史料，搜寻他们曾经在汉江流域生活、创造的蛛丝马迹。

先秦时期，华夏大地部落遍地、方国林立，中原统治者对于秦岭、巴山以远，以养蚕捕鱼为生的蜀国到底有多强大，根本无暇顾及。但到了中原地区诸侯纷争临近尾声的秦惠文王时，中原六国亡的亡、灭的灭，剩下的几个大国也日暮西山，气息奄奄，已经做好天下归一准备的秦王，自然不能让如蜀国、巴国一样偏居一隅的小国逍遥度日了。还有一个更为实际的图谋，那就是秦国统治者在筹划对包括楚国在内的最后几个国家展开最后一战时发现，仅仅凭借关中平原所产粮食、财物，根本无法保障诛灭六国所需军需供给。这时候，秦惠文王目光越过秦岭，投向与汉江流域山水相依的成都平原——如果将巴人和蜀人占据的成都平原收入囊中，再利用已经通过修郑国渠积累的经验治理岷江水患，岂不是可以为秦国再造一个和关中平原一样旱涝保收的巨大粮仓？

一切都已筹划好，剩下的问题，只有如何保障征发巴蜀的秦国几十万大军越过秦岭、巴山的阻隔了。

"蚕丛及鱼凫，开国何茫然！尔来四万八千岁，不与秦塞通人烟。西当太白有鸟道，可以横绝峨眉巅。地崩山摧壮士死，然后天梯石栈相钩连。"由于秦岭、巴山隔阻，绕了一大圈，才从四川抵达大唐都城长安的李白，是这样描述当年秦国与巴蜀之间的交通状况的。

对于已经在诛灭六国中树立了百倍自信的秦人来说，矗立在关中和汉中之间的秦岭，尽管群山莽莽、高峻雄矗，尚有古人于高山峡谷之间踩出的古道可以利用。然而，汉中与四川之间巴山逶迤，自古以来人迹罕至，如何保障诛灭巴蜀的军队越过秦巴天堑，是秦惠文王必须要考虑的问题。

秦岭、巴山一侧，秦国已经磨刀霍霍。而在有秦岭、巴山为屏障的巴蜀，巴王和蜀王的争斗也如火如荼。更有意思的是，巴王和蜀王打得难解难分的时候，还都跑来向秦王求援。天时人和都已具备，秦惠文王开始筹划灭蜀大战。他一方面下令司马错和张仪率兵进入秦岭，扩建褒斜道；一方面谋划打通从汉中翻越巴山，进入四川盆地的通道。

有关秦人如何开通连接汉江上游与巴蜀之间通道的具体史实，历代史料记述甚少，但从"五丁开山"的传说可以断定，秦惠文王极有可能利用计谋，借力让蜀王帮他开通了攻打巴蜀的通道。

这故事说，蚕丛、柏灌、鱼凫开创的古蜀国，在杜宇、鳖灵治理下先后延续了11代。然而，在鳖灵子孙、第11代蜀王开明尚将帝位传给自己的孙子后，蜀国的繁荣宣告结束。第12代蜀王芦子霸王贪婪好色，腐败无能。秦惠文王正是抓住蜀王芦子霸王这根软肋，让蜀国心甘情愿替自己开通了将蜀国送上末路的通道。

"五丁开山"的传说有两个版本。

版本一：秦惠文王深知蜀人迷信、蜀王贪财，令工匠雕刻了5头巨大的石牛，赠送给蜀王。为了迷惑蜀王芦子霸王，秦惠文王不仅煞有介事地为5头牛安排了专门的饲养员，还让人每天在牛尾巴下撒一把金豆，说这5头牛每天能屙黄金。愚蠢的蜀王信以为真，为了将这5头石牛运回蜀国，从国中挑选了5个有移山倒海之力的壮士，在巴山上开山辟路，将石牛拉到了成都。

这则传说中为运送粪金石牛开通的蜀道，就是金牛道。

版本二：蜀王好色，秦惠文王便挑选了5个美女准备送给蜀王，蜀王芦子霸王派5个壮士，从巴山开山辟路，迎接美女。壮士和美女返回的路上，在梓潼看见一条大蛇钻入石洞。于是，壮士们抓住蛇尾，想把大蛇拉出，未承想用力过猛，"轰隆"一声，山崩地裂，美女和壮士们被压在了山下，一条连接汉中和成都的金牛道就这样打通了。

这条充满传奇色彩的蜀道，具体路线大约为：从南郑到大安镇，经勉县西南烈金坝，向南经五丁关至宁强县，再转西南经牢固关、黄坝驿入广元朝天七盘关、转斗铺、中子铺、五里铺、神宣驿、龙门阁、明月峡、五里峡、石柜驿、汉寿驿、朝天镇，然后从跨越嘉陵江绝壁的飞阁栈道向南，入朝天峡、望云铺、飞仙关至千佛崖，再渡嘉陵江至昭化，经葭萌关上牛头山，登剑门关，过翠云廊至梓潼，然后经绵阳，过鹿头关、白马关、旌阳驿、金雁驿、两女驿、天回驿，最后到达成都金牛坝，全程共600余公里。

拓建褒斜道和打通金牛道工程完工的秦惠文王更元十一年（前314年），秦惠文王下令司马错和张仪率兵入川。在秦国强大攻势下，出身于汉江上游、立国于成都，历经12位君王的古蜀国不堪一击，很快便土崩瓦解。和蜀国同时走上末路的，还有国都设在重庆嘉陵江北岸的巴国。

从2004年到2014年的10年间，每次在秦岭、巴山之间行走，我都渴望能够捕捉到曾经在汉江流域秦巴山区生活、后来突然神秘消失的一个古老民族的踪迹，它就是公元前316年，司马错率领秦军攻入丰都城后一夜之间从人间蒸发的巴人。

2004年考察秦岭，面对陕西商洛市商州区杨斜镇丹江支流杨斜河北岸悬崖上密如蜂巢的洞穴，我喜出望外，以为发现了巴人居住或置放悬棺的遗迹。当时，当地地方史学者也以为那些洞穴是古代巴人遗迹，所以在呈暗红色的沙砾悬崖壁上写着"巴人洞"几个字。接下来的行程中，我在商洛境内山阳、柞水、镇安等地，丹江及乾佑河、金钱河两岸的悬崖上，也看到了不少这样的洞穴。然而后来有人否认这些洞穴与巴人有关，说这些洞穴是当地百姓开凿的"躲反洞""跑匪洞"或"藏兵洞"。就在丹江流域随处可见的这种神秘洞穴到底为何物被炒得沸沸扬扬时，陕西省文物局组织专家进行考察后，为它取了一个极其含混的名称：崖墓。2013年，商洛崖墓群被列入国家重点文保单位。

陕西省商洛市商州区杨斜镇山崖上这些密如蜂巢的石洞，一度被有些专家认为是古巴人留下的"巴人洞"

"崖墓"显然是一种墓葬方式，这种丧葬习俗起源于两汉。参与考察的专家认为，这种葬俗来源于汉人"天人感应"的世界观。人们认为，墓葬越高，死者的灵魂就越容易感应上天。同时，将棺木放到悬崖上，既可防潮，还可以防野兽啃食。

这样的解释看起来似合乎情理，但仍有专家坚持认为，这些洞穴可能与巴人葬俗有关。商洛市考古队队长王昌富就持这种观点。2003年8月26日，王昌富接受《华商报》记者采访时说："就目前已知的巴人习性而言，神秘洞窟本身就与巴人生活有着许多相同之处。如巴人居住的房屋叫'干栏'，干栏类似于今天的'吊脚楼'，一半凭山，一半悬空。这种房子，既能防避虫蛇，也能避免潮湿。而神秘洞窟中，四壁均有十分规则的石凹槽，这些凹槽既不适于放置烛火，也不能作他用，只能用于搭架木板。这样似乎可以推断，木板上是睡人的。而光滑的石壁不仅虫蛇无法爬上来，也的确可以达到防潮的目的，这一点就与'干栏'极为相似。另外，古代巴人善水，善做舟船，巴人死后，他们就将船倒置做棺，所谓'船棺葬'。"王昌富队长称："在镇安的'高峰'（山名）等地，就已经发现了这种船棺葬的残存物。如此分析，当年洞口距水面应不高，很有可能古代巴人就是出门坐船，归来时把船倒置在洞口以避雨，死后以船做棺置于洞窟中。"

此前，考古人员还在商州、镇安汉墓里发掘出一些巴人文物，有青铜戈、铜釜等。其中铜釜上巴人特有的"绳索纹"痕迹非常明显。青铜戈上的文字符号似篆非篆，难以辨认，却体现出浓厚的巴文化特点。王昌富还推断，隋代以前，商洛地区有一支巴人一直生活在丹江流域。

不仅商洛，在汉江流经的湖北十堰境内，郧西上津、夹河镇、羊尾镇，郧县县城附近和金钱河陡岭子库区，也有与商洛崖墓群一样的神秘洞穴，当地人一度称之为"老人洞"。

对于历史上巴人在商洛的活动情况，《隋书》《魏书》都有记载。《隋书》说北周静帝大象二年（580年），"北至商、洛，南拒江、淮，东西二千余里，巴蛮多叛"。《魏书》说："神䴥元年（428年），上洛巴渠，泉午触等万余家内附。"这里的"上洛"就是商洛，濮、彭、泉被认为是巴人大姓，商洛至今还有这三个姓氏的后裔。另外，山阳的漫川关是古蛮子国的所在地。这些居住在汉江流域的少数民族，被中原统治者蔑称为"南蛮"的"蛮子"中，就有巴人。

从出现到消失，巴人的身世，比蜀人还要神秘而扑朔迷离。仅巴人的"巴"字的含义，就有多种解释：巴人的"巴"字与可以吞下一头大象的大蛇有关，与一种食之可以让人兴奋的叫"苴"的草有关，与巴人最初生活的地方的水有关等。有关巴人的先祖，有观点认为巴人为姬姓，是生活在长江汉水一带的周族；也有人认为，巴人原本是公元前8世纪受楚人排挤，从江汉平原逆长江而上，与生活在岭南的越人融合形成的濮越人；还有人说巴人血统里有氐羌族基因。

这些都让巴这个因周武王伐纣时和蜀人并肩作战而浮出历史烟尘的古老民族的来龙与去脉，至今让人搞不清楚。时过几千年，"比翼齐飞""巴蛇吞象""白虎神话""廪君传奇""巫山神女""盐水神女"这些与巴人有关的神话故事，至今仍为我们所熟知。

从已知巴人早期的各种信息中，我们可以得出结论，尽管巴人身世朦胧、族员复杂、立国后建立的政权以重庆为中心，但没有人否认汉江流域、江汉平原曾经是巴人故地，即便立国以后，其疆域范围也一度延伸到汉江南岸和汉江流经的湖北西部。所以在汉江两岸行走，我总是期待着能与古老而神秘的巴人相遇。因为除了各种史料里闪闪烁烁的历史信息，以及汉江流域种种与古代巴人有关的传闻遗迹外，我坚信人们之所以将介于汉江和四川、重庆之间的这座莽莽大山叫作巴山，其含义应该是指这里是巴人的家园。

1986年，考古人员在安康王家坝商周遗址发现的一只史密簋上的铭文，记述了一支以虎为图腾的巴人——虎巴，在汉江上游活动的历史。

史密簋仅有93个字，其内容说，西周初年周人东征时，周王命令在周王室担任"史"一职的虎族统治者史密和担任"师"一职的卢国贵族师俗，带领各自部族参加了东征之战。这次东征，应该是指由周公旦率兵平定三监之乱的战争。这里的虎族，即殷商时期从鄂西迁居汉水上游汉中、安康的巴人分支。这个巴人部族以虎为图腾，所以历史上称之为"虎巴"。

2004年，我在镇巴县陈家滩泾洋河峡谷离地面一二百米的悬崖上，看到一座山峰的裂隙里悬空横着几根木棒，便向当地人打听，得知这木棒是古人架死者棺材的，这里也就是崖葬遗迹。巴人丧葬方式有船棺葬、崖葬、幽岩葬、岩穴葬、土坑葬等，其中崖葬也是巴人丧葬遗风。这和古代丧葬遗迹，在汉江南岸大巴山区并不罕见。2009年5月30日，新华网陕西频道发的题为《陕西紫阳县燎原乡发现一处古代崖葬》的文章说，安康市第三次全国文物普查二队在紫阳县燎原乡钢铁村叫花子崖，发现一处古代崖葬，崖洞中共有棺木7具。文章还说："该崖葬地处紫阳县渚河流域庙坝河源头、海拔836米处的王家沟垴，小地名为叫花子崖的崖壁上。崖窟高约6米、宽5米、进深8米，窟内放置长1.2—1.5米、宽0.4米、高0.4米尺寸不等的棺木7具。"

崖葬是在崖穴或崖壁上安葬人的遗体的一种葬俗，也是风葬即露天葬的一种，包括悬棺葬和崖洞葬。我国目前已发现有殷商、战国、两汉、南北朝、唐、宋、元时期的悬棺，以四川地区为多。紫阳县是巴蜀流民定居地之一，此次发现的崖葬是紫阳县境内首次发现的崖葬，其具体年代尚待进一步考证。

据考古专家介绍，紫阳县崖葬的发现为研究汉江流域巴蜀流民以及古代巴人的生产生活、经济文化、丧葬风俗、埋葬形制等提供了很好的实物资料，能够让后人更好地了解古代巴蜀流民的历史。

镇巴与紫阳一山之隔，南部与四川万源、通江接壤，紫阳也与万源和重庆城口相邻，自古有古道与巴人立国后活动核心区域沟通。镇巴一名，也显然与巴人有关。活动在汉江流域的巴人，在遭受各方挤压时逃往大巴山、米仓山深山密林，应该是秦国大将司马错灭掉巴国后，幸存的巴人求生的唯一选择。

2014年11月，在陕西西乡找到的一份资料说，西乡县南境牧马河源头骆家坝大兴村河西岸的神仙崖，有一处商周时期悬棺葬遗址。第二天一早，我便驾车沿汉江支流牧马河向南，再度进入大巴山深处。

西乡地处秦岭、巴山之间，北有穿越子午岭的子午古道沟通关中，境南绵延的群山与四川通江相连。一路从丛林、清溪、茶园绵延的高山峡谷间向南，有路标提示继续前行就是四川通江的时候，一个四面环山、清流环绕、满山青翠的山间平坝出现了，这就是骆家坝。骆家坝也是第二次国内革命战争时期连接陕南和四川的红色交通线的重要驿站。1932年12月，红二十九军在这里召开了著名的"钟家沟会议"，做出了红军主力进入四川，创建川陕革命根据地的决定。

安谧雅静的古镇正在修复，古旧的木楼、庭院和铺面，有的已经拆除。清澈见底的牧马河两岸，新建的古镇白墙黑瓦，已经有了明显的四川风格。

四处打听，遇到的几个人都不知道神仙崖的确切位置。下午3点多在一家小饭馆吃饭，女老板说到镇上时会路过一条峡谷，那里有座吊桥，过了吊桥就是大兴村。于是我沿原路返回。到了那里，才发现河对面有条两面高山对峙的峡谷，车过不了吊桥，我只好把车停在路边，步行过桥。

大巴山深处山高地少，没有多少空间可供建房，许多人家都把房建在路边仅有的一点平地上。路边几座房子房门紧锁，过了吊桥，遍地泥泞的沟口有两户人家。一户一个年轻媳妇在洗衣服；另一边一户，一个身材干瘦、面色阴沉、50多岁的男子从窗口紧盯着我。我隔着窗户向男子问神仙崖的位置，男子扬手指着幽深的峡谷说，就在那里。

天空淅淅沥沥下起了细雨，天色突然变得昏暗起来。踩着泥泞的路进入峡谷，两面石崖高耸，前面雨雾迷蒙，四下里除了我的脚步声，只有峡谷里哗哗啦啦的水声。迷蒙雨雾之中，四周阴森得令人头皮发麻。就在这时，一阵吧唧吧唧的脚步声从身后传来。我回头一看，给我指路的那个男子迈着快步，急匆匆追了上来。到了我跟前，也不打招呼，面无表情地声言要给我带路。

深山幽谷，四下无人，那个男子表情冷峻，腰里还别着一把砍刀，一看就让人发怵。我婉言谢绝，那人也不管我愿不愿意，仍旧我快他快，我慢他慢，不远不近地尾随着。

这男子是干什么的？为何要主动为我带路？既然带路，腰里为何要别把砍刀？我拒绝他后，男子为何还要尾随我？我越想心里越毛。就在这时，我隐隐看到前面竖起一道堤坝，堤坝上一个骑摩托车的男子停车朝这边张望。

天空更加幽暗，幽深的峡谷里只有淅淅沥沥的雨声和峡谷深处湍急的水声，那男子还在不紧不慢地尾随着我。一阵阴森的恐惧让我浑身打起了冷战。面对一前一后两个不认识的汉子，我警觉起来，有意识地放慢了脚步，趁那汉子走到前面，我突然转身，加快脚步，冒着一身冷汗跑出峡谷。

在峡谷口，回头一看，那男子也停住脚步，站在那里朝峡谷口张望。

后来，从"西乡吧"看到一位网友的帖子说，西乡县骆家坝古镇东约5公里，再沿救死河西岸行2公里还有明清"大巴关巡检使司"遗址。从遗址向前行约500米，有"神仙崖悬棺葬遗址"的碑，那里就是巴山土著先民遗存下的一处完整的悬棺葬墓群。

根据"西乡吧"这个帖子的描述，我开车过桥进峡谷的那条河，应该就是救死河，而且进峡谷后，我已经距离神仙崖悬棺群不远了。但因为峡谷深处前后出现的两个不速之客，我还是没有看到神仙崖悬棺。

众多史料均记述说巴人骁勇善战，善歌舞。

与古汉水有着千丝万缕联系的巴人，第一次出现在中原统治者视野，是在公元前1046年周武王讨伐商纣的牧野之战。巴人和蜀人都是周武王联合各地诸侯组建的灭纣联军成员。据史书记载，巴国军队不仅作战骁勇，而且战术独特，一旦战斗开始，将士一边高歌，一边冲入敌阵。高亢的歌声和英勇无畏的士气，往往使敌人魂飞魄散。顾颉刚在研究《华阳国志》时，看到巴人参加牧野之战的记载后说："巴师勇锐，歌舞以凌，殷人倒戈，故世称之曰'武王伐纣，前歌后舞'也。"牧野之战结束后，周武王不仅将散落于各地的巴人集中到四川，还根据巴人作战时的舞蹈动作，创编了著名的舞蹈《大武》。

巴人也是一个好战的部族。有史料记载，巴人从公元前703年协助楚国击败邓国军队后，公元前477年与楚国交恶，最终被楚军赶出汉江流域。此前，巴人不仅联合秦楚消灭掉了庸国，还先后两次在湖北荆门、枝江大败楚军。然而，就是这样一个能征善战的部族，在公元前316年被司马错率领的秦军一举击败，并从此神秘消失。

有关秦军攻陷丰都，与秦军浴血奋战的巴人突然失踪的情景，我在《走进大秦岭》里这样写道："公元前314年，秦国在灭掉蜀国后，大将司马错从剑门关进入巴国。巴人在与秦国军队殊死交战10余次后，所剩10多万巴人扶老携幼，退守四川丰都。"

就在秦军最后攻下丰都城的时候，一夜之间，10多万巴人竟从被秦国军队围困得水泄不通的"鬼城"丰都城内消失得干干净净，竟然连一具死尸都找不到！

征服者的欢呼声戛然而止，曾经血流成河，战鼓震天，喊杀声、呼救声不绝于耳的丰都城，转眼之间归于平静，如一座死城。被烟尘熏染过的天空挂着一轮昏黄的太阳，空荡荡的街巷十分干净，街头巷尾敞开的屋子里，没有留下一丝刚刚还有人在这里生活过，并且为生存而厮杀过、拼搏过的痕迹。

浑身沾满巴人血迹的秦国军队被面前这座空城、死城惊呆了。

在跨进城门的那一刻，还设想着与千百年来使用带有魔法兵器的巴人展开最后一次巷战的秦军，手持滴血利刃，呆呆地望着这座既没有一个活人，也找不到一具尸体的城郭，把千古疑问留给了后世。

这个在秦巴山区曾经纵横披靡4000多年的民族，就这样一夜之间集体消失了。尚有10多万之众的巴人，既要携老扶幼，又要带上所有使用过的生活用具，他们是怎样从重兵围困的丰都城逃出去的？离开自己的家园后，他们又到哪里去了？

巴和蜀，这两个一度惺惺相惜的难兄难弟，就这样不留痕迹地从人间蒸发了。

蜀国灭亡后，生活在四川盆地的古蜀人，将其血脉传给了现在的四川人。巴国灭亡后，巴人的血脉仍然在延续。有观点认为：丰都之战后，幸存的巴人一部分逃往他乡，隐瞒巴人身份，与当地土著融合；还有一部分巴人逃进大巴山区密林深处，很长一段时间过着洞栖穴居的生活。

在汉江两岸行走，我至今还能感觉到蜀人和巴人遗留在秦岭、巴山之间的神秘气息，还在这绮丽迷人的青山绿水间弥漫、荡漾。

蛮子国

蛮子，本是华夏族对南方部族的蔑称，是个贬义词。

2004年夏天，我到了山阳，当地朋友介绍山阳历史时说，山阳南部山区与湖北郧西接壤的地方，古代为古蛮子国所辖，漫川关古镇曾经是蛮子国国都。诗人管上表情平淡地说："我就是南蛮子。我老家就在漫川关。"《山阳县志》介绍漫川关古镇的几句话也很有意思："居民多南人，风物近荆襄，重礼仪，善巧言，小吃别有风味。"

后来几次到漫川关我发现，山阳县以秦岭支脉鹘岭为界分为南北。到了山南，亦即鹘岭以南，海拔陡然下降，深陷在汉江支流金钱河河谷的漫川关古镇，饮食、语言、风俗果然和山阳县城所在的山北大相径庭。鹘岭以北，语言风俗与商洛、关中相差无几；但到了漫川关，人们说的是南方软语，吃食风味也完全一派湖北味道。也难怪，沿金钱河转几个弯，就是湖北郧西著名的上津古镇。历史上的漫川关和上津，都是进出汉江的水旱码头。山阳民间所说的蛮子国，是对夏、商、周时期汉江流域及其以南密密麻麻、多如牛毛的南方少数民族的通称。

2014年行走汉江前准备资料，我看到的一篇介绍汉江历史的文章说，汉江流域历史上是多民族聚居的金腰带。从汉中一路走来，我已经呼吸到了先秦时期汉江两岸众多小方国和部族遗留下来的历史气息。在汉中境内汉江上游，不仅有蜀和巴，还有如褒国、丙国、酉国、骆国、赤国、商国、濮国、微国等，或转瞬即逝，或在史书上只留下一个名字，已无迹可寻的众多小国。进入湖北西部，历史上深藏在高山密林中的小国更是密密麻麻，不胜枚举。这些如流星般划过先秦夜空的部落方国，诞生与消失，各自有不同的命运经历，也在华夏多民族国家萌芽、生发、形成的历史上，留下了光华各异的文化光芒。我手头有一本刘清河先生主编的《汉水文化史》，据统计，夏、商、周3个时期，汉江流域存在过的大大小小的方国数以百计，仅该书专文介绍的就有40余个。这还不包括古汉水上游西汉水和嘉陵江流域，甘肃陇南、天水，陕西略阳、宁强出现过的众多氐羌政权和西戎游牧部落。

以各种各样动物为图腾的部族，在古老的汉水两岸高山上、丛林里、河谷间聚集，各自为政，群居生活。服饰不同、语言各异的身影在秦岭、巴山间出没闪现，颜色各异、形状不同的族旗在汉江两岸猎猎飘扬、狂舞翻飞。

在华夏民族混沌初醒的时代，那该是多么壮观的景象啊！

这个时期，正是华夏文明曙光初照的夏、商、周三个时期。在有秦岭阻隔的北方，黄河和渭河流域，众多各自封闭、各自独立的部族，也在经历了长期不断的迁徙、战争、融合后，开始纷纷朝着炎黄部族举起的龙字大旗聚拢。华夏大地的北方与南方，华夏民族大融合黄金时代的大幕徐徐拉开。

2004年8月，我到汉江南岸神农架山区的竹山时，当地人介绍说，别看竹山地处僻远，3000多年前这里出现的上庸古国不仅帮助周武王灭掉了商纣王，还敢和被秦国视为最强大对手的楚国作对。竹山、竹溪一带，是上庸古国的核心地带，竹山在古代被叫作上庸。

上庸古国即庸国，是汉江流域最古老的方国之一，和蜀人、巴人、濮人一样，庸人也参加过周武王灭纣的牧野之战。然而，与汉江流域众多小国转瞬即逝，诞生不久即被另一个国家灭掉不同的是，夏商时期已经形成统一国家的庸国，从诞生到灭亡前后持续了1100年至1700年。庸国的军事实力和影响力，在春秋战国时期，一度连秦国和楚国都不敢小觑。

早在公元前17世纪，庸人就建立起横跨汉江，几乎涵盖整个汉江上游的强大政权，但庸人的身世，却一直是个谜。有观点认为，庸人先祖是黄帝时期发明历法的容成氏；也有人认为，庸人血脉里流淌着三皇五帝时期火正祝融的血；还有人说，庸人和楚人、巴人、蜀人、秦人一样，是五帝之一颛顼苗裔分支。依照最后一种说法，创建庸国的庸人，也属于被中原统治者鄙视的南蛮。只不过在楚国崛起之前，庸国在南蛮各部族中处于领袖地位，其一举一动，在中原和南方各部族中都举足轻重。

2004年和2014年行走秦岭汉江，我几乎走遍了当年庸人控制的汉江两岸的山山水水。在全面了解了庸国历史后我惊异地发现，早在中原地区黄河文明如梦初醒的远古，在汉江中西部，庸人已经在与黄河流域极为相似的文明光照下，开创自己的生活。20世纪，考古界发现了比北京人还古老的郧县人头骨化石的郧县，以及出土了我国现今最早的水稻种植遗存的西乡李家村仰韶遗址、南郑龙岗旧石器遗址，一度都在庸国的控制范围。不仅如此，在长期是庸国统治核心区域的安康平利，湖北竹山、襄阳，还有众多与渭河流域如出一辙的华夏民族远古神话人物伏羲和女娲的遗迹。汉民族唯一一部创世史诗《黑暗传》，也是在庸国所在的神农架地区以孝歌的形式传承下来的。有专家在了解庸国历史后感叹说，先秦时期，庸国不仅统治地域辽阔、国力雄厚，制陶、文学、筑城、冶铸、农业等均很发达，如果不是被秦楚联手灭掉的话，庸人完全有可能率先跨入华夏文明的门槛。

庸国，汉江流域这个笼罩在茫茫迷雾中的王国，是在公元前611年被灭。在《走进大秦岭》里，我是这样描述古庸国最后结局的：

> 东周末年，与庸国相距不远的楚国发生大饥荒。已经成为春秋霸主们争霸天下最大障碍之一的楚国，同时受到来自中原和东方诸国的攻击，留在郢都的军队不足3000人。在牧野之战中树立了南蛮领袖地位的庸国，以为自己独霸南蛮的时机已经成熟，也加入了群雄争霸的行列，率领麇国等一些盘踞在楚国附近的小方国，纠集起7万人的军队，向楚国发起进攻。

既擅长骑射，又长于山林作战的庸人，以数十倍于楚军的兵力，与楚军展开了这场空前绝后的战争，前后持续了7年。公元前611年，楚军联合北面的秦军和汉水下游的巴人，对庸国形成了三面夹击之势，并派精锐之师深入庸国后方，占领了位于竹山县田家坝方城山的庸国国都。

丧失立身之地的庸人战死的战死，逃亡的逃亡。

古庸国与楚国之间蜿蜒在山岭之间的边界，被这场战争轻轻抹平。

一个在山林中称霸千余年的古老王国，从此永远退出了历史舞台！

2014年11月22日，一场绵绵细雨笼罩了汉江两岸。潇潇细雨中，我行走在褒斜道出口、石门栈道附近。西北大学原博士生导师刘宝才教授从微信上看到我在褒姒故里的照片，留言说："若冰先生旅途辛苦，多保重！褒姒铺已被水淹没，这个故里可能在水库边上吧。提起褒姒，我有个不合时宜的看法，我认为幽王宠褒姒而亡国的故事反映了夏族对周族的怨恨。《史记》中这个故事曲折地表达了这个意思。夏亡与周人分离大有关系。亡国后的夏族一直怨恨周人，西周灭亡，夏族心中大快，于是编出褒姒的故事，不仅是女人祸水论而已。"

汉江流域众多方国中，有3个国家与"周幽王烽火戏诸侯"的典故有关系。

这三个国家，一个是将褒姒献给周幽王的褒国，另外两个是联合犬戎攻陷西周都城，将西周王朝送上末路的申国和缯国。

细雨迷蒙中我徜徉在褒谷口褒姒故里时，中国先秦史学会顾问、西北大学原博士生导师刘宝才教授看到我发的微信后留言告诉我，"烽火戏诸侯"的故事，是夏人杜撰的

褒国，是夏时期一个小方国，也一度是汉水上游较为强大的国家，都城在陕西勉县褒河镇一带。褒国也是牧野之战的参与者。强盛时期，褒国掌控着汉江上游汉中大部分区域，是汉中境内汉江流域各诸侯国的领袖。褒国强大时，吞并了勉县境内的丙国和洋县境内的酉国。洋县境内的骆国、勉县境内的赤国，也都为褒国所灭。然而公元前779年，汉中境内这个千年古国的平静被打破了。

这一年，荒淫无道而又忠奸不分的周幽王突发奇想，决定教训教训把持着关中通往汉水流域的交通要道——褒斜道出口的褒国。虽说褒国是汉江流域林立小国中的强手，但毕竟不是可以号令天下的周王室的对手，战争结局可想而知。战败后，为化解周王室与褒国之间的矛盾，褒国将美女褒姒送给周幽王。这时的周幽王不仅有王后，而且已经立申后生的儿子宜臼为太子。也不能怨周幽王好色，褒姒也实在是生得太漂亮了，一见面，周幽王的魂就被褒姒勾走了。褒姒生下儿子后，为讨褒姒欢心，周幽王不顾大臣反对，将申后和太子废掉，不仅立褒姒为后，还将褒姒生的儿子伯服立为新太子。即便如此，貌若天仙的褒姒仍然冷若冰霜，从来没有在周幽王面前笑过一次。为了博得这位让自己寝食不安的冷艳美人的欢心，周幽王用尽了心思，最后上演了一出让周王室迅速走向衰微的烽火戏诸侯的闹剧。

如果不是周幽王将调遣诸侯军队当作儿戏，如果废除的王后和太子与各诸侯国没有干系，周幽王丧失理智的恶作剧，也许只会给后世留下一个茶余饭后的谈资笑柄，还不至于让自己命归黄泉，让周王室江河日下。缺脑筋的周幽王偏偏没有想到，被他废掉的申后娘家不仅是骁勇善战的西戎部族，而且申侯与周王室世代联姻，原本就是一种安定戎族的政治手段。他与申后的婚姻，直接影响着整个西戎部族对待周王室的态度和立场。

周幽王废除申后和太子的时候，申人已经被周天子封到河南南阳，建立了申国。被周幽王废除的申后是申侯的亲女儿，被周幽王废除的太子是申侯的亲外孙，申国是周王室众多诸侯国中拥有王室背景的一个。世代与周王室联姻的申侯，对周幽王所作所为，自然不会坐视不管。就在周幽王胆大妄为、得寸进尺的时候，申侯的复仇计划也在谋划中。他首先动员与申国相邻、国都在唐白河支流源头的方城县的缯国加入伺机推翻周幽王统治的阵营，接着又联络仍然活动在关中以北的犬戎，组成联军，联手进攻西周都城镐京。

公元前771年的某一天，申侯带领申国、缯国和犬戎军队出其不意出现在镐京城外，镐京守军点燃烽火，向各诸侯国求救。然而，面对镐京城头再次升起的滚滚狼烟，已经上过一次当的诸侯，以为周幽王又在与褒姒寻欢作乐，对此视而不见。申侯带领联军乘机攻进镐京城，周幽王一看大势不好，带着褒姒仓皇逃窜，被联军杀死在骊山。

周幽王死后，申侯联手鲁侯和许国国君许文公拥立被废太子宜臼为平王，迁都洛阳，史称东周。立国275年，历11代12位君王的西周王朝宣告终结，中国历史翻开新的一页。

周幽王的荒淫无道，中原众多诸侯国的各怀鬼胎，让改变周王朝命运和改写中国历史的使命，交由偏据汉江流域的诸侯小国来完成，这究竟是周王朝的悲剧，还是历史发展的规律使然？

在两三千年前，古汉水两岸数以百计的部落方国曾经在有过的或辉煌、或黯淡、或铿锵悲壮、或婉约幽静的历史里漫步，只要我收拢住匆忙奔走的脚步，用心倾听就会发现：在滔滔汉江碧浪翻滚、群星璀璨的过去，曾经改写并影响过中国历史的，岂止只有古庸国、申国和缯国？在华夏民族如梦初醒的童年和少年时代，让成长壮大中的华夏血脉变得更加多彩丰盈的，又岂止在无休无止的迁徙、征战、融合中如流星般转瞬即逝，将光华耀眼的身影长久留在浩渺时空背面的氐羌人、巴人和蜀人？

此时此刻，夜深人静，万物息声，就在我再次翻阅古老汉江曾经有过的方国荟萃、部族云集的历史时，我惊讶地发现，我今夜寄居的太白山北麓——眉县，竟是一度被古庸国收留，在竹山西部立国的微人的故乡。

据《尚书·牧誓》记载，微国是牧野之战的"西土八国"之一，和庸国、巴国、濮国一起参加过周武王诛灭商纣的牧野之战。西周崛起前，微人四处迁徙，最终选择在与周人隔渭河相望的眉县安身。当时，周人还在成长中，周人和微人过从甚密，微人是周人灭纣最有力的支持者和响应者。周武王灭商后论功封赏，微人仍被封在眉县，建立了微国。然而好景不长，随着时间的推移，周王室与微国矛盾丛生，裂隙越来越大，微人被迫再次踏上逃亡之路。但当时的周天子一呼百应，"普天之下莫非王土"，受到周人排挤打压的微人，到哪里寻找生路呢？反复斟酌后，微人选择了从褒斜道翻越秦岭，进入汉水流域。失去家园的微人知道，当时的汉水流域偏远闭塞，远离周王室京畿之地，许多与周王室有过节和实力弱小的部族，也选择了在秦岭和巴山之间的高山丛林中安身，逃到那里，也就远离了是非。有人猜测，促使微人做出南迁汉江流域决定的另外一个原因，应该是投亲靠友。微人知道，在汉江流域，有和他们先祖一起在牧野之战中并肩作战的庸人、濮人、卢人、彭人的后人。这也是被周王室逼得走投无路的微人最后的选择。

微人进入汉江流域的时候，庸人已经是南方各部族当之无愧的领袖，控制着几乎整个汉江上游地区。流离失所的微人随着汉江一路向东，从汉中进入十堰。当时庸国的国都在竹山，庸国就将微人安置到竹山西部居住下来，并帮助他们再次立国。也不知微人与周王室结下了什么深仇大恨，微人逃到汉江流域后，周王室仍然穷追不舍。有人认为，周昭王两次率军进入汉江流域征伐荆楚，追杀离开眉县后加入荆楚阵营的微人，也是其南征作战的目的之一。

第二次南征，楚军大败周王室军队，周昭王也在逃命中坠入汉江，溺水身亡。然而，这一切并没有改变微国的命运。周宣王时代，周王室加大了对汉江一带，包括微国在内的南方势力的打击力度。楚国崛起后，曾经领导南方诸国的庸国及其追随者，也成为楚国打击的对象。面对周王室和楚国的双重压力，在汉江流域生活了200多年的微人再次踏上迁徙之路。

这一次，他们选择向远离中原的西南地区逃亡。

最初立国在大秦岭主峰太白山下眉县的微人，之所以称自己的国家为"微"，是因为古语中"微"和"眉"同音。据此有人推断，离开汉江上游鄂西北的微人，最终落脚四川眉山。眉山的"眉"字，是微人从眉县流落汉江南岸的高山密林，又从鄂西北迁徙四川留下的印记，也是这个在无休止的迁徙中求生的部族给最后收养了他们的那块土地的馈赠。

谁也不知道，在公元前221年秦始皇横扫六合、一统天下之前，有多少生活在汉江流域的部落氏族，也和微人一样或心甘情愿，或被迫无奈地弃国离舍，告别波光闪烁的古汉水，远徙他乡，将他们所熟悉的方言、生活、习俗带往南方与北方；又有多少人如后来的楚人一样，将自己火一样燃烧的血液，融注到一个民族日渐壮硕丰盈的血脉之中。

正是出于这个缘故，汉高祖刘邦将自己从汉水之滨起步创建的王朝命名为汉之后，"汉"也就成为我们这个渊源深厚、源流众多、血脉多元的古老民族最具有精神和文化的象征意义的字眼，也是最为贴切的称谓。

披荆斩棘

2017年8月，我在西安拜访著名作家贾平凹，谈到他的小说，我说评论界说他的作品喜欢写神写鬼是受了蒲松龄的影响，完全是一种误解误读。贾平凹哈哈一笑说："你说得对。我老家商洛是楚文化发祥地，楚人好祀、信鬼神、讲天人合一，我们老家也一样。我写的有些故事，在商洛丹江流域广为流传。"

楚人成为春秋战国时代可以与北方大国一争高低的南方部族，是在疆域拓展到汉江中下游江汉平原后。在此前，楚人在汉江北岸、丹江流域，经历了极其漫长而艰苦的创业阶段。

2004年盛夏我进入商洛，在丹江两岸行走，发现与同样生活在汉江流域的汉中、安康人不同，丹江北岸的商洛人都讲一口地道的关中话。尤

安康民间祭祀汉江的仪式

其是面对丹凤龙驹寨船帮会馆和山阳漫川关骡帮会馆双戏楼的建筑风格、装饰图案，再加上一路上听当地人讲神奇古怪的鬼神故事，总觉得商洛大地上飘荡着一种和陕南其他地方迥然不同的味道。几天后到贾平凹老家丹凤县棣花镇贾塬村，陪同的诗人慧玮和村支书，指着贾平凹旧居土丘下水沟两边一东一西两座古庙宇说，那是二龙王庙。南宋时期，这条水沟是宋金两国的界河，河东岸是南宋，河西岸归金国统治，所以一条河上有两座龙王庙。

慧玮还告诉我，棣花镇还是春秋战国时期商洛通往河南内乡柒於镇的300公里商於古道上的重要驿站。历史上，商洛一度是楚国地盘，所以商洛民间和楚国长期统治的湖北特别是鄂西一样，有喜巫近鬼的习俗。

"你再看看，这里的古民居是不是有明显的湖北建筑风格？"慧玮指着街对面一座檐角高挑、危如峨冠的老建筑说，"商洛地处秦头楚尾，楚文化影响根深蒂固。"

楚人沿丹水而居，丹水自西向东贯穿商洛全境，从河南南阳淅川汇入汉江。早在20世纪80年代，著名荆楚历史地理学家石泉先生就提出，西周早期，楚国第一个都城丹阳在丹水上游的商洛商县（今商州区）一带。时隔不久，20世纪90年代，考古人员果然在商洛丹江流域，不断发现楚人墓葬和带有浓郁早期楚文化特色的文物，其中在丹凤县古城村的楚墓群和山阳县鹘岭的楚墓，一次性就挖掘出500余件战国时期的陶器和青铜兵器。2007年5月17日，《西安晚报》以《陕西楚文化研究取得重大突破：商洛是早期楚文化中心》为题的文章一经发出，立即被国内众多媒体转载。文章全文如下：

  本报商洛讯（记者申震） 近日，20多位文物考古界楚文化研究专家齐聚商洛，对商洛西周至战国时期的文化遗存进行深入研究，他们认为，商洛是早期楚文化的中心。

  据《史记·楚世家》记载：周文王之时，芈姓季连部落酋长鬻熊,率族参加了灭商的战争,受到周王室的重视,被赐予"子"的爵位,鬻熊是楚国的最早缔造者。周成王时"封以子男之田,居丹阳","楚"这个国号兼族名由此产生。丹阳成为楚人立国后的政治、经济、文化中心。而丹阳究竟在何处,一直是我国历史学界长期讨论的热点。一说在今湖北秭归,一说在今湖北枝江,也有人认为是今河南淅川,但均无文化遗存证明。20世纪80年代,著名荆楚历史地理学家石泉先生提出,"西周早期楚丹阳在丹水上游的商县一带"。

20世纪90年代后,随着丹江上游多个西周和战国时期遗址的抢救性发掘,先后出土了许多珍贵文物,具有鲜明楚文化风格的鬲、盂、敦等器物组合也引起了陕西考古研究专家的格外重视。陕西省考古研究所成立了商洛楚文化课题组,做了大量细致入微的考古研究工作,取得了丰硕的研究成果。北京大学文博学院高崇文教授表示,这些考古成果的取得,对于探究早期楚国都城和楚文化研究,具有突破性的意义,它表明早期的楚文化是以商洛为中心的。但究竟商洛的楚文化是源头主流,还是属于移民支流文化,还有待于考古发现的佐证。

这次研讨会还廓清了史学界有争议的楚与秦、晋分界问题,明确断定东周时期楚秦、楚晋分别以秦岭、蟒岭分界。

众多史料记述,楚人是黄帝之子昌意的后代。楚人先祖重黎,是黄帝曾孙帝喾时期掌管天火与地火的火正,也就是神话传说中的火神祝融。既然如此,楚人本源应属北方部族。大约在周成王时期,楚人被赐以子爵,封到丹淅之间方圆不足百里的地方,定都丹阳。石泉先生所说的楚丹阳城,在商县大荆镇。

对于多一半区域散落在秦岭南坡崇山峻岭中的商洛来说,如果没有与汉江贯通,商洛大部分区域的语言、饮食、文化,大抵只能归结于和秦岭

这座位于湖北宜城市郑集镇皇城村的丘岗,春秋时期曾经是楚国国都

一山之隔的关中地区。然而有了从黑龙口一路倾斜向东,在绵延山岭中跌跌撞撞,经陕西省商洛市所辖的商州、丹凤、商南,然后从河南淅川流入丹江口水库的丹江,荆楚之风便沿着丹江干流河谷和纵横交织在山岭峡谷之间的支流,席卷了几乎商洛全境。

2004年至2014年的10年间,我两次去过淅川。由于南水北调,丹江口水库坝基升高、蓄水量增大,地处南水北调中线渠首的淅川不但有大量移民外迁,县境南部一些村镇还沉入了水底,淅川县县城规划建设刚刚起步。2014年我去的时候,除了范蠡公园清雅幽静、优美整洁外,县城里满街凌乱,到处施工,完全没有了10年前山南山城的优雅与闲适。

为了寻访古淅水,我开着车南突北进,一无所获。打开淅川地图,也找不到这条对于楚国来说具有非凡意义的河流。后来,从县博物馆举办的淅川楚文化专题展览上才得知,古淅水曾经贯穿淅川全境,"淅川"就因为地处淅水冲击而成的百里冲积扇而得名。但随着岁月推移,曾经滚滚奔流的淅水中游已几近枯竭,下游也由于丹江口水库库水倒灌,消失于水波浩渺的丹江口水库。

县文化馆展出的文物，大多为南水北调时，丹江口库区扩容文物普查时抢救性挖掘的文物，以早期楚人生活用品以及兵器、礼器、乐器为最多。面对那些幽光闪烁、造型精美，特别是造型神秘怪异的青铜神兽，以及与同时代中原纹饰明显不同的青铜器，你绝对会隐约感到一种试图从已有母体胚胎中寻求锐变的文化精神，正以一种既咄咄逼人、又新鲜新奇的气息孕育生发。

展室文字介绍和一本《丹淅之地在淅川》的书，都在强调丹阳在淅川，地点在丹江和淅水汇合的丹淅之会。我看到的资料介绍，20世纪70年代，考古工作者在淅川县丹江岸边下寺龙山附近，一次性发掘24座春秋时楚国墓葬，出土包括青铜礼器、乐器、兵器、车马器、生产工具和玉器等在内的各类文物达8000余件，还发现了楚令尹子庚墓葬。20世纪90年代，考古工作者在淅川境内下寺、和尚岭等地，又发现28处楚墓葬群，总数在2000座以上。

面对这些考古发掘，学界对丹江淅水流域，亦即陕西商洛和河南淅川、西峡是楚人南迁后艰苦创业之地这一点，似乎没有多少异议。学术界至今观点分歧的焦点，还是秭归、枝江、淅川哪个地方是楚国第一都城丹阳的归属问题。不过，自从石泉先生提出最早的丹阳城在商洛后，也有人认为，在楚人创业发展的丹江汉水流域之所以有多个丹阳，是因为楚国在第一代封王熊绎及其后代带领部族筚路蓝缕、披荆斩棘艰苦创业过程中，疆域不断沿丹江汉水拓展，国都渐次南移，这就有了商洛、秭归、枝江、淅川等地的多个丹阳。

现在的丹江淅水流域高山纵横、峡谷幽深，仍然是秦岭南坡汉江中上游最为僻远的地方之一。2004年坐长途汽车行走秦岭，从淅川县城到荆紫关镇，翻山越岭跑了大半天。到了荆紫关镇，下午四五点从一脚踏三省的白浪镇坐上长途汽车，到商南县城已是晚上八九点。在古丹淅之地行走，支离破碎的高山和弯弯曲曲的峡谷一个接着一个。恍惚之间，我感觉自己仿佛在洪荒世界颠簸。可想而知，3000多年前，楚国第一代君王熊绎带

河南淅川县荆紫关镇老街

领部族翻山越岭,来到高山绵绵、丛林莽莽的丹淅之地时,该是多么凄凉!

然而,生活还得继续,部族还要生存,熊绎和他的族人只有咬紧牙关,忍饥挨饿,在遍地荆莽的丹江北岸,开创部族的新生活。司马迁在《史记·楚世家》中记述熊绎和他的部族初到丹江北岸的生活情景时这样写道:"昔我先王熊绎辟在荆山,荜露蓝蒌以处草莽,跋涉山林以事天子,唯是桃弧棘矢以共王事。"最艰难的时候,熊绎不仅要坐着破烂不堪的车辇、穿着破烂不堪的衣服带领部族发展生产,拓展疆域,还要在荆山上开山辟路,在遍地荆棘中跋山涉水,按期向周天子进贡。

穷得连件像样子的衣服都没有的熊绎,献给周天子的贡品是什么呢?

熊绎被封时,带来的破烂家产装不满一马车。所以刚到丹淅之地,实在没有什么东西供奉给周天子,只好就地取材,用从山林里砍下的桃木做成的桃木弓、枣木做成的枣木箭作为贡品,进贡给周天子。后来,周天子获知楚人居住的荆山盛产一种可以清洁酒质的植物——包茅,就允许熊绎将这种不用花钱就能得到的野草作为贡品。包茅是一种茅草,可以过滤液体杂质,楚国进贡的包茅,供周天子在祭祀仪式上过滤酒浆、缩酒祭祀。

楚人最初居住的商州大荆镇，有一座山叫荆山。从丹江南迁到鄂西北，楚人活动的中心南漳、保康、谷城一带，也有座山叫荆山。鄂西北的荆山的大致位置，在武当山东南面、汉江西岸，也就是春秋时期下和发现和氏璧的那座山，所以后人也称楚国为荆楚。

从陕西商洛到河南淅川、西峡，再到汉江北岸，楚人10余代君主一直过着节衣缩食的艰苦日子，在遍地荆莽、一片蛮荒的汉江北岸披荆斩棘，艰难求生。伴随南下的脚步加快，楚国开始不断壮大，和周王室关系慢慢疏远，裂隙也越来越大，以致到了周昭王时代，周昭王不得不两次发兵南下，征讨包括荆楚、虎方和微国等汉江流域的南方诸国。公元前656年，齐桓公率兵伐楚。征讨檄文所列楚国两大罪状中的其中一条，指责楚国很长时间不向周天子进贡包茅，可见，此前很长一段时期，发展壮大、羽翼日渐丰满的楚国，不向周天子进贡，已经开始不把周王室当回事了。

现在，从淅川、丹淅之地到鄂西汉江南岸的路程并不遥远。2014年12月，从丹江口经襄阳、南阳、淅川到商州，我开车时走时停，仅用了4天时间。但在3000年以前，楚人却走了200多年。

公元前741年，楚厉王去世，楚厉王弟弟熊通杀掉楚厉王的儿子，自立为国君，公开宣告与周王室分庭抗礼，史称楚武王。

楚武王作为楚人受封丹淅之地的第17代王，自称国君，已经严重僭越了西周礼制。楚武王即位后，凭借日渐强大的国力，在楚国历史上第一次以武力拓展疆域，很快将势力拓展到汉江以南，并在打败位于湖北当阳汉江西岸的权国后，设立了我国历史上第一个县——权县，楚国也成为江汉平原西部名副其实的霸主。古汉水孕育的一个伟大部族——楚国，即将以其特有的文化风貌，出现在英雄辈出的春秋战国舞台。春秋争霸、战国争雄中，中原各国的又一个强大对手粗具雏形。

两年前，一部叫《芈月传》的电视连续剧十分火爆，让湮没在浩荡尘埃里的一个古老姓氏"芈"，再次出现在我们的视野里。芈，是楚人开国先王熊绎古老先祖季连的姓。据说创下多个国产电视剧收视纪录的

《芈月传》引起人们关注的，还不仅仅是芈月的姓。当她身着与当代人审美观念大相径庭的黑衣红裳出现在荧屏上时，不少年轻观众对芈月的服饰色彩，纷纷吐槽质疑。殊不知，在两三千年前，尊凤尚赤、崇火拜日、喜巫近鬼，正是楚国的习俗。在楚国故地游历，我在各地博物馆看到楚墓出土的衣衾，几乎都以鲜艳夺目的赤红为主色调，楚国有名的漆器也是黑底朱彩，光彩耀人。潜江龙湾重修的章华台外观和地下遗迹，都是红彤彤一片。河南淮阳战国车马坑出土的楚国战旗，更是那种如熊熊燃烧的烈火般的红色。

从族员关系看，楚人先祖祝融是火神，后代尚红崇火，似乎不足为奇。然而，一种根深蒂固的积习形成，除了特定的历史渊源外，一定也附着了更多令人刻骨铭心的现实情愫。

公元前11世纪末到公元前7世纪末的300多年间，楚人在当年丛莽纵横的丹淅之地艰难求生，又在遍地湖沼、虎狼出没的江汉平原西部艰苦创业，经历了太多的生死考验。幽暗丛林里跋涉迁徙的恐怖、夜晚降临之际沉沉夜色的压迫，给一代又一代的楚国人留下的印象太深了。漫漫长夜，唯有丛林里、湖沼旁点燃的一堆篝火，才能给他们以安慰、温暖和希望。久而久之，如燃烧的鲜血般让人激情澎湃的红色，就成了他们对抗死亡的精神象征。而那种漆黑如铁的黑色，既是他们对所经历的一次又一次与生死对峙的情感记忆，也有可能是他们从寒光闪烁的青铜兵器中领悟到的欲求生，就得有勇气冷峻面对死亡的生命哲学的象征。至于楚人无法割舍的太阳崇拜情结，源自中国古代神话中的太阳神高阳，其也是楚人远祖。所以不仅在楚国盛行太阳崇拜的习俗，太阳也是屈原作品中最常见的意象："吾令羲和弭节兮，望崦嵫而勿迫。""暾将出兮东方，照吾槛兮扶桑。""日将暮兮怅忘归，惟极浦兮寤怀。"光华四射的太阳，让在艰苦卓绝的求生经历中的楚人前赴后继，也让屈原内心一生都燃烧着追求光明的烈焰。

自从2004年与秦岭结缘，我之所以一次又一次沉迷于秦岭南坡、大巴山北麓的高山林莽，是因为在现代文明烈焰遍地燃烧的今天，汉江两岸

2014年12月4日,我赶到位于湖北竹山县麻家渡镇施家湾的大律师施洋故居时天色已暮,施洋生前居住过的老屋还在,但光线太暗,我只拍下了这个牌子

的秦巴山区,还留存着曾经伴随我们这个民族走过数千年艰辛岁月的隐秘精神信仰。比如自然崇拜、天地有灵、相信来世、敬神好祀、巫术崇拜等。面对这些神秘而又令人心悸的精神信仰,尽管我清楚其中不乏诈术和迷信,但从楚人依靠这些捉摸不定的精神信仰,于遍地荆莽、湖沼、雾瘴的丹江、汉水之间艰苦创业、发展壮大的经历中,我坚信在这些我们先祖沿袭几千年的精神崇拜秘境里,在某种程度或某些方面,一定也昭示并暗示着我们面临的诸多百思不得其解的生命秘密。

楚人尚赤色,同时对黑色也有着特殊的偏爱。鄂西北是楚人早期的家园,白墙黑瓦是湖北民居最显著的特色。在神农架山区,无论百年老宅,还是新建的移民新村,人们特意要把门框、门扇,甚至窗格都要染成生铁一样冷光幽幽的黑色,让人一望,就感觉有一股阴森森的肃杀之气迎面袭来。我在竹山县麻家渡镇造访过的大律师施洋故居也是这样子。

后来我才知道,楚人偏好具有神秘色彩的黑色,和楚人迷信鬼神、好巫重祀的传统有关。早期世界各民族都有敬鬼神、崇拜巫术、占卜的习俗,楚人尤盛。明代刘伯温在《郁离子》里说:"楚人之奉巫过于奉王令,宁违王禁而不敢违巫言。"

刘伯温在《郁离子》里还给我们讲了这样一个故事:楚王知道国人迷信巫师胜过对国君的信任后非常气愤,命令司马杀戮巫师,焚烧巫师供奉的庙祠，引起国人不满。正巧，这一年楚国发生大旱，国人将引起旱灾的原因，归罪于楚王对巫师不敬。巫师乘机起哄，煽动国人设坛祭祀颂鬼。楚王更加恼怒，找令尹谋划如何灭掉楚国巫师。令尹向熊蛰父讨教。蛰父说："切不可这样做！这样做只会激发民怨。老百姓愚昧，沉溺在祸福之中，正狂热地相信鬼，我们突然阻止，必定会令其产生怨恨。怨恨往往是由小到大聚积起来的。十家人的乡邑，不可能家家无事，何况整个楚国呢？如果有了事都推诿给鬼，那么就没有不依赖鬼而怨恨楚王的了。我看不如就此顺着他们的心意，由着巫师们去忽悠百姓吧。让巫师的骗术充分暴露，然后公开正法，那样就没有人支持骗人的巫师了。"楚王采纳了熊蛰父的意见，命令群巫推举出一个大巫师来主持祭鬼，还恢复了他们的祠堂，国家有了事，也到那里去占卜问卦。楚王还平反冤假错案，放宽征役，杜绝请拜，罢免贪官污吏。这故事的结局是，楚王利用一场战事除掉巫师，并开始在楚国禁止颂鬼。

然而，事情并没有那么简单。在楚国，好巫敬神的传统根深蒂固，要像刘伯温所言那样，将已经渗透到楚人血液里的精神信仰连根拔掉，绝非易事。神巫崇拜作为一种娱神娱己的文化传统，也是楚文化的一种呈现方式。屈原的创作也深受巫术影响，《招魂》《大招》《九歌》里许多地方，就穿插有大量广泛流行于楚国各地的巫术和巫歌。其中《招魂》《九歌》里的宏大祭祀场面，就是楚国巫师祭祀鬼神场景的再现。屈原《离骚》"吾令凤鸟飞腾兮，继之以日夜"里的凤鸟，也被后人理解为九头鸟，一种又叫鬼鸟的怪鸟。

公元前613年，历经了漫长磨炼的楚人，迎来了一位将带领楚国轰轰烈烈登上春秋舞台的国君，他就是后来成为春秋五霸之一的楚庄王。

楚庄王登基之初，父亲楚穆王已经将楚国势力由江汉平原拓展到了江淮地区。楚国国都也迁至江汉平原腹地、荆州境内的纪南城郢都。

然而，在郢都这座作为楚国国都411年，前后有20位楚国国君在此登基的都城，楚庄王最初的表现并没有让国人对他抱有多少厚望。据史书记载，刚刚登基的一段时间，楚庄王沉溺于美色，左拥郑姬，右拥越女，不理朝政。后来，大臣冒死进谏，楚庄王才如梦初醒，开始整饬纲纪，大胆革新，奋起图治，并于即位17年后打败晋国，让楚国跻身春秋五霸之列，为楚国800年基业奠定了坚实基础。后世评价说："楚庄王的强势北进，客观上促使先进的中原文化与个性独特的荆楚文化的水乳交融，也为先秦时期华夏文明的民族大融合做出杰出的贡献。其丰功伟绩足以永载史册，千古传颂。"这时的楚国经过前后20多位国君开疆拓土，基本上吞并了江汉流域包括古庸国在内的南蛮小国，疆域空前辽阔。不仅如此，持续三四百年的征战融合，也为楚国注入了源源不断的新鲜血液，让楚国成长为当时最具活力的国家。

楚庄王在汉水两岸南征北战的传奇经历，还给后世留下了诸如"一鸣惊人""问鼎中原""庄王葬马""绝缨之宴"的成语典故。

以楚庄王问鼎中原为标志，楚这个在汉江两岸披荆斩棘、艰苦创业、历练壮大的部族，带着滔滔汉水赋予他们的特殊血脉，走上了和中原各部族共同锻造华夏民族灵魂与精神的历史舞台。

朝秦暮楚

2004年夏天到竹山,由于交通工具所限,我没有能够到达竹溪关垭,一睹战国时楚国人为防御秦国入侵修筑的楚长城。2014年12月,从陕西白河出来去湖北,我没有走高速,而是选择了从白河县城西边掉头南下,钻进莽莽大巴山西部,为了了却10年前的心愿——寻访矗立在陕西白河、平利与湖北竹山、竹溪交界处的楚长城。

前一天晚上住在旬阳,规划第二天行走路线时翻到的资料上说,白河与竹山之间的界岭山垭口,尚有楚长城遗迹。

过去,我知道丹江汉水之间,陕西安康、商洛与湖北十堰,河南南阳相接的许多关口,是战国时期秦国和已经强大起来的楚国反复争夺的战略关隘,却没有想到,在秦国将楚国树为头号敌人前,楚国已经修建了从鄂

位于陕西白河与湖北竹山之间界岭山巅的楚长城遗迹

西北跨汉江，经南阳内乡、平顶山鲁山、信阳桐柏，绵延500多公里，呈"n"字形的长城。

这条起点在湖北竹溪的长城，修建于公元前7世纪，比魏惠王十二年（前358年）魏国在黄河西岸秦魏边界修筑的魏长城，要早300多年。楚长城也叫方城。楚国修筑楚长城的时候，国都已经迁移至汉江腹地的荆州纪南城，而且以楚长城为界，基本划定了楚国当时与中原及北方各诸侯国之间的疆域范围。楚长城修建后，在一定程度上起到了军事防御作用。《左传》记载，公元前656年，齐国举兵攻打楚国，楚成王派大夫屈原带兵迎战。到了双方交战的召陵（今河南漯河所辖）和齐侯谈判时，屈原说楚国有方城可以作为城防，有汉水作为城池，齐国如果真正要打一仗的话，楚国凭借绵延千里的方城，也足可以抵挡一阵子。经屈原这么一说，齐侯再三打量蜿蜒在汉江两岸的楚长城后发现，楚长城果然坚固，攻守兼备，他只好收兵。

然而，到了战国时期，楚国在秦楚边境修建的楚长城，好像并没有起到多少让秦国望而却步的防御作用。我这些年在秦岭汉江之间游走，到了陕西商洛、安康与河南南阳，湖北十堰交界地带，面对汉江两岸绵延无尽的莽莽大山，当地人给我介绍各地历史时，开头第一句话往往是"我们这里是朝秦暮楚之地"。

春秋早期，相对于中原地区其他诸侯国优越的出身背景，秦国和楚国一度被视为蛮夷之国，根本不受人待见。即便是秦穆公和楚庄王跻身有资格瓜分天下的春秋五霸行列的时候，一个出身西戎、一个出身南蛮的秦楚两国，还是没有引起中原诸国足够的重视，同病相怜的秦穆公和楚庄王一个忙于成就霸业，一个倾心于励精图治，再加上战国之前，汉江流域分别由巴国、蜀国、庸国和楚国分割，且楚国占据汉江下游，与秦国距离较远，两个国家也没有发生过多少过节。

秦楚之间的最初冲突，应该在秦惠文王更元九年（前316年）司马错越过秦岭，灭掉巴蜀之后。

秦之四塞之一——陕西省丹凤县武关镇武关遗址

楚庄王之后，楚国历经15位国王，到楚怀王即位的时候，国力达到巅峰，成为战国中期与齐国、秦国平起平坐的三大强国之一。如果论疆域面积、军事实力和人口，楚国堪称当时最强大的国家，以至于中原一些曾经小觑这个崛起于汉江的国家的诸侯国，一度成为楚国的"马仔"。这些唯楚王马首是瞻的国家中，就有在战国250年历史中，最先强盛称雄的魏国。在魏国的唆使下，楚庄王联合齐、赵、魏、韩、燕和义渠结成同盟，合纵抗秦，尽管让楚庄王一度声名大振，但也因此给强大的楚国由盛而衰埋下了祸根。

2014年12月12日，从商南出来，取道316国道再次到武关时我发现，10年前新旧交替、到处乱拆乱建的武关古城区，已被陕西省划定为古城保护区。临近东城门武关关城城墙遗址一带，还保存着不少老铺面，街面上也有不少古建筑。其中以田家大院和义纪大院保存最为完好，雕花门楼的院子侧房一位75岁的田家第12代孙还住在祖上传下来的老宅子里。老人说，他们祖上是山西的，明代搬到这里。听说我要了解武关的历史，老人说镇上有位退休教师也姓田，是他本家，写过一本《守望武关》的书，能说清楚武关的所有历史。

从这位叫田爵勋的老师家买了一本《守望武关》，田老师指着武关河北岸的莽莽高山说："武关是秦楚争霸的咽喉，战国时期秦国和楚国拼死争夺。早晨武关城还在秦国手里，下午楚军突然发动一次战争，又成了楚国的。这样你来我往的拉锯战，在秦始皇灭六国前不知道发生了多少次，所以我们这里是真正的朝秦暮楚之地。东岭上，至今还有楚国抵御秦国军队的秦楚分界墙。"

秦楚分界墙，也就是前面所说的楚长城。10年前到武关，我想找人带路上武关城关楼对面的吊桥岭，一探秦楚分界墙的究竟。当地人指着云雾笼罩的山岭说山上根本没有路，真正要去，一上一下，怎么也得整整一天的时间。

田老师介绍说，吊桥岭当地人叫东岭。早年，他上东岭考察过秦楚分界墙，山高路险，地势十分险要。武关吊桥岭上的秦楚分界墙和竹溪楚长城都是在高山之巅，因为是用石头垒砌，所以也叫石长城。东岭秦楚界墙正对武关的方向，还建有城楼、吊桥和烽火台，是武关的外城，也是从东岭和武关河交会处进入武关的唯一通道。田老师说他看到的分界墙已经残败，大概还有三四公里。不过我掌握的史料说，秦国与楚国之间的分界墙绵延千余里，和丹凤境内白羊关、竹林关，山阳漫川关，汉中鸡头关连成一体，是战国时楚国抵御秦国的重要防御工事。在陕西安康旬阳、河南西

武关春秋时期称"少习关"，是古少习国故址

峡，有人说那里的高山上也有这种石头垒砌的楚长城。

绵延千里的石长城抵挡住了来自中原各国的威胁，保证了楚国在春秋战国时期拥有了跨越江汉的辽阔国土，成为名副其实的华南霸主，却无法抵御来自西北的秦国。

楚国噩梦的诱因，看似是楚庄王出面组建六国合纵抗秦联盟，与秦国为敌，而直接的因素，则是张仪诈称如果楚国与齐国断交，秦国将把商洛600里土地送给楚国，诱使楚怀王与齐国断交。接下来，楚国频频陷入战争，且连连失利。公元前299年，楚怀王不顾屈原反对，越过秦楚分界墙，来到武关与秦昭襄王会盟时被扣留，客死秦国。以此为起点，楚国向它的末路匆匆走去，已成定局。

陕西安康、商洛和湖北十堰的交界处，在秦楚争战的战国时期，秦楚两国旗帜频繁更换的关口，远不止武关一个地方。当年，在山阳漫川关，郧西上津，河南淅川、西峡、内乡等秦楚接壤，且有路可以通行的地方，秦楚两国这种你来我往的争夺，一直持续到公元前223年楚国被秦国所灭。

通过战争抢夺土地，是国君的事，老百姓的生活还得继续。有人说：战国时生活在秦楚交战频繁地方的老百姓，为了躲避被杀的命运，秦军来袭时，将门口的门牌换成秦国的，在门口插上秦国旗子，连衣服也换成秦人的。如果楚军打来，秦军失守，又换上楚国门牌、插上楚国旗帜、穿上楚人的衣衫。他们与秦楚两军斗智，在秦楚两军绵绵不断的厮杀中求生。

2014年12月，我从白河县构扒镇进入莽莽大山，一路在两面峭壁高矗的峡谷中颠簸，看起来公路有几十年没有维修过，遍地坑洼。前一天晚上查阅《白河县志》得知，白河全境皆山，全县被760多条河流切割，地表破碎，无一亩平地，我当时还以为文人之言有些夸张。在群山之间只容一条曲折小道和一条满河草莽的峡谷行走时才发现，高山巨石占据了这里的所有空间。峡谷稍微开阔点的山坡下、河滩上，只要有一点平地，就有人不失时机地建起一座石头垒墙、青石板覆顶的房子；路边零星出现的农田，也是从乱石堆里刨出来的，石头垒砌地埂的田块东一块、西一块，稀拉拉，散落在山坡、路旁。如果不是偶尔迎面驶来一辆突突突颠簸狂奔的三马子，我还真以为奔走在洪荒之世。

在秦楚争霸的年代，白河与竹山交界的界岭北面白河一带，应该是荒无人烟的高山丛林。当地史料介绍说，白河县最早由明代旬阳所属的白河堡演变而来，成立于明成化年间的白河县，一开始归湖北郧阳府管辖。据此可以断定，我走的这条路，还不是当年秦人和楚人相互征伐的主道。

峡谷里颠簸大半天，路边终于出现了几户人家和一座小桥。

桥头一座石墙石瓦的房子十分显眼。四方四正的石头垒砌的房屋，看起来十分坚固。大约由于岁月悠久吧，盖在屋顶的石板瓦闪着幽光，砌墙的石头有些地方也光可鉴人。房门右手石墙上，刻写了"1967年建"几个字。走进去，里头黑洞洞的什么都看不见，开灯才看见房子起架很高，一道墙隔成内外两间，里间是卧室，前厅还有个壁炉，也是石头垒砌，十分讲究。

房主人是一个40多岁的老光棍。问房子啥时建的，说是蒋介石修这条通往湖北的公路时建的。一路上我怀疑房主人所说这条公路与蒋介石的关系，到竹山后查到的资料证明，我走的陕西白河经界岭到竹山的这条路，还真与蒋介石有关。1937年，蒋介石有一段时间在峨眉山隐居。抗日战

这样的石板房现在愈来愈少了。这座房子的主人是一个鳏夫，房门右手的石墙上刻写着"1967年建"几个字

位于陕西白河卡子镇和湖北竹山县得胜镇之间的界岭碑

争爆发后,李宗仁为迎接蒋介石出山,在白河和竹山之间,临时抢修了这条湖北通往陕西的公路。后来,这条路也成为316国道的一条辅道。在界岭山顶,至今尚有李宗仁当年题写的"界岭"石碑,落款为"李宗仁,字德邻"。

从白河县城到界岭山下的卡子镇30多公里的路,我开车走了两个多小时。到了卡子镇,高耸入云的界岭就在眼前。盘山而上的公路在壁立而起的高山上环绕盘旋,头顶是刺天高峰,脚下是万丈深渊。悬挂在高山上的公路依旧坑洼不平,险象环生,仅能容两辆车擦肩让道。几个弯道转过后,我已经头晕目眩,一身冷汗。好在这里已是陕西最偏远的南境,上山路上,只有我一辆车如蜗牛般爬行,所以尽管心惊胆战,我仍然一边走,一边朝头顶和坡下的丛林四处张望,随时寻找有可能出现的楚长城。

当时已是初冬,界岭山下的山谷里一片青翠,但上了界岭,山顶已经草枯叶落,一片肃杀的冬景。快到山口,路边丛莽里闪现出一座建筑的轮廓。停车察看,果然有座石头垒砌的建筑紧贴山坡,悬在半山。大概是年代过于久远的缘故,四四方方的石碛上长满荒草,深陷在荆莽山坡里,看起来并不雄伟，却非常坚固。从建造格局看，它应该是在山岭间绵延的楚长城的城垛。然而四处张望，满山林莽的山岭上，却不见曾经逶迤延伸的长城。

战国初期，原有7个实力相当的国家相互厮杀。到了后期，可以互相较量的国家，只剩下秦国、楚国和齐国。秦楚两国抢夺汉水上游的陕西商洛、安康、鄂西及河南南阳盆地丹江流域的淅川、西峡等地的战斗，此起彼伏，绵延不断，抢夺方式既有战争和阴谋，也有被逼无奈的割地、"赠予"。

在郧阳博物馆，我买到的一本名为《郧阳古国》的内部出版物说，郧阳不仅是朝秦暮楚之地，而且在战国时期多次在秦楚之间被转来转去。

郧阳本是上庸国一个附属国，后来被楚国接管。公元前312年，丹阳之战，秦国大败楚国，包括郧阳在内的原楚国的汉中郡被秦国占领。8年后，秦昭王和楚怀王在新野黄棘会盟后，秦国又将包括郧阳的上庸之地还给楚国。24年后，秦将司马错攻取楚国黔中（今湖南怀化市以南40公里的黔城），楚国以将汉江北岸和房县、竹山、竹溪、保康等地割让给秦国的方式换回黔中，郧阳再次被转手秦国。

在河南西峡、内乡、淅川，介绍当地历史的资料都会提及春秋战国时期一个叫鄀国的小方国，说朝秦暮楚的典故，最早发生在丹江流域的鄀国。鄀国是春秋时期处在秦楚两国边境的小国。公元前7世纪中叶，秦楚两国均已跻身有可能独霸天下的春秋五霸之列。但在秦国东南边界和楚国西北边界，还有一个鄀国，鄀国虽然弱小，却在秦楚崛起以前，已经占据了丹江下游，这让已经视楚国为独霸天下最大障碍之一的秦国很是不爽。公元前635年，秦国联合晋国出兵讨伐鄀国，楚军派军队北上支援鄀国。让楚国始料不及的是，楚国军队赶到鄀国时，鄀国都城军民已经向秦军投降，楚国一位将领也被秦军俘虏。然而，当时的秦楚两国，都是正在成长的雄狮。在秦楚两国边界上生存的鄀国，在到底是亲秦还是亲楚问题上，一直摇摆不定。鄀国被秦国占领后，逃离家园的鄀国人南迁汉江中游的宜城，投入楚国怀抱，成为楚国附庸，直至后来彻底融入楚国。

没有人知道在秦统一六国过程中，生活在汉江流域、秦楚交界处的弱小国家，到底有多少人如郡国人一样，每天都在惶惶不安的恐惧中度日如年；也没有人知道有多少国家像古郧阳国一样，在朝秦暮楚的政权交替中，为了求生，任由秦国和楚国随意转送。

然而，时光漫漫，万物轮转，秦楚分界墙还在，朝秦暮楚的传说还在，曾经甚嚣一时的秦国和楚国，却早已踪影全无。

绿林

在古代中国，绿林是一个特殊的社会群体，一个与腐朽、黑暗统治政权对立的民间政治力量和社会群体。

2014年8月，我和夫人在从杭州返回天水逆汉江而行的考察中，一路走得匆忙。从天门到京山看了屈家岭新石器遗址后，天色已晚，没时间去京山县城以北几十公里的三阳镇看西汉末年绿林起义遗迹的三王城，便紧贴着大洪山南麓，朝西去了钟祥。

初始元年（8年）十二月，王莽逼迫汉成帝刘骜生母、刘婴曾祖母、约80岁的王政君交出传国玉玺，也就是和氏璧，篡权即位。然而，王莽挖空心思攫取的西汉王朝此时已百病缠身，政治腐败、百业凋敝、民不聊生，再加上王莽的皇帝头衔来得不明不白，天怒人怨，水旱灾害连绵不断，朝野上下暗流涌动，农民起义此起彼伏。

公元17年，地处汉江中下游的荆州地区在闹饥荒。连年不断的水灾和旱灾让百姓苦不堪言，又一次降临的饥荒，将百姓再次推向死亡线。为了活命，灾民纷纷逃到大洪山南麓、江汉平原湖沼地带挖野菜充饥。然而，野菜有限，蜂拥而来的灾民却源源不断，抢挖野菜的灾民之间免不了经常发生冲突。冲突升级无法解决的时候，双方都会找京山人王匡、王凤评理调解。王匡、王凤是叔侄关系，为人正直，处事公正。抢采野菜的饥民发生冲突，只要王匡、王凤叔侄出面调停，都会化干戈为玉帛。久而久之，王匡、王凤叔侄成了灾民的主心骨。后来，饥民越聚越多，野菜越来越少，挣扎在生死线上的饥民决定起事造反，便一致推举王匡、王凤叔侄为首领，带领他们杀富济贫，共度饥荒。

最初，聚集在王匡、王凤身边的灾民只有几百人。王匡将组织起来的灾民拉上大洪山支脉绿林山，占山为王，举旗起义后攻占附近乡村，杀富济贫，影响越来越大，附近饥民和从监狱逃出的犯人纷纷加入由王匡叔侄领导的义军，队伍迅速壮大。几个月后，王匡领导的绿林军发展到七八千人。

一支在汉江边上揭竿而起的农民义军就此诞生。由于王匡领导的农民义军举事地点和根据地在绿林山，所以人们也就称这支杀富济贫、掠抢官府豪绅钱粮救济灾民的军队为"绿林军"。

绿林军起事后，本来对王莽篡权怀恨在心的西汉宗室和地方豪强伺机而动，纷纷起兵反对王莽新政。一场以窃国者王莽为反击对象，改写中国历史的农民革命以绿林山为策源地，席卷全国。

就在王匡领导的绿林军转战仙桃、天门，随后挥戈南阳，攻入长安，敲响为王莽政权送终的丧钟时，山东人樊崇领导的赤眉农民义军，也以势如破竹之势向长安步步逼近。与此同时，绿林军起义后，经过深思熟虑，才在湖北枣阳起事并与绿林军联合推翻王莽政权的刘秀，也在绿林军试图恢复西汉宗室政权的斗争中分到了一杯美羹，被绿林军所拥戴的西汉宗室更始皇帝封为太常偏将。此官虽然卑微，却是老谋深算的刘秀将来窃取农民义军胜利果实、登上皇帝宝座必不可少的台阶。接下来，刘秀凭借他精明算计和随机应变，博取绿林军扶持的更始皇帝的信任，利用南阳豪强地主集团扩张势力，在王莽新政覆灭后更加复杂的乱局中挖空心思周旋，一步一步朝着皇帝的宝座走去。

绿林军和赤眉军最终毁灭于借助农民义军壮大、由刘秀指导的南阳地主集团。绿林赤眉起义的成果，虽然最终被刘玄、刘秀窃取，但由汉江之滨揭竿而起的绿林军引发的波澜壮阔的农民起义，在腐朽之气弥漫的西汉末年，使中国大地迎来了大变革的新时代。

从京山到南阳的汉江两岸，是当年赤眉军转战过的地方。

2004年8月底，我到达南阳内乡，遇上了一场痛快淋漓的秋雨。滂沱大雨中，我在南阳盆地西缘无目的地四处徘徊，在河南省的地图上发现

河南内乡赤眉镇赤眉寨

了一个叫赤眉的镇子，便坐上去赤眉镇的汽车，一探究竟。

赤眉镇在内乡县城西北，与西峡县丹水镇相邻。小镇正在建设，新区以开业不久的商铺居多，老区才是原著居民的聚居区。一位白髯老者看我淋着大雨在小镇乱转，见了破败得即将倾覆的老房子就端着相机咔嚓咔嚓拍照，问我干什么的，我问这镇子为什么叫赤眉镇。老人说，西汉末年这里闹过赤眉军。老人抬手朝老街东北一指，说那边街口还有赤眉军当年安营扎寨的赤眉寨呢。

从十字街向北，果然一座方砖垒砌的城寨出现在镇北平地隆起的丘岗上。丘岗并不高，背东朝西，有一座砖头垒砌的城门，门楣上"赤眉寨"几个字依稀可辨。坚固如初的城门布满岁月侵蚀的痕迹。赤眉寨并不大，踩着泥泞从城门走进去，里面是一片庄稼地，给人一种阴森森的感觉。钻进玉米地转了一圈，我发现这座平地而起的寨子东临湍河，三面环山，易守难攻。

10年前，赤眉寨里不仅种庄稼，还有人住在里面，寨子里一男住户说，他们几代人都住在这里。那男子告诉我，寨子是赤眉军领袖樊崇建的。过去，寨子的泥土里随手可以捡到汉代的砖瓦和陶罐。

公元22年冬，绿林军在南阳消灭了前来镇压的十几万王莽的军队，攻陷南阳，后来赤眉军也一度进驻南阳。公元24年，更始帝与绿林军发生矛盾，绿林军领袖王匡投奔了赤眉军。一段时间内，汉江支流唐白河流经的南阳盆地，是绿林军和赤眉军的根据地，也是刘秀创建东汉政权的大后方。

绿林、赤眉起义1600多年后，汉江中上游又迎来一群和王匡领导的绿林军一样为大明王朝送终的"绿林好汉"，这支后来被史学界称为明末农民义军的领导人有3位，都来自陕北。他们分别是高迎祥、李自成和张献忠。

17世纪中叶，享国270多年的大明王朝在不归路上已经越走越远。明崇祯初年，遍及全国的连年饥荒让朝政腐败、气息奄奄的大明王朝雪上加霜，农民起义风起云涌。崇祯元年（1628年），高迎祥在老家安塞举兵起义，后被陕西和山西三十六营义军推举为"闯王"，成为陕晋义军领袖。高迎祥外甥李自成和张献忠，是高迎祥的左膀右臂。高迎祥义军势头最猛的时候，一度攻破房县、保康，并长期转战汉江流域陕西商洛、安康、汉中，湖北郧阳，以及河南淅川、邓州等地。崇祯九年（1636年），高迎祥率义军在汉中突围，欲挥师西安时兵败子午谷，后被俘处死。

高迎祥死后，李自成接替了舅舅的职位，成为李闯王；张献忠在转战南阳时兵败负伤，退到湖北谷城，暂时接受了朝廷招安。第二年，李自成在潼关南原之战遭遇重创，几乎全军覆没，后带领刘宗敏等18人逃入汉江北岸的商洛山林深处，休养整编，静观时局之变。

轰轰烈烈的明末农民起义陷入低谷时，古老的汉江为张献忠和李自成这两位最终将大明江山毁于一旦的农民义军领袖，提供了一个卧薪尝胆、东山再起的机会。3年后，张献忠在谷城再次点燃农民起义的熊熊烈焰时，李自成也带着重新集结起来的几千人的队伍，从商洛山中杀了出来。张献忠和李自成这两个大明王朝的克星，一东一西，在汉江流域遥相呼应，各地饥民再次聚拢到张献忠和李自成的大旗下，推翻明朝政权的烈焰愈烧愈烈。复出3年后，李自成在襄阳称新顺王，张献忠也在汉江与长江汇合的湖北武昌建立大西政权。

以公元1643年汉江中下游诞生的两个农民政权"新顺""大西"为起点，李自成和张献忠各自朝着他们轰轰烈烈的人生终点走去。

古老汉江以它博大的襟怀，为明朝末年千回百转、跌宕起伏的时局，提供了改写中国历史走向的机缘。

在商洛市商南县，人们告诉我位于富水镇高山上的闯王寨，就是当年李自成兵败潼关，逃入商洛境内秦岭山区隐伏疗伤的地方。在这里，李自成不仅扩招军队，筹划再度出山，还娶妻生子，所以当地人把闯王寨也叫"生龙寨"。

如今，每逢旅游旺季，在山岭绵延、茶园青翠的闯王寨下面，每天上午、下午各有一场《风云闯王寨》的实景演出，让我们回味李自成催马扬鞭推翻大明王朝的历史岁月。

"绿林"，这个因王匡带领饥民在汉江岸上的绿林山聚众起义，劫财劫物，反抗腐败政府统治而诞生的词，后来又衍生出"绿林好汉"这一成语，成为敢于伸张正义、有侠肝义胆的英雄的代名词。

2004年在竹山，竹山县文联主席华赋斌送我一本他刚刚出版的《白莲美教主》长篇小说。书中的主人公王聪儿是襄阳人，历史上确有其人，据史料记载，王聪儿长得非常漂亮。王聪儿和丈夫齐林以传播白莲教为名，召集教徒策划并领导反对清政府的白莲教起义时才19岁。丈夫牺牲后，年轻的王聪儿成为白莲教教主，担当起领导白莲教与清政府拼死作战的责任，长期转战于包括竹山、房县、郧县在内的汉江流域和秦岭、巴山。

我这10年行走于汉江两岸，在湖北十堰，陕西安康、汉中、商洛等地的地方史料上，都看到过王聪儿和她领导的白莲教与清军作战的身影。10年前在湖北郧西县的上津古镇，当地人指着金钱河北岸的高山说，白莲教起义失败后，王聪儿从金钱河支流夹河附近的高山上跳崖自尽。我查到的一份资料记载,嘉庆三年(1798年)三月,原准备翻秦岭进攻西安的白莲教义军,在清朝军队的重重围追下,被迫掉头向陕西和湖北交界处的汉江上游撤退。为消灭白莲教义军,清朝政府不断增加兵力,围追堵截。王聪儿从山阳漫川关突出重围,撤退至上津后,带领队伍在卸花坡和数倍于白莲教义军的清军展开激战。无奈寡不敌众,一万余义军全军覆没,王聪儿和所剩十余部属跳下悬崖,壮烈牺牲。这份资料最后有这么一段话:"这次农民战争虽然失败了,却给予腐朽的清王朝以严重打击。清廷先后从16省调集兵力,耗银2亿两,被击杀提督、副将以下将领400余人,损兵无数。在清代,这样大规模的农民战争还是第一次,它是清王朝由盛而衰的重要标志。"

王聪儿在襄阳举事的年代,正是嘉庆年间,但当时清王朝由盛而衰已露端倪。时隔50多年,太平天国起义爆发。当太平军沿汉江一路西进,实施控制江汉流域,保障天京(南京)安危的西征战略时,清政府已经病入膏肓。

同治元年(1862年)太平军西征到山阳。四月,赖文光令天将罗金珠围攻山阳县城,俘杀知县恒椿,捣毁孔子牌位,焚烧毓秀门。10天后,

山阳县石板镇双峰村一带发现的明清时期的石寨(杨述政摄)

太平军主力驰救泸州，罗部弃城东去。

同治三年（1864年）天京告急，陕南太平军急作救援。二月十日，陈得才、赖文光、蓝成春由宁陕、镇安、山阳出商州，梁成富等由石泉、汉阴出郧阳，于漫川关遭清军阻击，败退安徽。

《山阳县志》大事记一栏，从同治元年（1862年）到同治五年（1866年），每年都有太平军进出山阳的记载。《汉中地区志》也详细记录了同治二年（1863年）太平军挺进汉中，围攻汉中城的全过程：

> 清同治二年（1863年）二月，太平天国扶王陈得才、遵王赖文光、端王蓝成春、启王梁成富和主将马融和等率兵西进，由鄂西经安康进入汉中，是月底到达西乡县。时在汉中指挥清军的陕西布政使毛震寿急命汉中镇左营游击屠大元率兵前往抵御。太平军设伏于西乡县桑园铺，屠大元进伏击圈，全军覆没。
>
> 是时，已占领洋县的云南蓝大顺起义军，与太平军订约，以洋县谢村镇为界，以东由蓝军克复管理，以西由太平军克复管理。太平军在桑园铺歼灭屠大元之后，乘胜前进，日夜兼程，于二月上旬末即包围汉中府城，分兵攻取府属以西以北各县、州、厅城。于二月十六日攻克沔县城，二十日克宁羌州城，杀知州金玉麟；二十五日攻占留坝厅城，继而北上围凤县城（是时，褒城、略阳两县早于上月为蓝军郭富贵部所破）。而后与蓝大顺军协同作战，集中兵力围攻府城，于同年八月二十日攻陷府城，八月二十二日又回军一举攻克城固县城。至此，汉中府除凤县城围而未破外，其余一州（宁羌）三厅（留坝、佛坪、定远）七县（南郑、城固、褒城、沔县、略阳、洋县、西乡县）均被太平军和蓝大顺义军攻克，先后处死四名县、州、厅官，汉中全境几乎都为太平军所控制。冬，清军围逼太平军首都天京（今南京市）甚急，天王洪秀全连发诏令，催促扶王陈得才等回援

天京。太平军于同治三年（1864年）二月初拔队东下，撤离汉中。太平军在汉中，前后历时一年，兵力最多时达二十万人，其声势之大，占领城池之多，为历史上仅见。

围攻汉中城的太平军撤回天京不久，以天京陷落为标志，太平军大旗落下，轰轰烈烈，震动了整个中国，从根本上动摇了清政府统治的太平天国农民起义以失败告终。

尽管与王匡在京山领导的绿林起义，以及李自成、张献忠以汉江中下游为基地与明政府展开殊死斗争不同，太平军抵达汉江流域，也仅仅是战略上的转战攻略。然而，正是太平军在陕南、鄂西的战斗，才将太平天国的影响力扩大到了北方和西北。不仅如此，汉江流域不少地方史料说，太平天国运动失败后，为躲避清政府追杀，一些太平军残部逃进汉江流域的秦岭山区，隐姓埋名，存活了下来。

有专家考证，西汉水流经的甘肃康县南部阳坝、太平一带，至今流行的女娶男嫁，男子出嫁后要改女方姓的婚俗，就是当年逃隐到古汉水上游的太平军后代沿袭的太平天国妇女解放运动的遗风。

第五章 涛声依旧

中华诗祖

忠与孝

茶马古道

山林里的歌者

寻找端公

鬼谷子的智慧

纤夫的背影

中华诗祖

2004年到房县，县委宣传部的同志介绍说，房县神农架山区不仅发现了华夏民族第一部创世史诗《黑暗传》，还是"《诗经》之乡"。因为《诗经》的主要采集者、编纂者之一、"中华诗祖"尹吉甫是房县人，出生在房县青峰镇。

10年前考察秦岭，我使用过一切既可以代步，又可以省钱的交通工具。那时秦岭山区的交通现状，和现在不可同日而语。从房山县城到青峰镇三四十公里，公共汽车很少，到房县那两天，又逢滂沱大雨，所以那次我没有能够拜访尹吉甫墓。2014年8月，我是经南漳县，从保康县的寺坪镇进入房县的。

南漳县和保康县属襄阳市管辖，房县地处十堰市神农架北缘。从南漳

湖北房县尹吉甫镇的尹吉甫故里《诗经》文化园

县到保康县，一直行驶在高山之巅，公路在一座接一座高耸入云的山岭中盘绕。流水在高山峡谷间畅流，倒也感觉山清水秀，美不胜收。然而从保康县西部进入房县，山形变得支离破碎，道路也崎岖不平。就在忽高忽低、难辨西东的山路将我颠簸得昏昏欲睡时，一座山间小镇出现了。镇子并不大，白墙黑瓦的建筑散落在山坳间。一开始没有注意，走到镇政府门口我才发现，该镇子叫尹吉甫镇。打开地图一看，地图上标注这里是榔口乡，怎么就变成尹吉甫镇了呢？修路的民工告诉我，这是前几年才改的。

这个民工指着我刚刚走过的山坡说，那边还有尹吉甫文化园呢。

我掉头折到镇西山坡下，路南果然立着"尹吉甫故里"的石碑，小亭子前有一尊尹吉甫手握一卷《诗经》的塑像。亭子对面还有"《诗经》之乡"的宣传栏。

争抢名人故里，这几年已不是新闻了。明清两代《郧阳府志》《房县志》及《广舆记》《明一统志》也都说："尹吉甫房陵人。"房陵即现在的房县。房县青峰镇出土的一件宋代的青铜器"兮甲盘"，也叫"兮伯吉父盘"，上有铭文133个字，记述了尹吉甫的生平事迹，据考证是尹吉甫的生前之物。即便如此，还有河北沧州、四川泸州、山西平遥等地也说他们那里是尹吉甫故里。

我掌握的史料说，尹吉甫出生于公元前852年，是周宣王时的太师和著名军事家、诗人、哲学家，是文能治国、武能安邦的奇才。梳理尹吉甫一生的事迹，他不仅是历史上有名的忠臣名将，还是我国第一部诗歌总集《诗经》的主要采集者和编著者之一。

尹吉甫老家在汉江南岸神农架深处的房县，到了周宣王时代，西周的都城在秦岭以北渭河支流滈水岸边的镐京。我不知道尹吉甫是如何翻越崇山峻岭、渡过滔滔汉江到达镐京并获得周宣王赏识的。所有介绍尹吉甫的资料都说，尹吉甫才智超群，对周宣王忠心耿耿，还是周幽王的老师。作为军事家，尹吉甫最大的功绩是于周宣王五年（前823年）奉周宣王之命率军出兵太原，征伐侵扰西周边境的北方游牧民族猃狁，并在将猃狁赶到塞外后扩建了平遥城。

尽管对于尹吉甫采集《诗经》的历史，所有资料都一句话带过，但对于尹吉甫本人和中国文学史来说，他所从事的业余采诗工作，远比忠心事奉王室和征讨猃狁要重要得多。

《诗经》里绝大多数作品，是周王室任命的职业采诗官从民间采集而来的民间歌谣，但作为《诗经》作品最初的采集者开始采集民间歌谣的时候，采诗官这个职业大概尚未出现。尹吉甫采诗，一开始也许仅仅属于个人爱好。久而久之，有可能是受了尹吉甫启发，也有可能尹吉甫出于对那些散落在民间、充满生活气息的歌谣的欣赏，向周宣王提出了设立专门机构，指派专人到民间采集这些既可吟唱娱乐又能反映民情民意的歌谣的建议，西周历史上一个特殊职业——采诗官出现了。

春天来临，万物复苏，和风送暖，伴随着一声声清脆的木铎声，一位位手摇木铎、背负竹简的采诗官面带微笑，步履优雅地穿行在西周各诸侯国的乡村。杨柳依依、溪水幽鸣的田亩间，锄禾犁地的农夫，也被田野深处回荡的木铎声吸引。木铎声愈来愈近，人们放下手中的农活，聚拢到采诗官身边。寒暄之后，采诗官和农夫席地而坐，一边拉家常，一边寻问最近这里有什么新歌，可否唱来听听。一开始，妇女们扭扭捏捏，孩童们你推我搡，不好意思唱。一般情况下，总是白髯齐胸的老者先站起来，落落大方地开始吟唱，随后就有年轻媳妇、愣小伙子，也放开嗓门唱起了他们深藏已久的情和爱：

  南有乔木，不可休思。
  汉有游女，不可求思。
  汉之广矣，不可泳思。
  江之永矣，不可方思。

  翘翘错薪，言刈其楚。

之子于归,言秣其马。

汉之广矣,不可泳思。

江之永矣,不可方思。

翘翘错薪,言刈其蒌。

之子于归,言秣其驹。

汉之广矣,不可泳思。

江之永矣,不可方思。

——《诗经·汉广》

采诗官到来的日子,也是西周乡村的节日。人们用歌声互吐男女情爱,表达对美好生活的向往、劳动的艰辛,也倾诉对现实的不满、对苛政的愤懑。悠扬的歌声在春天的田野上回荡,采诗官一边沉醉其中凝神倾听,一边在竹简上刻写记录。

在朝廷上,深受周宣王尊重、众人拥戴的尹吉甫和众多采诗官,就是这样日复一日,年复一年,奔走在西周辽阔的土地上,将散落在民间的那些充满激情而又悠扬动听的歌谣,一首一首搜集起来。被誉为中国诗歌源头、汉武帝以来一直被奉为儒家经典的《诗经》,就这样由尹吉甫及众多采诗官如沙里淘金般,一首一首从民间捡拾起来。为了采集民间歌谣,尹吉甫走过西周的许多地方。有人认为,这也是河北、四川、山西等地称尹吉甫是他们那里人的原因。

尹吉甫不仅采诗,也写诗。据说,《大雅》里的《烝民》《崧高》《江汉》《韩奕》都是尹吉甫的原创作品。其中的《烝民》,尹吉甫歌颂的对象是与他同朝为臣的周宣王忠臣仲山甫。

尹吉甫去世于周幽王七年(前775年)。对于尹吉甫之死有两种说法:一说周幽王后期沉溺于女色,朝政腐败,尹吉甫忍无可忍,辞官回到房县老家无疾而终。还有一种说法说,尹吉甫是被周幽王杀害的。

持后一种说法者认为，史书上虽然没有周幽王杀尹吉甫的记载，但尹吉甫死的时候周幽王正为让褒姒一笑而胡作非为，尹吉甫极有可能因为在周幽王废立太子和王后的事情上，与周幽王产生矛盾，被周幽王所杀。有资料还说，杀了先父托孤之臣、自己的老师尹吉甫后不久，周幽王后悔了。为表示悔过之意，周幽王为尹吉甫塑了一个纯金头像，放到尹吉甫墓里。为了防止后世有人盗墓，周幽王还下令在房陵修建了12座尹吉甫墓。

在房县，有人指着从榔口乡、青峰镇一带绵延起伏，一直延伸到县城附近的12座山岭说，那就是周幽王迷惑盗墓者的尹吉甫假墓。

2014年8月我再次到房县，收集到的资料记载，县文保部门还保存着"周太师尹吉甫之墓"的石碑。此石碑发现于榔口乡万峰山宝堂寺，明正德年间房县知县主持建造的宝堂寺有《万峰山宝堂寺立碑记》记载，宝堂寺是尹吉甫辞官回家后的隐居之处。资料还说，以房山为主，十堰境内至今尚有1000余口尹姓人。房县万峪河乡77岁的尹维鹏老人，一口气能背出尹吉甫一脉尹氏56代的家谱。还有人说，《诗经》里也收录了不少当年房县民间传唱的歌谣，并指正说，《诗经·关雎》和房县流传千年的民歌《年年难为姐做鞋》如出一辙："关关雎鸠（哎）一双鞋（呦），在河之洲送（哦）起来（咿呦），窈窕淑女（呦）难为你（耶），君子好逑大不该，（我）年年难为（呦）姐做鞋（咿呦）。"

忠与孝

自从"五四"新文化运动打倒孔家店,"忠孝节悌"一度成为老祖宗创造的众多具有道德指向的词语中最不常用,也最被冷落的词语。然而,在汉江两岸行走,这种曾经被视为封建愚昧禁忌的传统美德,依然根深蒂固地存在于秦岭、巴山莽莽丛林,汉江沿线的高山幽谷间。

2014年11月29日下午到石泉,为了不叨扰朋友,我没有跟石泉县旅游局书记张昌斌打招呼,自己去了后柳水乡和熨斗古镇。第二天一早见面,张昌斌拉我去县文化馆看"割肝医母"碑。

清光绪年间,石泉人曾荣富割肝医母的故事,10年前我到石泉时已经听说了,那通至今保存在石泉县文化馆的石碑我也看过了。

曾荣富割肝医母的故事大概如下:

光绪年间,石泉县北部将军河边的山洞里住着一户曾姓人家,妻子汪氏生下3个儿子,生活很是艰难。丈夫去世后,一家人的生活更是陷入困境。不得已,汪氏只好将两个小的送人,身边只留下8岁的曾荣富,靠给别人洗衣做饭拉扯儿子长大。曾荣富稍微长大些,

陕西省安康市石泉县文化馆收藏的"割肝医母"碑

就去给有钱人家做长工，他和母亲相依为命，艰难度日。但祸不单行，光绪十七年（1891年），母亲汪氏得了一种怪病，曾荣富节衣缩食，四处求医拜神，母亲的病情不仅不见好，反而越来越严重。有一次，病危的母亲说她想吃猪肝，曾荣富向他做长工的东家求助。时值五黄六月，去哪里找猪肝呢？没办法，东家给他一块猪肉，让曾荣给母亲吃了试试。没想到，吃了这块肉，母亲的病好了许多。但没过多久，母亲的病又加重了，昏迷中她又喃喃自语说：想吃猪肝。眼看母亲快不行了，怎么办？没有钱给母亲买猪肝，再向东家讨要也张不开口。想来想去，曾荣富决定剖腹割自己的肝给母亲医病。《续修石泉县志》记述曾荣富割肝医母这件事时写道："值母病，医药祈祷，日见重危。乃剖腹割肝，假肉以进，而母病寻愈。"故事的结局是，母亲喝了曾荣富用割下来的肝熬制的汤后，药到病除，曾荣富也被乡亲们救了下来，活到82岁，无疾而终。

据传，曾荣富割肝医母那天夜晚，他家上空红云骤起，照得将军河一带的山谷一片通红。时任石泉知县的张育生闻知此事感动不已，为曾荣富题赠"割肝医母"石碑一通，当时一位姓童的郡守还给曾荣富送了一块"至行励俗"的匾额。

这些细节被记录在官修的《石泉县志》里。石泉县将军河畔至今还有曾荣富墓。为曾荣富题写"割肝医母"碑的张育生，字世英，是我的老乡，天水西关张氏，清代确实做过石泉知县。

由此可见，这个惊天地、泣鬼神的孝悌故事，大约是真有其事了。

第二次我从西乡堰口进入泾洋河峡谷后，一直走在幽深的峡谷底部。到了拴马岭，道路突然变陡，拴马岭隧道尚未贯通，我只有沿翻越拴马岭山顶的老路才能进入镇巴。一转弯，公路旁两户人家对面有个小神龛，拍照之际，一个40多岁的男子邀我到家里喝茶。进门一看，套间里躺着一老妇人，身上盖着厚厚的棉被，又加盖了一件皮大衣，看样子病得不轻。一个十七八岁、穿着时髦、长得眉清目秀的姑娘站在床边，正一勺一勺给老人喂药。老人吃一勺，姑娘舀一勺，先放到自己嘴边轻轻吹吹，再给病人喂。小姑娘十分有耐心，动作不紧不慢，我盯着看了好久。

这户人家姓刘，祖上是从四川迁徙到这里来的。

男子说，我刚才拍照的神像是他爷爷供奉的药王。他爷爷早年行医，医术高超，待人也好，是这一带有名的中医大夫，如果活着，该有100岁了。他们家本来住在山下，爷爷为了方便采药才搬到山上住，70多岁就瘫在床上的曾祖父，在他爷爷的照料下活了90岁。男子还告诉我，床上躺着的是他母亲。他们兄弟3个，他是老幺，一直和母亲住在一起，所以照料并为父母送终是他的责任。父亲早在几年前去世了，母亲瘫在床上，他也不能出去打工挣钱，也就将就过日子，多陪陪母亲。我问他喂饭的姑娘是不是他女儿，男子点头称是，还说女儿本来在西安打工，知道奶奶病危，非要辞掉工作，陪她度过最后一段时光。

"也好，百善孝为先，工作没了可以再找，如果欠下孝心，心里一辈子都不安稳！"临了，男子自言自语地说。

大概是由于汉江流域的土著大多有过背井离乡、辞家别土的痛苦经历吧，历史上远离儒家文化中心的秦岭、巴山之间，似乎比任何地方都讲究修身立德的传统。这些年在汉江两岸行走，无论是深山僻野，还是荒郊村镇，许多地方至今还保存着落满岁月尘埃的忠孝碑、孝悌碑和贞洁碑，地方志也都为当地那些尽孝守节的普通

这名男子说他手里的这本医书，是他的爷爷传下来的

百姓留有一席之地。第一轮修编的《山阳县志》就收录了蔡光先孝母爱弟的事迹："顺治时,本县生员蔡光先,七岁丧母,四事后母皆尽孝。晚母张氏生弟光祚刚二岁,父病逝。光先曲体母意,爱弟极笃,亲教弟读书习字。弟甫十岁,张母殁,光先延师教弟,因以成生员。光祚十二岁时,吴三桂部据县城达八月之久,街坊门室尽毁,杀掠男女大半,光先负弟避难,历经险阻。弟十六岁为

古老的自然崇拜习俗,让汉江两岸秦巴山区的人们生活得安静而自足

之娶妻,不久弟媳亡,竟破自产,又为续娶,终促弟祚学业成就。县令王辰旌其门曰'孝友楷模'。"

"中华诗祖"尹吉甫,不仅是我国最早的诗歌总集《诗经》的采集者和编纂者之一,还是西周以后备受历代封建帝王推崇的大忠大义的代表。

尹吉甫最初引起周宣王敬重,不仅仅因为他超群出众的才能,而且源于他事君忠诚、待人仁义宽厚的品格。做太师时,尹吉甫殚思竭虑,教习太子;国家有难,他不计得失勇赴国难;与人相处,他坦陈自己之短,颂扬别人之长。尹吉甫和仲山甫同朝为臣,共同辅佐周宣王,是宣王的左膀右臂。尹吉甫不仅和仲山甫相处得非常和谐,还在周宣王派仲山甫去齐国筑城时写作《烝民》一诗,盛赞仲山甫的美德与才干:"仲山甫之德,柔嘉维则。令仪令色,小心翼翼。古训是式,威仪是力。天子是若,明命使赋。"正是欣赏尹吉甫忠君敬业、胸怀磊落的品格,周宣王才在弥留之际将太子宫涅(周幽王)托付给了尹吉甫、仲山甫、方叔等大臣,并夸赞尹

吉甫"文武吉甫,万邦为宪"。

2014年8月,从房县回来4个月后,我在网上看到房县举办了第二届"十大道德模范"颁奖大会,主题就是"忠孝名邦,厚德房县"。有网友跟帖说,房县"忠孝名邦"的美誉,来源于千古忠诚楷模尹吉甫和"二十四孝·扇枕温衾"故事的主角黄香。过去,房县东城门高悬一块明嘉靖年间知县夏维宁题写的"忠孝名邦"大匾。

黄香9岁丧母,酷夏为父亲扇凉枕席,寒冬用身体为父亲温暖被褥的故事,读过《二十四孝》者都知道。不过,我得到的资料普遍认为,黄香是江夏安陆人,也就是现在湖北云梦人。但房县许多资料显示,黄香与古房陵有着斩不断的联系。有一种说法是黄香祖籍古房陵,另一说法是黄香虽然是江夏人,但古房陵是他的食邑,所以黄香生前经常来这里。《房陵史话》还记载,有一年房陵遇水灾,全县庄稼颗粒无收,在魏郡当太守的黄香专程赶到房陵,将自己的俸禄全部捐献出来,赈救灾民。房陵百姓感其恩,在黄香死后请求将其生前穿戴过的衣冠葬于房陵,还在城西两里处修建了黄香墓和黄孝子祠。

清同治年间所编的《房县志》在解释房县"忠孝名邦"来由时说:"房

这家老宅已经无人居住,但"与德为邻"的传统依然在汉江流域延续

（县）号'忠孝名邦'，盖以西有黄香祠，东有尹公墓也。"

尹吉甫与房县的关系似乎基本清楚；至于黄香是不是房县人，在我看来不是问题的根本，因为过去的安陆江夏、现在的云梦和房县，都属汉江流域。在古老汉江开拓的这片南有崇山峻岭、北面是辽阔平原的大地上，出现了尹吉甫和黄香一忠一孝两位精神楷模，这样的幸事不仅属于汉江，也属于生生不息、古老智慧的华夏民族。

茶马古道

中国最古老的茶马古道不在别处，在汉江流域。

2014 年 8 月，我到天门拜谒一代茶圣陆羽，然而这里除了被命名为陆羽大道的市区主干道和一个陆羽公园，再也没有和陆羽有关的东西。也是在天门，我才知道天门盛产棉花和稻谷，却不产茶。

不过进入汉中和安康，山坡上、竹林旁、高山上，一畦畦如绿色巨蟒般盘踞在巴山北麓的茶树，让汉江两岸的空气都弥漫着清新芬芳的茶香。从西乡堰口到镇巴，铺展在泾洋河峡谷的公路逐渐升高，到了罗镇附近的高山上，漫山遍野的茶园突然间出现，恍惚间，我感觉自己置身于碧波荡漾的茶海。

豁然开朗的峡谷间，一座孤零零、突兀而起的尖顶山从山脚到山顶，被一行一行整齐的茶树覆盖，形成一座顶天立地的巨大茶山。刚刚升起的太阳挂在茶山顶端，阳光照耀之下，我们面前这座山恍如一颗巨大的绿色宝石，矗立在天地之间。刚刚从大巴山潮湿、浓重的朝雾里苏醒过来的绿叶，水洗过一般青翠欲滴，在阳光的照耀下，茶山四周浮动着绿晕。

从西乡到镇巴，再从石泉、汉阴到紫阳，汉江南岸大巴山北麓的林间坡地、山坳峡谷，都被青翠的茶园装扮得婉约迷人，胜似江南。

日渐变淡的记忆里，祖母和我的外公、父亲一生都离不开茶，所以我对于陕南茶的味道并不陌生。长大后有了些见识，才知道当时让先辈们沉醉不已的陕南茶叫"陕青茶"，产自汉中、安康一带。我接触过的天水老一代茶商说，解放前，在天水、汉中之间有一条茶马古道，不少天水茶叶商贩，常年往来于天水、汉中贩运茶叶。这些商贩一般在汉中茶铺里采购好茶叶后，雇人肩背马驮，翻过秦岭到天水。一般以产自安康的紫阳茶居多，也有汉中西乡、镇巴的茶和从汉口通过汉江转运而来的江南茶。为了保证茶叶的品质，占据价格优势，天水茶商也经常到西乡、紫阳等地，从茶园收茶。

久而久之，在天水、陇南的秦岭山区，就有了连接陕南、汉江的陕甘茶马古道。这条古道最东端的起点在汉江边上的紫阳县瓦房店。

几天后到紫阳，当地人说中国最早的茶马古道不在云南，而在陕南。他们还告诉我，从紫阳沿汉江到汉中，然后翻秦岭至关中、天水，又至青海、宁夏、内蒙古、西藏的陕南茶马古道，开通于唐宋时期。

长期研究陕商历史的西北大学李刚教授也认为，中国第一条茶马古道是陕甘茶马古道，这条茶马古道起源于唐宋时期的"茶马互市"，至清代止，历经岁月沧桑。李教授经过多年考察研究，还为我们勾勒出从陕南汉中出发，通往甘肃的陕甘茶马古道干道在陕南的大致走向。他认为，伴随唐宋"茶马互市"的发展，为运送陕西茶到边疆，遂形成经紫阳—汉阴—石泉—西乡—城固—汉中—略阳—古河州（临夏回族自治州）—兰州的中国历史上第一条茶马古道。

有一个故事说，以前藏区没有茶，更没有奶茶，奶茶是文成公主进藏后的杰作。这故事说茶在唐代，已经成为唐人的生活必需品。文成公主也有饮茶的习惯，所以进藏时随身带了不少茶叶。到了西藏，文成公主对每天每顿吃牛羊肉很不习惯，经常饮食不思。一次偶然的机会，文成公主将从内地带来的茶叶掺到牛奶里熬煮，不仅味道可口，喝了之后胃也舒服了，而且神清气爽。由此，一种藏区特有的饮品——奶茶诞生了。

如果这传说是真的，那么唐朝首创茶马互市，大抵应该是在西藏等北方少数民族对茶叶需求越来越大之后吧。《新唐书·陆羽传》也说："（中唐）时回纥入朝，始驱马市茶。"

少数民族需要大量茶叶，好在汉江流域盛产茶叶，用大唐的茶叶换少数民族的马匹，这对于大唐来说不啻是两全其美的交易，甚至可以说是一本万利的买卖。于是，在大唐政府的倡导下，一条从陕南汉江沿岸通往甘肃的茶马古道就此诞生。产自汉江南岸大巴山区的茶叶，经水路被运送到汉江及其支流码头，然后通过人背马驮，翻过秦岭，再沿古丝绸之路，由骆驼运送到青海、西藏、宁夏、内蒙古等地。往来于西北牧区的茶商去的时候，运载的是茶叶；回来时，为大唐帝国牵来的是一匹匹膘肥体健的马。

从汉阴南进入紫阳，紫阳南境的群山逼迫着奔涌而下的汉江必须转向东流。原本汉江要在紫阳县城附近掉头往东，因其又受到自南向北从大巴山深处涌来的任河的冲击，两条江流在逼仄的高山峡谷里纠缠，最后，汉江和任河在紫阳汇合。

瓦房店是任河岸边一个小山村，离任河与汉江交汇处不远，在汉江流域名声很大。

在安康境内水流湍急、两面高山雄矗的汉江岸边，要找一个水深合适、地势开阔的地方建码头，不是件容易的事。瓦房店有一片相对开阔、呈三角形的空间，江水西岸虽然狭窄却相对平缓的坡地，为建设与码头配套的各种服务设施提供了难得的空间。此处的江水，在如瓮口敞开的山谷间十分平缓地流淌，同时与汉江和任河相通的水面，既适宜大型航运船停靠，也适宜小船进出。得天独厚的自然优势，让瓦房店在汉江航运刚刚诞生的时候，就成为建设良港的首选之地。

在汉江航运开通之前，已有茶商用人背马驮的方式，翻山越岭，将紫阳、西乡、汉阴产的"山南茶"运往关中了。有了往来于汉中和汉口之间的船只靠岸停泊，瓦房店成为开通于唐代的中国第一条茶马古道——陕甘茶马古道的起点，也是江南、四川等地的茶叶进入西北最重要的中转站。

10年前，紫阳县城和瓦房店还有供往来渡船停靠的码头，自从经紫阳通往四川万源的包茂高速贯通后，紫阳到瓦房店的水面上，已很难看到游弋的船只了。但瓦房店码头还在，而且正在美化扩建，只不过重建中的瓦房店码头，是依托古汉江茶马古道，打造的汉江航运旅游小镇。

根据安康地方史料描述，汉江航运最热闹的时候，也是安康茶市最繁荣的时期。汉江两岸茶市繁荣，江面上帆船云集，瓦房店码头停靠的船只动辄数以百计。这些船只运送的主要货物，一度就是产自陕南的"山南茶"。安康茶市以紫阳为中心，沿汉江两岸水旱码头分布着宦姑滩、瓦房店、红椿坝、紫阳、洞河、洄水湾、毛坝关、麻柳坝、蒿坪河等10余处茶市。茶市上挤满了挑着担、背着背篓、挎着篮子向茶商卖茶的茶农，也混杂着刚刚从船上下来，收购茶叶的各地茶贩。

一开始，汉江沿岸码头向外贩运的茶叶以陕南茶为主，其中以紫阳毛尖最为有名。随着汉江与长江航运的沟通，来自江南、四川的茶叶也经由汉江，源源不断地向西北转运。瓦房店成为汉江上游最有名的航运码头，大概就在这个时候。

如今的瓦房店，已经沦落为汉江边上一个依旧贮存着繁华的历史记忆，却繁华散尽的小山村。一度舟楫往来、船帆林立的古汉江码头不见了。江水依旧清澈碧翠的任河西岸，三四十户人家散落在连接四川万源的公路两旁的山坡上。我到那里时临近中午，炊烟袅袅中，新修的旅游码头后面的台地上，废旧的龙王庙和川陕会馆正在修复。路西半山上，居高临下的江西会馆屋顶破败不堪，院子里、房脊上长满荒草，但江西会馆的雕梁画栋，依然彰显着它曾经有过的繁华。

从废弃几十年的江西会馆下来，我在路边超市买打火机时，店主人吴文全告诉我，早年的瓦房店码头比紫阳县城还繁华。码头上往来的船只进进出出，昼夜不息。围绕码头，旅店、饭馆、烟铺等到处都是。来自湖北、江西、陕西、四川等地的商人聚集在这里，做转运生意，几个省的会馆一个比一个豪华。

问起当年瓦房店最火爆的是什么生意，吴文全说："那自然是贩运茶叶了。"

以汉江为中心，辐射整个西北的陕甘茶马古道最为繁荣的时期，是宋代。

熙宁年间，宋神宗任用王韶收复宕、洮、岷等六州的战幕拉开，军队需要大量战马，西北少数民族也需要源源不断的茶叶制作一日三餐离不开的奶茶。这种情况下，熙宁七年（1074年），宋神宗决定在渭河沿岸开放边贸口岸，开展以茶易马的边境贸易。北宋朝廷设置的第一个茶马贸易管理机构茶马司，选择在秦州（今天水）。天水是宋代已经粗具规模的陕甘茶马古道的重要节点，与陕南茶区和南茶北运"黄金水道"——汉江，仅隔一座秦岭。只要沿汉江源源不断运送安康、汉中的陕南本地茶和江南茶，经陕甘茶马古道进入天水，就有数以万计的北方良马装备大宋军队。

时势的需要，让从安康紫阳到汉中，以及汉江上游再北越秦岭的茶马古道，进入前所未有的辉煌期。沿汉江而来的江南茶、产自汉江南岸的陕南茶，在安康、汉中一线的汉江码头及沿江港口堆积如山。汉中通往秦州的古道上，运送茶叶的骡帮驼队络绎不绝。汉中成为当时中国最大的茶叶集散地，秦州茶马司设立第一年，仅各地茶商在汉中收购的茶叶就达700余万斤，汉中因此成为与开封、成都并列的北宋三大税收城市之一。在陕甘茶马古道另一端，秦州茶马司成千上万的茶叶一落地，即被转运至西夏、河套等游牧民族地区。成群结队的西域良马，也迅速被输送到全国各地，为北宋王朝装备起一支又一支军队。

到了明清时期，陕甘茶马古道不仅成为全国各地茶叶贸易的大通道，也让汉江流域的茶叶名震全国。承袭宋代茶马互市的政策，明代颁布的《茶马法》，让陕甘茶马古道的茶马交易更加繁荣。明代，陕南茶叶生产空前繁荣，开荒种茶也成为当地农民趋之若鹜的选择。受《茶马法》鼓舞，西乡一度出现"其民昼夜治茶不休，男废耕，女废织，而莫之能办也"的景象。与此同时，茶马古道也开始沿汉江向东延伸。抗战时期，人们在汉江中游的河南南阳、湖北西部茶叶市场上看到的紫阳茶，就是通过顺汉江而下的茶马古道的延伸段贩运出去的。

2017年4月7日，《西安晚报》发表的一篇题为《宁强茶马古道发现记》的文章说，2004年4月，该文作者和宁强县农业局局长丁振华在宁强与广元交界处的黄坝驿乡一座海拔900多米高山的半山腰上，发现了一段高约 10 米、人工开凿的古栈道，并推断它有可能就是茶马古道蜀门段遗迹。

2014 年 11 月，我在汉江上游寻觅陕甘茶马古道时才知道，继陕甘茶马古道开通后，中国第二条茶马古道也经由汉江上游，穿越巴山蜀水，向康定藏区延伸，这就是陕康藏茶马古道。这条茶马古道从关中经陕南到四川，绕来绕去，来去都要经过司马错伐蜀时开通的古道。根据《明太祖实录》"秦蜀之茶，自碉门、黎、雅抵朵甘、乌思藏，五千余里皆用之"的记载可知，陕康藏茶马古道明代已开通。

最初奔走在这条长达千余公里古茶道上的是陕西商人。

由于陕甘茶马古道的日益成熟和政府对茶市的重视，明代陕南成为全国茶叶的主产区。已经在这条古道上有过其他贸易经验的陕西商人翻过秦岭，来到陕南，直接到茶园或茶商手里收好茶叶，交给雇来的脚户、马帮，放开嗓子唱一曲《走西口》，伴随着马帮把头"叭叭"脆响的马鞭声，一包包散发清香的茶叶从汉江起步，踏上了前往康巴藏区的漫漫长途。

沟通汉中和成都的金牛古道是陕康藏茶马古道的必经之路，所以《宁强茶马古道发现记》的作者发现的古道遗迹，应该是这一段。

陕甘茶马古道和陕康藏茶马古道随处可见煎茶岭、盐茶关、茶镇、茶稻村等与茶有关的地名。行走在这条 1000 多年来曾经马蹄嗒嗒、驮队络绎不绝的古道上，我至今还能嗅到迷人的茶香。

山林里的歌者

第一次听张昌斌唱石泉民歌，是在富水河的竹筏上。

2014年5月，陕西省旅游局策划了中国旅游日的主题活动"秦岭与黄河对话"，组织各界人士赴境内黄河、长江各支流采取水样，准备19日在华山北峰的"秦岭与黄河对话"活动现场举行象征中华民族母亲河血脉相连的融水仪式。我以汉江采水队文化顾问的身份和媒体记者到石泉的当天下午，被安排去燕翔洞景区参观。

燕翔洞是汉江支流富水河岸边的一处喀斯特（岩溶）景观。要去燕翔洞，需坐船或竹排才能抵达。我们乘坐竹排从富水河与汉江交汇处的熨斗古镇逆流而上，两面青山叠翠。愈往深处走，山愈高，水愈碧，景愈幽。微风徐来，水波荡漾，两岸一片青翠，如梦如幻。我正沉浸在美如仙境的

在两岸碧翠、一江清流的船上听艄公唱石泉民歌实在是一种难得的享受

自然山水时，采水队有人提议唱一首石泉民歌。带队的石泉县旅游局书记张昌斌让撑船的小伙子唱，小伙子不好意思，张书记当仁不让，接过导游手里的小喇叭，面对绿水青山就唱了起来。

这是我第一次听石泉民歌，张昌斌唱的什么歌词，我当时似懂非懂，只觉得婉转细腻，蕴含着一种如汉江流水般婉约清丽、楚楚动人的浪漫气息。几个月后又到石泉，去云雾山鬼谷岭的路上，张昌斌又唱了一遍，我才知道这是一首"酸曲儿"，歌名叫《姐儿十八春》。歌里唱道：

姐儿十八春	爹娘不放心	高院围墙紧关门
围墙八尺高	门上做暗销	你是神仙也难倒
小郎着了急	跑到后院里	砍根楠竹做天梯
楠竹节节长	搭到后梁上	轻脚细手扒上墙
翻开三匹瓦	观见小冤家	冤家好比牡丹花
翻开一房角	看见姐儿床	姐儿床上披亮光
翻开三匹瓦	看见姐儿脚	姐儿好似踩软索
郎踩姐儿肩	姐抱郎的腰	一步一步下天桥
把郎接下地	二人笑嘻嘻	这次姻缘天赐的
外面狗儿叫	四门都围到	大喊三声捉强盗
打开后门跑	后门两个人	手里拿的一根绳
左边亲右边	亲到床面前	不是强盗也是奸

张昌斌说《姐儿十八春》属民歌中的"小调"。

张昌斌是一位地方文化的痴迷者。一见面，他就向我推介鬼谷子文化，讲石泉历史，还带领我到子午岭踏访子午古道饶峰关关楼遗址，上鬼谷岭看鬼谷子隐居遗迹，沿石泉古城寻觅汉江古渡。张昌斌研究鬼谷子文化，也研究民歌，第一次见面时，他正在编一本石泉民歌集，石泉民歌也属陕南民歌。

张昌斌告诉我,陕南民歌受巴蜀文化、荆楚文化和汉文化熏染,内容丰富多彩,唱腔南北兼容,婉转动人。整个汉江流域,以汉江上游汉中、安康、商洛、十堰民歌之风最盛,普及度也最高。生活在秦巴山区的老一辈,无论男女老幼,只要一张口,都能唱几首乡土味十足的民歌。

"可以说,生活在秦岭、巴山之间,汉江上游的山民,一生下来就受到祖祖辈辈歌唱不息的民歌熏陶,个个都是山林歌手。"张昌斌说。

第一次在秦巴山区听陕南民歌,是2004年在南郑县文化馆(今汉中市南郑区文化馆)。

那天去小南海,在南郑县文化馆与一位做音乐的老师相遇,向他请教民歌的时候,那位老师现场为我唱了两首南郑民歌。歌词和歌名已经忘记了,但那种缠绵的曲调,至今还在我记忆里萦绕。唱完歌,那位老师告诉我,南郑与四川山水相连,所以南郑民歌深受四川民歌影响,缠绵中又融入了火辣味。

2014年11月,我再次到南郑,前一天在作家王蓬家里认识的南郑县委宣传部部长贾连友,让县民协主席吴元贵先生陪我到协税镇马家岭,拜访由一群农村老头老太太组建的"晚晴同乐团"。

那天,我在南郑县民协主席吴元贵的带领下,采访了这个南郑民歌演唱团

路上，吴元贵告诉我，这些老人年轻时都是唱民歌的好手。他们犁地时唱，插秧时唱，进山砍柴、上山割草也唱。唱歌解乏、抒情、排遣孤独苦闷，是山里人生活的一部分。

进入勉县后遇到了绵绵不断的雨，到了紧挨大巴山丛林的马家岭，竟落下了一场边落边融的初雪。村后山林里、村前青翠的菜田里，一团一团积雪挂在树枝上、菜叶上。房前屋后长满竹子的山村，在稀稀疏疏的落雪映衬下，白绿相间，恬适安静。

72岁的团长马全忠的房里，火炉已经点燃，男男女女六七位歌手，正围着火炉在等我们。火炉旁还有伴奏用的二胡、锣鼓等家当。马全忠告诉我，小时候的冬天好像比现在来得早，也比现在冷。一场雪落下，山里每家每户的火塘就点起来了。冬季无事可做的山里人，整天围着火塘，一边烤洋芋，一边聊天，聊到兴致来了，就有人开始唱歌了。只要有人领头，围在火塘边的人便不分男女老幼跟着一起唱。

马全忠说话的时候我在想，积雪覆盖的丛林一片寂静，突然有一阵婉转悠扬的歌声从丛林深处飘出，在雪花漫舞的林间回荡，那该是多么诱人的情境啊！

马全忠拉二胡领唱的第一首歌叫《太阳出来晒死人》。汉中方言本来就有一股很浓的四川话味道，一唱出来，我更是一头雾水，听不懂。他们唱一句，吴元贵老师就给我翻译一句，其中有几句唱道："愣变牲畜不变人，变人要变桂花女，天晴下雨（呦咿呦）不出门。"接着又一首唱道："大田薅秧水又深，捡了个鸭蛋有半斤。妹妹吃的蛋黄黄，哥哥吃的蛋清清。"当4名普通农家妇女在锣鼓伴奏下演唱时，我总觉得铿锵锣鼓声和女声唱腔之间有一种神秘的韵味。

他们唱完后，吴元贵老师告诉我前两首都是情歌，唱男女情爱；后一首是汉江流域秦巴山区流传极广的端公调，由古代端公敬神驱鬼的傩戏演变而来。

现在从陕西旬阳进入湖北郧西，从蜀河镇过蜀河汉江大桥，只需几分钟。但在过去，这里是地道的秦头楚尾之地，一条波涛汹涌的汉江，让一度属于两个国家的旬阳人和郧西人隔江相望了多少年。不过，自从秦楚交界处的秦楚分界墙名存实亡后，往来于汉江两岸的渡船和穿行在高山峡谷间的秦楚古道，让陕西商洛、安康和鄂西之间隔山而居或临江相望的百姓交往一天比一天频繁，秦楚两地人们的生活习惯、民风民俗，也在昼夜不息的浩荡江流的往来中相互渗透、相互滋润，成为各自文化传统的一部分。

汉江上游的秦巴山区自古就是一片神秘之地。3000多年前，生活在高山密林里的巴人不仅好战，而且能歌善舞。他们不仅打仗时用歌舞开道，用激越神秘的歌声震慑敌人；每逢佳节，男女老幼也要聚集在一起击鼓踏歌。据说古代诗歌中的《竹枝词》，就是由巴人的歌演变而来的。至于盛行于汉江南岸高山深处的端公调，应该既与巴人遗风有关，也和翻过秦岭南迁的氐羌民族古老的鬼神崇拜祭祀的习俗有关。先秦时期，上百个部落方国各自的文化习俗，不仅让汉江流域文化形态丰富多彩，也孕育了既多姿多彩，又相互影响的汉江民歌。

在房县，我看到一本整理鄂西北民间叙事歌集《民间唱本》的序中这样写道："房县人的人生是伴随着民歌度过的。男女恋爱有情歌，女子出阁有哭嫁歌，插秧薅草有锣鼓歌，逢年过节唱伙钹歌，家人亡故唱丧鼓歌。还有踩梁歌、踩秧歌、采药歌、采茶歌、劝酒歌、绣花歌、船灯歌、砍柴歌、放牛歌等，真可谓千里房县无处不飞歌。"后来我从媒体上看到，房县有位78岁的民歌大王胡元炳，一生搜集了60多万字的房县民歌。向记者讲述自己唱民歌的经历时，胡元炳说他12岁就学会了他爷爷收藏的36本民歌集上的歌，先后拜了10多位民间歌手学过歌。

欢乐的时候，用歌声感恩天地万物、抒发欢快愉悦之情；艰辛的时候，用歌声抵御寒风、温暖心灵；死亡降临的时候，活着的人们用歌声安慰远去的灵魂……难怪在汉江南岸这片莽莽丛林里，能够产生华夏民族唯一一部创世史诗《黑暗传》。那些或铿锵高亢，或婉约如诉的歌声，原本就已经和生活在秦岭、巴山密林深处的山民的生命、灵魂融为一体了。

何止房县，我走过的陕南和鄂西北地区，上了年纪的人都能唱几首当地民歌。在白河卡子镇界岭山下路边，和一位双目失明、拄着拐杖坐在家门口的老人聊起民歌，才聊了几句，老人就放开嗓子给我唱起了在石泉张昌斌也唱过的《姐儿歌》：

> 姐在河里漂白纱，
> 清水映出牡丹花，
> 鲤鱼见了金翅撒，
> 和尚见了把头抓，
> 可惜我年少出了家。

> 姐儿长得白如云，
> 爱坏多少年轻人，
> 活人看见都爱死，
> 死人看见又还魂。

汉江上游，每个县市都有自己的代表民歌，也有各自的代表人物。在南郑，吴元贵和农民歌手马全忠都向我推荐了陕南民歌大王刘光朗。刘光朗根据镇巴民歌创作并演唱的《巴山酒歌》多次上过中央电视台，他带着陕南民歌《薅秧歌》走过《星光大道》的红地毯，还接受过凤凰卫视吴小莉的专访。到了镇巴，我想拜访这位80多岁的民歌大王，被告知刘光朗不仅歌唱得好，还是个孝子。他母亲有病，他一心一意在家照顾老母亲，一般不接待生人，我只好作罢。

不过，到县文化馆打听刘光朗情况时意外发现，全中国人耳熟能详的《十送红军》，最早诞生于镇巴，是地道的镇巴民歌。县文化馆院子的宣传栏上,不仅有近年来媒体上发表的《〈十送红军〉全国唱,歌词源于镇巴县》的辩白文章复印件;还有1958年5月和11月《民间文学》连续两次发表,署名"中共汉中地委宣传部搜集"的《十送红军》原歌词复印件。

后来搜集的资料说,第四次反"围剿"中,红四方面军由鄂豫皖根据地进入陕南秦巴山区。20多岁的镇巴县永乐乡青年朱有炽,经红四方面军政治部副主任傅钟介绍,加入中国共产党,随后担任川陕省赤北县苏维埃政府税务局局长。川陕省赤北县苏维埃政府在川陕交界的两河口一带,今属陕西省镇巴县。朱有炽喜欢民歌,工作之余创作了大量革命歌曲。1935年3月,红四方面军撤离川陕革命根据地,镇巴群众根据镇巴民歌创作了送别红军的民歌——《十送红军》。后来,留在根据地坚持革命斗争的朱有炽,根据镇巴民间传唱的《十送红军》加工整理出1958年11月《民间文学》刊登的镇巴民歌《十送红军》。《十送红军》最初采录者符文学生前撰文介绍采集这首民歌时说:"解放后,在1956年的秋末冬初,我到了永乐乡后,乡上让我到西乡街(两河口)找朱有炽。朱有炽知道很多革命历史和红军烈士的情况。他曾担任过川陕省赤北县苏维埃政府税务局局长,那时已加入中国共产党。其妻陈昌秀和他同时入党,并任两河口镇苏维埃政府妇女委员长。我到西乡街找到朱有炽后,先谈了有关革命烈士和革命斗争的史实后,他顺便唱了歌谣'徐向前到川陕,空山坝扎营盘,恶人个个脑壳砍,打得川军垮了杆'等。他还说:'我还有一首较长的,共10段,歌名叫《十送红军》。'接着他哼唱,我就记录,记录毕了又念给朱有炽听,有错的地方就纠正。回到县上,我将这首歌谣加以整理,以富饶为笔名寄给中国民间文艺研究会《民间文学》编辑部。"

此后,由镇巴朱有炽整理,符文学(笔名富饶)记录的《十送红军》被收入多种选本,只是由于笔误,一些选本上将朱有炽的"炽"写为"志"。至于原本诞生于大巴山区的镇巴民歌,为什么几十年来被认为是江西民歌,有人说1965年上映的《革命历史歌曲表演唱》电影,将《十送红军》作为江西民歌排列在第 4 场，也就一直将错就错，把原本原汁原味的镇巴民歌误认为江西民歌了。

错也罢，对也罢，对于那些嗜歌如命的秦巴山区百姓来说，有歌声相伴，他们就有了有滋有味度过每一个或明亮，或黯淡，或幸福，或艰辛日子的依靠。

寻找端公

室外夜色深沉，室内烛火明灭，供奉着天地诸神牌位的几案上，摆满了热气腾腾的祭品。香烟缭绕中，身着五色法裙、头戴神秘面具的主祭端公登场，迎神仪式开始了。伴随掌坛端公带领站案陪祭端公口念咒语、烧符纸、焚香跪拜等环节的进行，一种庄严神秘的气氛在屋子四周弥漫。骤然响起的锣鼓声宣告，各路大神已经迎请到位。陪祭端公分列两旁吹打伴奏，掌坛端公手执法器令剑登上祭坛，一边起舞挥剑，一边高声念咒，以娱神禳灾、驱魔降鬼为目的的祭祀仪式拉开了序幕。

这种祭祀的主角是被汉水流域土著认为可以上通神灵、下降妖魔、驱鬼治病的神职人员——端公。

这个端公作法使用的面具，已经传了四五代人了

端公是一种神秘而古老的职业。如果要追溯端公的历史，最早可以追溯到远古先民的自然崇拜和鬼神崇拜时期。至于远古先民的原始崇拜曾经广泛流行于世界各地，为什么独独在汉江流域演化出了端公这种可以与天地鬼神沟通的职业，这大概一方面与汉江中上游群山莽莽，先秦时期人烟稀少，面对神秘强大、不可抗拒的自然神力而产生的万物有灵的观念有关；另一方面，也与对汉江文化产生巨大而

深远影响的氐羌文化有关。有人认为，公元前1046年巴人参加周武王指挥的牧野之战，头戴百兽面具，在战场上冲锋陷阵时跳的傩舞，就是后来端公祭神驱鬼时跳的端公舞的发端；也有人认为，端公是盛行于楚国的巫觋文化遗存。

2014年11月21日，我从宁强冒雨钻进云雾缭绕的大巴山，就是为了寻找至今被当地人传得神乎其神的神秘人物——端公。

那天早上到县文化馆向刘彦庆老师了解宁强的羌人源流时，刘老师无意间的一句话，让我产生了寻找端公的念头。文化馆的周馆长分析宁强羌人消失的原因时说，由于战乱等各种因素，逃到大巴山丛林里的羌人都改成汉族了，唯一可以确认他们是羌族后裔的，是二郎坝、禅家岩一带还有端公。

10年前我在汉中、商洛和安康听说过端公，却一直没有见过真正的端公。2004年在旬阳县红军镇寻访红军老祖墓，旬阳红军纪念馆馆长向我解释"民国得道八路军故法官之墓"碑文上的"法官"一词时说，陕南民间把用道家法术祛邪治病的男巫师"端公"也叫作"法官"。端公是深深扎根于秦巴山区民间的一种职业。《隋书》说："汉中之人……不甚趋利……好祀鬼神……尤多忌讳……崇重道教，犹有张鲁之风焉。"不过，民有病，初不延医而延巫，俗云端公，依靠端公施法治病的习俗，不仅在陕南十分流行，在汉江中游楚人故地南漳、保康、谷城等地也很盛行。

从文化馆出来，到宁强县委宣传部，刘勇副部长听说我要寻找端公，便打电话到禅家岩镇，帮我联系了一位端公，并让其配合我的采访工作。但出了宁强县城，我走错了路，等发现时，已经跑到了铁锁关。于是掉头，返回宁强时又跑到了巴山镇。

那天，雨下一阵停一阵，不紧不慢。到了黄叶如金箔覆盖的莽莽群山中的巴山镇，绵绵细雨和忽来忽去、淡了又浓的云雾一路穷追不舍。高山之间突然出现一片平坦开阔之地，继续前行，又有一座座高山迎面而来。跟着一路攀升到无路可走时又从荒无人迹的峡谷间的公路上转来转去，不知不觉，我已经到了陕西宁强和四川广元朝天区相邻的毛坝河。从一岔路口过了一道小沟渠，我按导航指示的禅家岩方向走，仅能容一辆车行驶的爬山小道斜挂在突然裂开的大峡谷东面的绝壁上。脚下云雾缭绕，两面绝壁高矗，山谷空阔幽深。一根细丝线般盘绕谷底的毛坝河尽头，依稀可以看见的建筑物，已在广元境内。悬壁上的路越升越高，快到山顶时我突然感觉，这个瓮形的大峡谷，会不会是地层断裂形成的巨型天坑呢？

我提心吊胆，冒着一身虚汗，小心翼翼从挂在悬崖上的山道开到了山顶垭口，道路开始向东转，路面变得平坦了，也宽一点了，我赶紧停车查找路线。上山路上，越走越觉得路线有些不对劲，但悬挂在绝壁上的山路一直在呈五六十度的斜坡上盘旋，我不敢熄火，也不敢停车，只好硬着头皮往前走。到了垭口，打开地图才发现，这条路还可以前行，前行的方向也是禅家岩方向，但路尽头好像没有公路和禅家岩沟通。前不着村、后不着店，就在我陷入是继续前行还是掉头原路返回的犹豫中的时候，一位身披塑料布、头戴雨帽遮雨的放牛老人出现在路旁。一打听，这是一条死路，再往前走10公里就没路了。从这条路根本到不了禅家岩。

听说我去禅家岩寻找端公，老人说他叫谷天尧，家在前面转弯处的一

再往前已经无路可走。那天心惊胆战地在这条仅容得下一辆车的山路上折腾了半天，差一点被困在脚下是万丈深渊、头顶云雾缭绕的巴山深处

端公做法事用的手抄施法文本

个村子，他弟弟谷天寿就是端公。我提出能不能带我见见他弟弟，谷天尧说弟弟谷天寿去汉中打工了，不在家。而且端公做法事是一件很神圣的事，无灾无难，谁敢设坛场请神请鬼啊。

谷天尧告诉我，他父亲活着时是当地很有名的端公，他家祖祖辈辈都有人做端公，爷爷传给了父亲，父亲又教会了弟弟谷天寿。以前，他父亲还保存着爷爷传下来的法器，其中有师牌、法印、法铃、角卦、号角、师刀、令旗、令剑、法衣、法裙、冠帽、面具、木雕神像等。大一点的法事要提前好几天准备，有时候要连续做三天三夜，念经念咒、驱鬼拜神不能中断，最短的也要一天一夜，所以他们村和邻近村子都有端公。一般的法事，父亲带两三个帮手，大一点的法事要八九个，有时甚至十几个人同时上场、轮流站案，但做掌坛端公的，只有他父亲。做法事不仅要请神、迎神、敬神、送神，还要站案、跳舞、诵经念咒、捉妖降魔，一场法事做下来非常辛苦。

端公是神职人员，也是当地的文化人。

谷天尧说，端公做法事一般包括请神、迎神、敬神、送神等环节，实施起来非常复杂。做法事前先要请神问卦，弄清楚对方家里有何灾有何祸，问题出在什么地方，是主家冲撞了家神、灶神或土地神，还是招惹了外面的小神小鬼；同时通过问卦了解骚扰主家的小神小鬼来自什么方位、离主家有多远。这一切弄清后，端公还要画符、写祭文，准备敬神捉鬼的用物，通过主家的生辰八字掐算做法事时和做了法事后什么属相的人要回避，多少天内外人不能进出主家。一切准备妥当后，他父亲和陪祭端公穿上五色法衣，焚香敬神，击鼓鸣乐，开始降魔捉鬼。

我问谷天尧是否见过父亲捉住了鬼，谷天尧脸一沉反问我，怎么没见过？小时候，邻村一个老妇人生病卧床了好多年，大小便都要人帮忙，到处求医不见好转，病者家属找到了他父亲。谷天尧的父亲起卦一算，发现是小鬼缠身，法事做到渡水环节，他父亲双目紧闭，高声念咒时，平放在渡水碗中的两根筷子突然自己站立在水碗里。立了一会儿，其中一根突然倒向病人躺的方向，他父亲大呼一声，"咣"的一下，将一面小锣扔过去。铜锣落到床上，床上哼哼唧唧呻吟不止的老太太大叫一声，突然翻身下床，在地上走了起来，和没病的人一样，之后，她又活了八九年。

我问他父亲作法时往床上甩铜锣是什么意思，谷天尧说那是他父亲施法后，把小鬼扣到了铜锣下面。

毛毛细雨时紧时慢，越积越厚的阴云让天色愈来愈昏暗。我招呼谷天尧坐在车里，面对莽莽大山，听谷天尧讲他父亲捉鬼的故事，让我感到头皮发麻。临了，谷天尧告诉我，我原路往回返的路上有个大猪坝村，路边有一户姓张的老人也是端公，70多岁，是这一带年龄最大的端公，他建议我返回的路上可以去看看。

分手时，谷天尧提醒我，在山里行走，如果看见门口贴符、挂一只篓筐的人家不要进去。我问为什么，他说那是那户人家做过法事的标识，路人回避为好。属相忌讳的人如果贸然闯入，会惊醒刚刚降服的妖魔鬼怪，自己也会病魔缠身。

折返路上，按照谷天尧指点，我很快就找到了大猪坝村的张端公家。

路边的移民新村有十来户人家，清一色的二层小楼。绵绵细雨为巴山深处带来阵阵凉意，大猪坝村家家户户生起了火塘。阴雨天，除了放牛、打猪草，没什么事可做，男人们三三两两蹲在屋檐下吹牛、聊天，女人们则围在火塘边一面哄孩子，一面做针线活。到张端公家时，张端公的老伴正坐在火塘边做鞋垫，小孙女在一旁玩耍，两个等车去毛坝河的男子围坐在张端公家的火塘旁，一边烤火，一边有一句没一句地聊割漆的事。

我到陕川交界的高山深处拜访这位端公时，他老伴告诉我他到山里做法事去了

一进门，张端公的老伴就让我烤火喝茶，可一问张端公，得到的又是一个令人失望的回答。老人告诉我，老伴到几里外的村子给人看病、做法事去了。我问怎么才能见到他，老人看了看我说，村子在山那边的林里，路不好走，车子上不去。老人告诉我，他老伴十几岁就跟师父学手艺，做了一辈子端公，人很善良，附近村子谁家有事，他从不拒绝。说着，老人放下针线活，拿出摆在堂屋"天地君亲师"牌位下的张端公的照片给我看。

那应该是张端公在什么旅游景点的留影。照片上，张端公白髯齐胸，身穿五色法衣骑在骆驼上，目光炯炯，果然一副仙风道骨的样子。我提出能不能看看做法事用的道具，老人带我到二楼，取下挂在墙上的木雕面具让我拍照，然后指着墙角一个挂一只黄铜大锁的木箱子说，一般做法事用的法器，张端公今天带走了。箱子里的法器，是张端公师父传给他的，除非做三天三夜的法场，一般不拿出来，也不给外人看。

天色愈加昏暗，我只好起身告别。

作为一种古老而神秘的职业，端公不仅可以通天地鬼神，由于要画符、写祭文、念咒语，也是文化人，在当地很受人尊敬。

到石泉的第二天，张昌斌原本联系好一位要给池河镇一户刚搬新房的人家作法的端公，结果传话的人把话说岔了，我们赶到时，法场已经结束，主家正招待端公吃饭。这位王姓端公作法的地方，在池河镇文化中心院子的一栋新楼，法事刚刚做完，忌讳生人入内，端公从楼上下来，我们在楼下聊了一会儿。

这位端公50岁左右的样子，不穿法衣，看起来和普通人一样，只是两只眼睛特别机敏。他告诉我，他家几代人都有人做端公，他的手艺是父亲传给他的。他说端公就是"巫"，也叫"神汉"。做端公的大多是男人，也有女人，但叫巫婆。在汉中、安康一带，人们把端公作法叫"跳神"。过去，包括湖北西北部的汉江流域，山高林密，交通不便，医疗水平落后，人人有病都请端公治。现在科技发达了，医疗水平提高了，老百姓仍然相信有些病和灾祸，是某些神秘力量所致，所以还是要请端公作法驱邪。他自己也有别的事干，做端公一方面是为了把祖辈留下的东西传下去，另一方面这也是他自己的爱好。

我问他施法时捉到鬼没有，王端公神秘一笑，说作法是一种心理治疗，你要从心理上相信，法术、咒语才会起作用。他告诉我，作法时端公手持法器、身穿法裙，要跳几天几夜的端公舞。跳舞的时候要念咒，还要在地上旋转、打滚、翻身，很累的。不过，随着陪祭端公一起击鼓鸣乐、焚香敬神，他在念咒施法时，也经常能看到一些奇特神秘的现象。这些现象在香烟缭绕、烛火明灭的作法现场浮现时，他跳舞的动作、念咒的声调，也会变得连他自己也感到陌生、奇怪。我问是否记得作法时看到的情景，王端公神秘一笑说，不记得了，从法场下来，作法时自己的所作所为，全都不记得了。

不过，据看过大型法事端公作法现场的人讲，端公在锣、鼓、钹、唢呐等乐器伴奏下，一边念咒，一边跳祭神舞蹈，场面肃穆神秘，很有感染力。据此，汉江流域形成了一种叫"端公舞"的民间祭祀舞蹈，汉中也在当地流行的端公舞基础上形成了独具古老傩文化特色的汉中端公戏。湖北南漳的端公舞，也被认为是研究楚巫文化的活化石。

古老神秘的楚巫之风，至今犹在荆山一带南漳、保康、谷城的山林乡镇盛行。这里是《黑暗传》的发源地，也是古老楚巫文化的"老巢"。在莽莽群山的丛林间行走，依照《黑暗传》为死者唱丧歌的场面，依然随处可见；和当地人交流时你也会发现，身穿五色法衣、手执钺斧刀的端公身影，至今还出现在他们身边。南漳薛坪深山密林里，至今还保留着楚国宫廷祭祀神灵、祈求神灵保佑人间太平、驱灾消祸、期盼五谷丰登的古老祭祀仪式——苞茅缩酒习俗。

这种场面，我在中央电视台《走遍中国》栏目的"荆山觅楚音"中看到过：夜幕降临，天色昏暗，巫师（端公）们将法器供奉在几案上，然后燃起一堆大火。仪式开始，主祭巫师带领陪祭巫师上场，先将一个撒了细沙的托盘架到台架上，再将一束山茅草（苞茅）放到托盘中央。这时，主祭巫师跪地，两位陪祭巫师分列两侧，左边的举酒壶，右边的捧杯。高举盛满苞谷酒酒壶的端公神情严肃，将壶中的酒注入杯中。就在右边的巫师将酒杯递给跪在几案前的主祭巫师之际，乐声骤起，两旁执掌乐器的巫师一边打击奏乐，一边轮流演唱。乐声歌舞中，主祭巫师将第一杯酒洒到茅草上后祭拜起身，带领众巫师围绕冲天大火且行且舞。第一圈转完，主祭巫师再次跪下，第二杯酒倒满，直至酒液溢出，然后将酒洒在茅草上后，起身，且歌且舞。转完第二圈，主祭端公第三次跪下，然后将第三杯酒慢慢洒到茅草上后，再转第三圈。主祭向苞茅洒酒时神情肃穆，动作庄重，口念咒语，气氛神秘。据介绍，这样的跪拜祭酒方式，至少要循环3次，隆重时需循环5到7次。

2014年12月，途经保康到房县，我看到3月12日《湖北日报》发表的题为《保康发现明代端公舞手诀图本》的文章说：

保康县首次发现了明代端公舞手诀图本，该图本是研究早期楚文化不可多得的珍贵资料。

保康县楚文化研究专家虢光新在马良镇重阳村一组走访老艺人柏天龙时，惊喜地发现这一手绘图本上面还有"崇祯十六年"的字样。75岁的柏天龙介绍，此图本是本村道士吕承庆1995年临终前交给他的。吕承庆说这是1966年在大山一个天坑里意外发现的，当时放在一口生锈的铁箱里。

传说，端公是远古的一名将帅。他平时劳作的时候，作歌起舞；遇有人死亡的时候，引领民众祭尸。他跟随黄帝在战场上打败了蚩尤，被封为公，称为端公。后来，楚先民继承了端公舞，用于公祭和战场作战。如今，端公舞在保康以舞蹈形式保存了下来，主要用于祈福、祈寿。

马良镇老湾村91岁的端公周全锋说，以前端公手诀靠手手相传、口口相承，因而大部分失传，现大部分端公只掌握50多个手诀。而这次发现的图本中手诀多达186个，还有咒语，都非常罕见。

2014年在汉江奔走，我始终没有见到端公手持法器，赞颂神灵、降魔驱鬼的场面。但每当与生活在大巴山深处的人们谈及这个话题，从他们如临现场的讲述中，我总觉得在他们看来，端公作为在汉江流域流行了几千年的神秘巫觋文化的传承者和化身，既是他们的左邻右舍、亲戚朋友，也是普通的人间通灵者。人们祈求他利用其拥有的通天彻地的神力所要实现的，是一种对平安、幸福生活的向往，以及对他们赖以温暖心灵的真、善、美的挽留，对邪与恶的惩罚、驱逐。

那天，站在潜江市龙湾镇天下第一离宫楚章华台，面前浮现出屈原《九歌》里描述的人神同台、神鬼交错，宏阔华丽的祭祀场面时，我仿佛也产生了和大巴山人一样的想法。

鬼谷子的智慧

鬼谷子大概是中国历史上最具神秘色彩的传奇人物了。

几千年来,人们对鬼谷子的籍贯、年龄、行踪猜测不断,观点频出,浮想联翩,却至今无法厘清据说培养出孙膑、庞涓、苏秦、张仪等 500 多位深刻影响春秋战国历史的精英的鬼谷子的本来面貌。于是,有人说鬼谷子真有其人,但从他一生超乎常人的德智谋略来看,鬼谷子是超越时空的神奇力量的化身,是一位得道的仙人。近年来,更有人说鬼谷子是外星人。一篇题为《外星人在中国安排九大伟人,鬼谷子是外星军师》的文章说:"鬼谷子是战国时期的奇人,没人知道他来自哪里。他学问奇高,是兵学和外交学大宗师,甚至有点天文地理医卜星相无所不精的架势。他教出来的几个徒弟,如孙膑、庞涓、苏秦、张仪,个个如雷贯耳。名师出高徒,高徒衬名师,有这样厉害的徒弟,鬼谷子是多么神奇啊!更神奇的是,鬼谷子擅辟谷,多少天不吃饭,地球人哪受得了啊?要是解释成外星人吸收光能进行光合作用,就可信多了。"据此,文章作者将鬼谷子列为九大伟人之首,排在黄帝、女娲、盘古之前。

第一次和张昌斌见面,张昌斌除了唱石泉民歌,就给我们讲鬼谷子文化,声言学术界有一种观点,认为鬼谷子出生在汉江北岸的石泉县,石泉县云雾山鬼谷岭是鬼谷子的隐居修行之地。2014 年 12 月到石泉,张昌斌再三劝我在石泉多留一天,又约了两位朋友,带上砍刀、干粮,陪我一起上云雾山。

我梳理的鬼谷子出生地,有 13 处之多,其中包括河南登封、陕西扶风、湖南大庸(今张家界市)、湖北远安、四川广汉、新疆哈密、陕西石泉等。

2014年11月,石泉县旅游局书记张昌斌陪同我考察鬼谷岭

张昌斌送我的石泉文史学者李佩今编著的《鬼谷子与石泉》一书收录的《鬼谷子故里辩考》一文,确认石泉是鬼谷子故里的依据,是上海辞书出版社出版的《辞海》"鬼谷子"条载的"鬼谷子,相传战国时楚国人",以及中华书局出版的《辞海》中鬼谷子"居汉滨鬼谷山"的说法。李佩今因此提出,汉滨即汉水之滨;鬼谷山,也就是石泉县鬼谷岭。他认为湖北远安、湖南大庸,虽属古楚国,但离"汉滨"太远了。

张昌斌也承认,有关鬼谷子出生地,学术界至今争论不休,但根据各种史料和石泉境内与鬼谷子有关的传说、遗迹,鬼谷子曾经在云雾山鬼谷岭隐居的说法应该是可信的。

石泉是汉江北岸一座紧贴汉江,又被顺势而下的秦岭南麓余脉紧紧拥抱的山城。即将在石泉县城东急转掉头朝南而去的汉江,紧贴着古风幽幽的石泉古城街区,将清悠悠的江水铺陈在满山青翠之间。东城门的码头依稀可见。我们出县城沿饶峰河朝北,然后转向东北方向的云雾山镇,通往云雾山鬼谷岭的公路先是在峡谷深处环绕,与饶峰河分岔后,便开始在绵延的山岭上盘曲而上。虽然当时已是初冬,但受顺汉江而来的山南暖湿气流的滋润，山谷地带依然菜畦碧翠，公路旁、山坡上，成行成片的桑树绿叶纷披，在阳光的照耀下青翠欲滴。

山下温暖如春，到了鬼谷岭却发现满山丛林已经迎接了2014年的第一场雪，漫山遍野一片洁白。

依托自2010年纪录片《大秦岭》播出后引发的大秦岭旅游热，石泉也在开发鬼谷岭景区。鬼谷岭下已经建起了停车场，各种旅游指示牌也粗具雏形。张昌斌告诉我，几年前上鬼谷岭无路可走，我们现在上山的这条公路，是前一年动工修建的。

鬼谷岭两面山岭绵延、谷壑纵横，山下丛林青翠，山上白雪皑皑。张昌斌指着鬼谷岭西北稍矮一点的山岭说，史书上说鬼谷子姓王，叫王诩，也就是我们常说的王禅老祖。那座山半山腰有个村庄叫王家庄，据传是鬼谷子出生处，王家庄前有个山洞叫云阳洞。据当地人说，鬼谷子母亲生下鬼谷子后，就搬到云阳洞里住了下来。2013年石泉县举行首届鬼谷子文化研讨会时，北京一位专家听说鬼谷岭附近有个"云阳洞"，还专门跑去考察。看了此洞，又来到鬼谷岭，这位专家面对终日云雾缭绕的鬼谷岭说："像。这里的一切都像许多典籍描述的鬼谷子出生和修行的环境。鬼谷子有母亲没父亲，是个私生子。"

关于鬼谷子出生的故事，也有两个版本。

版本之一说，很久很久以前，一个村子有周、赵两户人家关系很好。赵家经商破产后，务农的周家慷慨救助，让赵家渡过难关。为感谢周家，赵家将其千金许配给周家公子。周家公子和赵家小姐青梅竹马，感情日笃。可是后来，周公子父母相继去世，家境衰败，赵家撕毁婚约。周公子气恼交加，突然病殁。赵家小姐闻讯，悲伤至极，跑到周公子坟前哭得昏厥过去。恍惚中，赵小姐梦见周公子请求她把自己坟前的一株谷穗带回去。赵小姐醒来后，果然发现坟前有一株沉甸甸的谷穗。她将谷穗带回家，脱掉壳吞了下去。没想到吃了周公子坟前的谷子，赵小姐竟怀孕并产下一男婴。赵小姐"因鬼生谷，因谷生子"，赵家就为其子取名鬼谷子。

石泉县城鬼谷子塑像

版本之二说，鬼谷子母亲叫瑞霞。瑞霞是商朝都城朝歌城外王家庄王员外夫人因小龙女精气受孕而生。瑞霞出生后，天下大旱，王员外家的三亩谷田只结了一株谷穗，成熟后，瑞霞搓揉谷穗时，谷粒变成珍珠钻入瑞霞口中，瑞霞因此受孕，并因未婚先孕被赶出家门，在朝歌附近的云梦山产下一男婴。瑞霞因一神奇的谷穗受孕，便给孩子取名鬼谷子。

这两个故事都说鬼谷子有母无父，是个私生子。那么，这两个鬼谷子神奇降生的故事，是不是从另一方面暗示我们，鬼谷子可能出生于只知其母不知其父的母系社会呢？因为唐代杜光庭《求异记》里说，鬼谷子生于轩辕黄帝时期，经历了夏商周三代，活了1000多岁。

神话传说中，许多伟人或名人出生，往往都有异乎寻常的经历。比如老子，出生时在娘胎里待了80年；黄帝母亲附宝不仅因电光缠绕北斗星受孕，而且怀孕两年才生下轩辕黄帝；就连汉高祖刘邦，也是其母昭灵皇后刘媪在一大泽旁边休息时梦中与神龙交合而生的……

受了张昌斌他们再三鼓动，那次到石泉原是鼓足勇气要登上鬼谷岭的。然而，2014年11月16日从天水出发，每天昼出夜宿，半个月没休息好，身体严重透支，再加上计划当天晚上要赶到汉阴，所以尽管张昌斌带的朋友在前面荆棘丛里抡着砍刀开道，张昌斌在身前身后牵拉推搡，辅助我前行，爬到二天门时，面对落满枯叶、蜿蜒在丛林里的羊肠小道上横七竖八遍地倒卧的嶙峋怪石，我还是气喘吁吁、举步维艰，实在无力再前行一步了。只好让他们继续,我则在二天门山林中稍作休息后下山,撤退至鬼谷岭下的停车场。

近10年,我收集了许多资料,试图梳理鬼谷子的真实经历,然而查阅的史料越多,我想象中的鬼谷子形象就变得愈加神秘莫测。如果剔除2000多年来鬼谷子身上越堆越厚的历史尘埃,我们大约可以确定,鬼谷子是战国时期真实存在的一位有血有肉的人,而且智慧、谋略、学识、思想超群盖世,在当时和后世没有人能够企及。

根据一篇《历史上最真实的鬼谷子》的文章介绍,大体上趋于历史真实的鬼谷子,大约出生于战国时期,是周灵王之子太子晋的五代孙。鬼谷子降生时,老子、孔子、孙子均已谢世,持续了几百年的诸侯争霸,让周王朝苦心建立的礼乐制度全面崩塌,周王室名存实亡。一个群雄争霸场面更为壮阔惨烈的时代正在酝酿,鬼谷子随父亲迁居楚国。春秋时代已经结束,战国时代的大幕徐徐拉开。战国早期学派林立、人才辈出,少年时代的鬼谷子在进入东周都城洛邑(今河南洛阳)前,已在天文、星象、哲学、历史、医学、军事等方面打下了扎实的基础。据说鬼谷子15岁来到洛阳,拜了三个师父,一个精于天道、一个通晓兵法、一个擅长说辞,并在三位老师的指导下,学习天文地理、政治军事、易学数理、巧辩权谋之术等。

有人说鬼谷子的老师是老子,也有人说鬼谷子出生的时候老子早已骑牛西行,不知所终。那么,几千年来被兵家尊为圣人、纵横家尊为始祖、算命占卜者尊为祖师爷、谋略家尊为谋圣、名家尊为师祖、道教尊为王禅老祖的鬼谷子的通天彻地之术,到底从何而来?

20岁左右,鬼谷子学成后准备投身战国纷争的大舞台,建功立业,但鬼谷子好像并不顺利。尽管有资料记载,鬼谷子曾担任过楚国宰相,但更多的资料说鬼谷子先后游走于魏国、楚国、韩国、宋国、齐国,试图在群雄逐鹿的舞台一展身手,除了在韩国期间,他作为韩国使臣多次出使各诸侯国外,其他国家对他所宣扬的阴谋权变之术并不感兴趣。在韩国时，鬼谷子出使各诸侯国时，用自己的智慧和谋略巧妙周旋，为韩国争取到不少利益，但最后受人排挤，不得不选择离开。鬼谷子离开韩国的原因，会不会因为他在韩国表现出的咄咄逼人的才能危及了别人利益呢？而且鬼谷子受到排挤，极有可能已经威胁到了他的生命安全。否则，当时才20多岁的鬼谷子，怎么会选择以"出逃"的方式离开韩国呢？

离开韩国，先后到宋国和齐国谋事的结局，同样让鬼谷子失望。无奈之下，鬼谷子做出了他人生最后的抉择：隐居山林，著书立说，收徒授业，换一种方式实现他的理想。

鬼谷子之后在哪里隐居修行？隐居山林后，鬼谷子是以什么方式招揽门徒，传授自己通天彻地的旷世绝学的？之后，鬼谷子又去了哪里？史书语焉不详，后世无人知晓，至今仍是一个令人浮想联翩的千古难解之谜。众多有关他的出生地和隐居之处的说法，也就成了自古至今真伪难辨的话题。鬼谷子也在其凡身肉体从世俗消遁后，一步一步，被他的崇拜者和追随者推到了半人半仙的地位。

张昌斌他们从鬼谷岭下来时，也是满头大汗，气喘吁吁。

张昌斌告诉我，鬼谷岭海拔2008米，是石泉县境内最高峰之一。山上古木参天，终年云雾缭绕。考古人员在鬼谷岭发现了8000多平方米的建筑遗址，目前仍有两座大殿保存较为完好。过去，鬼谷岭建筑遗址有很多石碑，为了防止偷盗，县文物部门进行了回埋处理。现在，岭上有两个石洞，据传一个是鬼谷子修炼之处，当地人叫它鬼谷子洞；另一个是鬼谷子学生张仪、苏秦藏书的地方，叫藏经洞。鬼谷岭西侧有一万丈悬崖，叫舍身崖，当地人说那是鬼谷子飞升成仙的地方。舍身崖旁，至今还有民国时被雷电击残的半截子石棺。岭上还有一亩地，平坦而肥沃，据说就是朝种暮收的鬼谷神田。鬼谷岭上山泉四溢、溪水潺潺，住在山上的道士，就是靠这一亩田生活的。

显然，石泉鬼谷岭供奉的鬼谷子，是已经被神化了的鬼谷子。当听了张昌斌讲的两个故事，你会发现在石泉人的心目中，鬼谷子的神力至今还藏在鬼谷岭的山林雾岚之中。

第一个故事说，几年前修通往云雾山景区的路，挖出一大一小两块石头，很好看，县上准备把大的拉到县委大院作为景观石。从县城调来拉石头的三辆车，走到半道都坏了。第四辆车来后，石头装到车上，车却怎么也发动不起来。附近村里的老人说，你们要拿祖师爷的东西，也不给鬼谷子祖师爷说一声啊？人们恍然大悟，朝鬼谷岭点香烧纸后，汽车一踩油门就发动起来了。另一块小一点的石头别的单位想要，村支书怎么也不给，拉到自己院子放下。没有想到几年后，这个支书因经济问题，锒铛入狱。有人就说，这肯定是他擅自拿了祖师爷的东西的报应。

另一个故事发生在2003年石泉举办的鬼谷子旅游文化节期间。白天的开幕式和各种活动都在丽日当空、山清水秀的石泉县城进行，晚上文艺演出开始时也是皓月当空、月朗星疏，然而演出进行到中间，有一个叫《鬼谷子下山》的歌舞节目即将亮相，报幕员刚报出"下一个节目歌舞表演《鬼谷子下山》"，演出现场突然电闪雷鸣，下起了倾盆大雨。

道观是新建的，但这棵老树见证过它香烟缭绕的过去

"你说神奇不神奇？"

张昌斌反问我时还告诉我，汉江流域秦巴山区本来就有好祭祀、信鬼神的习俗。在道教神仙谱里，鬼谷子是王禅老祖，是道教大神。生活在鬼谷岭下的人们，碰到一些说不清道不明的灵异现象，感觉就是鬼谷子在施法显灵。鬼谷岭西灵官殿门上有一副对联：三界大魔皆拱手，十方外道悉皈依。横批：你也来了。

鬼谷子从一位有血有肉、活生生的人，到无所不能、无所不精，具有通天通神智慧的神仙，应该是在他隐居授徒、著书立说，教出张仪、苏秦、孙膑、庞涓等学生，并写出《鬼谷子》《关令尹喜内传》《本经阴符七术》等作品之后吧。

鬼谷子学成出山后，在楚国和韩国的从政经历十分短暂。据此可以推断，退隐山林前的鬼谷子，仅仅是春秋战国时期众多四处奔走，试图向各诸侯国推销自己治国济世方略的一员，在当时的政界，还没有多大影响力。然而当他隐居后，静修传道，培养出的弟子带着他传授的智慧、谋略相继出山，搅起战国时局大变后，情况就大不一样了。

据说，鬼谷子自从上山隐居后，一生只下过一次山。《史上最神秘世外奇人：中国古代最牛的老师鬼谷子》一文说，鬼谷子虽然终年在深山之中采药修道，未直接涉足红尘半步，看似超然于世外，却对山下世事了如指掌。他足不出户，却有能力于深山之中运筹帷幄，决胜于千里之外。他一抬手一动足，可惊天动地，这是因为他是历史上最牛的老师，培养出了诸多牛气冲天的学生。假如没有这位名师和他的高徒的精彩表演，春秋战国的历史将会黯然失色，诸子百家的争鸣也会索然无味。虽然传说故事与真实历史有差异，但其故事读来确实令人激动万分。

文章中所说的鬼谷子的学生，指苏秦、张仪、孙膑、庞涓等，他们都是春秋战国时期的风云人物。论资历，苏秦是鬼谷子培养出的众多杰出才俊的学长。

苏秦告别老师，学成下山的时候，秦国经过商鞅变法，已经成为名副其实的强国，让山东六国惶恐不安。苏秦利用他从鬼谷子那里学来的智慧与谋略，很快让在秦国重压下六神无主的山东六国，听从他的建议，不计前嫌，结成六国联盟，合纵抗秦。身挂六国相印的苏秦统率六国军队，不仅让秦国不敢出函谷关半步，也让他自己和老师鬼谷子名声大震。紧随苏秦下山的鬼谷子的第二位学生是张仪。张仪原本和苏秦同在反秦阵营，据说苏秦为了让张仪将来有更好的发展，故意激怒张仪，迫使张仪去了秦国。张仪到秦国的时候，恰遇一代明君秦惠文王，很快他被任用为秦国宰相，周旋于六国之间，为秦国最终统一六国清扫路障。

苏秦和张仪，这两位鬼谷子的得意门生，就这样站在争斗的对立面，展开了苏秦联合六国合纵抗秦，张仪游说各国连横亲秦的斗法。苏秦和张仪的争斗，其实是鬼谷子左手和右手的较量。尽管两个人争斗的最后结局，由历史做出了决断，人们最终还是知道，让战国后期合纵连横之术高潮迭起、精彩频出的幕后推手，是只闻其声不见其人的鬼谷子。

鬼谷子之前向各国推销的，正是这种集智慧、权谋、心理战、离间术于一身的权术。在当年鬼谷子四处碰壁，退隐山林的时候，有哪一位试图独霸天下的国君曾经料到，已经遁出俗世的鬼谷子能够用一双无形之手，让战国时局发生如此大的变化呢？

还有人说，鬼谷子的学生远不止苏秦、张仪两人，春秋战国时期纵横天下，一度让时局忽明忽暗、跌宕起伏、瞬息万变的孙膑、庞涓、商鞅、李斯、吕不韦、白起、李牧、王翦、甘茂、乐毅、毛遂、赵奢、李悝、徐福等500多位精英，都是鬼谷子的学生。客观一点说，这中间许多人应该是通过《鬼谷子》《关令尹喜内传》《本经阴符七术》等著作，学习鬼谷子的思想和学说吧。因为在汉武帝罢黜百家、独尊儒术前，鬼谷子学说和儒、法、道、墨等诸子百家学说一样，是人人可以选择研习的内容。

2014年11月30日，从石泉鬼谷岭下来的路上我在想，作为一位有通天彻地之能的千古奇人,鬼谷子毅然将自己的凡身肉体从世俗世界隐匿,却让几乎闪耀着人类思想光芒的智慧长久地留在人间,这才是鬼谷子人生智慧的魅力所在吧!

纤夫的背影

2014年12月,在旬阳的中国汉江航运博物馆,我看到的一组反映过去汉江纤夫生活的照片中,有两张尤其引人注目。彩色照片上,8位赤身裸体的汉子肩负粗重的纤绳,弯腰弓背,一手撑地、一手紧攥纤绳,在江岸爬行。拉成直线的纤绳在背上、肩上,勒出一道道深深的沟槽,古铜色的脊背上,一道道纤绳留下的伤疤依稀可见。另一幅黑白照片上,20多名上身赤裸的纤夫排成两行,匍匐在江岸,江岸上乱石丛生,航道里还停泊着三四只等待纤夫拉纤前行的帆船。

旬阳的中国汉江航运博物馆馆长刘贵棠告诉我,彩色照片拍摄于20世纪70年代末,黑白照片反映的则是清代末期汉江纤夫拉纤的场面。

面对博物馆里锈迹斑斑的船碇、落满岁月积尘的航标灯、粗重的纤绳,以及与终年行走在汉江风口浪尖上的船工、纤夫为伴的劳动、生活用品,

20世纪70年代末的汉江纤夫

我耳边突然响起了和《伏尔加河纤夫曲》一样低沉浑厚的汉江船夫的号子声：

吆嗨！加把劲哪，嗨嗨！嗨嗨！嗨嗨！唷嗬！

脚踩稳哪！莫松劲哪！嗨嗨！蹬上一腿！唷嗬！

莫松劲哪！嗨嗨！唷嗬！再蹬上一腿！唷嗬！

快了快了！快脱水了！快脱水了！唷嗬！

加把劲哪！上来了啊！唷嗬！嗨哟哟嗬呀！

嗬哟哟咿嗬嗨嗬哟！哟哟哟咿嗬嗨嗬哟哟唷咿嗬嗨嗨嗬嘿！

纤夫一年四季大多数时间都光着膀子背负纤绳，以帮人拉船为生，他们应该在人类航运开创以来就有了吧。从古到今，从事这种职业的人，都生活在社会最底层。他们一生跟随出没于急流险滩的船只风里来、浪里去，凭着一身被生活重压逼出来的力气和敢闯鬼门关的勇气搏浪闯关，终生与死神为伴，以换取自己与家人更好的生活。他们的全部家当是一根给他们生活，也一天天耗干他们体力和生命的纤绳。

对于在襄阳到汉中西乡、洋县这六七百公里水路上逆流作业的汉江纤夫和船工来说，凭借一根粗重的纤绳，将一只只满载货物的航船从江汉平原拉到高山林立、峡谷幽深的汉江上游，其艰难、艰辛和风险程度，并不比著名的三峡纤夫少多少。

汉江纤夫最早使用的纤绳，并非我们后来看到的经过特殊处理的鬃毛绳或现在常见的纤维绳，而是一种用竹子制作，专门用于纤夫拉纤的"纤缆"。旬阳的中国汉江航运博物馆陈列着一根保存完好的"纤缆"，一圈一圈，盘绕成粗粗的一大捆，想掂一下重量，我用尽全力都没有挪动。

刘贵棠告诉我，随着岁月推移，健在的汉江船工和纤夫越来越少了。这根纤绳是他们从一位老纤夫那里征集来的。老人把纤绳交给他们不久后就去世了。

一根纤绳拉着几十吨，甚至上百吨的货物在蜿蜒曲折的汉江上逆浪前行，纤绳的坚固不仅事关拉纤效率，也关乎船只和拉纤人的生命安危，所以在过去，制作纤绳也是汉江沿线一种专为纤夫服务的行当。在汉江支流金钱河流经的漫川关我碰到的一位老人说，早年他爷爷做的纤绳很有名，他小时候看过爷爷制作纤绳。老人介绍说，做纤绳的竹子必须是成年的上好竹子。从山里采来竹子后，先要用小刀去除竹青，也就是泛青发绿的竹皮。去除竹青的时候，要保证每根竹皮柔韧纤细，不能有断茬，也不能有杂质。纤绳就是用这一根一根柔软如发丝的竹皮编织而成的。一根长达几十米、甚至一二百米的纤绳织成后，还有一道工序，就是将编好的纤绳放进烧得滚烫的硫黄水里熬煮，直到它变得柔软。这样做的纤绳，不仅坚韧柔软，入水光滑，出水不沾沙土，还可以防虫蛀。

汉江有文字记载的航运史，可以追溯到3000多年的公元前1044年。这一年，周武王借助生活在渭河流域的丰、镐、于、鹿等九邦之力，联合汉水流域的庸、蜀、羌、髳、微、卢、彭、濮8个方国，组成联军东渡黄河，展开剪灭商纣的最后一战——牧野之战。有人根据史料记载推论，当时生活在汉江流域的巴人、蜀人等，已经拥有可以运送军队的大船，参加牧野之战的部分军队就是通过渡船被运送到汉江北岸，翻越秦岭抵达关中的。后来，周昭王率军讨伐荆楚，大败，昭王溺水而亡。根据《禹贡》记述，在西周时期，汉江已经肩负起了从荆州经汉中向中原运输南方各诸侯国给周王室贡赋的任务。这说明两三千年前，汉江江面已经樯橹交错、白帆点点，诞生了古老的汉江航运。

只不过那时纤夫大概还尚未成为一种独立的职业。当航船逆流而上，难以行进或遭遇礁石险滩时，在船长或军队首领的指挥下，那些坐船过江的巴蜀士兵和周王室军人便跳入水中，肩推人拉，才能确保船只正常航行靠岸。

10年前，我沿汉江北岸在秦岭南麓行走时，到了秦岭、巴山之间峡谷开阔、江流舒缓的地方，还能看到一两只沿江打鱼的小木船和跑短途运输的驳船从江面划过。2014年在汉江行走，1500多公里长的汉江，大多数航道已经归于沉寂。曾经船工号子的咿呕声回荡的江面十分平静。

在紫阳、旬阳、襄阳，我试图寻访健在的老船工和纤夫，听他们讲述其在汤汤汉江上乘风破浪、出生入死的惊险经历。然而，时光飞逝，世事变迁，我走访的诸如紫阳瓦房店、旬阳蜀河镇、汉阴汉阳镇、郧西上津、竹山田家坝等地均因汉江航运而繁华了千百年的水旱码头，都已铅华散尽、车马稀疏。我碰到的老人讲起当年汉江航运故事，也给人一种道听途说的感觉。至于那些曾经密如繁星、遍布汉江干流和支流的秦巴古道附近的山间古渡，早已踪迹难觅。现在没有几个人能够讲清楚汉江两岸舟楫穿梭、号子声回荡的过去。但在此之前，欸乃橹声和纤夫号子，一直是临汉江而居的百姓最熟悉的声音。

旬阳的中国汉江航运博物馆创始人刘贵棠和襄阳拾穗者民间文化工作群发起者李秀桦，都是古老汉江文化的守护者。2014年12月我到旬阳时，刘贵棠已带领汉江航运文化爱好者走遍陕西和湖北的汉江两岸，走访了众多船工、纤夫，搜集了相关实物并在县政府支持下组建了中国汉江航运博物馆。在湖北襄阳市政协工作的李秀桦组建的拾穗者民间文化工作群，也年复一年，奔走在汉江两岸的丛林峡谷和荒野古渡，捡拾湮没在岁月积尘中的汉江航运的文化遗珠。谈起衰落了的汉江航运文化，两位汉江赤子都说，汉江航运文化是汉江文化和中华文化的重要组成部分。随着时代进步，秦岭、巴山交通条件的改善，汉江航运告别了手摇纤拉的时代。他们所做的工作，无非是希望把一代代汉江航运者战风斗浪、坚忍不拔的精神留给后世。他们期望通过征集到的实物和图文资料，让后世的汉江儿女能够永远铭记，在这条古老的江河上，他们的先祖曾经这样奋斗过、生活过。

宋代以前，中国政治中心长安、洛阳、开封的水运通道有两条，一条在北方，即由渭河、黄河和运河沟通的汴水漕运大路驿；另一条就是连接长江的汉江及其支流丹江航运的次路驿。到了唐代，汉口沿汉江至老河口，再由老河口沿丹江至丹凤龙驹寨转陆运至长安的漕运开通，汉江航运对保障大唐都城长安的物资供给的作用进一步显现。安史之乱爆发后，叛军占领洛阳，汴水漕运大路驿受阻，保障物资由江南进入长安的运输重任，空前紧迫地落在了次路驿的肩上。由江南运送的粮食、生活必需品，经长江和其他水陆通道集中到襄阳，然后进入汉江，随后沿汉江支流丹江、金钱河、旬河，经上津、荆紫关、龙驹寨、竹林关、漫川关，水陆并举，翻秦岭进入长安。天宝八载（749年），长安收复，来自江南的物资由汉江进入鄂西后，有了一条进入长安更便捷的通道。这条道路逆汉江西行至郧西夹河镇，掉转航向，经汉江支流金钱河至上津，再转陆路，经商山道翻秦岭至长安。上津水运与商山道结合，大大缩短了航程和物资进入长安的时间。自秦汉以来一直是连接汉江与中原水陆交通要道的上津，一时间船来舟往，货物堆积如山，船工、纤夫和经商山道陆路运送物资的马帮驮队络绎不绝，上津成为大唐王朝首都物资供应的"咽喉"，它也因繁荣一时的汉江航运被誉为"天子码头"。

　　与这些在汉江干流和支流破浪前行的航船相依为命、出生入死，并肩开拓大唐这条经济大动脉的就有那些将生命交付给一根粗重纤绳的汉江纤夫。2007年，作家、摄影家税晓洁在堵河与汉江入口处发现了一处绵延一两公里的纤夫石——纤夫拉纤时纤绳在江岸石崖或石头上牵拉摩擦，日积月累留下的沟槽纤痕。税晓洁说："这一段纤夫石断断续续绵延了一两里，形状各异，靠近江边的平石头，磨成一层层搓板状；道边伸出的竖石头，磨成了锯齿状。"根据税晓洁的描述，这些纤夫石正处在汉江经金钱河到上津码头的航道上。

　　2013年4月21日，《十堰晚报》的记者在柳陂镇的汉江南岸和青曲镇的汉江北岸的悬崖绝壁上同时发现了断断续续绵延一两公里的纤夫石。这篇题为《郧县汉江纤夫石探幽》的文章中，记者回忆幼年时代看见汉江纤夫从青曲镇观音台拉纤渡江的情景时写道：

　　　　旧时，观音台下江水汹涌，行船十分艰难。特别是上行的船只,经此必有数十名纤夫拉纤。自伏龙关上来虽陡峭,但土坡居多,纤夫尚可手爬脚蹬艰难前行;到了观音台下,怪石嶙峋,直插江底,几乎无立足之地。加之这一段江流异常激荡汹涌,正是纤夫拼尽全力之时,稍有松劲,船只必后退,会把纤夫扯下悬崖,葬身江流,船只也会被激流冲下崖壁撞毁,所以此处对于船主与纤夫来说都是性命攸关的鬼门关。纤夫至此,都是手抠石棱,胸贴崖壁,脚尖死命蹬住狭窄崎岖的石径,合力一寸寸地佝偻前行。喊得山响的纤夫号子中,一只上行的大货船在激流中艰难前行,二十余名纤夫合拉着大船。眼看纤夫已攀缘过了观音台下那犬牙交错的陡峭巨石,正要下坡走向沙滩,谁知摆荡在空中的纤绳忽然挂在一石缝中卡住,纤夫拉不动,大船也动不了。

观音台下巨石上,数道被纤绳磨出的溜光石槽,纤绳经此,一荡便可脱槽。但这次纤绳卡住的石缝却不是绳槽,由于纤夫拉紧不敢动,大船被激流冲击后退之力有千万斤,所以竹编的纤绳绷紧在石缝中,已经有两股被磨断,围观者皆惊呼:纤绳

汉江岸边纤夫石上的道道纤痕,是一代又一代汉江纤夫血泪交加生活的见证

要断,危险!

　　危急时刻,有一纤夫爬上峭壁,背靠巨石想以两手挑起纤绳(行话叫"扳纤担")。但前有纤夫拉紧纤绳不敢放,下有大船被激流冲击往后拽,那纤绳绷得极紧,只是在纤夫与大船的此进彼退中来回拉动。此人情急之下,向纤夫高喊:"松一下!松一下!"纤夫略松,船上又高声怒骂:"拉,拉紧!"僵持之间,纤绳抖动,忽听此人喊:"妈呀,痛死了哇!"原来他的两手被颤动的纤绳压在了岩石上,霎时鲜血淋漓,可见森森的白骨,抽又抽不出来,只能任凭颤动的纤绳挤压割裂……观音台前围观者都齐声惊呼却无法救援,危急之间,那纤绳突然绷断,大船顿如脱缰的野马,被咆哮的激流裹挟向下冲去……船上的人惊叫一声,纷纷抄起竹篙,但此处水深无处着力,只能眼睁睁看着满载的大船,急冲向伏龙关下那江岸巨石……船上人个个惊呼之余,迅疾拿起竹篙抵向巨石,刹那间,根根竹篙顿成弯弓!至此,大船方徐徐稳住,一人拽住纤绳一个箭步跳上岸,几人掀下大铁锚固定了船只……

　　如此惊险惨烈的场面,从两三千年前汉江航运开始之际,一直持续到20世纪六七十年代机动船的出现,紧随而来的是汉江航运的衰落。

　　汉江上游鄂西至陕西安康段,峡谷纵横、高山绵延、江流湍急、险滩密布,几千年来汉江及其支流丹江、蜀河、金钱河、堵河上的船工和纤夫,每天都走在非生即死的鬼门关上。在安康,我听到这样几句早年流行在船工之间的顺口溜:"汉江河,弯又弯,船行之处滩连滩,有名滩,没名滩,技术不高难过关,洪水滩上号子喊,船怕号子马怕鞭。"当地人说,安康境内仅有名字的险滩就有360多个,无名滩更是不计其数。自古至今,没有人能说清楚有多少船只葬身汉江中,也没有人能计算清楚千百年来到底有多少船工和纤夫被潜伏在滚滚江水下的暗礁险滩夺走生命,尸骨难觅。

盛唐时期，汉江最长支流丹江是连接江南和长安的水上"贡道"，经长江从汉口进入汉江，再沿丹江至丹凤龙驹寨的汉江水运，不仅是江南各地进贡大唐皇室贡品的必经之地，也是从江南运送都城长安所需粮食、茶叶、丝绸等物资的重要通道。丹凤流传的歌谣《没奈何，走寨河》这样唱道："没奈何，走寨河，手把舵，腿哆嗦。四百水路三百滩，龙王争来阎王夺。没奈何，走寨河，纤锯身，石割脚。厘局船霸催命鬼，捐税更比石头多。没奈何，走寨河，眼流泪，口唱歌。水贼绑票抛深潭，要寻尸首鱼腹剖（剥）。"这首歌谣描写的就是历史上龙驹寨到荆紫关河段航运的惊险场面。

丹江从商洛市商州区北部秦岭南麓发源，流到丹凤时已经拥有了一条大江的磅礴气势。从丹凤龙驹寨顺势而下，蜂拥而来的群山在龙驹寨和竹林关之间给丹江只留出一道仅容争先恐后、翻卷拥挤的江水前行的狭窄通道。

2014年12月12日下午，我从丹凤龙驹寨沿丹江西岸悬崖峭壁上开凿出的公路去竹林关时，一进入月日峡，但见两岸高山刺天，峡谷幽深。奔腾的江水在急转而下的峡谷里东奔西突，巨大的浪声在峡谷里喧响不息。峡谷里跌跌撞撞的江水，被不断出现的巨石掀起一个接一个的巨浪，在迎面而来的巨石上撞击、在两面绝壁上被甩来甩去。没有巨石阻拦的地方，一个接一个的漩涡令人目眩。据丹凤史料记载，从刘家涧至竹林关的48公里，险滩一个接一个，平均1.3公里有一个险滩，听一听沿途诸如狼窝子滩、铁床子滩、阎王碥滩、手扒滩这样的名字，就足以令人毛骨悚然了。

在瓦房店吴文全超市，一位张姓老人给我介绍瓦房店为什么会有那么多船帮会馆时说，那些会馆一方面是各地船帮歇脚、解决食宿、聚会娱乐的场所；另一方面，如果本地帮会船只遭遇船毁人亡的事故，船帮就会出面组织帮会凑份子，出钱出物，帮遇难船主渡过难关。老人说他爷爷是关中人，光绪年间在任河和汉江之间跑船做茶叶生意。一次，船行至木兰峡遭遇大浪，船翻了，一船货物沉入江中，他爷爷几乎破产，最后在北五省

陕西安康紫阳县瓦房店汉江古码头的"五省会馆"之江西会馆旧迹

会馆的帮助下才渡过了难关。

丹江航运高山隔阻、峡谷逼仄、明礁暗滩密布,大型航船根本无法通行,所以航行在丹江上的船多为身长腰窄、木质坚硬、易掉头、速度快且耐碰撞的梭子船、老鸭船、歪把子船,再辅以身强力壮、富有经验的纤夫才能通行。枯水季节,丹江航运更加艰难。在河南淅川县荆紫关镇,我遇到的一位老人说,荆紫关到丹凤龙驹寨是古代丹江水运的一条重要航线。清末民初,荆紫关至龙驹寨在枯水期也可行驶四五吨的货船。只是这条航线一路都在崇山峻岭间上行,航行费时费力,一般航船要雇十几个纤夫,航行一次,多则15天,少则五六天。纤夫和船工都住在船上,只要一遇到险滩或水浅的地方,就得下船拉纤。老人还告诉我,丹江岸边商南县湘河镇梳洗楼村后面还有早年行驶在丹江上的航船留下的纤夫石。

以纤夫和船工生命为代价的汉江航运,最初起源于征战。一旦到了刀枪入库、马放南山的和平年代,这条直通汉口、连接长江的航道,则成为我国南北商品、物资贸易的大通道。伴随着昼夜不息的橹声和船工号子、纤夫号子，江南的稻米、丝绸、布匹和近现代工业用品，源源不断地进入汉江中上游和茫茫大西北。秦巴山区出产的生漆、苎麻、木耳、五倍子、桐油、茶叶也顺流而下，销往江南各地。紫阳、石泉、旬阳、郧县、老河口和瓦房店、荆紫关、武关、上津、漫川关、龙驹寨、竹林关等一大批名城、古镇，也在汉江航运的哺育下成为汉江航运的见证。

2014年12月3日，我又一次到旬阳县蜀河镇时，蜀河镇西门入口附近的一座高矗的水坝，将汉江拦腰截断，也让绵延十几公里的汉江峡谷波光粼粼。地处蜀河和汉江交汇处，曾经商贾云集、帆樯林立的汉江航运码头蜀河古镇高楼林立，杨泗庙、黄州会馆和10年前让我流连忘返的石板房淹没于楼群中，从秦岭中奔腾而来的蜀河将古镇劈成两半后，流入了汉江。

这次到蜀河，我是为寻访蜀河镇最后一位活着的船老大李丰盛而来。不巧的是我来的那天下午，老人不在家，我只好引述后来从《陕西交通报》上看到的一位叫韩少言的作者前几年采访李丰盛老人的一段文字：

> 李丰盛75岁了，是湖南移民的后代，也是蜀河镇目前还活着的唯一的船老板。父亲把那艘30吨"楸子"货船交给他当家的时候，他只有12岁，成了蜀河最年轻的船老板。船居生活是老人最深的记忆：我们在船上吃，在船上住，在船上生养坐月子，船工们用洋布搭个棚，雪花飘进船舱，并不冷，流水不腐啊，从我小时起就没见汉江上冻过。我的父亲去世前把"楸子"交给我，而我的哥哥则继承了更大的一艘船，能载重54吨。当年在汉江上，我们的船是出名的好。货船得雇八个人，两个大橹，一个橹三人摇，船头是大副，船尾是掌舵的驾长。走"上水"的时候就得有人拉纤，我们家雇一个船工，拉一来回给54元，得走半年，遇冬季枯水季节，船就停了，春天返潮后再走。起程之前，头天晚上给大伙会餐，吃"蜀河八大件子"，第二天

一早，带着香火和猪头先去拜杨泗爷——船帮的祖师爷，杨泗庙里给一块红布绑到船头，二副放上一串鞭炮，船就走了。船工喊号子，有"上水"号子和"下水"号子之分，有惊险的"过滩号子"和悠闲的"过街调"之别。行船到了湖北老河口，过了秦巴山区的急流险滩，河床变得开阔平稳，可以休整半天了，买菜买粮，朋友相聚，船老板要请船工们"吃过江"。再朝下走，到了"沙洋"进了港，就更轻松了。一趟行船，依据的是近十封"水信"，这是旧时的运单，记载着货物清单和送货地址，不识字的船老板居然从来没有送错过货物、弄错过地址。对老爷子这些能耐，李丰盛至今感叹不已。可惜的是，李丰盛作为船老板只跑过一趟船，第二趟就赶上国家公私合营、民船改革的大形势，他也成了船运公司的一名职工。

这是最后一代汉江船夫略带遗憾、也不无庆幸的陈述。

飘荡在1500多公里汉江高山峡谷之间的船工号子和纤夫号子彻底消失，是在20世纪七八十年代之后。伴随纵横交织穿行在汉江两岸秦岭、巴山之间的现代交通网络的兴起，汉江纤夫的身影和那些曾经桅杆高矗的点点白帆从汉江江面消失之后，汉江江水变得一天比一天清澈、幽静。然而，行走在汉江两岸早已沉寂的古镇码头，我耳边仍然会回荡起从急流险滩中出生入死而来的船工和纤夫面对即将靠岸的码头上袅袅炊烟、幢幢人影，唱出的悠扬而抒情的船工号子声：

　　　　山对山嘞，崖对崖哟，
　　　　驾起小舟云中来哟；
　　　　一篙扎破水中天，
　　　　朵朵银花满江开啰！

汉江东去归大海哟,
戏水鸳鸯紧相挨哟;
小小渔郎虽不才,
愿为渔妹做伴来啰!

【附录一】
考察日记（2014.11—2014.12）

11月16日　星期日

今年是我考察秦岭的第10年。从年初就谋划的汉江之行终于要起程了！这于我既是一种纪念，也是多年来的一个夙愿。《走进大秦岭》和《渭河传》出版后，汉江之行是我必须完成的一次出行。

这次汉江之行的起点，我选择在天水齐寿山，也就是西汉水源头嶓冢山。六朝以前，这里是古汉水源头。只是六朝以前的一场大地震，在陕西宁强一带形成堰塞湖，才迫使原本与东汉水一脉相承的西汉水和嘉陵江改道向南，流向四川。早上，薛林荣、闫虎林、郭德峰、姬斌陪我上嶓冢山，在山顶鸣放1万响鞭炮，为我送行。我们在山顶丛林中寻找西汉水源头时发现，西汉水的第一滴水应该是从齐寿对面的那座山的山顶上的草丛中渗出的无数水珠开始的。接下来，我们追着愈来愈像一条河流的西汉水，经秦州区齐寿镇、平南镇，穿过铁塘峡，来到西汉水流经天水境内的最后一个乡镇——天水镇。天水镇也称"小天水"，曾经是五代时期天水县的治所，也是诗人闫虎林的老家。午餐是闫虎林母亲为我们准备的搅团。

吃了搅团，凭吊了三国古战场，第一天在天水的行程暂告结束。

返回天水，薛林荣买了一箱子酸奶放到车上，说是让我在前不着村、后不着店的路上充饥。

11月17日　星期一

上午10点，与单位领导、同人告别后，我驾车从平南镇、天水镇追随西汉水离开天水，由盐官镇、祁山堡进入礼县。

从礼县石桥开始，西汉水流量大增，并开始了它在南秦岭纵横交错的峡谷中的旅程。下午5点到达仇池山下,我准备第二天上仇池山,怎山下找不到旅馆,车子的油也剩最后一格(我的车子加97号油,一般乡村没有),我只好继续跟随西汉水朝东南,经西和、成县、康县三县交界的坑洼废道,往康县赶。西汉水进入康县又名犀牛江。晚上8点到达康县县城,老同学廖五洲设宴接待了我。10年前走秦岭的第一站是徽县,也是当时在徽县任职的廖五洲接待并派车将我送至两当的。

9年前,我已上过仇池山。今天于夕阳西下之际追逐西汉水,在峡谷幽深的仇池山下绕行,是另一种感觉。

11月18日 星期二

早上通过"掌上天水"的平台发完昨天的日记,加上油,喝了两盒酸奶,吃了两块饼干,我便掉头北上。在康县与成县交界处,我再次追到了被当地人称作犀牛江的西汉水身影。可惜古渡有名无遗址,我便沿陕甘茶马古道,于天黑赶到陕西略阳。

11月19日 星期三

今天在作家、《秦岭印象》的主编周吉灵,羌文化研究中心主任徐宁中的陪同下,我在略阳的走访收获颇丰。一是参观了藏有"汉三颂"之一《郙阁颂》的灵岩寺;二是寻访了武兴古城遗址;三是踏访了嘉陵栈道;四是看了"武则天造"四个字;五是寻找到了犀牛江(西汉水)汇入嘉陵江的地方;六是在江口看到了一通宋代为修一座寺庙,由户部、礼部、兵部联合下发敕文的古碑;七是品尝了略阳的罐罐茶、菜豆腐和荞面节节;八是遇到了一位60多岁的民歌歌手。

11月20日 星期四

早上,从略阳接官亭处进山进入宁强。略阳、宁强之间最后一座大山为嘉陵江与汉江的分水岭。从大安镇经金牛驿、烈金坝进沟,到当地人称汉王山的东汉水源头嶓冢山寻找现在的汉江源头。山很高峻,却有人居住。下山后到阳平关,而后转道舒家坝。在李家梁又出现了嘉陵江、汉江的分水岭。到宁强县城参观完羌文化园,天色已暮。

11月21日　星期五

今天宁强下小雨。

早上到宣传部找了些资料，刘勇副部长安排我和县文化馆一位老师了解了些宁强的羌族文化。我决定去深山寻访羌族神职人员——端公。这些人一般住在汉江南面大巴山深处。其中二郎坪最为集中，但那里山很高，又下雨，我决定去邻近汉中、广元的禅家岩。不料一出城走错了路，只好从铁锁关原路返回，朝南进入大巴山。

山很高，景色很美，但在云雾上面行走令人心惊胆战。过了巴山镇，又是一座山，翻过面前这座，又是一座高不见顶的山。窄窄的山路下是万丈深渊。到一个山口，碰到一位老人，才知道我走错了路，且再走10公里，就无路可走了，我只好选一较宽处掉头。好在此人弟弟是端公，顺便了解了一些端公的情况。返程路上，又寻访到一张姓端公。张端公不在家，在他家里看了端公做法事使用的道具、穿的衣服，也算不虚此行了。

一天在雨中提心吊胆地奔走，只喝了两盒酸奶。晚上7点赶到勉县，一顿28元的自助火锅才让我感觉到今天是温暖的。

11月22日　星期六

今天雨落汉江。早上与著名作家、汉中市文联原主席王蓬通话，他说正好汉中市汉江文化研究会几位先生中午聚会，让我赶到汉中。勉县与汉中市区相距近40公里。勉县好多地方前些年我写《走进大秦岭》时跑过几次，于是我直奔汉中。

饭后，我看了书房挂满陈忠实、贾平凹、流沙河、余秋雨书法的王蓬新居。获王蓬新作《唐蕃古道》后，又折返褒河，看褒姒故里和诞生了《石门颂》的石门栈道。在褒河与汉江共同造就的汉中平原还一片翠绿的田野驱车游走，我感受到了汉江对这片秦岭、巴山护卫的土地的恩赐。

天色已暮，原想去城固，但连续奔波7天，有点累了，便在汉中城东歇息了下来。

11月23日　星期日

又是雨天。早上离开汉中，我先绕到汉江边上看了狮子村的古建筑，随后在城固柳林镇拜谒了纪信衣冠冢和纪信祠。到了城固，又拜谒了张骞墓，还去了至今生活着张骞后代的博望村，赶到紧挨秦岭山脚的桔园镇看了中国最北界的柑橘园和2000多年来还在发挥作用的西汉水利工程——五门堰，最后一站是洋县的蔡伦墓。

明天要去汉中日报社取单位寄来的东西，于是又返回汉中，顺便赶写了两篇给报社的新闻稿。尽管略阳发出的稿件至今未见报，但这一路好些宾馆网络不佳，我得抓紧机会。

11月24日　星期一

前天，在王蓬处碰到南郑县委宣传部贾连友部长，约好今天去南郑。一早，贾部长安排县民协吴主席和协税镇李春梅副镇长陪我到协税采访了民间歌手，又去黄官镇看了草编，到南郑县桄桄剧团看了国家级非物质文化遗产——汉调桄桄，还到了龙岗遗址畅想远古人类在汉江南岸梁山台地生活的情景。晚上，贾部长叫了南郑文化界朋友畅谈，10点后投宿。

11月25日　星期二

进入宁强后细雨连绵不绝，今天终于告别汉中境内的汉江。

一早，从大河坎折返南郑，我取回昨晚饭桌上县志办主任答应送的《南郑县志》，掉头又钻进巴山，去看10年前古朴安静的牟家坝古镇。没想到仅10年时光，各种时尚店铺、进进出出的各色人等、崛起的高楼，让古镇韵味荡然无存。2004年盛夏，我和巴山草医庄能才相坐而谈的木楼小院——南海旅社还在，里面住满了到镇上谋生的房客。两层楼门厅两面被开发成服装店。

我有些不甘心，又转身湘水镇，体验了一番深山僻镇的安静，才返回汉中市区。早上，汉中日报社的朋友挽留中午一聚。参加人员有全总，著名作家、副刊部主任李汉荣等。为了给我的汉江之行提供帮助，他们还特意请来汉水文化研究专家、陕西理工大学历史文化与旅游学院院长梁中效教授。令我感动的是，昨天南郑县委宣传部贾部长、作家何高风和今天的梁教授，都带着花城出版社出版的《走进大秦岭》让我签名。饭后，过城固、洋县、西乡三县交界处翻山越岭于晚上6点到达陕南茶乡——西乡。其实，从宁强开始，我不仅嗅到了茶香，沿路也看见了星星点点的茶园。进入西乡界，大片大片茶园随处可见。

11月26日　星期三

我专门到汉江在汉中东部最大支流牧马河流经的西乡，主要是因为这里的大巴山深处有悬棺遗迹。西乡也是汉江上游著名茶乡和陕南茶商的云集之地，这里还是著名的李家村新石器时代的文化遗址所在地。

然而，这些年大打茶叶名片的西乡，好像对茶文化并不怎么重视。早上去县委宣传部寻找西乡茶文化史的资料，他们说因搬办公室过去积攒的材料丢失了，让我去茶业局。到了茶业局，他们说从来没有整理过西乡茶文化史。还好，在宾馆找到一份资料说，骆家坝的深山有悬棺遗迹，那里还有一个连接川陕的古镇。于是我转身朝南，奔袭60余公里进入大巴山深处。

正在大兴土木新建的"古镇"已将老古镇埋没，我转身去一个只有步行才能到达的当地人称为神仙崖的悬棺遗址所在的峡谷时。一壮汉紧随身后，声言要给我带路，他东张西望的样子让我瘆得慌，我只好在谷口拍了几张照片后往回走。

回到县城，我看了李家村遗址后转身北上，进入秦岭南坡的支脉子午岭，直奔距县城59公里的子午道南出口的子午镇而去。从子午镇离开时天色已暮，只好连夜赶到西乡住下，明天再去镇巴。

11月27日　星期四

早上，冒雨寻访著名教育家、兰州大学原校长江隆基的老家——西乡县白杨沟村，后经泾洋河，翻过莽莽大山，进入四面被绵延群山包围的镇巴。

镇巴是革命老区，红四方面军曾在这里创建川陕革命根据地，并建陕南县。现在仅有20多万人口的镇巴，当年有4000多人参加红军。为寻找川陕交界处的铁佛关和解放前的镇巴老县城，我沿210国道继续翻越群山向南，进入渔渡镇、盐场镇。临近黄昏，一只脚踩进了万源，却几乎被困在深山。我一咬牙，趁暮色北上，返回了县城。白天绕山盘行的公路天黑后看不见脚下的万丈深渊，反而没有了去时心惊肉跳的恐惧。

10年前，跑秦岭时在陈家滩附近的悬崖上看到的崖葬遗迹——崖缝里横搭的木头和疑似与崖葬有关的人工洞穴还在。

11月28日　星期五

早上，原想去西北最大的苗族聚居区镇巴青水镇，但一打听，路程有50多公里，一路翻山越岭，不熟路况单程要2个多小时。而我要从镇巴到西乡再到石泉，时间来不及，我只好作罢。

意外收获是拍到了昨天没找到的悬棺遗迹。

从西乡到石泉一路走在子午岭上。到了石泉境内，又看了从西乡子午镇附近一直延伸到石泉县城的石泉水库。汉江进入石泉，河道紧紧夹在秦岭、巴山之间，江水蜿蜒曲折，还让石泉获得了航运、水电、水产养殖的便利。由于汉江的流经，石泉境内也出现了罕有的西北水乡。进城发现时间尚早，我便驱车沿汉江向西南寻访了后柳古镇。这座借汉江打造的西北水乡婉约迷人，朴实也真实。

石泉在秦岭深处，气温明显比汉中低了。这里的民居建筑已受到了明显的楚文化影响。从汉中一路走过来，十天高速在陕南好些地方已经通车。

11月29日　星期六

今天在石泉县旅游局书记张昌斌和旅游中心人员王兆丹的陪同下，登上子午岭，寻访抗金名将吴玠与完颜杲展开饶峰关之战的饶峰关关址。

饶峰关在饶峰岭上，群山如浪，峡谷纵横，险峻至极。饶峰关关楼已毁，但沿山下蜿蜒而上的子午古道路石依旧，关口两侧被茂盛的荒草、荆棘覆盖的高丘下面，还有一些残迹。草丛荆棘之间，砖石遍地。

从饶峰关下来，张书记带我下到谷底，又看到一座据说始建于三国时期的石拱桥。如果果真如此，那么面前这座被荒草覆盖、早已废弃的古桥上，或许走过蜀魏大军，也走过为杨贵妃送荔枝的驿马。下午，沿汉江南下进入池河，看了池河桑园，拜会了一位73岁的端公。

11月30日　星期天

早上石泉城里下雨，到云雾山下，天晴了。上到正在修建的游客中转站时，太阳出来了。鬼谷岭上落下了今年陕南的第一场雪。到鬼谷岭灵官殿、鬼谷子洞，要经过5道天门，还要在几近90度、落满厚厚树叶、湿滑不堪的山林穿行五六里。到了二天门，已经11点多了，我也累了，便开始下山。到山下鬼谷子食品厂吃了地道的陕南腊肉，情义难却写了几幅字，便向汉阴赶。

到汉阴看了明代城墙、文峰塔后，天色已暮。

12月1日　星期一

早上，我去汉阴纪念沈尹默三兄弟的三沈纪念馆（"三沈"即出生于汉阴的新文化运动先驱、北大著名教授、中国文学大师沈士远、沈尹默、沈兼士三兄弟），发现闭馆休息，便去县委宣传部找副部长兼文联主席王涛。

10年前跑秦岭，我到汉阴见到的第一个人就是王涛。当时他在新闻科，正在负责修建三沈纪念馆。写新闻也搞创作的王涛带我看了沈氏故居并参观了汉阴古城墙，请我吃饭后送我上车去平梁。这10年本有几次提拔的机会，王涛舍不下尚未完成的三沈纪念馆，至今还在宣传部。和王涛参观完三沈纪念馆，让我不能忘的是沈尹默写鲁迅的一首诗，其中有这么一句："雅人不喜俗人嫌，世路悠悠几顾瞻。"

和王涛品了汉阴漩涡镇产的天宝贡茶后，我听王涛的建议再返石泉，从后柳镇顺汉江南下，到汉阳镇和漩涡镇，最后到紫阳县城。

由王涛安排，我在汉阳镇（原汉阴老县城）采访了一位伊姓移民并到其光绪年建的老宅参观。在漩涡镇看完明清时期古梯田已近下午6点，人家已安排好饭，我还是决定赶到紫阳。山里天黑得早，2个多小时不知翻了多少座山，转了多少个弯，晚上8点多，进了紫阳县城。

有住处，无处停车，安顿下来已9点多，吃饭时要发日记，发现手机没电了！

明天，计划第一个去的地方是陕甘茶马古道的起点瓦房店。

12月2日　星期二

早上看紫阳石板房，结果连片地被拆了，只有几处可见。后去陕甘茶马古道起点瓦房店，那里是汉江的一个码头，过去湖北、湖南、四川、江西、安徽五省贩运南方特产的商人修建的五省会馆已修复。山上江西会馆的风火墙、浮雕、墙画也很精致，但四面荒草丛生。唐宋以来，江南来的茶叶、丝绸，从瓦房店沿汉江到汉中后，又沿秦岭古道和嘉陵江，被运送到长安、天水。

从瓦房店出来，继续向西，到任河流经的红椿后再返紫阳上高速。晚上，与安康日报社总编刘云见面。

12月3日　星期三

昨天下午，导航发生故障，早上刘总的司机带我修好后，我便沿汉江到旬阳，看了旬阳文庙，又看了县航运局办的中国汉江航运博物馆，赶到蜀河古镇拍了黄州会馆后，天色渐暗。汉江蜀河水电站建成后，关口到蜀河的汉江水波浩渺，路边的移民新村全是新建的吊脚楼，很漂亮。返回旬阳的路上堵车，我就趁机把今天的行程发了。

12月4日　星期四

我选择从安康白河卡子镇进入湖北竹山，是因为这里是成语"朝秦暮楚"故事的发生地。战国时期，秦楚两国在这里展开持久拉锯战。为了抵御秦国，楚国在汉江南岸旬阳境内的高山上用石头修筑了经白河向东南，连接神农架北部的长城，也叫楚长城或石长城。

早上，在旬阳金河附近山上拍到了石长城。中午从白河县城出发，朝白河南面最后一个镇——卡子镇去湖北竹山。这是一条已经废弃了二三十年的公路，坑坑洼洼，颠簸不止，只能以每小时一二十公里的速度行进。紫阳、旬阳的石板房所剩无几，但白河还有很多。在卡子镇峡谷看到的一座用石头造的房子，据61岁的房主人说，这是民国时候修门口这条已经废弃的、连接白河和竹山的公路时建的。登上陕西与湖北交界的界岭时，又拍到了斜坡上一座石长城城垛。下山到竹山得胜镇发现清朝光绪年间修的石拱桥加宽后仍在通车。到麻家渡镇，本是寻楚子墓的，问了几个人都不知道，便去镇北五公里的施家湾，寻访施洋故居。路上，拍到了夕晖下的女娲山。竹山人认为，处在宝丰镇和麻家渡镇之间的女娲山，是女娲用当地产的绿松石补天的地方。

施洋故居只剩一座土木结构的房子，由住在院子的施洋本家后代看管。到那里天色已黑，没法拍房子的照片，村主任老施打着手电筒，我才拍到门口立的碑。

12月5日　星期五

早上去上庸古镇，发现了成语"庸人自扰"故事中的庸国都城，它已淹没在水库下面。青瓦白墙，漂亮整洁的新镇掩映在水色山光里。

从上庸出来，原想西行至与陕西平利交界的竹溪关垭子看堵河源头和楚长城关门，但高速不通，只好沿省道北上，去秦岭南坡的郧县。

一路都在峡谷盘绕。因为路不熟，150多公里的路程跑了两个小时，才经大墩子进入郧县。下午1点多，我困乏难忍，将车停路边眯了十几分钟，继续前行。2点多到了鲍峡，一看有高速，就转了上去，却被告知走错道，上了去陕西白河的路，只好多跑20多公里，从白河下来再朝十堰方向走。

天黑前，看了青龙山恐龙蛋化石地质公园，在郧县地质公园（今郧阳区青龙山国家地质公园）拍了恐龙蛋及恐龙化石，才趁暮色进入三面被汉江环绕的水城郧县。

一整天都在赶路，午饭没有吃，3点多的时候，我边开车边喝了一盒从天水起程时薛林荣给我买的酸奶，吃了几根在汉阴时王涛送的麻花。

12月6日　星期六

到郧县，我是奔"郧县人"——100万年前开始直立行走的我们的先祖而来。

郧县有两个地方发现了旧石器时代类人猿头骨和牙齿化石。一处在汉江以北十堰与南阳交界附近的梅铺镇杜家沟，一处在汉江北岸青曲镇弥陀寺村学堂梁子。两个地方都在万山丛中，于现在也感觉十分偏远。我早上从博物馆出来北上梅铺镇，花了近3个小时；到了青曲镇，找不到一家饭馆，午饭就在车上糊弄了几口。

梅铺遗址有个山洞，原始人牙齿化石是当地人挖龙骨时发现的，所以叫龙骨洞。学堂梁子在很偏僻的山里，人骨化石是在弥陀寺村一个叫学堂梁子的山梁发现的。当地政府在可以看见汉江的山梁上，塑了一个古人猿雕像，当地人称它"野人"。南北相距近百公里的地段发现的古人类头骨和牙齿化石，被考古界统称"郧县人"。郧县人大约生活在100万年前，是目前我国发现最早的直立人之一。

从青曲上高速，5点多到了郧西。一下高速，发现郧西也称自己是"七夕故里"。新区有一条七夕大道，街口路牌上指示还有一个世界婚庆博览园，我跟路标跑出城也没找着。郧西紧临汉江，干净整洁，街道也宽阔，与郧县相比感觉好多了。

12月7日　星期日

第二次国内革命战争时期，红二十五军转战陕西、湖北、河南交界的秦巴山区及汉江两岸，创建了鄂陕豫根据地，使郧西一带成为最早解放的地区之一。郧西境内，现存许多当年红二十五军和1948年陕南军区的遗迹。

今天一早，从郧县县城出发，沿汉江支流金钱河往南，先去郧西县观音镇万寿寺村，寻访陕南军区枪械修配厂旧址。一路在高山峡谷行走，又遇上修路，跑了一个半小时，车底盘被大车碾成的泥棱子刮得直响。就这样，导航将我领岔路了，一问修路民工，说掉头回去还有十几公里的路，那里只有一栋旧房子和后来立的碑。我一看时间已11点多，还准备到湖北口乡看红二十五军旧址,只好掉头返回县城,先去土门镇看了后来成为粮油所的陕南军区武装部旧址和关帝庙村的鄂陕周报社旧址。

在关帝庙,正好遇到当年被征用作鄂陕周报社老房子房主的后代,一聊,又搭进去一个小时。从关帝庙出来,原想上高速去50公里外的上津镇,再转道去和商洛交界的湖北口乡。但上高速又要转到县城,从上津出口下G70高速,便是群山绵延的郧西大梁,山高路陡,弯道不断。尽管301省道路况还不错,我也只能以每小时三四十公里的速度前行。一看时间已近下午4点,剩80多公里的路,虽然天黑前能赶到,但是到了也看不了什么,如果住一夜,整个行程又要耽搁一天,只好在第一道山梁口掉头,再上高速,一路朝东,往丹江口而去。到武当山出口,拍了几张玉虚宫宫门和玉虚宫远景,保安已经关门。出来,发现好些老外在宫门外广场学太极和剑术。

一上去丹江口的路,就看见了夕阳下波光粼粼的丹江口水库。

12月8日　星期一

早上,与丹江口市委宣传部副部长、纪实文学《中线从这里开始》的作者陈华平见面后,随丹江口南水北调办公室主任张正有登上丹江口水库大坝参观。下来后,我谢绝陈华平的挽留,沿316国道经老河口,朝襄阳而去。

从老河口过汉江大桥,在桥头谷城境内一个叫汉江村的路边吃了一碗兰州拉面,竟碰上了天水老乡——张家川龙山镇一对年轻夫妇,他们已在这里开饭馆有两年了。

又从老河口上高速,导航出问题了,没有声音、里程也不变,活生生把我领到襄阳东才下高速,我昏天黑地地朝市区走,找到一家东风4S店,说明困难,一小伙子帮忙弄好,赶到今天下午的目的地——襄阳博物馆已经5点了。博物馆已经闭馆,于是在汉江穿城而过的襄阳古城转一圈后,便在相对清静的樊城区找宾馆投宿。

明天,想拜访襄阳一位汉水文化专家,收集一些资料,接着打算逆汉江，沿唐白河进入河南。因为包括襄阳、荆门在内的汉江下游汉口、仙桃、潜江、天门、荆门、钟祥、云梦泽、宜城、襄樊（襄阳）、谷城、南漳、保康、房县，今年7月和老婆从杭州返回天水时已去过。

12月9日　星期二

昨晚发完日记，旬阳的中国汉江水运博物馆馆长刘贵棠介绍的李秀桦来电，约与几位地方文化研究者一起吃饭。早上，李秀桦陪我看了襄阳博物馆，又找了一些资料，之后我便掉头北上，逆唐白河进入河南南阳。

到了南阳，先去新野寻访了庾信老家——上港乡宅子村，随即到邓州，在大学同学刘莉夫妇的陪同下，去花洲书院，拜谒了范文正公祠，参观了姚雪垠文学馆。书院后面的学校是作家二月河的母校。

12月10日　星期三

早上从邓州出发，一路向西，追随汉江最大支流丹江而去。

出市区，看到指示牌上有一个"美丽乡村——习营"的地方，接着又出现"老一辈无产阶级革命家习仲勋祖地——习营"的指示牌，便直奔习营而去。村口建有停车场，路两旁正在搞绿化，村子已建起一栋栋青砖小楼。中华习氏纪念馆前的小广场上，有为游客提供的各种纪念品，还有习氏酒、习氏饭店。三座庭院相套的纪念馆还未完工，已有络绎不绝的游客。习氏祠堂在整座建筑群最后，正堂摆满了历代习氏先祖牌位，后院是明代洪武年间最早来到邓州的习氏先祖习思敬与其夫人的合葬墓。十几通古碑证明，邓州习氏自明洪武年间一直未离开这里。到现在，习营大多数村民还姓习。

从邓州到淅川走省道，要经过内乡。10年前，大雨把我留在内乡住了两夜，所以进入内乡县城，我在门口拍了两张内乡老县衙照片便匆匆离去。

到了淅川，又转向东北，到西峡寻访屈原扣马劝谏楚怀王不要去武关与秦王会盟的屈原岗。返回淅川，参观完博物馆，城里城外寻找路牌指示的南水北调移民民俗园，死活找不到，当地人也不知道。

淅川县城正在修建，宾馆也找得很艰难。

12月11日　星期四

今天自东向西转，开始返回的旅程。昨晚是出行以来睡得最早的一夜。上午7点多起来吃了早点，便从淅川县城向东南70多公里外的九重镇陶岔村的南水北调中线渠首而去。

丹江在丹江口和汉江汇合后，形成亚洲水面最大的水库——丹江口水库。被称为"小太平洋"的丹江口水库，水面从丹江口市区向北，顺丹江河道延伸到了100多公里外的淅川南部。中线供水渠从陶岔村开始起步，把一江清水送到千里之外的北京。

从渠首经淅川县城到进入商洛的必经之地——荆紫关镇将近有150公里，一半路程在南秦岭峡谷穿行。到荆紫关镇时，已是下午3点多。看了古镇明清一条街，过丹江，到了陕西湘河镇、湖北白浪镇和河南荆紫关镇三省相接的一脚踏三省之地。

白浪镇的一条街道从中间分界，南为湖北省所辖，东属河南，西面为陕西湘河镇，三省分界碑就矗立在这条仅可容两辆车擦肩而过的街道中央。看了三省分界碑，再到丹江东岸，从商南梳洗楼逆丹江向北行进，暮色苍茫之际，我进入了商南县城。

12月12日　星期五

商洛是汉江支流丹江的发源地和主要流经区域。早上看了李自成逃到商洛，在商南娶妻生子、养精蓄锐的闯王寨（又名生龙寨），又逆丹江朝丹凤去。

从商南去丹凤，关中四塞之一的武关是必经地，也是战国时秦楚两国最早划定的边界。秦楚分界墙残迹还挺立在站在武关城头可以望见的山岭上。

武关城墙虽然残败，但仅存的两段被保护了起来。老街上明清时期的老房子，还住着祖祖辈辈生活在这里的武关人。从武关到丹凤只有30多公里。现在的丹凤县城虽然也保留着一条老街，但丹凤建县的历史并不长。

丹凤县城是新中国成立后才从商镇搬到丹江流域，是船帮会馆花庙的所在地。商洛到淅川一带，是战国时期商鞅的封地。商鞅封邑——商邑城墙遗迹还在，距丹凤县城仅2公里。历史上长期是商县县城的商镇，距现在丹凤县城也不足10公里，镇上保留有中国历史上最早的四位隐士商山四皓的墓。为赶时间，从商镇离开后上高速，再次进入群山深处，到丹凤南部丹江岸边的水旱码头竹林关，我寻访了红三军军部旧址，旧址原为杨泗庙。我看到的杨泗庙被圈进镇政府院子，作为历史文物保存下来了。

到商州，贾平凹老家棣花镇也是必经之地。丹凤正借助贾平凹旧居和紧邻的宋金分界标志二郎庙，以及商於古道，打造棣花古镇。贾平凹旧居已重修，贾平凹文学艺术馆与旧居仅一墙之隔，并融入古镇宋金街和清风街中，古色古香。

12月13日　星期六

昨晚，著名作家孙见喜从微信上看到我在商州，说今天上午他在一公司写字，届时一见。到了那儿，孙老师和他弟弟亲赠我墨宝，挽留吃饭，我拒绝后直奔杨峪河，拍了疑似巴人崖葬遗迹的巴人洞后上福银高速，直奔西安。

一个月一直在秦岭以南看青山绿水，到了接近蓝田的终南山，看到满山积雪，才知已告别汉江。

晚上，诗人黄海约著名作家吴克敬先生及诗人王有尾在曲江设宴为我接风。吴先生赠我新出版的诗画合集《秦岭72峪》，以及墨宝一幅。晚上8点多，陕西省旅游局局长杨忠武特地到宾馆看望我。

为期28天的汉江之行圆满收官，明天我将从西安返回天水。

即将踏上返程之际，请允许我向支持我这次汉江之行的甘肃景园集团、我供职的天水日报社全媒体的各位同事，向沿途给我以各方面支持与帮助的各位朋友及这28个日日夜夜关心、支持、鼓励我的读者及网友表示深深的谢意！没有你们的支持与鼓励，我不会在如此艰辛、艰难、孤独的旅程中还能拥有如此多的快乐和激情，我也不可能如此乐此不疲地一次次把自己逼向孤立无援的境地，品味到那么多从艰难中获得的真正的幸福与快乐！在即将结束这次每天早出晚归、没有一天休息的旅程之际，我渴望回到家里，好好睡一觉，让从出发到现在一刻都不曾放松的神经休息一下。但我更怀念我在乡间路边店与满身泥土的乡下人共同吃的一顿午餐、在荒无人迹的山林深处接受陌生路人的安慰、一面之交的民间文化爱好者无私的帮助，以及在惊心动魄中翻过一座座人迹罕至的山岭之际的快慰……这次旅程的结束，是一次精神之旅的开始。我希望用接下来的文字，再一次表达我对诞生了蜀文化、巴文化、楚文化等，并最终孕育了汉文化和多民族血脉交融的汉族的古老汉江由衷的敬意，并以此对所有关心、支持我这次汉江之行的单位和个人表示感谢。

谢谢汉江！谢谢秦岭！谢谢关心、支持、帮助、爱护我的每一个人！

（以上日记，是2014年十一二月间，我第二次考察汉江时，为我所供职的天水日报社"掌上天水"开设的"汉江行"专栏所提供的考察日记。）

【附录二】

朋友微信选

11月19日。马丑子留言："孤独而充实的浪人！"

11月20日。中国先秦史学会顾问、西北大学原博士生导师刘宝才教授看到我从西汉水到宁强，沿着早年羌人南迁路线一路走下来的微信后留言说：

真羡慕！羌族迁徙史是中华民族古史重要部分，可惜历来不甚清楚。我多年前写了《后汉书西羌传笺注》后，一直神往这条路线，后到广东见到西江，又感叹西江之浩大过于黄河。但估计，我没有机会走这条路了。若冰兄有此行甚幸，有此文甚幸！

11月22日。中国先秦史学会顾问、西北大学原博士生导师刘宝才教授看到我在褒河河东店镇拍的褒姒故里碑的照片后留言说：

若冰先生旅途辛苦，多保重！褒姒铺已被水淹没，这个故里可能在水库边上吧。提起褒姒，我有个不合时宜的看法，以为幽王宠褒姒而亡国的故事反映了夏人对周人的怨恨。《史记》中这个故事曲折地表达了这个意思。夏亡与周人分离大有关系。亡国后的夏人一直怨恨周人，西周灭亡，夏人心中大快，于是编出褒姒的故事，不仅是女人祸水论而已。

11月26日。湖北诗人高柳留言："好想陪兄走秦岭！后会有期！先赞一个！"

11月30日。我在鬼谷岭。诗人鬼石留言："注意安全！"艺术家何晋渭留言："虽身不能至，心向往之。"麦积区政协主席石胜利留言："真乃行万里路，读万卷书。"太白山管委会张辉留言："秦岭之子行走在大秦岭。"

12月7日。著名作家王族留言:"行走已有些时日了,多保重!"

陕西旅游文化学者刘铜瑞看到我在郧西大梁的微信,留言说:"20年前我们开吉普车翻越过郧西大梁,山阳经漫川关到郧西176公里路用了11个小时。"

12月14日。南郑县委宣传部贾部长看到我即将结束本次行程的微信,留言:"你飞翔在大秦岭上空,用宽广的视角、深邃的思考、深情的拥抱,讴歌父亲山的雄奇伟岸和姊妹河的婀娜多姿。用历史、人文、生态等全面展示着我们的精神家园!敬佩!"

后记

和汉江的对话终于画上了句号，压在我心里三四年的一块巨石终于落地了。

探寻以大秦岭为核心，涵盖汉江、渭河全流域的华夏文明腹地埋藏的中华民族文化精神，建构以一座山脉、两条河流为言说对象的"大秦岭人文"系列的想法，在我心里已经有10多年了。2004年完成对莽莽大秦岭全程考察后就有了这个想法，2007年《走进大秦岭》出版后我便开始付诸实施，并相继出版了《寻找大秦岭帝国》《仰望太白山》《渭河传》等与"大秦岭人文"相关的系列作品。然而，作为每天必须上班、坐班，且深陷杂务和俗务的俗人，这本书从考察到完成写作，竟耗费了我整整4年光阴！

既然已经树立了"为山河立传"的写作信念和"行走式写作"的写作方向，将自己全身心投放到万籁俱寂的山川大地深处，亲身体验并感知云水草木真实自在的精神呼吸，是我动笔前的必修功课。所以完成《仰望太白山》和《渭河传》后，我一直在等待全程走完1500多公里汉江的机会。无奈俗务缠身，一直没有这种机会。2014年的某一天和朋友闲聊，突然想起距2004年考察大秦岭已经过去整整10年了！顿然觉得时光无情，岁月荏苒。于是下决心，无论时间再紧迫，也要在走完秦岭10年的这个年头完成筹划已久的汉江之行。然而，即便我决心再大，时间还是个问题。不得已，只好见缝插针，争取时间。

2014年，我分两次，不仅跑完了1577公里汉江全程和众多蜿蜒在秦岭、巴山深处的汉江支流，还考察了西汉时期与汉江分流的279公里的西汉水。

第一次汉江之行，是在 2014 年 8 月。瞅准单位工作空当，休假到杭州看女儿返回途中，需将此前让女儿练车的桑塔纳开回天水，我便和爱人开车从杭州赶到武汉，从汉江入长江处的汉口龙王庙，踏上逆汉江的西行之路。这次逆江西行留给我的时间仅有一周，考察区域主要在汉江下游。到了襄阳，从神农架山区出来，便从十堰上高速，返回了天水。

一旦回到单位，每天的日子便被火车轮子带动着，一天接一天地轮转。到了 11 月，面对窗外一天比一天稀疏的树叶，我知道 2014 年所剩的时日已经不多，我必须完成已经开头的汉江之行。这就有了开始于 11 月 16 日、结束于 12 月 13 日、为期 28 天的第二阶段的汉江之行。

按说，从湖北丹江口到陕西宁强的汉江上游一带，在行走于莽莽秦岭的这 10 年，许多地方我去过不止一次。但为了在写作前获得一种更直接、更集中的感受，我还是一站一站，又走了一遍，最后在襄阳收住脚步。至于之所以将第二阶段考察的起点选择在西汉水源头嶓冢山（齐寿山），则完全因为在东西汉水分流前，嶓冢山是古汉水源头，要全面呈现一条古老江河的历史身世，我就不能将历史的另一头抛弃。

汉江是一条古老的河流，也是一条历史身世和文化精神丰富多彩的河流。有人说，汉江流域是中华多民族的金腰带。10 多年对汉江的沉迷和断断续续前后持续 4 年时间的写作，让我深感此话言之有据。所以在这本可以视为我苦心经营 10 多年的"大秦岭人文"系列暂时收官的《走读汉江》里，我力求呈现汉江流域历史、地理、自然、人文等，以及汉江对华夏文明和中国传统文化形成、发展、壮大的重要价值和贡献。

耗去我 13 年精力和心血的"大秦岭人文"系列，以这本书为标志，可以暂告一个段落。但我对大秦岭、对负载有我们民族文化精神的山川河流的热爱和关注，还将继续。接下来的日子，我写作和关注的对象仍然在以秦岭为核心、孕育了源远流长的黄河文明和长江文明的秦岭南北，渭河和汉江流域。因为在我看来，这一区域不仅是古老的黄河中上游与长江中上游的文明源头，也是我们民族文化精神成长壮大的母床和摇篮。只不过我将来的写作，可能会从持续这么多年的宏大叙事，转向对山川河流的细部描述，力求从更为具体的事与物的生命层面进入以大秦岭为标志的山川河流的精神和内心，从更深层面挖掘滋养我们民族的文化精神。

和一条奔流千古的江河的精神交流结束了，但汉江的粼粼波光、山光雾岚，已经幻化成我对这条古老江河的热爱，与我的精神和生命同在，并终将成为我生命与精神的一部分，温暖并指引我在这苍茫而辽阔的人世奔走、劳作、生活。

最后，我还是要向多年来热爱我的读者，以及在我写作、生活中给予多方面关心、关照、支持的朋友，表示深深的谢意。因为我时刻都在怀疑，如果没有你们的期待和关注，我自己能否在这条路上坚持13年之久。

这是我的心里话。

2017年12月10日